W0056662

DIE TAGE VON GEZI

Martin Niessen

Jahrgang 1968, ist studierter Politologe und Islamwissenschaftler. Als Reporter des ZDF dreht der gebürtige Rheinländer Reportagen in aller Welt. Er berichtet aus Krisen- und Katastrophenregionen wie dem indonesischen Aceh nach dem Tsunami 2004 oder dem durch das Erdbeben 2010 zerstörten Haiti. Nach der Atomkatastrophe von Fukushima war Martin Niessen 14 Monate als Korrespondent des ZDF in Japan. Seine Erinnerungen sind als eBook erschienen: »Der kleine Japaner – Im Land der aufgehenden Sonne und abrauchenden Atomkraftwerke«. Martin Niessen ist verheiratet und lebt in Hamburg und Istanbul.

In Erinnerung an

Ahmet Atakan

Mehmet Ayvalitaş

Abdullah Cömert

Berkin Elvan

Ali İsmail Korkmaz

Mustafa Sarı

Ethem Sarısülük

Medeni Yıldırım

Inhalt

Vorwort

Es war reiner Zufall, dass ich Zeuge wurde. Zeuge einer kleine Revolte, die sich an dem Abriss eines Parks entzündete, der einem Einkaufszentrum weichen sollte und sich zu einer Bewegung auswuchs, die weite Teile eines Landes erfasste, das ich seit mehr als zwanzig Jahren kannte und das mir sehr ans Herz gewachsen war. Ich wurde letztendlich Zeuge des Erwachens einer türkischen Zivilgesellschaft und einer Lehrstunde für das, was Demokratie ist und was nicht.

Wie Marc, eine der Hauptfiguren im vorliegenden Roman, war ich am 28. Mai durch Zufall im Istanbuler Gezi-Park, als es dort zu den ersten Auseinandersetzungen zwischen Demonstranten und der Polizei kam. In den folgenden Tagen und Wochen erlebte ich, wie sich Menschen mit viel Kreativität, Entschlossenheit und Mut einer zunehmend autoritärer und brutaler handelnden Regierung widersetzten, deren Argumente Wasserwerfer, Tränengas und Polizeiknüppel waren. Es ging nicht mehr um das Abholzen von ein paar Bäumen, sondern – um dieses große Wort zu bemühen – um Freiheit. Zumindest um die Freiheit, über den eigenen Lebensstil zu entscheiden. »Ich will mir nicht vorschreiben lassen, wie viele Kinder ich zu bekommen habe, und mich nicht als Trinkerin beschimpfen lassen, weil ich abends ein Glas Rotwein trinke«, sagte mir eine Frau Mitte vierzig, die im schwarzen Businesskostüm mit Freundinnen im

Gezi-Park saß und der angedrohten Räumung trotzte. »Es schmeckt nach Freiheit«, riefen Demonstranten, während ich im Tränengasnebel nur noch nach Luft schnappte.

Für eine kurze Zeit existierte mit der Kommune von Gezi in der tief gespaltenen türkischen Gesellschaft eine Utopie, in der es egal war, ob man Türke oder Kurde, Kemalist oder Kommunist, hetero oder homosexuell war, als Frau ein Kopftuch trug oder nicht. Die türkische Regierung ließ den Park mit brutaler Gewalt räumen. Aber der Geist, der dort entstand, ist aus der Flasche.

»Die Tage von Gezi« ist ein Roman, der sich vor dem realen Hintergrund der Ereignisse in Istanbul zwischen Ende Mai und Ende Juni 2013 abspielt. Die Hauptakteure in diesem Roman sind frei erfunden, ebenso ihre Handlungen, wenn auch auf persönlichen Erfahrungen oder denen von Freunden und Bekannten basierend. Premierminister Recep Tayyip Erdoğan ist natürlich nicht erfunden, ebenso wenig diverse andere Mitglieder der Regierungspartei AKP und weitere Personen der Zeitgeschichte, die hier namentlich genannt werden. Und selbstverständlich finden auch Pinguine, Kochtöpfe, die »Frau in Rot«, der »Stehende Mann« und viele andere, die zu Symbolen der Widerstandsbewegung wurden, ihren Platz in diesem Buch. Genauso wie ihre Sprechchöre, Graffitibotschaften und Aktivitäten in sozialen Netzwerken. Ich habe die Romanform gewählt, weil es für mich nach meinen persönlichen Erlebnissen in diesen fünf Wochen keine zwei Meinungen gab. Und

ich diese eine, meine, Meinung nicht den journalistischen Prinzipien der Neutralität und Objektivität opfern
wollte. Die Geschichte möge mir verzeihen.

Martin Niessen, im Mai 2014

»Demokratie ist für uns eine Straßenbahn, aus der wir aussteigen, wenn wir unser Ziel erreicht haben.«

[Recep Tayyip Erdoğan]

»Überall ist Taksim, überall ist Widerstand!«

[Motto der Protestbewegung]

Die Tage von Gezi

28. Mai

Mine

»Wegen der paar Bäume?«

Vedat schaute auf Mine herab, die auf dem Fußboden saß und das kleine Zweimannzelt, ihren Schlafsack und eine Regenjacke in ihren Rucksack packte.

»Außerdem ist der Park total hässlich, da liegen nur Müll und Penner herum!«

Er schien irgendwie sauer zu sein. Aber sie war es auch. Gerade hatte sie ihm erzählt, dass sie im Istanbuler Gezi-Park mit einigen Freunden gegen das Abholzen von Bäumen protestieren wolle. Der Park im Zentrum der Stadt sollte dem Nachbau einer Osmanischen Kaserne mit Ladengeschäften weichen. Studenten ihrer Uni hatten eine Demo gegen die Pläne der Stadtverwaltung organisiert. An der wollte sie teilnehmen. Vedats Desinteresse in dieser Sache machte sie wütend.

»Warum willst du das nicht verstehen? Es geht nicht darum, ob der Park schön oder hässlich ist. Es geht darum, dass er eine der letzten Grünflächen in Beyoğlu ist. Und Einkaufszentren haben wir wahrlich genug. Ganz im Gegensatz zu Bäumen!«

Ihre großen braunen, fast schwarzen Augen unter der wilden Mähne dunkler Locken blitzten, als sie kurz zu ihm hochschaute und dann weiter Campingausrüstung und ein paar frische Klamotten in den Rucksack stopfte. Klar, Vedat hatte es wahrlich nicht immer leicht mit ihr. Wenn Mine sich etwas in den Kopf gesetzt hatte, zog sie es gegen jeden Widerstand durch. Sie wusste, dass sie aufbrausend und ihm gegenüber manchmal auch ungerecht sein konnte, dass mit ihr, wenn sie sauer war, nicht gut Kirschen essen war. Aber so war sie nun mal. Meist zuckte Vedat irgendwann mit den Schultern und gab klein bei. Auch dieses Mal schlug er nach ihrem Ausbruch einen versöhnlichen Ton an.

»Musst du da denn gleich übernachten? Es reicht doch, wenn du tagsüber demonstrierst und abends zurückkommst. Ich mache mir einfach Sorgen. Der Park ist, wenn es dunkel ist, nicht sicher.«

Sie schaute wieder hoch. So leicht wollte sie es ihm nicht machen, dafür war ihr die Sache zu wichtig.

»Ich bin ja nicht allein da. Außerdem kannst du ja nach Dienstschluss nachkommen. Ein bisschen mehr Engagement für die Natur würde dir auch nicht schlecht zu Gesicht stehen!«

Um Vedats Lippen spielte trotz der harschen Worte ein Lächeln.

»Ist ja gut, du kleine Kratzbürste.«

Auch sie musste nun lachen. Genau deswegen hatte sie sich Hals über Kopf in ihn verliebt. Er war ein sehr humorvoller, zurückhaltender Mann, der ihr von Anfang an äußerst respektvoll begegnet war und bis heute ziemlich klaglos ihre Ecken und Kanten akzeptierte. Vedat war keiner dieser Machos, die sich erst verständnisvoll gaben und beim dritten Date schon den Herrn im Haus rauskehrten. Seit elf Monaten waren sie verheiratet, eine echte Liebesheirat, keine von den Familien ausgehandelte, wie es vielfach noch immer der Fall war in der Türkei. Ein knappes Jahr vorher hatten sie sich kennengelernt, über drei Ecken, über Freunde von Freunden, in einem der Musik-Clubs, die die Seitengassen der Istiklal Straße im Herzen Istanbuls zwischen Taksim-Platz und Galataturm zum Treffpunkt der Jugend der Stadt und der Welt machten. Sie hätten sonst nie zusammengefunden, so unterschiedlich, wie sie waren, genauer gesagt: ihre Herkunft war.

Sie, die Jura-Studentin aus bürgerlichem Haus, geboren und aufgewachsen im Nobelviertel Nişantaşı mit seinen internationalen Modeboutiquen und exklusiven Cafés, nicht weit vom Taksim-Platz entfernt. Die Eltern Professoren an verschiedenen Istanbuler Universitäten, der Name des Vaters, der als einer der angesehensten Radiologen im Land galt, schmückte zudem eine teure Privatklinik. Sie hatten mit Religion nicht viel am Hut, ein Wochenendhaus auf den vorgelagerten Prinzen-Inseln, wo man dem Smog und der Hektik der Stadt entkommen konnte, und ein Ferienhaus bei Bodrum an der Mittelmeerküste. In Mines Elternhaus traf sich Istanbuls Bürgertum – Ärzte, Architekten, Juristen, Künstler – zu ausgedehnten Abendessen, bei denen Rotwein und Rakı flossen, der anishaltige Schnaps, mit Wasser und Eis getrunken, worauf er sich milchig verfärbte und deswegen »Löwenmilch« genannt wurde. Mine hatte schon in jungen Jahren mit am Tisch gesessen, wenn in illustrer Runde über Gott, die Welt und große Politik diskutiert wurde.

Und er, der hochgewachsene und gut aussehende Polizistensohn aus Kasımpaşa, ausgesprochen höflich, die Sprache geschliffen und ohne den in Istanbuls Arbeitervierteln verbreiteten harten Einschlag des Ostens, der noch mit seinen Eltern, zwei Schwestern und der Großmutter väterlicherseits zusammen in einer Vierzimmerwohnung in jenem einst heruntergekommenen Stadtteil am Goldenen Horn wohnte, der erst in den letzten Jahren eine Aufwertung erfahren hatte, weil der derzeitige türkische Premierminister Erdoğan dort aufgewachsen und plötzlich Geld für die Restaurierung alter Häuser und für gläserne Neubauten vorhanden war. Seitdem hatte der Fußballclub von Kasımpaşa ein schickes neues Stadion und 2012 sogar den Aufstieg in die Süper Lig, die höchste Spielklasse, geschafft. Trotzdem war Kasımpaşa traditionell geblieben, um nicht zu sagen: konservativ. Die meisten Frauen trugen Kopftuch, die Männer ließen unaufhörlich die Holzkugeln der Tesbih, der Gebetskette, durch ihre Finger gleiten, Töchter heirateten früh und Söhne traten in die Fuß-

18

stapfen ihrer Väter. Und so war auch Vedat der Familientradition gefolgt und Polizist geworden.

Mine wusste, dass ihre Eltern nicht sonderlich glücklich über die Wahl ihrer einzigen Tochter, aber gleichzeitig zu liberal eingestellt waren, als dass sie wirklich versucht hätten, ihr die Beziehung zu Vedat auszureden oder gar zu verbieten. Sie äußerten allerdings – und nicht nur einmal – die Befürchtung, dass es nicht gut gehen würde mit einer Professorentochter und einem Polizistensohn, zu verschieden seien die Lebensumstände und -vorstellungen. Allerdings wussten sie auch nicht von entsprechenden Negativ-Beispielen im Verwandten- oder Bekanntenkreis zu berichten, denn solche Verbindungen waren in der Türkei auch zu Beginn des zweiten Jahrzehnts im dritten Jahrtausend rar. Auf dem Land und in religiösen Familien heirateten noch immer – und gar nicht selten – Cousins Cousinen und bei den säkularen städtischen Eliten blieb man gerne unter sich. Standesdünkel aber hätte Mine ohnehin nicht akzeptiert, von Eltern, die am Tisch mit ihren Freunden rotweinselig von Gleichheit und Brüderlichkeit fabulierten, von Religions- und Meinungsfreiheit als unveräußerlichen Menschenrechten. Eltern, die die Spaltung der türkischen Gesellschaft in einen religiösen und einen kemalistisch-laizistischen Teil als Damoklesschwert über dem Land betrachteten, um sich im nächsten Satz Sorgen um die ungleichen Geburtenraten und den Kurs der AKP-Regierung zu machen. Mine aber hatte schon immer ihren eigenen Kopf gehabt, außerdem war sie bereits volljährig, als sie Vedat kennenlernte. Und so musste sie auch nicht mit Auszug drohen oder damit, den Kontakt zu ihren Eltern abzubrechen, um letztendlich deren Segen für ihre Hochzeit mit Vedat zu erhalten.

Marc

»Simisimitsimiiiiiiiiit!«

Marc zuckte zusammen, als er einen mobilen Verkaufsstand für Sesamkringel passierte und der Verkäufer unvermittelt und aus vollem Hals begann, seine Ware anzupreisen. Dann lächelte er über seine Schreckhaftigkeit. Er war zum ersten Mal in dieser Stadt, seit fünf Tagen, was offensichtlich nicht ausreichte, um sich auf diese Megacity einzustellen. Er hatte schon viel früher kommen wollen, in die weltweit einzige Metropole auf zwei Kontinenten, vom Bosporus in einen asiatischen und einen europäischen Teil gespalten, mit ihrer wechselvollen Geschichte, die mal von christlichen, dann von islamischen Herrschern geprägt, aber noch viel älter war und mit einer ganz eigenen Atmosphäre, irgendwo zwischen Orient und Okzident, zwischen Antike und Moderne, vermittelte. Aber irgendetwas war ihm immer dazwischengekommen. Nun aber hatte er es endlich geschafft und sich diese eine Woche Urlaub auch wirklich verdient.

Die letzten zweieinhalb Jahre waren extrem aufreibend gewesen. Er war Reporter bei einem großen britischen Nachrichtenmagazin, sein Aufgabengebiet: die Krisenherde der Welt. Arabischer Frühling, Tunesien, Ägypten, Libyen, die Atomkatastrophe von Fukushima, das nie enden wollende Drama um Afghanistan, Indien und Gewalt gegen Frauen – das alles und noch einiges mehr waren seine Themen gewesen. Normalerweise zog er sich nach solchen Einsätzen komplett zurück, mietete sich eine Hütte am Strand einer kleinen thailändischen Insel oder im Hochland von Bali, lag den ganzen Tag in seiner Hängematte, die er immer mit dabeihatte, hörte Musik oder las. Kein Internet, keine E-Mails, keine Telefonate, keine Zeitung – für zwei oder drei Wochen war seine Welt dann sehr klein und sehr friedlich. Warum er diesmal nach der Rückkehr aus Afghanistan eine Ausnahme gemacht und sich für eine Reise in die Turbulenz einer der größten Städte der Erde entschieden hatte, konnte er schon nicht mehr genau sagen. Da waren natürlich jene Freunde in London, die so begeistert von Istanbul erzählt und die zahllosen Publikationen in Reisemagazinen und Fernsehreportagen, die die Stadt für sich entdeckt hatten, sie in Hochglanz als »Boomtown am Bosporus« feierten. Oder war es doch sein Riecher gewesen? Der ihn so häufig zum richtigen Zeitpunkt am richtigen Ort sein ließ? Der ihm in seiner Redaktion den Ruf des Trüffelschweins für gute Geschichten eingebracht hatte?

Die ersten vier Tage brauchte er, um sich an Geschwindigkeit und Lautstärke des Lebens in dem 15- oder 20-Millionen-Moloch – wer wusste das schon genau? – zu gewöhnen: das ständige Hupen der Autos, die auf zweispurigen Straßen zu viert nebeneinander fuhren, meist nur im Schritttempo vorwärtskamen und von ganz links nach rechts abzubiegen suchten; die zwischen ihnen hin und her sausenden Mopeds der Kuriere, die Pakete oder Essen auslieferten; das wütende Klingeln der im Stau steckenden Tram, deren Gleise in den Hauptverkehrszeiten von dicken Limousinen als Straße genutzt wurden, weil deren wohlhabende Fahrer hofften, so schneller ans Ziel zu kommen, und die fälligen Bußgelder aus der Portokasse zahlten; das tiefe Tuten der großen Containerschiffe auf dem Bosporus und dem Marmarameer und das etwas hellere der Fährschiffe, die mit dröhnenden Dieselmotoren, dichte Wolken schwarzen Rauchs ausstoßend, an den zahllosen Anlegestellen ankamen oder gerade ablegten, um den Bosporus oder das Goldene Horn zu queren; die Rufe der Los-, Maiskolben-, Röstkastanien- und Simitverkäufer und überhaupt das Gewirr von Stimmen von Millionen Menschen, die in dieser Stadt immer und überall unterwegs waren. Selbst die Flucht in Sehenswürdigkeiten wie die unterirdische römische Zisterne mit ihren Medusenköpfen, Hagia Sophia oder Blaue Moschee hatten ihm keine Ruhe beschert. Es war Hauptreisezeit und die Stadt voll mit Touristen, die zusammen mit türkischen Schulklassen die zahllosen Sehenswürdigkeiten Istanbuls mit lauter, vielsprachiger Fröhlichkeit überschwemmten. In Karaköy lagen in diesen Tagen immer mindestens zwei oder drei riesige Kreuzfahrtschiffe, morgens Tausende Passagiere ausspuckend, die in Bussen durch die Stadt jagten, um in den wenigen Stunden ihres Aufenthaltes möglichst viel Geschichte und Kultur zu inhalieren oder Nippes zu konsumieren.

Trotzdem gefiel es Marc hier. Er streifte vom Morgen bis zum Abend, das ein oder andere Mal auch bis tief in die Nacht, durch die Stadt, sog sie auf – als Mensch, ganz privat, nicht als Journalist –, ließ sich von ihr ablenken. Er genoss die vollständige Abstinenz ihm bekannter Regeln im Miteinander und Untereinander dieser unglaublichen Massen an Menschen und Fahrzeugen, die aber durch ihm unbekannte ersetzt worden sein mussten, denn irgendwie funktionierte es ja, und erstaunlich gut dazu. Er hatte gelernt, Verkehrszeichen zu ignorieren und dennoch Straßen zu queren, ohne überfahren zu werden, indem er Blickkontakt zu den Fahrern suchte. Seine Ohren und sein Gehirn konnten die Geräuschkulisse auf ein erträgliches Maß herunterfiltern und blieben doch wachsam für Besonderes und Wichtiges. Seine Augen vermochten zu fokussieren, sodass sein Blick nicht mehr haltlos durch die ständig in Bewegung befindliche Umgebung irrte. Seine Nase hatte sich an die tausend verschiedenen Gerüche gewöhnt, die den Gewürzständen und Garküchen entwichen, die es in einer Masse gab, als habe jeder Bewohner dieser Riesenstadt einen eigenen.

Überhaupt, das Essen, die Meze zum Beispiel, Vorspeisen. Auf Dutzenden kleinen Tellern serviert, die auf großen Tabletts von Kellnern an den Tisch gebracht wurden, auf dass man sich kaum entscheiden konnte zwischen Auberginenmus, marinierten Sardellen, Oktopussalat, scharfen roten Paprika mit Schafskäse gefüllt, eingelegten Artischockenböden, Kichererbsenbrei, Joghurt mit Dill oder Gurke, dicken Bohnen, grünen Bohnen in Tomatensoße, Algensalat mit Knoblauch, grünen und schwarzen Oliven – die grünen mit Walnüssen oder Mandeln gestopft, die schwarzen mit Stein oder zu einer Art Pesto püriert –, in Olivenöl gebratenem Gemüse, gegrilltem Hellim-Käse, Tränen in die Augen treibendem Salat aus kleingeschnittenen Tomaten mit frischen Kräutern und Massen an Chili, Melone mit Schafskäse oder mit Dutzenden Gewürzen, darunter Nelken und Zimt, marinierten Fischfilets. Manche Restaurants boten vierzig, fünfzig oder noch mehr Vorspeisen an, von den warmen wie mit Spinat und Schafskäse gefüllten Blätterteigtaschen, Tintenfischringen, überbackenen Champignons, frittierten Sardinen oder kleinen, sehr scharfen Frikadellen noch gar nicht redend. Meist war Marc schon satt, bevor er sich gegrillte Scholle, Dorade, Seebarsch, einen Fleischspieß oder mit Tomaten und Joghurt in eine Auflaufform geschichtetes Kebab bestellen konnte. Und dann erst die Süßspeisen: die verschiedenen Arten von Baklava, Künefe, Kadayıf, Kazandibi mit Eis, Sütlaç. Oder das frische Obst, das meist ungefragt und oft kostenlos als Abschluss einer türkischen Mahlzeit auf den Tisch gestellt wurde. Für den Preis eines derart opulenten Abendessens würde er in London fettige Fish and Chips in Zeitungspapier eingewickelt zum Mitnehmen bekommen. Es war in dieser Stadt ein Leichtes, sich schon allein kulinarisch überwältigen zu lassen.

Obwohl das Leben im Vergleich zu London günstig war, warf er mit seinem Geld nicht um sich, wollte keiner dieser Touristen sein, die glaubten, dass ihnen für zwei Wochen eine fremde Welt gehörte, in der sie sich alles leisten konnten, die gönnerhaft mit Scheinen herumwedelten und die lokalen Preise ruinierten. Er wusste mittlerweile, was ein Simit und eine kleine Plastikflasche Wasser kosteten, die er auf seinen Streifzügen als Marschproviant mit sich führte, und ließ sich nicht mehr übers Ohr hauen. Er handelte zwei Stunden lang, als er im Großen Bazar ein Backgammon-Brett mit sehr schönen Intarsienarbeiten aus Perlmutt kaufte. Am Ende konnte er den Kaufpreis um zwei Drittel des von dem Englisch sprechenden Händler genannten Startpreises reduzieren, war sich aber immer noch unsicher, ob nicht auch das noch zu viel gewesen war. Und er hatte wichtige Worte gelernt, um nervige Straßenhändler, die gefälschte Markensocken oder Polohemden überteuert anboten, abzuwimmeln: »Yok, sağ ol, abi!«, nein danke, Bruder. Es kam ihm schon fast akzentfrei über die Lippen. Jetzt, wo er einigermaßen klarkam, beschloss er, seinen Urlaub zu verlängern. Er war, obwohl gerade erst vierzig geworden, bereits viel herumgekommen, kannte Tokio, Peking, Shanghai, Singapur, Bangkok, Dhaka, Neu Delhi, Teheran, New York, Mexico City, Rio de Janeiro – alle diese Mega-Städte hatten ihre besonderen Reize. Aber Istanbul war auf eine faszinierende Art und Weise speziell. Überhaupt nicht erholsam natürlich, nicht das, was er eigentlich brauchte, im Gegenteil. Dennoch hatten ihn die Stadt und die Menschen irgendwie gepackt, er konnte es nicht erklären. Er wollte länger bleiben, so viel war ihm am Abend vorher, als er mit einer Wasserpfeife in einem Teehaus am Galataturm saß und dem Treiben in den Gassen zuschaute, klar geworden. Die Einwilligung seines Redaktionsleiters hatte er am Morgen vom Hotel aus telefonisch eingeholt und ihm die Idee, statt einer zweieinhalb Wochen zu bleiben, mit dem Satz »Gib mir zehn Tage mehr, ich schreibe auch einen Artikel über Istanbul« schmackhaft gemacht. Nun war er auf dem Weg von Galata, dem bunten, bei Touristen beliebten Viertel rund um den gleichnamigen Turm, in dem sein Hotel lag, über die Istiklal Straße zum Taksim-Platz, um im Stadtbüro von Turkish Airlines seinen Flug umzubuchen.

Mine

»Mal schauen. Aber ich glaube, ich bleibe. Die kommen sonst einfach in der Nacht und holzen die Bäume ab.«

Mine hatte fertig gepackt, zuletzt noch die Isomatte an der Seite ihres Rucksacks verschnürt, sich erhoben, ihre Arme um Vedats Nacken gelegt und ihm einen Kuss auf den Mund gedrückt. Sie hatte seine Einwände nur zur Kenntnis genommen, ihren Plan aber nicht wirklich überdacht. Ihr Entschluss stand fest: Sie würde, wenn es sich als notwendig erwies, im Park übernachten.

Mine war eigentlich kein sonderlich politischer Mensch. Sie las zwar Zeitungen, hatte einige Online-Nachrichtenportale abonniert und schaute abends, wenn sie Zeit hatte, auch mal die Hauptnachrichten im Fernsehen, hatte bei den letzten Wahlen aber noch nicht einmal ihre Stimme abgegeben. Warum auch? Seit sie zehn Jahre alt war, hatte Recep Tayyip Erdoğans Partei für Gerechtigkeit und Aufschwung, kurz AKP, alle Wahlen gewonnen. Mine kannte quasi keinen anderen Premier als Erdoğan. Und dass er die letzten Wahlen – die ersten, bei der sie selbst hätte wählen dürfen – wieder gewinnen würde, daran hatte kein Zweifel bestanden. Also war sie nicht hingegangen, denn die Oppositionsparteien waren aus ihrer Sicht auch keine Alternative. Entweder waren sie, wie die Kemalisten der CHP, für den jahrzehntelangen Stillstand des Landes verantwortlich, oder, wie die nationalistische MHP, diverse sozialistische und kommunistische Splitterparteien und Kurdenverbände für die liberal erzogene Professorentochter zu radikal. Ihre Eltern hatten sich am Tag nach der Wahl besorgt gezeigt, dass die AKP, diesmal mit gut fünfzig Prozent der Stimmen, erneut die absolute Mehrheit errang und weiter allein regierte. In der Folge beklagten sie bei jeder sich bietender Gelegenheit eine schleichende Islamisierung des Landes und – meinten damit auch ihre Tochter – das mangelnde politische Engagement der Jugend. Mine empfand das als Jammern auf hohem Niveau, schließlich hatten es sich ihre Eltern in ihrer Bildungsbürgerlichkeit mit allem Komfort bequem gemacht und taten auch nicht mehr, als alle vier Jahre ein Kreuz bei der CHP zu machen. Außerdem dachte sie persönlich weniger schwarzmalerisch. Gut, die Restriktionen bezüglich des Konsums von Alkohol und die ständigen Appelle an ihre Gebärfreudigkeit – drei, besser fünf Kinder sollte eine türkische Frau nach Meinung Erdoğans zur Welt bringen – gingen auch ihr auf die Nerven. Aber hatte der nun dreimalige Premierminister nicht auch etwas bewegt im Land? In Sachen Infrastruktur etwa. Sie konnte sich noch daran erinnern, wie sie als kleines Mädchen mit ihrer wild fluchenden Mutter stundenlang mit dem Auto im Stau gesessen hatte, auf dem Weg zum Einkaufen oder zum Arzt, so chronisch verstopft waren die Straßen gewesen. Nun fuhr sie mit der Metro eine Station von der Haltestelle Osmanbey zum Taksim-Platz und ging den restlichen Weg zu ihrer Uni, der privaten, international ausgerichteten Bilgi Universität, im Stadtteil Kurtuluş in ein paar Minuten zu Fuß. Gut, die Straßen waren zur Hauptverkehrszeit noch immer fast genauso verstopft wie früher – es gab zwar bessere Straßen, aber auch mehr Autos – und die Wagen der

Metro immer voll. Aber es war doch vieles einfacher und – wie sie fand – besser geworden, und das, obwohl sich die Bevölkerung Istanbuls seit ihrer Geburt auf den heutigen Stand von vermutlich zwanzig Millionen – so genau wusste das niemand – verdoppelt hatte.

Der Schnee ihrer Kindheit war schwarz gewesen, weil es keine Zentralheizungen gab, sondern Kamine und Ölöfen, in denen in der Not auch mal alte Autoreifen verheizt wurden und uralte, klapprige Sammeltaxen und Busse ungefilterte Dieselabgase aushusteten. Nun gab es Gasheizungen und moderne Omnibusse, die Taxen fuhren mit Gasmotoren und die meisten Autos hatten Katalysatoren und Rußpartikelfilter, und so konnte sie vom Wochenendhaus der Familie auf Büyükada, der »großen Insel« im Marmarameer, sogar die Skyline der Stadt sehen, die noch vor wenigen Jahren hinter einem gelben Streifen Smog, der wie ein Vorhang ständig zwischen Himmel und Meer hing, verborgen gewesen war. Sie fand, dass Istanbul moderner und schicker geworden war. Mit seinen Einkaufsarkaden und Hochhäusern aus Glas war es ein bisschen wie London, wo sie nach dem Abitur drei Monate an einer Sprachschule verbracht hatte, weil ihre Eltern der Meinung waren, dass ihr Englisch besser sein könnte. Auch, dass junge Mädchen, wenn sie wollten, nun in den Universitäten wieder Kopftuch tragen durften, fand sie in Ordnung. Einige ihre Kommilitoninnen und Freundinnen an der juristischen Fakultät der Uni trugen Kopftücher. Solange sie es nicht müsste! Und weil sie es nicht musste, weil sie tun und lassen konnte, was sie wollte, war es für sie gut, wie es war. Sie war zweiundzwanzig, traf sich am liebsten mit Freunden, ging ins Kino, feierte und tanzte gerne, trank Alkohol. Das ging bislang eben auch unter Erdoğan.

Vedat, zwei Jahre älter als Mine, machte das alles mit. Nur wenn er sie mit zu seinen Eltern nach Hause in Kasımpaşa nahm, bat er sie manchmal, etwas anderes anzuziehen, einen etwas längeren Rock etwa. Sie tat das dann, obwohl sie insgeheim bezweifelte, dass Vedats Vater oder Mutter je an ihrer Kleidung gemäkelt hätten, die so aufreizend ohnehin nie war. Aber sie tat es dennoch gerne, hatte schließlich gewusst, dass sie einen Mann heiratete, der aus anderen Verhältnissen stammte als sie selbst. Und sie akzeptierte, dass seine Eltern eben religiöser waren als ihre, dass der Vater ständig die Holzkugeln der Tesbih durch die Finger gleiten ließ, regelmäßig zum Freitagsgebet ging, im Spind seiner Dienststelle einen Gebetsteppich hatte, um, wenn er nicht gerade auf Streife war, das ein oder andere der täglich fünf Gebete zu verrichten. Das hatte ihr Vedat erzählt. Es störte sie auch nicht, dass im Wohnzimmer über der Couch neben dem obligatorischen Bild von Kemal Atatürk, dem Staatsgründer und »Vater der Türken«, eines von Premierminister Erdoğan hing. Vedats Vater und damit auch Vedat und der Rest der Familie hatten natürlich AKP gewählt, deren Logo, eine Glühbirne, Licht und Aufbruch symbolisieren sollte, den es in Kasımpaşa ja auch tatsächlich gegeben hatte. Das war an jeder Straßenecke zu sehen. Also gab man dem Sohn des Viertels seine Stimme. Es war ihr gutes Recht, Erdoğan zu wählen, fand Mine. Auch wenn sie es eben nicht tat. Gar nicht zur Wahl gegangen war.

Die Sache mit dem Park aber fuchste Mine. Sie mochte Bäume, ihr vor der glühenden Sommersonne schützendes Grün, unter dem sie mit Kommilitonen in vorlesungsfreien Zeiten saß und schwatzte, das Rauschen der Blätter, das sie bei geöffnetem Fenster ihres Schlafzimmers auf Büyükada in den Schlaf wiegte, das leuchtend rot und gelb verfärbte herbstliche Laub. Der Gezi-Park, dem Hotel »The Marmara« – einst bestes Haus am Platz – gegenüber, war im derzeitigen Zustand sicher keine Zierde, da gab sie Vedat insgeheim recht. Er wirkte ungepflegt und vernachlässigt, die Steinplatten der vor Jahrzehnten angelegten Wege waren zersprungen, abgesunken, aufgeworfen, der Springbrunnen lief eigentlich nie und wurde als Mülleimer missbraucht. Aber es gab Bäume. Und Rasenflächen, die im August, September zwar nicht mehr grün, sondern braun waren, aber Mine und ihren Freundinnen und Freunden die Möglichkeit boten, in längeren Pausen zwischen den Vorlesungen nach einem kurzen Spaziergang den stickigen Gängen und Sälen der Uni zu entkommen. Und das sollte nun dem Nachbau einer osmanischen Kaserne weichen, mit einem kleinen Militärmuseum und integriertem Einkaufszentrum. Schnell hatte sich an der Uni eine kleine Gruppe von Studenten und auch einiger Dozenten gebildet, die dagegen waren, viele schon aus

Prinzip – weil sie nicht gefragt worden waren. Die Pläne waren der Öffentlichkeit nicht vorgestellt, die Anwohner in der Planungsphase nicht beteiligt worden. Die Stadtverwaltung hatte sie vor vollendete Tatsachen gestellt. Nicht nur der Gezi-Park, der gesamte Taksim-Platz sollte umgestaltet werden, dafür musste die Verkehrsführung der mehrspurigen, zum Platz führenden Straßen geändert werden. Damit hatten Bautrupps gegen den Protest einer Bürgerinitiative und trotz laufender Gerichtsverfahren schon vor Monaten begonnen. Bagger und Lastwagen wirbelten hinter Absperrungen aus Metall Staub auf, wo der Tarlabaşı Boulevard in die Cumhuriyet Straße überging, die nach Nişantaşı führte, dem Stadtteil, in dem Mine geboren und aufgewachsen war und in dem sie nun mit Vedat eine eigene Dreizimmerwohnung bewohnte, die ihre Eltern ihnen zur Hochzeit geschenkt hatten. Seit dem Beginn der Arbeiten war das ewige Verkehrschaos in der Stadt noch größer geworden. Aber Mine konnte ja die Metro benutzen.

Vedat schnürte sich im engen Flur gerade die schweren Stiefel und zog die dunkelblaue Uniformjacke über, deren Aufdruck, das wusste Mine, ihn stolz machte. Denn er war kein einfacher Streifenpolizist wie sein Vater, er war Mitglied der Çevik Kuvvet Polis, einer Sondereinsatztruppe der Polizei, die zur Abwendung von Gefahren für die öffentliche Ordnung, vor allem bei Versammlungen und Kundgebungen eingesetzt wurde.

»Komm doch einfach dazu, wenn du mit deiner Schicht durch bist. Ruf mich an und ich sage dir, wo wir sind.«

Sie drückte ihm einen Kuss auf den Mund, schulterte ihren Rucksack, zwängte sich an ihm vorbei und hatte die Wohnungstür hinter sich zugezogen, bevor Vedat noch irgendetwas erwidern konnte.

Marc

Na, prima. Marc hatte sich, bevor er losgegangen war, mit seinem Mobiltelefon ins WLAN-Netz des Hotels eingewählt und sich auf der Seite eines Kartendienstes die Lage des Turkish Airlines Büros eingeprägt, einen Screenshot des Kartenausschnitts zu machen aber dummerweise vergessen. Nun stand er am Atatürk-Denkmal mitten auf dem Taksim-Platz, rechts das Hotel »The Marmara«, vor ihm, am anderen Ende des Platzes, das geschlossene und zum Abriss vorgesehene Atatürk Kulturzentrum. Da, wo er eigentlich hin musste, nach links, versperrte ihm ein sicher hundert Meter langer Bauzaun den Weg, den ihm sein smartes Smartphone natürlich nicht angezeigt hatte. Dahinter wirbelten mehrere Bagger und Bulldozer eine ganze Menge Staub auf. Und jetzt? Die Datenroamingfunktion seines Mobiltelefons hatte er abgeschaltet, er war erstens im Urlaub und zweitens die Türkei nicht in der EU, die Preise für Internetverbindungen also horrend. Er erinnerte sich, auf der Karte eine kleine Grünfläche gesehen zu haben, die als »Gezi-Park« verzeichnet war. Vielleicht könnte er ja da durch und so die Baustelle umgehen. Er schaute sich um. Die Absperrung endete an den Stufen, die zum Park hinaufführten, er schien also offen zu sein. Marc schritt die Stufen hoch und blieb irritiert stehen. War der Park doch geschlossen? Den weiteren Weg versperrten ihm Gitter mit der Aufschrift »Polis«, dahinter, um eine kleine Hütte herum, hockten im Schatten der Bäume mehrere Dutzend Polizisten. Dann sah er aber, dass Menschen in ziviler Kleidung durch zwei kleine Durchlässe rechts und links der Absperrungen hindurchgingen. Er passierte die Absperrungen auf der linken Seite und betrat den kleinen Park, dessen betonierte Wege Risse aufwiesen und der insgesamt ungepflegt wirkte. Er musste sich links halten, erinnerte er sich, aber die Ausgänge, an denen er vorbeikam, waren allesamt vergittert. Teile einer Mauer, die den Park offensichtlich mal umgeben hatte, waren eingestürzt und gaben den Blick auf die Großbaustelle frei, die ihm den direkten Weg zum Büro der Fluggesellschaft versperrt hatte. Er ging weiter und vernahm plötzlich so etwas wie Sprechchöre, menschliche Stimmen, die gemeinsam etwas riefen. Vor sich, unter Bäumen, entdeckte er einige Zelte, zwischen die Plakate gespannt waren. »Gezi Parkı bizim!«, stand darauf. Und »Parkımızı vermiyoruz!« Was hat das zu bedeuten?, fragte sich Marc, dessen Türkischkenntnisse sich auf die Worte für »Bitte«, »Danke«, »Guten Tag«, »Auf Wiedersehen« und »Nein danke, Bruder!« beschränkten. Er ging näher, seine journalistische Neugier trieb ihn. Sie im Urlaub abzulegen gelang ihm leider nicht immer. Eher viel zu selten. Es war ein Kreuz mit seinem Riecher, Trüffelschwein hin, gute Story her. Deswegen zog er sich auch immer an möglichst einsame Orte, im Idealfall ohne Telefon- und Internetverbindung, zurück – nur dass solche Orte immer seltener wurden und Istanbul garantiert nicht dazugehörte.

Ein Gruppe meist junger Menschen skandierte etwas, das er nicht verstand, aber es war offenbar eine kleine Demonstration, die dennoch von öffentlichem Interesse sein musste, denn um die Gruppe herum standen Kamerateams und Fotografen und auch einige Polizisten, die allerdings recht gelangweilt wirkten und die Schlagstöcke locker an den Schlaufen um ihre Handgelenke baumeln ließen. Die Fahrer zweier Bulldozer hockten in den Führerhäuschen, rauchten und schauten auf die Szene herab. Ein älterer Mann, der auf der Seite der Demonstranten stand, redete aufgeregt auf einen Polizisten und mehrere Männer in Anzügen ein.

»Hallo, ich bin Marc aus England. Könnt ihr mir erklären, worum es hier geht?«

Marc fragte ein junges Pärchen, das Hand in Hand am Rand der Demonstration stand.

»Sie wollen die Bäume abholzen und statt des Parks ein Einkaufszentrum bauen. Dagegen protestieren wir.«

Der flaumbärtige Junge und seine zierliche Freundin schauten ihn mit ernsten Augen an.

»Die kommen hier einfach hin und reißen unseren Park ab! Die fragen nie, sondern machen einfach!«

Das Englisch der beiden war ziemlich gut, seines hatte einen amerikanischen Einschlag, ihres war Oxford pur.

»Wir sind Studenten an einer Uni hier in der Nähe und wir haben die Nase voll. Die können nicht einfach machen, was sie wollen. Gestern ist ein Bautrupp gekommen und hat fünf Bäume abgeholzt. Wir haben uns dann vor die Bagger gestellt und sie daran gehindert, noch mehr Bäume auszureißen. Aber jetzt sind sie schon wieder da und wollen weitermachen.«

In den Augen der jungen Frau funkelte Wut.

»Ich verstehe. Und wer ist der Mann da vorn?«

Marc zeigte auf den älteren Herrn, der noch immer wild gestikulierend mit den Anzugträgern und dem Polizisten diskutierte.

»Das ist ein Abgeordneter der BDP. Er versucht, das hier zu stoppen.«

Das politische System der Türkei war nicht gerade Marcs Spezialgebiet, aber er meinte sich zu erinnern, dass die BDP eine liberale kurdische Partei war.

»Warum interessiert Sie das?«

Nun war Neugier in ihren Augen.

»Berufskrankheit. Ich bin Journalist, aber eigentlich im Urlaub hier.«

»Sie sollten hierüber mal berichten!«

»Ich sage es meinen Kollegen, danke.«

Marc verabschiedete sich. Proteste gegen das Fällen von ein paar Bäumen in einem Istanbuler Park waren nun wirklich keine Geschichte, für die es sich lohnte, kostbare Urlaubszeit zu vergeuden, so sehr ihn die Empörung des jungen Paares auch rührte. Er ging weiter und verließ den Park am entgegengesetzten Ende. Entlang des Bauzauns lief er ein Stück zurück und schlug sich dann in eine Seitenstraße, in der er das Büro der Fluggesellschaft vermutete. Nachdem er noch ein paar Mal nachgefragt und dabei auf den Ausdruck seines elektronischen Tickets mit dem Logo von Turkish Airlines gezeigt hatte, fand er es auch, betrat das klimatisierte Kundenzentrum, zog eine Nummer und setzte sich auf einen der letzten freien Stühle im Warteraum vor den Schaltern. Es dauerte fast eine Stunde, bis seine Nummer endlich über einem der Schalter aufleuchtete, und eine weitere, bis er den Rückflug nach London um zehn Tage nach hinten verlegt, fast zweihundert Türkische Lira Gebühr und Aufpreis für die höhere Buchungsklasse gezahlt und ein neues Ticket ausgestellt bekommen hatte. Weil er hungrig war, suchte er sich ein kleines Restaurant in der Nähe und bestellte sich Adana Kebab, scharfes, auf einem Spieß gegrilltes Hackfleisch vom Rind, mit Reis und Salat. Dazu trank er einen Becher Ayran, ein Joghurtgetränk, das zu Fleisch und auf Wunsch mit frischer Minze gereicht wurde. Leicht gepfeffert und gesalzen, so hatte es ihm an seinem zweiten Tag ein Kellner beim Mittagessen erklärt, ein erfrischender Durstlöscher.

Nachdem er bezahlt hatte, beschloss er, den gleichen Weg zurückzugehen, um sich nicht in der Großbaustelle zu verlaufen. Als er den Park dort betrat, wo er ihn verlassen hatte, war von den Demonstranten weder etwas zu hören noch zu sehen. Dafür waren die Grünflächen zwischen den Bäumen nun von mehreren Dutzend Polizisten bevölkert, an deren Anblick ihn etwas irritierte. Erst, als seine Augen plötzlich zu tränen begannen und er diesen stechenden Geruch in der Nase hatte, den er von Einsätzen als Reporter kannte, von den Demonstrationen auf dem Tahrir-Platz in Kairo etwa, wusste er, was ihn da irritierte: Die Männer in den dunkelblauen Uniformen und weißen Helmen trugen Gasmasken. Offensichtlich war hier gerade Tränengas gegen die Demonstranten eingesetzt worden. Zwei von ihnen kamen auf ihn zu. Einer zog den Helm aus, schob die Gasmaske auf die Stirn und sagte etwas auf Türkisch zu ihm. Marc zuckte mit den Schultern.

»Entschuldigen Sie bitte, aber ich verstehe nicht. Ich spreche kein Türkisch.«

Der Polizist antwortete erneut auf Türkisch, Marc zuckte wieder mit den Schultern und versuchte, weiterzugehen. Die Spitze eines Schlagstocks, die auf seine Brust tippte, hielt ihn zurück. Verdammt, was war hier los?

Marc schaute über die Schultern der beiden Polizisten in den Park. Die Demonstranten waren weg, die Zelte auch, nur die Reste von einigen Plakaten lagen zerknüllt auf dem Boden.

»Closed. Park closed.«

Ein dritter Polizist, Helm und Gasmaske unter den linken Arm geklemmt, war hinzugetreten und wies Marc mit drei Worten auf Englisch und seinem Schlagstock unmissverständlich den Weg. Marc fügte sich, obwohl die Sache ihn zu interessieren begann, aber man musste ja nicht gleich mit dem Kopf durch die Wand, vor allem nicht im Urlaub. Oft genug hatte er mit den Sicherheitskräften diverser Länder zu tun gehabt, um zu wissen, dass dies nicht der Moment war, sich auf eine Konfrontation einzulassen. Er zuckte noch einmal mit den Schultern und ging dann in die Richtung, die ihm der Schlagstock wies, aus dem Park heraus und vor dem Divan Hotel nach rechts, die Straße entlang, die am Hotel Intercontinental vorbei hinunter zum Stadion von Beşiktaş und zum Dolmabahçe-Palast führte. Auf einer Treppe am nordöstlichen Ende des Parks saß eine Gruppe junger Männer und Frauen. Sie hockten auf den Stufen unter von der Polizei offensichtlich als Absperrung gespanntem Flatterband.

Er erkannte das junge Pärchen wieder, das bei den Demonstranten gestanden hatte. Sie schluchzte an seiner Schulter, er, den Arm um ihre Schultern gelegt, schaute aus geröteten Augen ins Nichts. Neben ihnen hockte ein Mann, ebenfalls kaum älter als Anfang zwanzig, presste ein Taschentuch an seine rechte Schläfe, zwischen den Fingern hindurch lief Blut über Wange und Hals und färbte den Kragen seines T-Shirts rot.

»Was ist passiert?«

Marc setzte sich zu ihnen.

»Die haben plötzlich und ohne Vorwarnung mit Tränengas geschossen, uns mit Schlagstöcken aus dem Park geprügelt und die Zelte eingerissen und mitgenommen!«

Dem jungen Mann standen immer noch Entsetzen und Fassungslosigkeit ins Gesicht geschrieben. Seine Freundin hob den Kopf.

»Aus dem Nichts haben die auf uns eingeschlagen! Wir haben nichts getan, nur dagestanden!«

Ihre Stimme war tränenerstickt, aber in ihren Augen blitzte blanke Wut.

»Sind Sie der Journalist aus England?«

Die Frage kam von einer jungen, sehr hübschen Frau mit dunkler Lockenmähne, die inmitten der Gruppe hockte. Marc nickte.

»Hi, ich bin Mine. Sie müssen uns helfen!«

Kathrin

Kathrin hatte gerade die Rechnung bestellt, als ihr Mobiltelefon, das vor ihr auf dem Tisch lag, vibrierte und einen kurzen Piepton von sich gab. Sie saß mit ihrer Freundin Nevra in einem Café am Anleger von Heybeliada, einer der neun Inseln, die vor Istanbul im Marmarameer lagen, noch zur Stadt gehörten und Prinzeninseln hießen. Die Inselgruppe war ein beliebtes Ausflugsziel für stressgeplagte Großstädter. Es gab keinen Autoverkehr, als Fortbewegungsmittel dienten Pferdekutschen und Fahrräder. Dadurch war nicht nur die Luft besser, vor allem in den Sommermonaten, wenn sich die Hitze in den dicht bebauten Straßenschluchten des Festlandes staute, das ganze Leben auf den Inseln war irgendwie entschleunigt. Kathrin liebte es, durch die von Bäumen gesäumten Straßen mit den zumeist liebevoll renovierten Holzhäusern zu schlendern, gerade im April und Mai, wenn die üppigen Bougainvillea-Sträucher blühten und mit ihrem Magenta den Kontrast zwischen den weiß lackierten Holzfassaden und dem stahlblauen Himmel milderten. Außerdem konnte hier schon zu dieser Jahreszeit baden, wer Wassertemperaturen von achtzehn, zwanzig Grad nicht scheute. Wann immer sie vier, fünf Stunden Zeit hatte, fuhr sie raus auf die Inseln. So auch an diesem Morgen. Dienstags hatte sie nur eine frühe Vorlesung. Direkt im Anschluss war sie mit Nevra nach Heybeliada gefahren, die sie besonders in ihr Herz geschlossen hatte. Die Sommervillen reicher Istanbuler waren auf Büyükada noch größer und prächtiger, dafür lag Heybeliada dem europäischen Teil Istanbuls am nächsten. Die Überfahrt von Kabataş war eine halbe Stunde kürzer, außerdem gab es nur zwanzig Minuten zu Fuß von der Anlegestelle entfernt einen annehmbaren Strand mit ein paar Liegen und Sonnenschirmen und einem kleinen Restaurant mit akzeptablen Preisen. Für einen halbtägigen Ausflug ans Meer, für den man nicht alles selbst mitschleppen wollte, also genau das Richtige.

Kathrin war Dozentin für Architektur und Städtebau an der altehrwürdigen, 1882 gegründeten Mimar Sinan Universität der Schönen Künste, die im Stadtteil Fındıklı direkt am Bosporus lag. Schon während ihres Studiums an der Fachhochschule Köln hatte sie ein Auslandssemester an der Mimar Sinan verbracht – fünfzehn Jahre war das mittlerweile her – und schließlich über das Thema »Moderner Städtebau – Strategien für historisch gewachsene Großstädte am Beispiel Istanbuls« promoviert. Immer wieder war sie in den Semesterferien nach Istanbul geflogen, um lieb gewonnene Freunde zu besuchen und weil die Stadt sie faszinierte, das rasende Tempo, mit dem sie sich veränderte und sich gleichzeitig treu blieb. Nach dem Studium war sie dann aber erst einmal nach Hamburg gegangen, wo man die Hafencity plante und baute und Bedarf an jungen Architekten war. Ihr gefiel die Stadt, der Job aber erwies sich als Enttäuschung. Europas größtes Städtebauprojekt, wie man das neue Viertel südlich der Speicherstadt an der Elbe mit unhanseatischer Bescheidenheit gerne nannte, entpuppte sich auf den Plänen – und an ein oder anderer Stelle auch schon in der Realität – als lieblos aneinandergereihte Ansammlung ziemlich fantasieloser Wohn- und Geschäftsklötze, die moderne Adaptionen der alten Speicher darstellen sollten, dazwischen schachbrettartige Straßenzüge, die parallel zu den alten Hafenbecken verliefen. Architektonische Freiheiten und stadtplanerische Visionen, das musste sie, schon kurz nachdem sie im Team eines renommierten deutsch-iranischen Architekten angefangen hatte, feststellen, waren längst unter dem Staub deutscher Bürokratie und der Piefigkeit regionaler Politik begraben. Also heuerte sie kurz entschlossen – ein Headhunter hatte eines Abends bei ihr zu Hause angerufen – bei einem internationalen Architekturbüro an, das in Istanbul eine Dependance unterhielt und händeringend Architekten suchte. 2004 war das gewesen, die Stadt mittlerweile eine einzige Baustelle, der Stillstand der letzten Jahrzehnte des vergangenen Jahrtausends einem ungeheuren Bauboom gewichen, der Fachleute aus der ganzen Welt aufsog. Wer war da besser geeignet als sie?

Auch zahlte sich aus, dass sie während des Auslandssemesters bereits einen Türkischkurs absolviert hatte und ihre Sprachkenntnisse in der Zwischenzeit so weit ausgebaut hatte, dass sie trotz ihrer blonden Haare und blauen Augen im Alltag als Türkin durchging. Schon nach drei Jahren, in denen sie an der Planung und Entwicklung diverser Großprojekte mitgearbeitet hatte, wurde ihr eine Gastprofessur an der Mimar Sinan angeboten, die sie annahm. Keine schlechte Karriere für ein Mädchen aus einem niederrheinischen Dorf, nicht weit von der niederländischen Grenze entfernt, dachte sie immer wieder. Nur dass sie dabei ziemlich »geç kaldı« geworden war, »zu lang geblieben«, wie es die Türken nannten, wenn eine Frau mit achtunddreißig Jahren noch unverheiratet und kinderlos war.

Nun hatten Nevra und sie also Çay, starken türkischen Tee, aus kleinen Gläsern getrunken und Karadut Dondurmalı Kazandibi gegessen, karamellisierten Reispudding mit dem sehr fruchtigen, aber nicht zu süßen Eis aus schwarzen Maulbeeren, während sie auf die Fähre zurück nach Kabataş warteten. Kathrin hatte am späten Nachmittag noch einen Termin an der Uni, die praktischerweise nur eine Station mit der Straßenbahn vom Fähranleger entfernt lag. Sie nahm ihr Telefon vom Tisch und schaute auf das Display, auf dem das Symbol für eine eingegangene Kurznachricht blinkte. Sie drückte auf den Bildschirm, die Nachricht erschien. Sie war von Erol, einem befreundeten Musiker, der wie sie auf der asiatischen Seite wohnte, im zum Stadtteil Üsküdar gehörenden Viertel Kuzguncuk, das sich noch einen gewissen dörflichen Charme erhalten hatte, obwohl es direkt gegenüber von Beşiktaş lag, sehr zentral also, noch vor der ersten Bosporus-Brücke. Kuzguncuk war eine Oase der Ruhe in der tosenden Betonwüste Istanbuls. Viele Künstler und Intellektuelle hatten sich in dem seit jeher multikulturellen Viertel niedergelassen, in dem es zwischen schiefen alten Holzhäusern eine Moschee, drei Kirchen, armenisch und griechisch-orthodox, und auch eine Synagoge gab.

»Du glaubst das nicht!«

»Was?«

Nevra war sichtlich irritiert ob der Lautstärke ihres Ausrufs.

»Die Polizei ist mit Reizgas und Schlagstöcken gegen ein paar Studenten vorgegangen, die im Gezi-Park gegen das Abholzen der Bäume und den Bau dieser als Nach-

44

bau einer osmanischen Kaserne getarnten Shopping Mall protestiert haben!«

Mine

Vedat lag auf dem Sofa und schaute fern, als Mine am frühen Abend nach Hause kam. Sie hatte noch über eine Stunde lang auf den englischen Journalisten eingeredet, ihm von den Plänen der Regierung erzählt, auf dem Gelände des Gezi-Parks ein Einkaufszentrum zu errichten und damit eine der letzten Grünflächen in Beyoğlu dem Konsum zu opfern, wie auch schon das über einhundert Jahre alte Emek-Theater in der Istiklal Straße einer Shopping Mall weichen sollte und die Polizei Anfang April Proteste von Künstlern, darunter der griechisch-französische Regisseur Costa-Gravas, mit Wasserwerfern und Tränengas beendet und unter anderen den berühmten Filmkritiker Berke Göl festgenommen hatte. Immer wütender war sie geworden. Die Regierung verschachere die kulturelle Identität der Stadt an den Kommerz, Premierminister Erdoğan sei ein Banause, der, als man beim Bau der Metro, die einmal unter dem Bosporus hindurchführen soll, die Überreste eines alten römischen Hafen gefunden hatte, abfällig von ein paar Keramikscherben gesprochen habe. Marc, der Journalist, hatte ihr aufmerksam zugehört und sie nur gelegentlich mit einer Zwischenfrage unterbrochen. Am Ende war er aufgestanden, hatte gesagt, dass er ihren Unmut verstehe, er aber nun mal im Urlaub sei, ihr aber immerhin seine Telefonnummer gegeben und versprochen, mit den Kollegen im Istanbuler Büro des Nachrichtenmagazins, für das er arbeitete, zu sprechen.

»Und? Wie war's?«

Vedat schaute auf, als sie ins Wohnzimmer trat.

»Ist das dein Ernst? Das fragst du mich?«, giftete Mine. »Du müsstest doch wissen, wie es war!«

»Was? Ich? Wissen? Wieso?«, stammelte er verdutzt.

»Und was ist mit deinen Augen los? Hast du geweint?«

Mine dreht sich zur Seite und schaute in den Spiegel, der in seinem verschnörkelten Rahmen über der alten Holzkommode, einem Erbstück von ihrer Großmutter, hing, und erschrak. Ihre Haare standen noch wilder vom Kopf ab als sonst, die Partie um ihre Augen war stark gerötet und angeschwollen.

»Geweint?«

Sie wandte sich wieder Vedat zu.

»Das kommt vom Gas, das deine netten Kollegen mir ins Gesicht gesprüht haben!«

»Was?«

Vedat war aufgesprungen, auf Mine zugestürzt und hatte sie mit beiden Armen an den Schultern gepackt.

»Was ist passiert? Erzähl!«

»Ich muss mich setzen, lass uns in die Küche gehen. Ich brauche jetzt erst einmal einen Tee.«

Vedat trottete hinter Mine her, die sich auf einen Stuhl an dem kleinen Küchentisch fallen ließ, während er Tee, den er wahrscheinlich wie immer direkt aufgesetzt hatte, nachdem er nach Hause gekommen war, in zwei Gläser goss, eines davon zusammen mit der kleinen Zuckerschale vor Mine stellte und sich dann neben sie auf den zweiten Stuhl setzte.

»Erzähl!«

Mine versuchte, ruhig zu bleiben. Was konnte Vedat dafür? Aber ihre Schultern, ihr ganzer Körper bebte vor Wut, Schreck und Fassungslosigkeit, als sie ihm berichtete, was im Gezi-Park passiert war. Vedat hörte sprachlos zu, bis sie fertig war.

»Und du hast davon nichts gewusst? Du bist doch bei der Polizei, das musst du doch mitbekommen haben!«

»Nein, nichts. Meine Einheit hat ganz normal Bereitschaft geschoben, wir haben den ganzen Tag in der Kaserne gehockt.«

Die gewalttätigen Übergriffe der Polizei gegen Demonstranten jeder Art waren gelegentlich Anlass für Diskussionen am Küchentisch gewesen, und immer hatte sich Vedat ihr gegenüber davon distanziert, aber nie Einzelheiten von seinen eigenen Einsätzen erzählt. Sie hatte es irgendwann aufgegeben, ihn danach zu fragen, sie bekam ohnehin immer die gleichen Antworten. Dass es sich um einige schwarze Schafe bei der Polizei handelte, die gelegentlich über das Ziel hinausschössen und so weiter.

»Versprich mir, dass du bei so etwas nicht mitmachst!«

Mine hatte sich auf seinen Schoß gesetzt, ihn umarmt und geküsst, er in ihrer Umarmung genickt.

»Die haben in der Kaserne nichts davon erzählt.«

Vedat zuckte entschuldigend mit den Schultern.

»Und im Fernsehen haben sie auch nichts darüber gebracht.«

»Lass gut sein, du schaust einfach die falschen Kanäle.«

Sie stritten sich manchmal, wenn Mine Halk TV oder Ulusal Kanalı einschaltete, zwei kleine, unabhängige Nachrichtensender, die politisch eher links – Vedat würde sagen: »zu links« – einzuordnen waren. Er guckte, wenn nicht einen der zahlreichen Sportsender, was meist der Fall war, staatliches TRT oder CNN Türk. Meistens gab sie nach und klappte dann ihren Laptop auf, um sich die Nachrichten, die sie interessierten, aus dem Netz zu holen. Oft war das ohnehin nicht. Die türkische Politik ödete sie an, lauter testosterongeschwängerte Typen mit Schnauzbärten, die ständig nur herumschrien – egal ob im Parlament oder im Interview. Und zu Hause, bei ihren Eltern, diese endlosen Diskussionen, die nie zu etwas anderem führten als dicken Köpfen am nächsten Tag, weil mindestens genau so viel geraucht und getrunken wie geredet wurde.

»Übrigens ist unser Zelt weg. Und mein Schlafsack auch. Das haben die einfach alles an Ort und Stelle angezündet oder mitgenommen. Ich konnte nur noch meinen Rucksack retten.«

»Ich hake mal nach, vielleicht findet sich das Zeug ja noch.«

Es klang dahingesagt. Vedat war schon auf dem Weg zur Wohnungstür, um in einem kleinen Restaurant unten an der Ecke Köfte mit Reis und Salat für das

Abendessen zu holen. Mine telefonierte währenddessen mit ihrer Mutter, die natürlich besorgt und empört war über das, was ihre Tochter ihr über die Geschehnisse im Gezi-Park erzählte. Erst als Mine ihr tausendmal versichert hatte, dass mit ihr alles in Ordnung sei, und versprach, sich in Zukunft rechtzeitig vor dem Einschreiten der Polizei von solchen Kundgebungen zu entfernen – ganz verbieten könne und wolle sie ihrer Tochter ihr Engagement ja nicht –, beendete sie das Gespräch mit einem immer noch besorgt klingendem »Pass auf dich auf!«, just in dem Moment, als Vedat mit der Tüte vom Restaurant in der Hand zur Tür hereinkam. Sie aßen schweigend auf dem Sofa, die Plastikteller auf den Knien, und schauten sich auf DVD eine Raubkopie von »Ice Age 4« an, die Vedat zwei Tage zuvor mit nach Hause gebracht hatte. Das Telefon blieb den ganzen Abend über stumm, ebenso die Türklingel. Offensichtlich hatte ihre Mutter dem Vater nichts erzählt, der sonst sofort zurückgerufen hätte oder gleich vorbeigekommen wäre, um seine einzige Tochter einer umfassenden medizinischen Untersuchung zu unterziehen und anschließend befreundete Anwälte aus dem Schlaf zu klingeln, damit sie Istanbuls Polizeibehörden mit einer Klagewelle überzogen. Mine duschte, dann legte sie sich neben Vedat ins Bett.

»Ich gehe da morgen wieder hin!«

Sie beugte sich zu ihm herüber und drückte ihm einen Gutenachtkuss auf den Mund.

»Lass uns beim Frühstück darüber sprechen.«

Vedats Antwort war nur noch ein Murmeln. Dann drehte er sich um und gab schon Sekunden später nur noch die ruhigen Atemgeräusche eines Schlafenden von sich.

29.–30. Mai

Marc

Am nächsten Morgen war Marc schon recht früh wach. Er hatte sehr unruhig geschlafen, was ungewöhnlich war, schlief er doch im Urlaub in der Regel wie ein Murmeltier, acht oder neun Stunden, manchmal auch länger, als hole sich sein Körper zurück, was Marc ihm, wenn er arbeitete, insbesondere in Krisengebieten, vorenthielt. Immer wieder musste er an diese junge türkische Frau denken, Mine. Nicht nur, aber auch natürlich, weil sie mit ihren ungezähmten dunklen Locken, den großen, fast schwarzen Augen, den vollen Lippen und ihrer zierlichen, aber wohlproportionierten Figur unglaublich hübsch war. Vor allem aber wegen der Art, wie sie und wegen dem, was sie erzählt hatte. Mit den Armen gestikulierend, die Augen gerötet und geschwollen, aber vor Wut leuchtend, und in hervorragendem Englisch hatte sie ihm derart plastisch davon berichtet, mit welcher Brutalität die Polizisten gegen sie und die vielleicht fünfzig anderen Demonstranten vorgegangen war, dass er es bildlich vor sich sah: die Schlagknüppel, die auf Köpfe und Schultern trafen, in Rücken und Kniekehlen, das Tränengas, aus kürzester Entfernung in Gesichter gesprüht.

Er hatte in verschiedenen Ländern wilde Straßenschlachten erlebt, in denen Polizisten mit Steinen und

Molotow-Cocktails beworfen, mit Holzlatten, Eisenstangen, Baseballschlägern, manchmal sogar mit Messern und Schusswaffen angegriffen worden waren, dass ihm der Einsatz von Wasserwerfern und Reizgas in manchen Fällen als legitimes Mittel der Selbstverteidigung vorgekommen war. Aber was er von Mine hörte, war etwas ganz anderes, die Reaktion der Einsatzkräfte schien einfach völlig überzogen. Er konnte natürlich nicht wissen, was passiert war, während er im Büro der Fluggesellschaft sein Ticket umbuchte und anschließend zu Mittag aß. Die Situation vorher aber – ein paar junge Menschen, Sprechchöre, eine Hand voll Plakate – war ziemlich harmlos gewesen, das hatte er schließlich mit eigenen Augen gesehen. Und wenig später Schwaden von Gas in der Luft, die geröteten Augen, der Junge mit der Kopfwunde.

Marc zog sich an und ging hinunter in den Frühstücksraum des Hotels, der um diese Zeit – es war erst halb acht – noch gähnend leer war, weil die meisten Touristen im Galataviertel bis in die frühen Morgenstunden in den zahllosen Bars und Clubs versumpften. Er bestellte einen Cappuccino und einen frisch gepressten Orangensaft und nahm sich den gesamten Stapel der auf einem Tischchen am Eingang ausliegenden Zeitungen mit an seinen Tisch, vier türkische, zwei englische, sogar die beiden deutschen, obwohl er die nicht lesen konnte. Nirgendwo fand er ein Foto oder auch nur ein paar Zeilen über den gestrigen Vorfall. Er zückte sein Mobiltelefon, wählte sich ins WLAN des Hotels ein und durchforstete die Online-Ausgaben der zahlreichen internationalen Medien, die er sich als Link auf die Startseite gelegt hatte. Nichts. Er fragte den Kellner, aber der zuckte nur mit den Schultern. Ob er nichts wusste oder Marcs Frage einfach nicht verstanden hatte, ließ die Geste offen.

Gegen neun verließ er das Hotel und ging über die Istiklal Straße, in der die Geschäfte fast alle noch geschlossen hatten, Richtung Taksim-Platz. Die Geschichte hatte sein journalistisches Interesse geweckt. Wie konnte es sein, dass in den türkischen Zeitungen nichts, aber auch gar nichts über einen Polizeieinsatz zu lesen war, bei dem es doch offensichtlich Verletzte gegeben hatte? Außerdem verspürte er nicht wenig Lust, Mine wiederzutreffen. Sich mit ihr zu unterhalten, war deutlich anregender als der banale Small Talk mit Straßenhändlern, Kellnern oder Touristen, auf den er sich in den ersten Tagen in Istanbul eingelassen hatte. Außerdem war sie deutlich hübscher als seine bisherigen Gesprächspartner. Auf dem Weg machte er, um sich noch nicht ganz von seinem Status als Urlauber zu verabschieden, an der Basilika St. Antonius Halt, einer etwa einhundert Jahre alten römisch-katholischen Kirche, die, eingerahmt von großbürgerlichen Häusern, etwas zurückversetzt an der Istiklal lag. Der Bau war nicht sonderlich spektakulär, wie Marc fand, aber immerhin hatte hier Paul VI. 1967 die erste Heilige Messe eines Papstes auf türkischem Boden gefeiert. Interessant war auch, dass Gottesdienste nicht nur in türkischer, sondern auch in englischer, italienischer und polnischer Sprache abgehalten wurden, weil die meisten Katholiken in Istanbul Ausländer waren. Marc selbst war nicht sehr gläubig. Klar, er war im christlichen Wertesystem aufgewachsen, aber mit Religion oder gar Kirche hatten schon seine Eltern wenig anfangen können. Er hatte allerdings einiges gelesen über die Schwierigkeiten religiöser Minderheiten in der nach offiziellen Angaben zu neunundneunzig Prozent muslimischen Türkei. Vor den Neubau nicht-islamischer Gotteshäuser waren hohe bürokratische Hürden – um nicht zu sagen: Schikanen – gesetzt, und immer wieder wurden Christen und selbst zum muslimischen Glaubensspektrum gehörige Alewiten Ziele von Übergriffen durch sunnitische Mobs, gab es gar Tote, wie den armenischstämmigen Journalisten Hrant Dink, der 2007 ermordet worden war.

Einige Hundert Meter vor dem Taksim-Platz setzte er sich in die Filiale einer amerikanischen Kaffeehauskette, die er normalerweise mied. Aber der Cappuccino im Hotel war ziemlich dünn gewesen, und er brauchte morgens einfach eine ordentliche Koffeindosis, um in Schwung zu kommen, außerdem gab es dort kostenfreies WLAN. Also bestellte er sich einen Latte macchiato mit einem dreifachen Espresso und wählte sich ins Netz ein. Diesmal benutzte er eine Internet-Suchmaschine und wurde fündig. In einem der sozialen Netzwerke stieß er auf zwei Seiten, die sich »Diren Gezi Parkı« und »Taksim hepimiz« nannten. Die Texte waren zwar ausschließlich in türkischer Sprache, auf den zahlreichen Fotos aber erkannte er einige der Demonstranten von gestern wieder. Die Bilder waren teilweise ziemlich drastisch, sie zeigten Polizisten mit erhobenen Schlagstöcken, fliehende Demonstranten mit Panik in den Augen, Menschen mit blutenden Kopfwunden und brennende Zelte. Eines war besonders. Dafür hatte Marc einen Blick. Wenn die Fotografen, die ihn bei Einsätzen in Kriegs- und Krisengebieten begleiteten, ihm die Fotos des Tages auf dem Laptop zeigten, wusste er meist schon, welche später von der Fotoredaktion zur Illustration seiner Artikel ausgewählt wurden. Dieses zeigte eine Frau in einem roten Kleid, mit einer weißen Umhängetasche über der rechten Schulter, der ein Polizist aus nächster Nähe eine Ladung Tränengas ins Gesicht sprühte. Der Druck des Gases ließ ihre langen Haare nach oben stehen, als hänge sie kopfüber. Es hatte sie offensichtlich völlig ohne Vorwarnung getroffen, eine Unbeteiligte, deren Körperhaltung keinerlei Abwehrreaktion erkennen ließ, die rechte Hand den Tragegurt der Tasche umfassend, die linke am ausgestreckten Arm locker herunterhängend. Hätte er einen Artikel über Polizeigewalt geschrieben, das wäre das Bild dazu gewesen. Während er seinen dreifachen Espresso mit geschäumter Milch schlürfte, schaute er wie gebannt auf dieses eine Foto. Bis das Telefon in seiner Hand erst vibrierte und dann klingelte.

Kathrin

Kathrin hatte am Morgen eine Vorlesung. Wie immer war sie mit dem Bus die drei Stationen von Kuzguncuk zum Anleger in Üsküdar gefahren, auf die Fähre nach Kabataş gestiegen, die zur Hauptverkehrszeit mit einer zweiten Fähre im Sieben-Minuten-Takt, genau die Zeit, die die Schiffe für die Querung des Bosporus brauchten, pendelte, und hatte dann die Tram genommen, um eine Station später, in Fındıklı, fast direkt vor ihrer Uni wieder auszusteigen. Fünfzehn Minuten, maximal zwanzig, brauchte sie von Haustür zu Haustür. Nicht schlecht, dachte sie häufig – wenn man in einer Stadt mit zwanzig Millionen Einwohnern lebt. Das Öffentliche Personennahverkehrssystem hatte sich in den letzten Jahren tatsächlich erheblich verbessert, das musste man der AKP und Premierminister Erdoğan, der zuvor Oberbürgermeister von Istanbul gewesen war, lassen. Indirekt hatte damit auch ihre heutige Vorlesung zu tun. »Planen im Bestand« war der Titel. Es ging um die städtebauliche Herausforderung, Historisches zu erhalten und gleichzeitig den Anforderungen an moderne Mobilität gerecht zu werden. Sie ging kurz in ihr Büro, um den Laptop zu holen, auf den sie als Beispiel einige Pläne von einem Großprojekt in Aksaray, an dem sie vor einigen Jahren mal am Rande mitgearbeitet hatte, kopiert hatte, um sie über den Beamer an die große Leinwand zu werfen.

Als sie pünktlich zu Vorlesungsbeginn um neun Uhr am Hörsaal ankam, hörte sie lautes Stimmengewirr. Sie öffnete die Tür und sah, dass kaum einer der Studenten, wie sonst üblich, saß. Fast alle standen in Gruppen zusammen und diskutierten. Es gab, das konnte sie heraushören, nur ein Thema: Offensichtlich hatte sich das gewaltsame Vorgehen der Polizei im Gezi-Park herumgesprochen. Auch wenn weder die Abendnachrichten im Fernsehen noch die Tageszeitungen darüber berichtet hatten, Kathrin hatte zumindest nichts gesehen. Die ausufernde Gewalt, die so häufig bei Polizeieinsätzen gegen Demonstranten zu beobachten war, war ihr selbst auch schon häufiger aufgestoßen. Sie hatte bei einer Demo gegen den Abriss des Emek-Theaters einmal miterlebt, wie hemmungslos Schlagstöcke, Tränengas und Wasserwerfer selbst gegen friedliche Protestler eingesetzt wurden. Und die Pläne für diese nostalgische Kasernenkopie auf dem Gelände des Gezi-Parks und die gesamte Neugestaltung des Taksim-Platzes hielt sie, gelinde gesagt, für eine städtebauliche Katastrophe. Der Park selbst, immerhin von dem bekannten französischen Architekten und Städteplaner Henri Prost auf persönliche Einladung Kemal Atatürks 1936 entworfen und knapp fünfzehn Jahre später fertiggestellt, war allerdings auch keine Glanzleistung. Zumindest war er ziemlich verwahrlost. Wegen des Vorfalls gestern nun aber gleich den Lehrplan über den Haufen zu werfen und eine spontane Diskussion über Wert und Nutzen städtischer Grünflächen gegenüber denen eines Einkaufszentrums zu beginnen, ging ihr dann doch zu weit. Sollten sich die Gemüter an so etwas Profanem wie den Planungsschwierigkeiten bei der Verkehrsführung und dem Bau einer Fußgängerverbindung zwischen Metro und Tram in Aksaray abkühlen, bei der die knapp fünfhundertfünfzig Jahre alte Murat Paşa Moschee hatte mit einbezogen werden müssen. Und so verschaffte sie sich mit lauter Stimme Gehör, bat, dass sich die Anwesenden setzen mögen, wartete eine Minute, bis ihrer Aufforderung Folge geleistet worden war und begann mit der Vorlesung. Ein hoffnungsloses Unterfangen, wie sie wenig später feststellen musste. Ihre Studenten blieben unruhig, beteiligten sich kaum, überall steckten Köpfe zusammen, wurde getuschelt. Kathrin verkürzte ihr Programm und beendete die Vorlesung nach einer knappen Stunde, dreißig Minuten vor der Zeit.

»Frau Professor, was sagen Sie denn dazu?«

Eine Studentin rief ihr hinterher, als sie den Hörsaal mit dem Laptop unter dem Arm verließ. Sie tat, als habe sie die Frage nicht gehört und ging schnellen Schrittes Richtung Mensa. Im Gang kam ihr ihre Kollegin Zübeida entgegen.

»Kathrin, hast du gehört, was gestern passiert ist?«

Kathrin nickte.

»Ja, und? Machst du mit?«

Zübeida wirkte ganz aufgeregt.

»Mitmachen? Wobei?«

Zübeida guckte sie etwas überrascht an.

»Na, protestieren. Im Park. Ein paar Kollegen gehen jetzt hin. Viele meiner Studenten sind schon da.«

Kathrin staunte. Zübeida, die wie sie in Kuzgungcuk wohnte, war Mitte fünfzig, hatte drei Militärputsche, die blutigen Unruhen in den Kurdengebieten und Hunderte niedergeknüppelte Demonstrationen in ihrem Land miterlebt und war dennoch Feuer und Flamme für den Widerstand von ein paar Baumschützern in einem kleinen Park? Was passierte hier?

»Ich überleg's mir«, sagte Kathrin, wollte weitergehen, überlegte es sich dann – warum, wusste sie nicht wirklich – anders.

»Warte, ich komme mit.«

Draußen, vor dem Haupteingang des Unigebäudes, hatten sich bereits Dutzende Studenten versammelt, viele trugen Rucksäcke, an die Isomatten und Schlafsäcke geschnallt waren und zusammengerollte Stoffbahnen, offensichtlich Plakate, in den Händen, manche schwenkten türkische Flaggen. Zwischen ihnen erkannte Kathrin weitere Mitglieder des Lehrkörpers, die sich den Studenten offensichtlich anschlossen. Dann setzte sich der Zug in Bewegung zur Tramstation und Kathrin trieb einfach mit. Die Studenten wirkten aufgekratzt, die Stimmung war friedlich-fröhlich, einige starteten Sprechchöre:

»Parkımızı vermiyoruz. Gezi hepimiz.«

Wir geben unseren Park nicht her, Gezi gehört uns allen.

»Toll, dass Sie mitmachen.«

Kathrin drehte sich zu der Sprecherin um, die direkt hinter ihr auf dem Bahnsteig stand. Es war die Studentin, die sie bereits beim Verlassen des Hörsaals angesprochen hatte. Kathrin lächelte etwas unsicher. Dann rollte die Tram ein. In Kabataş stiegen sie um in die Füniküler, eine Tunnelseilbahn, die hoch zur Metrostation am Taksim-Platz führte. Vom Ausgang der Füniküler zum Eingang des Parks waren es vielleicht fünfzig Meter. Der Platz war, obwohl es noch Vormittag war, bereits ziemlich voll und von allen Seiten strömten kleine Gruppen zumeist junger Leute herbei und weiter Richtung Park. Viele schwenkten Fahnen, Kathrin erkannte die Logos verschiedener Gewerkschaften und kleinerer, zumeist linker Parteien. Auf selbst gemalten Plakaten und Bannern konnte sie »Stopp demolition of Gezi-Park!« lesen, oder »Occupy Gezi«. Unwillkürlich musste sie lächeln. Schon war das Ganze internationalisiert. Aber wie hatten die sich nur so schnell organisiert?

Dann sah sie die Mannschaftswagen der Polizei, die dort aufgefahren waren, wo – seit Taksim eine Großbaustelle war – die Busse des Flughafenshuttles hielten, am nordöstlichen Ende des Platzes, vor dem Atatürk Kulturzentrum, dessen Zukunft – Abriss oder Erhalt als Museum – ebenfalls heiß umstritten war. Es waren Fahrzeuge der Çevik Kuvvet Polis, einer Sondereinheit, die bei Versammlungen eingesetzt wurde und als besonders brutal verschrien war, mit vergitterten Fenstern und Rammblechen vor der Motorhaube. In deren

Schatten hockten die Polizisten, ihre Schilde an die Wagen gelehnt, die Helme davor abgelegt. In der angrenzenden Seitenstraße meinte sie, einen Wasserwerfer auszumachen. Ihr Schritt wurde unwillkürlich langsamer, als sie noch immer in der Gruppe der Studenten und Kollegen die Stufen zum Park hinaufging. Der Zugang war oberhalb der Stufen mit Gittern der Polizei bis auf zwei kleine Durchlässe rechts und links abgesperrt. Dahinter standen, ebenfalls behelmt und mit Schilden und Schlagstöcken ausgerüstet, Polizisten der Zabita, der normalen Polizei des Bezirkes Beyoğlu. In einem vergitterten Geviert um die kleine Polizeistation des Parks, mehr eine Hütte als ein Gebäude, hockte eine ganze Hundertschaft im Schatten der Bäume. Sollte sie umkehren? Das könnte eine heiße Sache werden. In diesem Moment hakte die junge Studentin sie unter und zog Kathrin mit einem aufmunternden Lächeln in Richtung des linken Durchlasses. Als sie, noch immer am Arm der Studentin hängend, an den Absperrungen vorbei auf die offene Fläche in der Mitte des Parks trat, stand sie vor einer kleinen Zeltstadt. Dreißig, vierzig kleine Zelte in allen möglichen Farben standen am Rand, auf den Rasenflächen unter den Bäumen. Plakate waren zwischen die Bäume gespannt, mit Slogans, die sie die Studenten auf dem ganzen Weg hierhin bereits in Sprechchören hatte rufen hören. Im Schutz eines größeren, weißen Pavillonzeltes in der Mitte waren zwei Tische aufgestellt, auf denen ein Megaphon lag, dahinter standen ein paar Stühle. Zwei-, vielleicht dreihundert zumeist junge Menschen in ihren frühen Zwanzigern saßen in Gruppen davor zusammen, sangen zum Spiel von Gitarren und Darbukas, kleinen Trommeln, oder diskutierten rege. Dazwischen hockten oder standen auch einige Ältere, die Kathrin, wenn es nicht gerade Kollegen von der Uni waren, nicht kannte. Ihr Blick streifte über die Gesichter und blieb an dem eines gut aussehenden Mannes hängen, der um die dreißig sein musste. Der Mann schaute abwechselnd ernst und lächelte viel, dabei redete er unaufhörlich. Irgendwie kam ihr der Typ bekannt vor. Aber woher? Dann fiel es ihr ein. War das nicht Can Bonomo, der bekannte Sänger? Musste wohl so sein, schließlich saß eine ganze Traube junger Frauen um ihn herum und hing an seinen Lippen. Promis waren also auch hier. Was er sagte, konnte sie über die Entfernung allerdings nicht verstehen. Die ganze Atmosphäre hatte etwas von einem spontanen Volksfest. Ihr gefiel diese bunte, fröhliche Versammlung, ein Gefühl des Unwohlseins aber blieb.

»Hallo Kathrin, was machst du denn hier?«

Eine Stimme riss sie aus ihren Gedanken. Neben ihr stand, sie hatte ihre Annäherung nicht bemerkt, eine zierliche junge Frau. Sie brauchte einen Moment, dann fiel es ihr wieder ein. Es war die Tochter einer Kollegin, Kunsthistorikern und wie sie Professorin an der Mimar Sinan, mit der sie mittlerweile eine lockere Freundschaft verband, seit sie sie auch außerhalb der Uni mehrfach auf Kulturveranstaltungen getroffen hatte. Dabei hatte die Kollegin ihr irgendwann auch mal ihre

Tochter vorgestellt, die sie gelegentlich bei Theaterauf-
führungen, Ausstellungen und Konzerten begleitete,
manchmal zusammen mit einem jungen Mann, der sich
als Ehemann der Tochter herausgestellt hatte. Daran
erinnerte sich Kathrin, weil es sie erstaunt hatte, dass
eine so junge Frau aus dieser gesellschaftlichen Schicht
bereits verheiratet war. Sie hatten manchmal nach den
Veranstaltungen in irgendeiner nahen Bar zusammen
noch ein Glas Rotwein getrunken und sich unterhalten.
Glücklicherweise fiel ihr auch der Name der jungen Frau
ein. Mine hieß sie. Und noch etwas: War ihr Mann nicht
Polizist?

Mine

Mine hatte am Morgen alle Versuche Vedats, sie davon
abzuhalten, wieder in den Gezi-Park zu gehen, ziemlich
unwirsch zurückgewiesen.

»Da kannst du dich auf den Kopf stellen, aber ich werde
nicht zulassen, dass sie dort weiter mit ihren Bulldozern
wüten und alles abholzen.«

Vedat hatte geknickt gewirkt. Seine Stimme klang fast
flehentlich.

»Tu mir einen Gefallen: Wenn du siehst, dass die Polizisten ihre Gasmasken aufsetzen, renn sofort weg, denn
dann geht es los!«

Mine fühlte Wut in sich aufsteigen, die sie nur deshalb
mühsam unterdrücken konnte, weil sie wusste, dass

Vedat das falsche Ziel war und er es nur gut mit ihr meinte, sich ernsthaft Sorgen machte.

»Wenn wir ihnen keinen Anlass dazu geben, weil wir friedlich bleiben, sollte es dazu doch gar nicht kommen.«

»Du weißt, wie die Polizei ist, die ...«

Vedat konnte nicht zu Ende sprechen, weil das Gift der Wut sich dann doch einen Weg gebahnt hätte.

»Und du müsstest das noch viel besser wissen. Du arbeitest nämlich für die!«

Vedat schaute, bedröppelt wie ein kleiner Junge, der beim Naschen ertappt worden war, auf seine Füße.

Sofort bereute sie ihren Ausbruch. Sie war ungerecht.

»Entschuldige, tut mir leid. Ich weiß, dass du nicht so bist.«

Sie stellte sich auf die Zehenspitzen, schob den Zeigefinger unter sein Kinn, hob es leicht an und küsste ihn auf den Mund.

»Ich passe auf, versprochen. Ich habe meine Lektion gestern gelernt.«

Als er etwas sagen wollte, legte sie den Zeigefinger auf seine Lippen, griff mit der anderen Hand ihren Rucksack und war schon draußen. Sie war mit einer Freundin verabredet, die ein Zelt aufgetrieben hatte und mit Mine zusammen an der geplanten Besetzung des Parks teilnehmen wollte. »Taksim hepimiz« nannte sich die Plattform verschiedener Interessengruppen, die sich von der Räumung des Protestcamps am Vortag nicht aufhalten lassen wollte. Ihr Aufruf, den Park mit Zelten zu besetzen, hatte sich wie ein Lauffeuer verbreitet, über E-Mails, Kurznachrichten und soziale Netzwerke, bei denen es sogar schon eigene Seiten gab. Als Mine im Park ankam, sah sie, dass aus den fünfzig Demonstranten des Vortages bereits fünfhundert, vielleicht auch mehr geworden waren. Sie zählte mindestens sechzig, siebzig Zelte, zwischen denen wieder Banner hingen. Allerdings hatte offensichtlich auch die Zahl der Polizisten zugenommen, sowohl am Eingang des Parks am Taksim-Platz als auch am nordwestlichen Ende, wo die Baumaschinen abgestellt waren. In der Mitte des Parks, auf der großen Rasenfläche, wo sie sich mit ihrer Freundin treffen wollte, stand ein großes weißes Zelt mit einigen Tischen und Stühlen. Auf dem Weg dorthin ging Mine an einer großen blonden Frau vorbei, die etwas verloren wirkte, wie sie da herumstand und in die Gegend starrte. Sie war schon neben ihr, als Mine erkannte, dass es eine Kollegin und Freundin ihrer Mutter war. Eine deutsche Architektin, die wie ihre Mutter an der Mimar Sinan Universität lehrte und der sie mehrmals im Theater oder in Galerien begegnet war. Eine nette Frau und um einiges jünger als ihre Mutter. Sie hatten sich direkt geduzt.

»Hallo Kathrin, was machst du denn hier?«

Kathrin hatte sich umgedreht, schaute etwas irritiert und brauchte eine kurze Weile, bis sie antwortete.

»Oh, hallo Mine. Ich nehme an, das Gleiche wie du – protestieren.«

»Cool. Ist meine Mutter etwa auch hier?«

»Nicht, dass ich wüsste. Ich habe sie zumindest noch nicht gesehen. Wollte sie auch kommen?«

»Keine Ahnung, ich dachte nur, ihr habt vielleicht darüber gesprochen.«

»Nein haben wir nicht, ich bin ziemlich spontan einer Gruppe Studenten hierhin gefolgt.«

Mine nickte verstehend.

»Du, ich bin mit einer Freundin verabredet, die muss ich jetzt mal suchen. Aber wir sehen uns hier sicher noch. Und echt cool, dass du mitmachst. Wir sehen uns!«

Mine ließ Kathrin stehen und ging weiter zur Mitte des Parks, wo sie ihre Freundin Şebnem in einer Gruppe vom Kommilitonen entdeckte, die im Kreis um einen Gitarrenspieler herum saßen. Mine hatte sich gerade dazugesellt, mit großem Hallo ihre Freundin und die anderen umarmt, auf beide Wangen geküsst und sich dazwischengehockt, als aus der nordwestlichen Ecke des Parks, wo die Baumaschinen standen, ein dunkles, grollendes Geräusch zu hören war. Offensichtlich waren die Motoren der Bulldozer und Bagger angelassen worden. Sofort entstand ein gellendes Pfeifkonzert, alle sprangen auf und rannten in die Richtung, aus der die Pfiffe und erste Sprechchöre kamen. Auch Mine, die ihren Rucksack einfach liegen ließ, rannte mit. Tatsächlich hatten die Bulldozer begonnen, mit dem Abriss der Mauer fortzufahren, mit dem sie gestern begonnen hatten, bis der BDP-Abgeordnete sie gestoppt hatte. Zwischen den großen Kettenfahrzeugen und den Demonstranten – Mine schätzte ihre Zahl auf vielleicht zweihundert, sie wuchs aber ständig weiter an, weil von überall her Menschen hinzugelaufen kamen – stand eine Einheit der Bereitschaftspolizei und hielt die wütende Menge mit Schilden und drohend erhobenen Schlagstöcken zurück. Immer wieder aber gelang es einzelnen Demonstranten, durchzubrechen oder die Polizeikette zu umlaufen und sich vor die Bulldozer zu stellen und sie zu stoppen. Sofort stürzten sich meist mehrere Polizisten auf sie, zwangen sie mit Schlägen auf die Knie und zerrten sie weg, unter eine Gruppe von Bäumen, wo sie sich, von weiteren Beamten umringt, auf den Boden hocken mussten. Der Lärm war ohrenbetäubend: das Röhren der Maschinen, Schreie, Pfiffe, Sprechchöre, Sirenen von Polizeifahrzeugen. Offensichtlich hatten die Einsatzleiter Verstärkung angefordert.

Mitten in diesem Chaos, in der nach vorne und wieder nach hinten wogenden, stetig anwachsenden Menge der Demonstranten, stand, ihre Empörung größer als ihre Angst, Mine. Zum zweiten Mal nun erlebte sie, wie der Gezi-Park Schauplatz einer Konfrontation wurde zwischen Staatsmacht und Bürgern, die sich ihr widersetzten. Zum zweiten Mal war sie, die unpolitische Mine, die gerne feierte, tanzte und Alkohol trank, einer dieser Bürger. Mine nestelte in dem Gedränge ihr Handy aus der Hosentasche und wählte eine Nummer. Die von Marc.

Marc

»Marc, hörst du das? Du musst sofort kommen, die Polizei schlägt schon wieder zu! Du musst dir das ansehen und darüber berichten!«

Die Anruferin hatte sich keine Zeit genommen, ihn zu begrüßen oder sich vorzustellen, sondern direkt losgeredet, genauer gesagt geschrien. Marc aber hatte die aufgeregte Stimme trotz der lauten Nebengeräusche sofort erkannt. Es war Mine, die junge Türkin, die er am Vortag zusammen mit dem jungen Pärchen nach dem Polizeieinsatz am Rand des Gezi-Parks getroffen hatte.

»Hallo Mine. Langsam, langsam. Was ist los?«

»Ich bin im Park. Du musst sofort kommen, die wollen einfach weitermachen und alles abreißen. Und die Polizei prügelt schon wieder mit ihren Schlagstöcken auf die Leute ein und verhaftet sie. Komm bitte!«

»Okay, ich komme. Bitte sei vorsichtig, bis gleich!«

Marc beendete das Gespräch, steckte sein Telefon ein, ließ den noch halb gefüllten Becher stehen und verließ das Café schnellen Schrittes Richtung Taksim-Platz. Obwohl er die Schreie und die Sirenen im Hintergrund gehört hatte und die Situation tatsächlich bedrohlich klang, schmunzelte Marc und dachte an gestern zurück, als Mine mit verquollenem Gesicht und vom Gas geröteten Augen, in denen eine naive, fast kindliche Empörung blitzte, auf ihn eingeredet, vom Park, den Bäumen und der Regierung erzählt hatte, die sich einen feuchten Kehricht um den Willen der Bürger scherte. Diese zierliche, hübsche, mutige junge Frau war also wieder im Gezi-Park, und wieder schien die Staatsgewalt mit Gewalt zurückzuschlagen.

Er nahm den gleichen Weg, den er am Vortag genommen hatte, die Stufen am Taksim-Platz hoch, nach links an den Absperrungen vorbei, an denen, so schien es ihm, heute noch mehr Polizisten standen, die ihn aber wieder passieren ließen, und eilte durch den kleinen Durchgang in den Park. Schon hier waren die Tumulte zu hören. Er beschleunigte seinen Schritt noch einmal, rannte fast. Die Zahl der Zelte hatte deutlich zugenommen, allerdings saß niemand drum herum. Der Lärmpegel nahm weiter zu, das Pfeifkonzert war ohrenbetäubend. Da, wo sich auch gestern schon die Demonstranten den Baumaschinen entgegengestellt hatten, am hinteren Ende des Parks, waren es nun nicht nur fünfzig, sondern sicherlich vier-, fünfhundert Menschen, die sich in einer dichten Traube versammelt hatten. Die Menge war in ständiger Bewegung, vor und zurück, nach rechts, nach links, und brandete immer wieder wie eine Welle gegen einen massiven Polizeikordon, hinter dem zwei Bulldozer eine Mauer einrissen und dabei ordentliche Mengen Staub aufwirbelten. Marc musste unwillkürlich an Gemälde von mittelalterlichen Schlachtfeldern denken, auf denen Heere im Schwarzpulvernebel geschlossen aufeinanderprallen. Immer wieder versuchten einzelne Demonstranten oder kleine Gruppen aus der Schlachtordnung auszubrechen und die geschlossenen Reihen der Polizei zu durchbrechen oder zu umlaufen.

Wenn sich dann Polizisten mit erhobenen Schlagknüppeln auf sie stürzten, auf sie einprügelten und schließlich mit auf den Rücken gebogenen Armen abführten, schwollen das Pfeifkonzert und die Buhrufe noch weiter an.

Mehrere Minuten lang beobachtete Marc die Szene und versuchte gleichzeitig, Mine in der Menge auszumachen, fand sie aber nicht. Dann, ganz plötzlich, kehrte Ruhe auf der Seite der Demonstranten ein, als habe jemand einen Stecker gezogen. Ein Mann in einem karierten Freizeithemd hatte sich einen Weg durch die Menge gebahnt und stand nun direkt vor den Polizisten und redete auf sie ein. Er hatte Papiere in der Hand, mit denen er vor ihnen herumwedelte und auf die er immer wieder zeigte. Ein Uniformierter, der sich im Hintergrund gehalten hatte, ohne Helm, Schild und Schlagstock, dafür aber mit reichlich goldenen Streifen auf den Schultern, drängte sich durch die Reihe der Polizisten und redete mit dem Mann im karierten Hemd, nahm die Papiere in die Hand, schaute darauf, sagte noch ein paar Worte zu seinem Gegenüber und ging zurück durch die Reihen der offensichtlich ihm unterstellten Polizeitruppen auf die Bulldozer zu. Mit einer knappen, aber deutlichen Bewegung seiner Hand signalisierte er den Fahrern, die Maschinen zu stoppen. Deren Motoren erstarben, sofort brandete auf der Seite der Demonstranten Jubel auf. Dem Mann im karierten Hemd wurde auf die Schultern geklopft, dann verschwand er in einer Traube von Menschen, die feiernd um ihn herumtanzten. Die

Polizisten zogen sich zurück. Marc staunte. Sollte die Staatsgewalt in diesem Land tatsächlich so schnell kapitulieren? Welche Position hatte der Mann im karierten Hemd, welche Argumente?

Wie aus dem Nichts tauchte Mine vor ihm auf und fiel ihm um den Hals.

»Wir haben gewonnen, Marc. Wir haben gewonnen.«

»Mal langsam, junge Frau.«

Marc lachte und schob Mine sanft von sich, während er ob ihrer plötzlichen Herzlichkeit insgeheim hoffte, dass sie nicht in Begleitung eines Ehemannes, erwachsener Brüder oder Cousins gekommen war.

»Wer war der Typ, der mit den Polizisten gesprochen hat?«

»Das war Sırrı Önder von der BDP, der hat denen irgendetwas von einer fehlenden Genehmigung für den Abriss erzählt und sie gestoppt.«

»Aber das hat er gestern doch auch schon versucht. Sonderlich lange gehalten hat das ja nicht.«

Es tat Marc leid, das freudestrahlende Wesen, das ihm da gegenüberstand, in seiner Euphorie zu bremsen, aber er musste noch nicht einmal seine journalistische Erfahrung bemühen, um zu wissen, dass das noch nicht das Ende der Geschichte war. Dafür reichte der gesunde Menschenverstand.

»Vielleicht hast du recht, jetzt aber haben wir erst einmal gewonnen.«

Mine schien sich ihre gute Laune partout nicht verderben lassen zu wollen.

»Kommst du mit? Wir gehen jetzt erst einmal einen Kaffee trinken.«

Marc schaute hinüber zu den Baumaschinen, aus denen gerade die Fahrer kletterten und die Türen abschlossen. Die Polizisten hatten ihre Helme abgenommen, sie zu ihren Schilden und Schlagstöcken ins Gras gelegt und sich daneben gehockt. Nur von den Demonstranten, die beim Versuch, die Polizeiabsperrung zu durchbrechen, festgesetzt worden waren, war nichts mehr zu sehen. Sie waren offensichtlich abgeführt worden.

»Okay, warum nicht.«

Kathrin

Kathrin wachte auf, als ein Auto mit röhrendem Motor und offensichtlich viel zu hoher Geschwindigkeit über das Kopfsteinpflaster vor ihrem Haus fuhr. Bestimmt einer der Taxifahrer, die die kleine Straße gerne als Abkürzung zum Taxistand in Kuzguncuk nutzten. Das war der einzige Nachteil des Häuschens, das sie vor drei Jahren gemietet hatte. Ansonsten fühlte sie sich sehr wohl in dem über hundert Jahre alten Gemäuer mit den steilen Treppen und den hölzernen Kassettendecken, einem dieser alten armenischen Häuser, wie es noch einige in ihrer Straße gab, die deswegen vor allem an den Wochenenden von Heerscharen von Hochzeitspaaren heimgesucht wurde, um sich in vollem Ornat vor den zumeist liebevoll renovierten Fassaden fotografieren zulassen.

Am Vortag hatte Kathrin sofort die Flucht ergriffen, als es zu den ersten körperlichen Auseinandersetzungen zwischen Polizei und Demonstranten gekommen war. Sie hatte keine Lust, wegen des Gezi-Parks und seiner Bäume festgenommen zu werden und ihren Job an der Uni zu verlieren. Schon gar nicht wollte sie des Landes verwiesen werden. Wie wenig zimperlich die türkischen Behörden mit Menschen umgingen, die anderer Meinung waren, hatte sie, wenn auch noch nicht am eigenen Leib erlebt, so doch oft genug gehört oder gelesen. So schnell es ohne zu rennen ging, hatte sie den Gezi-Park verlassen und war in die Füniküler gestiegen, die sie hinunter nach Kabataş brachte. Kurz überlegte sie, noch einmal zur Uni zu fahren, wo einiges an Papierkram auf sie wartete, entschied sich dann aber, nach Hause zu fahren. Noch auf dem Weg zum Anleger der Fähre nach Üsküdar hatte ihr Telefon geklingelt. Es war Zübeida gewesen.

»Hey Kathrin, wo steckst du? Ich habe mir schon Sorgen gemacht!«

»Ich bin auf der Fähre nach Üsküdar. Ich hatte keine Lust, zwischen die Fronten zu geraten.«

»Keine Sorge.«

Am anderen Ende der Leitung hatte Zübeida gelacht.

»Das war nur ein kurzes Scharmützel. Jetzt ist alles ruhig, die Polizei hat sich zurückgezogen. Die Abrissarbeiten ruhen. Aber ich halte noch ein wenig die Stellung.«

»Pass auf dich auf!«

Zuhause angekommen hatte sie die ersten der Semesterarbeiten korrigiert, die noch als dicker Stapel auf ihrem Schreibtisch lagen, und war dann mit einer Freundin und deren Mann – sie Deutsche, er Türke, beide Architekten wie sie – in einem netten kleinen Restaurant an der Hauptstraße von Kuzgungcuk etwas essen gegangen. Sie hatten natürlich über die Ereignisse im Gezi-Park gesprochen, das Vorgehen der Polizei verurteilt und sich auch in der Sache auf die Seite der Demonstranten geschlagen, denn als Experten konnten sie ja nur den Kopf schütteln über die Idee, an diesem Ort als bloße Fassade für Ladengeschäfte die osmanische Topçu-Kaserne wieder aufzubauen, deren Abriss noch von Kemal Atatürk selbst angeordnet worden war, um dem Zentrum der Stadt ein ziviles Antlitz zu geben. Außerdem hatte sich auf einem Teil des heutigen Parkareals bis 1930 auch noch einer der größten nichtmuslimischen Friedhöfe Istanbuls, der armenische Pangaltı-Friedhof, befunden, dessen Marmorsteine nach Enteignung und Zerstörung dann teilweise beim Bau des Springbrunnens oder als Treppenstufen Verwendung gefunden hatten. Ein Ort, der ihrer Meinung nach schon deswegen etwas Würdigeres verdient hätte als ein weiteres Einkaufszentrum. Außerdem hatte die Stadtregierung den Bürgern ihre Pläne erst Anfang Mai vorgestellt, als sie beschlossene Sache waren, selbst die

Istanbuler Architektenkammer war nicht eingeweiht, ein ziemlich ungewöhnliches Verfahren für ein derart zentrales und vor allem öffentliches Bauvorhaben. Andererseits war es nicht das erste Großprojekt, das in einem Hauruckverfahren durchgepeitscht worden war.

Und so landeten die drei schnell bei einer generellen Diskussion über die Pläne der AKP, die sich in einem Anfall von Größenwahn offensichtlich vorgenommen hatte, die Türkei einmal vollständig umzugraben und sich in Beton zu verewigen. Was sonst sollte man von der Idee halten, ein neues Istanbul am Schwarzen Meer aus dem Boden zu stampfen? Oder einen dritten Flughafen? Natürlich den größten der Welt. Oder einen zweiten Bosporus? Mit solchen großspurigen Plänen schien der Premierminister beweisen zu wollen, dass die Türkei ein echter »big player« war, eine der ganz großen Volkswirtschaften der Welt und eine hochmoderne Nation. Nur dass für ihn Modernität gleichbedeutend mit Glas, Stahl und Beton war. Istanbul lief Gefahr, das gleiche Schicksal vieler anderer Städte Asiens zu erleiden, Singapur, Kuala Lumpur, Shanghai etwa, die ihren rasanten Aufstieg mit dem Verlust ihrer kulturellen Identität bezahlt hatten.

Stoff, sich aufzuregen, gab es also genug. Aber je mehr sich ihre Freunde in Rage redeten, umso nachdenklicher wurde Kathrin. War es nicht ihre Zunft, die der Architekten und Städteplaner, die das Spiel mitspielten? Die sich in futuristischen Entwürfen überboten, um den Zuschlag für ein Projekt zu bekommen? Warfen nicht auch sie gute Vorsätze über Bord, um von dem gigantischen Kuchen der Bauvorhaben ein möglichst großes Stück abzubekommen? Klar, es gab Architekten, die für den Erhalt des Gezi-Parks kämpften oder gegen den Abriss des Tarlabaşı-Viertels protestierten. Am Ende aber waren es eben Architekten, die als Gehilfen der Regierung daran mitwirkten, das Gesicht Istanbuls dramatisch zu verändern.

Für Kathrins Geschmack war in der Diskussion zu wenig Selbstkritik zu hören, und so hatte sie sich früh verabschiedet und erstaunlich gut geschlafen, nach einem kurzen Telefonat mit Zübeida, die ihr versicherte, dass im Gezi-Park alles ruhig geblieben und ihres Wissens unter den festgenommenen Demonstranten keiner ihrer Studenten oder Dozentenkollegen war.

Das Auto hatte sie nur wenige Minuten, bevor ihr Wecker ohnehin geklingelt hätte, geweckt. Sie duschte, zog sich an und verließ das Haus, um in einem Café um die Ecke zu frühstücken. In einem Kiosk kaufte sie drei Zeitungen, um nachzulesen, was im Gezi-Park vorgefallen war und wie es denn nun weiterginge.

Kathrin setzte sich an einen kleinen Tisch, der auf dem Bürgersteig stand, bestellte Tee und Menemen, eine Art Rührei mit Tomaten, grüner Paprika, Käse und gebratener Socuk, Knoblauchwurst. In zwei der Zeitungen fand sie unter der Überschrift »Bauarbeiten gestoppt« ein paar Zeilen zum Gezi-Park, dass ein paar Hundert Studenten gegen das Abholzen der Bäume protestiert hätten, einige von ihnen nach gewalttätigen Auseinan dersetzungen mit der Polizei vorübergehend festgenommen worden seien und der BDP-Abgeordnete Sırrı Önder mit einer einstweiligen Verfügung einen vorläufigen Baustopp erwirkt hätte. Mehr nicht. Sehr nachrichtlich gehaltene Berichte, in denen sich allerdings kein Wort zum Einsatz von Tränengas und Gummiknüppeln durch die Polizei fand. In der dritten Zeitung, einer besonders regierungsnahen, wurden die Ereignisse der letzten beiden Tage überhaupt nicht erwähnt. Sehr ausführlich indes wurde in allen Zeitungen über die Grundsteinlegung für die dritte Bosporusbrücke berichtet, die Premierminister Erdoğan am Vortag höchstpersönlich vorgenommen hatte, weil es eines der Prestigeprojekte der AKP-Regierung war. Ausschnitte aus seiner wie immer langatmigen Rede waren abgedruckt, in der er auch ein allerdings sehr kurzes, eher generelles Statement zum Gezi-Park abgegeben hatte: Der Bau der osmanischen Kaserne auf dem Gelände sei beschlossene Sache, basta!

 Schau an! Das ist doch wieder typisch, dachte Kathrin, Erdoğan haut mal wieder mit der Faust auf den Tisch und die Presse zensiert sich in vorauseilendem Gehorsam selbst. Sie wusste, dass fast alle Verlage und TV-Stationen im Besitz von großen Firmenkonglomeraten waren, zu denen auch Baukonzerne, Telekommunikationsunternehmen, Hotelketten und was nicht noch alles gehörten. Aus Angst, von der allmächtigen AKP, die auch die meisten der großen Städte in der Türkei regierte, nicht mehr an öffentlichen Aufträgen beteiligt zu werden, hielten sich die meisten Medien mit kritischen Berichten über den Kurs der Regierung und des Premierministers zurück. Ein aus wirtschaftlichen Interessen selbst verpasster Maulkorb gewissermaßen, ganz abgesehen davon, dass in keinem anderen Land der Erde mehr Journalisten hinter Gittern saßen, was die Lust der Medienvertreter auf Opposition zusätzlich schmälerte. Das war in den letzten Jahren immer schlimmer, Kritik am Premier äußerst selten geworden. Pressefreiheit war wahrlich keine Erfindung der Türkei. Damit schienen sich die meisten Bürger dieses Landes allerdings irgendwie abgefunden zu haben.

Kathrins Handy gab einen Ton von sich, der den Eingang einer SMS signalisierte. Dann noch einen. Und noch einen. In kürzester Zeit erreichten sie sechs Kurznachrichten von Freunden, darunter Nevra und Zübeida. Der Inhalt war immer der gleiche: Sondereinheiten der Polizei hatten am frühen Morgen offensichtlich mit brutaler Gewalt das Zeltcamp der Parkbesetzer gestürmt, dabei Tränengas, Wasserwerfer und Schlagstöcke eingesetzt. Es gab Verletzte.

Marc

Er wurde wach, weil sein Mobiltelefon auf dem Nachttisch vibrierte. Marc schaute auf seine Armbanduhr, die er – eine seiner Angewohnheiten – nie ablegte. Es war bereits halb zehn. Er tastete nach seinem Handy. Die

SMS war kurz und bündig: »Gehe jetzt in den Park. Polizei hat versucht, ihn zu stürmen. Kommst du?« Keine Ansprache, kein Gruß am Ende. Er musste trotz des Inhalts unwillkürlich lächeln. Die Nachricht war von Mine. Sie waren gestern mit einigen ihrer Freunde erst einen Kaffee trinken gegangen, dann noch einen und noch einen, bis er Hunger bekam. Mine und – wie hießen die drei anderen, zwei Frauen, ein Mann, noch: Meltem, Serap und Yaşar? Namen, vor allem so fremd klingende, waren für ihn Schall und Rauch – schleppten ihn daraufhin in ein kleines Restaurant in einer Seitengasse der Istiklal Straße, wo sie auf Holzschemeln an einem klapprigen Tisch mit Spinat, Käse, Hackfleisch oder verschiedenem Gemüse belegte Pide aßen, pizzaartige Teigfladen. Dazu tranken sie Ayran. Er kam sich vor wie ein Blitzableiter, so sehr fluchten die drei jungen Türken über ihren Premierminister. Dass er ihnen den Alkohol verbieten wolle – beim letzten Efes-Festival habe es schon keinen mehr gegeben, obwohl Efes, der größte Bierbrauer der Türkei, der Hauptsponsor des mehrtägigen Musikfestivals sei. Dass er den Bars und Restaurants untersagt habe, Tische und Stühle rauszustellen, nur weil er da mal mit dem Auto nicht durchgekommen sei. Dass er Kultureinrichtungen schließen lasse, wie das Emek-Theater, dafür aber an jeder Ecke Einkaufszentren und Moscheen aus dem Boden schössen. Richtig in Rage redeten sich die drei, nachdem sie das Etablissement gewechselt und in eine Bar auf dem Dach eines mehrgeschossigen Altbaus umgezogen

79

waren, wo eine Flasche Rakı bestellt und zügig in Angriff genommen wurde. Marc hatte zunächst geduldig zugehört, was ihm bei der wummernden Punk-Musik, die dort in konzerttauglicher Lautstärke gespielt wurde, zunehmend schwerer fiel, weil der türkische Schnaps die Zungen seiner Tischnachbarn derart lockerte, dass sich ihr Englisch in ein nuscheliges Kauderwelsch verwandelte und seine Auffassungsgabe sich gleichzeitig deutlich verlangsamte, bis er irgendwann nicht mehr folgen konnte und begann, in der Gegend herumzustarren, worauf Mine, Meltem und Erol plötzlich mehr miteinander als auf ihn einredeten und dabei – natürlich – ins Türkische verfielen. Gewohnheitsgemäß schaute Marc auf die Uhr. Kurz nach halb eins, Zeit zu gehen. Schließlich wollte er am nächsten Morgen recht früh am Dolmabahçe-Palast sein, im Idealfall noch vor den ersten Tourbussen. Er hatte sich unter heftigem Protest seiner Trinkgenossinnen und -genossen verabschiedet und war zur Theke gegangen, wo er die Flasche Rakı bezahlte, weil die Studenten ihn trotz heftiger Gegenwehr schon zum Essen eingeladen hatten, wobei ihm erneut auffiel, wie teuer doch Alkohol im Vergleich zu so vielen anderen Dingen war.

Marc legte das Handy zurück auf den Nachttisch, bekam beim Aufstehen einen leichten Schwindelanfall und bemerkte auf dem Weg zur Dusche, dass sein Schädel brummte, was sich erst – aber auch nicht vollständig – legte, als er unten im Frühstücksraum den üblichen Cappuccino und ein Glas frischen Orangensaft, dessen

Säure ihm allerdings aufstieß, getrunken hatte. Und das mit dem frühen Aufstehen hatte auch nicht wirklich funktioniert, er hatte offensichtlich vergessen, sich den Wecker zu stellen. Wenn es im Dolmabahçe bereits zu voll ist, mache ich halt etwas anderes, dachte er sich und tippte eine Antwort an Mine in sein Mobiltelefon: »Hi Mine. Geht es dir gut? Will jetzt erst einmal in den Dolmabahçe-Palast. Melde mich später. LG, Marc«. Es dauerte keine zwanzig Sekunden, da kam die Antwort. Wie schnell manche Leute auf diesen winzigen Tastaturen herumtippen konnten, war ihm ein echtes Rätsel. »Okay. Solltest danach aber kommen. Muss wild gewesen sein. Mine«.

Marc kämpfte mit sich. Sollte er doch lieber in den Gezi-Park? Istanbuls Sehenswürdigkeiten rannten schließlich nicht weg. Er machte sich wirklich Sorgen um diese temperamentvolle Türkin mit den großen Augen und dem breiten Lachen. Doch er entschied sich anders. Von einer Frau, die kaum mehr als halb so alt war wie er, aus einem völlig anderen Kulturkreis kam und Muslima war, sollte er wohl besser die Finger lassen. Außerdem hatte er die letzten beiden Tage zum größten Teil im oder zumindest thematisch mit dem Gezi-Park verbracht, dabei war er doch, verdammt noch mal, im Urlaub! Er würde später mit Mine telefonieren. Ohne in die bereitliegenden Zeitungen zu schauen, verließ er Frühstücksraum und Hotel, um durch die kleinen Gassen hinab zur Tramhaltestelle in Karaköy zu gehen und von dort nach Kabataş zu fahren.

Sich mit öffentlichen Verkehrsmitteln in der Stadt zu bewegen war wirklich einfach. Er hatte eine »Istanbul Kart«, die sowohl in der Straßenbahn als auch in der Metro, in Bussen und auf Fähren galt. An entsprechenden Lesegeräten wurde der zu entrichtende Betrag von der Karte abgebucht, aufladen konnte man sie an Automaten oder kleinen Kiosken, die es nahezu überall gab. Sehr praktisch. In Kabataş, der Endhaltestelle, stieg er aus und ging die restlichen zweihundert Meter zum ehemaligen Sultanspalast und Amtssitz Kemal Atatürks zu Fuß, an der Valide Sultan Moschee, die im Volksmund nur Dolmabahçe Moschee hieß und direkt am Bosporus lag, und dem Beşiktaş-Stadion auf der anderen Straßenseite vorbei. Der Parkplatz vor dem Haupteingang des Palastes war schon voller Touristenbusse und Marc konnte bereits aus einiger Entfernung die Schlangen an den Kassen und der Sicherheitsschleuse sehen. Abschrecken lassen wollte er sich davon nicht, der Dolmabahçe gehörte schließlich zum Pflichtprogramm für Istanbul-Besucher, und besser würde das mit den Besuchermassen ohnehin nicht. Im Gegenteil, es war Donnerstag und am bevorstehenden Wochenende kamen zu den ausländischen Touristen auch noch die türkischen. Also stellte er sich an und war erstaunt, dass er ob der sicher fünfzig Meter langen Schlangen innerhalb einer Viertelstunde sein Ticket gekauft und die Sicherheitsschleuse passiert hatte. Das Angebot von Guides, die ihm auf dem Weg zum Eingang des Palastes vielsprachig ihre Dienste anpriesen, lehnte er dankend und auf seinen dicken Reiseführer verweisend mit einem lockeren »Yok, sağ ol, abi« ab. Als eine junge Frau mit schwarzer Hornbrille daraufhin laut loslachte und ihm in akzentfreiem Englisch »Abla, Sir, abla! I am a woman!« hinterherrief, war er kurz irritiert, bis ihm einfiel, dass »abi« ja Bruder hieß. Er drehte sich um, grinste und baute das neu Gelernte direkt in seinen Wortschatz ein: »Teşekkürler, abla!« Vielen Dank, Schwester. Er erntete ein zufriedenes Grinsen und ging weiter.

Drei Stunden wanderte er durch das sechshundert Meter lange Gebäude, das Sultan Abdülmecid I. Mitte des 19. Jahrhunderts bei zwei armenischen Architekten in Auftrag gegeben hatte, staunte über Protz- und Verschwendungssucht in mehr als zweihundertachtzig Zimmern und fast fünfzig Sälen, stand beeindruckt in der über und über mit Gold verzierten Halle, in der die Herrscher über das Großreich Diplomaten empfingen, bewunderte die für die damalige Zeit äußerst fortschrittlichen Toiletten mit Wasserspülung in den mehr als siebzig Badezimmern und Hamams, fühlte sich im zweitausend Quadratmeter großen Muayede Salonu mit seiner sechsunddreißig Meter hohen Kuppel und dem viereinhalb Tonnen schweren, größten Kristallkronleuchter der Welt klein wie eine Ameise und stand für einen kurzen Moment vor Atatürks Sterbezimmer mit der großen türkischen Flagge auf dem Bett und der um fünf Minuten nach neun angehaltenen Uhr, jenem Moment des 10. November 1938, als der als »Vater der

Türken« verehrte Staatsmann für immer die Augen geschlossen hatte, bevor er von den nachdrängenden Besucherhorden weitergeschoben wurde.

Nach so viel Gold und Großmannssucht brummte sein Schädel noch mehr und Marc setzte sich im Garten vor dem Haupttor in ein Café, dessen Terrasse direkt am Bosporus lag. Er bestellte einen mittelsüßen Türkischen Kaffee und starrte auf die vorbeifahrenden Schiffe. Ein weißer Kreuzfahrtriese, der gerade in Karaköy abgelegt hatte, lief mit tiefem Horn tutend ins Marmarameer aus, Fähren kreuzten zwischen Europa und Asien, Container- und Frachtschiffe fuhren wie an einer Perlenkette aufgereiht, allerdings mit ausreichendem Abstand voneinander, den Bosporus hinauf. Die Meerenge war aus Sicherheitsgründen Einbahnstraße und nun war die Richtung Schwarzes Meer dran. Fast zwei Stunden saß er so da, schaute stumpf auf glitzerndes Wasser und weiße Schiffsrümpfe und ließ sich Tee bringen, bis die Lebensgeister zurückkehrten und sich in Form eines Hungergefühls meldeten. Er zahlte, ging zurück nach Kabataş und nahm die Füniküler hoch zum Taksim-Platz. Er hatte den unterirdischen Bahnhof gerade über die lange Treppe verlassen, als ihn irgendetwas nach rechts gehen ließ. Zum Gezi-Park. Er musste grinsen. Diese jungen Leute mit ihrem auf ihn ein bisschen naiv wirkenden Engagement für ein paar Bäume hatten es ihm offensichtlich angetan. Besonders Mine, mit ihren wilden Locken, den großen Augen, in denen immer irgendein Funkeln war, und den vollen Lippen, die stets geöffnet waren, weil Mine entweder redete oder lachte und ihre sehr weißen, sehr ebenmäßigen Zähne entblößten. Hey, du alter Sack, sie könnte fast deine Tochter sein!, ermahnte er sich, noch immer grinsend. Er registrierte, eher unterbewusst, dass von allen Ecken des Platzes große Gruppen zumeist junger Leute Richtung Park zogen. Und plötzlich hatte er wieder dieses Kribbeln in der Nase. Tränengas! Im Laufen nestelte er sein Handy aus der Hosentasche. Das Display zeigte ihm fünf Anrufe in Abwesenheit und den Eingang von drei Kurznachrichten an. Der erste Anruf war von halb elf, da hatte er gerade mit der Besichtigung des Dolmabahçe begonnen, der letzte war vor knapp zwanzig Minuten eingegangen, die SMS waren in der Zeit dazwischen gekommen. Absender und Anrufer waren ein und dieselbe Person: Mine. Er verfluchte sich, weil er sein Telefon auf stumm geschaltet hatte, drückte auf die Rückruftaste und rannte die Stufen zum Park hoch. Die Leitung war besetzt. An den Absperrungen standen mit Schilden, Helmen und Schlagstöcken ausgerüstete Polizisten, deutlich mehr als in den beiden Tagen zuvor. Erst jetzt registrierte er die Mannschaftsbusse, die zu beiden Seiten des Parks abgestellt waren. In deren Schatten saßen noch mehr Polizisten, tranken Wasser aus kleinen Plastikflaschen, die meisten rauchten, manche wirkten erschöpft, als hätten sie einen ziemlich harten Einsatz hinter sich. Einige hatten dickläufige Gewehre auf den Knien liegen. Er kannte diese Art Waffen. Sie waren zum Abschießen von Gasgranaten.

Dass er ungehindert den Park betreten konnte, wunderte ihn. Lag es daran, dass er, groß und blond, offensichtlich ein Tourist war? Oder hatten die Polizisten sich dem Druck der Massen gebeugt? Im Park war die Menschenmenge auf mehrere Tausend angewachsen, die auf freien Flächen Zelte aufbauten, in Gruppen zusammenstanden oder auf dem Boden hockten. Fast alle sprachen aufgeregt miteinander. Was, konnte er nicht verstehen. Er sah, dass mehrere Männer Pflaster im Gesicht trugen oder Verbände um den Kopf, im Gras entdeckte er Reste von zerrissenen Zeltplanen und Plakaten, dazwischen schwarze Klumpen, die sich bei näherem Hinsehen als zusammengeschmolzene Synthetikstoffe entpuppten. Als seien Zelte angezündet worden. Oh Mann, dachte er, das muss wirklich heftig gewesen sein. Aber wie sollte er in diesem Chaos Mine finden? Er drückte auf Wahlwiederholung. Diesmal bekam er die Nachricht, dass der Teilnehmer vorübergehend nicht erreichbar sei. Eine gute Stunde irrte er durch den Park, auf der Suche nach Mine, versuchte immer wieder, sie telefonisch zu erreichen. Ohne Erfolg. Entweder hatte sie ihr Handy ausgeschaltet oder der Akku war leer. Er sprach ein paar junge Leute an, die im Gras saßen, und erfuhr so, dass die Polizei am frühen Morgen, gegen fünf Uhr, das Camp der Parkbesetzer gestürmt und unter dem Einsatz von Wasserwerfern und Reizgas geräumt hatte. Mehrere Menschen seien dabei verletzt, andere verhaftet worden. Die Zelte der Demonstranten habe man niedergerissen oder einfach abgefackelt. Danach habe sich die

Polizei wieder zurückgezogen. Seine Sorge um Mine wuchs. War sie nach der Rakı-Sause in der Bar noch in den Park zurückgegangen oder doch nach Hause? Alle paar Minuten betätigte er die Wahlwiederholungstaste, schickte Kurznachrichten mit der Bitte, sich zu melden. Aber er bekam keine Antwort. Mines Telefon blieb abgeschaltet. Von den drei anderen, die gestern dabei gewesen waren, hatte er keine Nummern, und auch sonst fiel ihm keine Möglichkeit ein, Kontakt zu Mine aufzunehmen. Er kannte ja noch nicht einmal ihren Nachnamen. Es dämmerte bereits, als Marc aufgab. Er merkte, dass der Hunger ihm mittlerweile ein Loch in den Bauch bohrte, schließlich hatte er an diesem Tag noch rein gar nichts gegessen. Er verließ den Park und ging Richtung Nevizade, einer Bier- und Fressmeile in der Nähe der Istiklal Straße. Bei gegrillter Dorade, die er ziemlich lustlos und nicht sehr geschickt zerteilte, sodass er ständig Gräten ausspucken musste, und einem frisch gezapften Bier, mit dem die Kopfschmerzen und die leichte Übelkeit, die ihn den ganzen Tag begleitet hatten, verschwanden, und ohne einen Blick für das rege Treiben in der engen Gasse wählte er sich in das WLAN-Netz des Restaurants ein und suchte im Internet nach Informationen über den Polizeieinsatz am Morgen. Er fand ein paar kurze Meldungen von Nachrichtenagenturen und auf einem Videoportal einige wackelige Filmschnipsel, die ein aus seiner Sicht ziemlich überzogenes und brutales Vorgehen der Polizei zeigten, was nicht gerade dazu angetan war, ihn zu beruhigen. Von Rakı ließ er an diesem Abend die Finger.

Mine

Mine hatte sich kurz nach Marc verabschiedet. Den Plan, im Park zu übernachten, hatte sie auf dem Rückweg zum Taksim-Platz aufgegeben und war stattdessen nach Hause gegangen. Nicht, weil Vedat sie darum gebeten hatte, sondern weil das Zelt ihrer Freundin Şebnems ihr in ihrem reichlich angeschickerten Zustand plötzlich viel zu unbequem vorkam. Es war so klein, dass Mines Isomatte nicht mehr neben Şebnems Luftmatratze gepasst hatte. Bäume hin, Bäume her, sie wollte in ihrem eigenen Bett schlafen. Vedat war noch wach gewesen, als sie heim kam. Und sauer. Sie hatten sich gestritten.

Es war eine Grundsatzdiskussion geworden. Sie sprach, mit schwerer Zunge, von der Verantwortung des Einzelnen und meinte den Park, er von Verantwortung dem Partner gegenüber und meinte sie. Irgendwann im Laufe der Nacht – sie diskutierten lange – hatte Vedat mit der Hand auf den Küchentisch geschlagen und geschrien, dass es reiche, dass sie, seine Frau, doch einmal auf ihn hören könne. Sie hatten sich beide erschrocken. Vedat fand als Erster die Sprache wieder.

»Es tut mir leid, ich habe das nicht so gemeint. Ich mache mir nur Sorgen. Natürlich kannst du dich für Bäume einsetzen, aber ich habe heute in der Kaserne gehört, dass die Stadtverwaltung sich die Besetzung des Gezi-Parks nicht länger gefallen lassen will. Es heißt, dass Sondereinheiten zusammengezogen werden, um den Park vollständig zu räumen. Auch wir wurden heute Nachmittag in Alarmbereitschaft versetzt.«

Den Park vollständig räumen? Mine konnte nicht glauben, was ihr Mann ihr da gerade gesagt hatte. Das würden die tun? Sie war schlagartig nüchtern und vergaß über diese Nachricht sogar, dass Vedat zum ersten Mal, seit sie sich kannten, den Herrn im Hause hatte raushängen lassen. Es dauerte eine Weile, bis sie ihre Fassung zurückerlangt hatte.

»Gut, dann müssen du und deine Kollegen mich halt mit Gewalt aus dem Park heraustragen!«

Dann stand sie wortlos auf und ging ins Bett. Als Vedat kam, tat sie, als ob sie schliefe.

Am nächsten Morgen war Vedat bereits weg, als sie mit pochenden Kopfschmerzen und einem ziemlich ekligen Geschmack im Mund um viertel vor neun aufwachte. Vor lauter Ärger hatte sie sich vor dem Zubettgehen noch nicht einmal die Zähne geputzt. Auf dem Küchentisch lag ein Zettel. »Ich rufe dich nachher an. Sei bitte vorsichtig. Ich liebe dich!«, stand da in Vedats ordentlicher, wenn auch etwas kleiner Handschrift. Mine löste eine Kopfschmerztablette in Wasser auf, trank mit zittriger Hand, duschte und zog sich an, packte ein paar frische Klamotten in ihren Tagesrucksack – Schlafsack und Isomatte, sie hatte einfach Vedats genommen, waren ja noch in Şebnems Zelt im Park – und ging los.

Als sie ihr Mobiltelefon in die Hand nahm, um Marc auf dem Weg eine SMS zu schreiben, erschrak sie und blieb stehen. Das Telefon zeigte ihr Dutzende verpasste Anrufe und mindestens genauso viele SMS im Eingangsordner an. Sie tippte die SMS zu Ende, dann begann sie zu lesen. Die Polizei hatte den Park gestürmt! Während sie gemütlich zu Hause im Bett gelegen hatte, um ihren Rausch auszuschlafen! Wut kochte in ihr hoch. Auf diese Faschisten von der Stadtverwaltung und der Polizei! Und auf sich selbst, weil sie nicht da gewesen war, um ihren Freunden beizustehen. Glücklicherweise hatte sich Şebnem offensichtlich rechtzeitig in Sicherheit bringen können, eine der Nachrichten und zahlreiche Anrufe waren von ihr. Und soweit sie es anhand der Informationen auf ihrer Mailbox beurteilen konnte, war auch anderen Freunden nichts passiert, was angesichts des Lärms, der im Hintergrund der aufgezeichneten Gespräche wütete – sie hörte Schreie, Explosionen, Motorengeräusche, die wahrscheinlich von den Wasserwerfern herrührten, die in den Park eingedrungen waren, und Polizeisirenen –, fast ein Wunder war.

Şebnem meldete sich bereits nach dem ersten Klingeln. Ihre Freundin klang müde und gleichzeitig irgendwie aufgekratzt.

»Mine, da bist du ja! Alles gut bei dir?«

»Ja, bei mir ist alles gut. Ich habe zu Hause geschlafen. Aber das erzähle ich dir alles gleich. Wie geht es dir? Wo bist du?«

»Ich bin mit den anderen auf dem Taksim-Platz. Ich habe nichts abbekommen. Die anderen auch nicht. Aber wir werden wieder in den Park gehen, sobald sich die Polizei zurückzieht.«

»Okay, ich bin gleich da.«

Mine rannte zur Metrostation Osmanbey und nahm den nächsten Zug nach Taksim, während sie in diversen sozialen Netzwerken die Nachrichten zu den Ereignissen der Nacht und des Morgens überflog. Es waren so viele, dass sie gar nicht dazu kam, auch noch die zahlreichen Videos anzuschauen, die da gepostet worden waren. Şebnem und sie hatten sich vor der Filiale einer amerikanischen Kaffeehauskette neben dem Marmara Hotel verabredet. Auf der zu dem Café gehörenden Terrasse saß bereits ihre Freundin, zusammen mit ein paar jungen Leuten, von denen Mine nicht alle kannte. Sie grüßte in die Runde und umarmte Şebnem, als sei ihre Freundin gerade von einer jahrelangen Weltreise zurück oder gar von den Toten auferstanden. Şebnem befreite sich lachend aus ihrer Umklammerung.

»Hol dir erst einmal einen Kaffee, den brauchst du, so wie du aussiehst. Bist du oder bin ich mit Gas eingenebelt worden?«

Mine war froh, dass ihre Freundin schon wieder lachen und Witze machen konnte. Sie stand gerade an der Kasse, als sie eine Nachricht von Marc bekam. Er sei auf dem Weg zum Dolmabahçe, schrieb er. Und dass er sich melden würde. Mine tippte eine kurze Antwort ins Handy und setzte sich dann mit ihrem Latte macchiato im Pappbecher und einem Schokoladenmuffin zu den anderen.

»Erzähl!«

Und Şebnem begann zu erzählen. Dass sie am Vorabend, als Mine mit Meltem, Serap, Erol und dem Engländer verschwunden war, mit ein paar Freunden noch ein spontanes Konzert im Park besucht und heftig mitgetanzt hatte. Dass sie dann irgendwann, weit nach Mitternacht, in ihr Zelt gegangen war, sich aber keine Sorgen gemacht hatte, dass Mine nicht da war, weil sie sie ja mit den anderen unterwegs wusste, und bald einschlief. Dass sie aufwachte, weil plötzlich alle um sie herum zu schreien und mit Sprechchören begannen: »Gezi bizim, Taksim bizim«. Dass sie noch gar nicht richtig aus dem Zelt gekrochen war, als plötzlich alle wegrannten und die ersten Tränengasgranaten zwischen den Zelten einschlugen. Dass sie im Halbdunkel – es dämmerte gerade erst – nur noch ihre Schuhe und ihren Tagesrucksack griff – glücklicherweise hatte sie sich nicht ausgezogen, weil die Nacht recht frisch gewesen war – und auch weglief, auf nackten Füßen, als sie einen Wasserwerfer und eine Hundertschaft der Polizei auf sich zukommen sah. Dass die Menschen um sie herum in Panik waren, manche taumelten und zusammenbrachen, wenn neben ihnen eine Granate explodierte und Gas verströmte. Dass die Polizisten mit ihren Knüppeln auf die einschlugen, die stehen blieben, um denen zu helfen, die gestürzt waren, und auf die selbst auch. Dass im Strahl der Wasserwerfer Menschen und

Zelte wie Blätter im Wind herumgewirbelt wurden. Dass ihre Augen tränten, ihre Lunge brannte, weil der Gasnebel überall war und sie nicht mehr wusste, wie sie es aus dem Park heraus geschafft hat. Dass sie irgendwann, da war es bereits hell, auf einer Bank vor dem Divan Hotel am nördlichen Ausgang des Parks saß und ihr jemand Wasser ins Gesicht schüttete, um das Gas aus ihren Augen zu spülen.

Mine hörte sprachlos zu, während der ungekaute Bissen des Muffins vom Speichel zu einem Brei verarbeitet wurde und ihr schließlich in den Rachen lief, sodass sie einen Hustenanfall bekam. Als sie sich schließlich gefangen hatte, krächzte sie nur noch:

»Scheiße, Vedat hat mir gesagt, dass es so kommen würde. Aber ich hätte nicht gedacht, dass es so schnell passiert.«

Sie erzählte Şebnem von dem Streit mit ihrem Mann.

»Ich hätte dich direkt anrufen müssen, um dich zu warnen. Es tut mir leid. Diese Bastarde!«

In diesem Moment klingelte Mines Telefon. Es war ihre Mutter, die sich ganz aufgeregt erkundigte, wo sie sei und wie es ihr gehe. Mine beruhigte sie, sagte, dass es ihr gut gehe und dass sie zu Hause geschlafen hätte. Den ersten Teil der Frage ignorierte sie und würgte das Gespräch ab. Es sei gerade schlecht, sie würde sich später melden. Sie drehte sich wieder zu ihrer Freundin um.

»Ich rufe jetzt Marc an, weißt du, der englische Journalist, mit dem ich gestern unterwegs war. Dem musst du das alles erzählen.«

Bevor Şebnem irgendetwas erwidern konnte, hatte Mine bereits Marcs Nummer gewählt, es klingelte auch, aber er ging nicht dran. Marc war ein guter Typ, fand sie. Nicht optisch, groß und blond zwar, mit markantem, scharf geschnittenem Gesicht und sympathischen Lachfalten um die Augen, aber zu schlaksig für ihren Geschmack. Und auch ein bisschen zu alt, er könnte ja fast ihr Vater sein. Aber er hatte Humor und unglaubliche Geschichten von seinen Einsätzen als Reporter erzählt. Gleichzeitig strahlte er eine große Ruhe und Besonnenheit aus. Marc hier zu wissen würde ihr Sicherheit geben, denn Şebnems Erzählungen hatten ihr, auch wenn sie es natürlich nicht zugab, doch etwas Muffensausen bereitet. Sie probierte es wenig später ebenso erfolglos noch einmal. Es klingelte lange, bis die Ansage kam, dass der angerufene Teilnehmer vorübergehend nicht zu erreichen war. Als alle ihren Kaffee ausgetrunken hatten, ging die kleine Gruppe über den Platz zum Eingang des Parks. Die Polizisten ließen sie passieren. Es war deutlich voller als gestern Nachmittag, stellte Mine überrascht fest. Und das knapp sechs Stunden, nachdem die Polizei den Park geräumt hatte. Was für eine Strategie verfolgen die Behörden?, dachte Mine, und dass sie Vedat anrufen müsse. Vielleicht wusste er ja, was die Polizei vorhatte. Durch die verschiedenen Eingänge sah sie Menschen in den Park strömen, die meisten jung, aber auch viele, die deutlich älter waren als sie und ihre Freunde, manche sogar im Alter ihrer Eltern. Şebnem und sie machten sich auf, um ihr Zelt zu suchen. Da, wo es gestanden hatte, stand nun ein neues. Im Gras daneben leuchtete etwas rot – ein angekokeltes Stück Schaumstoff, der sich bei näherer Betrachtung als Rest von Vedats Luftmatratze entpuppte. Soll er sie sich doch von seinen tollen Kollegen ersetzen lassen, dachte Mine mit plötzlicher Bitterkeit.

Die beiden beschlossen, mit der Metro zu einem Ein-kaufszentrum zu fahren, in dem es ein Outdoorgeschäft gab. Sie suchten sich zwei günstige Schlafsäcke aus, zwei einfache Isomatten aus Schaumstoff und ein Zweimann-zelt. Da es Şebnems Zelt gewesen war, das die Polizei bei der Räumung zerstört hatte, bezahlte Mine das neue. Ihre Eltern waren großzügig, vor allem ihr Vater steckte ihr immer wieder Geld zu, zusätzlich zu dem Konto, das er für sie eingerichtet hatte und monatlich mit einer Summe auffüllte, mit der sie ziemlich gut über die Runden kam, ohne neben dem Studium arbeiten zu müssen.

Zurück im Park suchten sie sich einen Platz, was gar nicht so einfach war, denn es schien fast, als ob halb Istanbul im Gezi-Park zelten wollte. Die Zahl der De-monstranten war im Laufe des Tages auf sicherlich zehntausend angewachsen, an provisorischen Ständen wurden kostenlos Essen und Getränke ausgeben, die Sympathisanten gespendet hatten. Zum Schutz gegen Tränengas wurden Masken verteilt, wie sie Mediziner im Operationssaal trugen, oder solche, die Bauarbeiter oder Handwerker benutzen, wenn es bei der Arbeit ordentlich staubt. Medizinstudenten hatten ein mit einem roten Kreuz markiertes Pavillonzelt aufgestellt. Auf zwei Tischen standen neben Verbandsmaterial und Pflaster auch Sprühflaschen mit einer wässrigen Lösung bereit.

»Das ist Maaloxan.«

Şebnem hatte ihren fragenden Blick richtig interpretiert.

»Ein Medikament gegen Magenbeschwerden, das mit drei Teilen Wasser gemischt wird und das Gas neutralisiert.«

»Woher weißt du das? Hast du, ohne dass es mir aufgefallen ist, von Jura auf Medizin umgesattelt?«

»Nein.«

Mines Freundin lachte.

»Das hat mir Ersin erklärt, der schlaksige Typ mit dem Anarchie-A auf dem T-Shirt, der eben mit Kaffee trinken war, weißt du? Der ist nicht nur Medizinstudent, sondern auch sehr erfahren mit Reizgas. Er ist in der ÇARŞI.«

ÇARŞI, die schon legendäre Fanvereinigung von Beşiktaş, dem Fußballclub, dessen Stadion unterhalb des Taksim-Platzes am Bosporus lag. Mine hatte nicht viel Ahnung von Fußball, Vedat zog sie mit ihrer Unkenntnis immer auf, aber sie interessierte sich einfach nicht dafür. Doch die ÇARŞI kannte selbst sie. ÇARŞI hieß eigentlich nur »Markt«, aber genau daher kamen die

Mitglieder dieser eingeschworenen Truppe: aus den engen Gassen des Stadtteils Beşiktaş, nördlich des Dolmabahçe gelegen, mit seinen kleinen Läden und Fischrestaurants. Wenn Fenerbahçe der Club der Neureichen war und Galatsaray der der Mittelklasse, dann war Beşiktaş der Arbeiterverein, mit traditionell politisch links stehender Anhängerschaft. Und weil sich die ÇARŞI nicht an das Verbot politischer Äußerungen in Fußballstadion hielt, sei es auf Bannern oder in den Fangesängen, gab es nach fast jedem Heim- und so manchem Auswärtsspiel Auseinandersetzungen mit der Polizei.

»Gut zu wissen.«

Mine hakte Şebnem unter und sie schlenderten weiter. Es schienen immer mehr Menschen in den kleinen Park zu drängen. Zelte wurden aufgebaut, Banner zwischen Bäume gehängt, mit Botschaften wie »Wir geben unseren Park nicht her« oder »Taksim gehört uns«. Menschen hockten in großen Gruppen zusammen, junge und alte, Männer und Frauen, einfach gekleidete und Anzug tragende. Es wurde diskutiert, viel gelacht und Musik gemacht. Ein friedliches Bild, dachte Mine, hätten etliche Demonstranten nicht Motorrad- oder billige Bauarbeiterhelme getragen, in Gelb oder Blau, und Ski- oder Schnorchelbrillen und Mundschutze um den Hals hängen gehabt, die Mine daran erinnerten, dass hier vor wenigen Stunden noch Chaos und Gewalt geherrscht hatten und durchaus die Gefahr bestand, dass es erneut dazu kommen könnte.

Sie versuchte erneut, Marc anrufen, aber er antwortete nicht. Sie hatte gerade wieder aufgelegt, als ihr Telefon klingelte. Es war Vedat.

»Hey Süße, wo bist du?«

»Wo wohl? Im Park natürlich!«

Während er offensichtlich Süßholz raspelte, wollte sie keinen Hehl daraus machen, dass der Streit der letzten Nacht für sie noch nicht vergessen war.

»Hör mir bitte zu, Mine.«

Vedats Stimme klang fast flehentlich,

»Ich möchte, dass du den Park verlässt. Die Polizei wird ihn stürmen! Ich habe gerade ...«

Sie unterbrach ihn wütend.

»Was erzählst du da? Das hat sie doch schon. Während ich brav zu Hause bei meinem Mann war. Und genau das wird mir nicht noch einmal passieren. Heute Nacht bleibe ich hier!«

»Lass mich bitte ausreden. Ich habe gerade den Marschbefehl erhalten, ich werde noch heute mit meiner Einheit zum Taksim-Platz verlegt. Du weißt, was das heißt! Ich bitte dich, geh da weg!«

Mine fühlte, wie sich ihre Kehle zusammenschnürte. Vedat war bei der Çevik Kuvvet Polis, eine Sondereinheit, die für ihr hartes, ja überhartes Durchgreifen bekannt war.

»Wann? Wann schlagt ihr los?«

Sie merkte, dass sie gegen den Kloß in ihrer Kehle anschrie. Seine Stimme hingegen klang sehr leise.

»Ich weiß es nicht. Ich weiß es wirklich nicht. Bitte, Mine, geh nach Hause.«

»Nein! ...«

Bevor sie weiterreden konnte, war die Verbindung weg. Das Display ihres Telefons war schwarz und blieb es auch. Der Akku war leer.

»Komm, Şebnem, das war Vedat, ich muss zu den Organisatoren. Wir müssen die Leute warnen. Die Polizei wird wiederkommen.«

Sie zog ihre Freundin am Arm vom Tisch weg und sie gingen über den Platz zurück in den Park. Sie steuerten auf das weiße Pavillonzelt in der Mitte zu. Auf Stühlen an zwei Holztischen saßen mehrere Frauen und Männer – alle älter als Şebnem und sie, zwischen Anfang dreißig und Ende vierzig, schätzte Mine –, die sich angeregt unterhielten.

»Entschuldigung, ich muss euch was Wichtiges sagen.«

»Hallo. Ich bin Murat von der Taksim-Plattform. Was können wir für dich tun?«

Der Mann, der sie ansprach, hatte lange lockige Haare, die noch tief dunkel, fast schwarz waren, aber graue Haare im Bart und tiefe Lachfalten um die Augen, die verrieten, dass er vermutlich bereits in seinen Vierzigern war.

»Hi, ich bin Mine. Mein Mann ist Polizist. Ich habe eben mit ihm telefoniert und er hat gesagt, dass die Polizei den Park wieder räumen wird.«

»Danke, das wissen wir bereits. Nur nicht wann. Hat dein Mann was dazu gesagt?«

»Nein, er wusste es auch nicht, aber er soll noch heute mit seiner Einheit hierhin verlegt werden.«

»Gut.«

Murat nahm einen Zettel, schrieb seinen Namen und eine Nummer darauf und reichte ihn Mine.

»Hier ist meine Handynummer. Da kannst du mich rund um die Uhr erreichen. Sobald du etwas weißt, ruf mich bitte an!«

»Mach ich.«

»Und danke noch einmal für die Info!«

Murat rief es ihr hinterher, nachdem sie sich bereits verabschiedet hatten. Den Rest des späten Nachmittags und den ganzen Abends verbrachte Mine mit ihren Freunden im Park, ging von einem Spontankonzert zum nächsten, tanzte, lachte, trank Dosenbier. Viel später, es war schon Nacht und sie lag bereits im Zelt, wunderte sie sich, dass sich Marc nicht gemeldet hatte. Und auch Vedat hatte nicht mehr angerufen. Erst da fiel ihr wieder ein, dass ihr Akku leer war.

31. Mai

Kathrin

Freitags hatte sie keine Vorlesungen, sondern arbeitete in dem Architektenbüro, das sie projektbezogen neben ihrer Dozententätigkeit, von der allein sie nicht hätte leben können, weiter beschäftigte. Schon um acht war sie im Büro, das in einem mondänen Glas- und Stahlbau im modernen Stadtteil Levent ein ganzes Stockwerk einnahm. Was sie denn dazu sage? Ihre Kollegen, die meisten von ihnen Türken, hatten sich an diesem Morgen alle um den großen Esstisch in der Küche versammelt, tranken Espresso aus dem italienischen Vollautomaten, der zur freien Verfügung bereit stand, und kannten kein anderes Gesprächsthema als den Gezi-Park. Sie alle empfanden die Pläne der Stadtverwaltung als Graus, auch die Istanbuler Architektenkammer hatte sich offiziell dagegen ausgesprochen. Ihre Vorsitzende Mücella Yapıcı war eine der Sprecherinnen und Sprecher der Parkbesetzer. Als Kathrin an der Küche vorbei zu ihrem Büro wollte, wurde sie angesprochen und gesellte sich notgedrungen dazu. Wenn es ging, versuchte sie, solche Situationen zu vermeiden und war extrem vorsichtig, wenn sie mit türkischen Kollegen oder Freunden diskutierte. Sie war schließlich nur Gast in diesem Land. Vor allem in politischen Diskussionen hielt sie sich zurück, was nicht immer einfach war, denn irgendwann – und auch ohne den Genuss von Alkohol – wurde jedes Thema politisch, sodass Gespräche unter Kollegen auf dem Flur oder gesellige Runden am Abend regelmäßig in heftig geführte Streitgespräche ausarteten. Am Anfang ihrer Zeit in Istanbul hatte sie sich daran beteiligt und in der Hitze der Wortgefechte nicht selten, und selbst von Menschen, die sie als Freunde bezeichnete, ein »Was weißt du schon?« geerntet. Seitdem blieb sie meist stumm und hörte zu.

Natürlich stieß in den gesellschaftlichen Kreisen, in denen Kathrin sich bewegte, vor allem die Familien- und Sozialpolitik der regierenden AKP auf Ablehnung, das neue Abtreibungsgesetz oder stärkere Restriktionen beim Alkoholausschank etwa. Regelmäßig wurde Premierminister Erdoğan eine schleichende Islamisierung des Landes vorgeworfen. Andererseits profitierten gerade diese Kreise von seiner Wirtschaftspolitik, die der Türkei einen langanhaltenden und auch die Eurokrise überdauernden Aufschwung beschert hatte. Und so mancher gab dann auch zu, halbherzig und mangels Alternative – wie dann immer mit entschuldigendem Unterton gegen entsetztes Raunen gesagt wurde – der AKP in den vergangenen Wahlen seine Stimme gegeben zu haben.

Was aber das Bauprojekt auf dem Parkgelände anbelangte, schien das Eis für Kathrin sicher, die Meinung einhellig zu sein, insbesondere unter Architekten und Städteplanern. Bis 2015 sollten in der Türkei mehr als einhundert neue Einkaufszentren entstehen, allein achtzig davon in Istanbul und Ankara, obwohl der Markt unter Experten längst als gesättigt galt. Einer von Kathrins Kollegen hatte derartige Bauvorhaben als »Brot und Spiele-Politik« der Regierung bezeichnet, frei nach dem Motto: Wer shoppt, protestiert nicht. Der eigentliche Skandal sei doch, womit Kathrin sich sicher war, sich nicht zu weit aus der Deckung zu lehnen, dass die Stadtverwaltung die Bürger und Fachverbände wie die Architektenkammer nicht in die Planungen einbezogen, sondern vor vollendete Tatsachen gestellt hätte. Am zustimmenden Gemurmel der Kollegen merkte Kathrin, dass sie da tatsächlich eine sehr elegante Kurve hinbekommen hatte. Als die Diskussion allerdings zu einer generellen Abrechnung mit dem autoritären Regierungsstil des Premierministers wurde, verwies sie auf dringend zu erledigende Arbeiten, entschuldigte sie sich und ging in ihr Büro.

Schon seit Jahren beobachtete sie irritiert, wie sich Istanbuls Bürgertum an seinem ehemaligen Oberbürgermeister abarbeitete. Sie kannte niemanden, der Erdoğan gut fand, aber er hatte nun mal drei demokratische Wahlen in Folge gewonnen, mit stetig steigenden Ergebnissen, zuletzt 2011 mit rund fünfzig Prozent der Stimmen. Und es war aus ihren Erfahrungen heraus in der Türkei ja nun nicht so, dass die Hälfte der Wahlberechtigten religiöse Fanatiker oder tumbe Trottel vom Land waren, die da blindlings den islamistischen Parolen eines laut krakeelenden Rattenfängers folgten. Klar, auch sie hatte in den letzten Jahren mehrfach Unwohlsein beschlichen, wenn Abgeordnete der AKP, häufig Hinterbänkler, Gesetze forderten, die einem Scharia-Staat gut zu Gesicht gestanden hätten, aber nicht einem Land wie der Türkei, das um einen Beitritt zur EU verhandelte, Bindeglied war zwischen Europa und Asien und ein NATO-Mitglied. So hatte einer dieser Scharfmacher erst jüngst das gesetzliche Verbot einer zu freizügigen Fernsehserie gefordert, die das Leben von Sultan Süleiman dem Prächtigen zur besten Sendezeit als Dokusoap verwurstete. Das Gesetz kam – erst einmal – nicht, allerdings waren in den nächsten Folgen die Dekolletés der Haremsdamen auffällig hoch geschlossen. So war es häufig: Ganz abstruse Gesetzesinitiativen wurden gekippt, ansonsten gab es am Ende meist einen Kompromiss, der mit der absoluten Mehrheit der AKP im Parlament natürlich letztendlich zu Regelungen führte, die islamkonformer waren. Aber die Türkei war nun mal ein islamisches Land, das sich in den letzten Jahren verstärkt zu seinen religiösen Wurzeln bekannte. War das wirklich verwerflich? Oder verwunderlich? Nachdem säkulare Eliten und Militärregimes die Religiösen jahrzehntelang an den gesellschaftlichen Rand gedrängt, ja schikaniert und verlacht hatten?

Die AKP war aus Kathrins Sicht nun wirklich weit davon entfernt, die Türkei in einen Gottesstaat zu verwandeln. Und war das alles nicht immer noch besser als Pöstchen schachernde Kemalisten oder extreme Nationalisten wie die Rechtsaußen von der MHP? Es war schon ein merkwürdiges Land, das ihr in all den Jahren dennoch irgendwie zur Heimat geworden war. Zu einer zweiten natürlich nur. Sie hatte wahrscheinlich schon einige Zeit aus dem Fenster gestarrt, von dem aus sie auf die eleganten Bögen der 1973 eröffneten Bosporusbrücke schauen konnte und auf das dahinter liegende Kuzguncuk, als einer ihrer türkischen Kollegen ohne anzuklopfen in ihr Büro stürmte.

»In Taksim ist die Hölle los!«

Marc

Marc kannte die Nummer des Anrufers nicht, der sein Smartphone aus dem Ruhezustand und ihn aus dem Schlaf gerissen hatte. Er war am Vorabend zwar relativ früh zurück ins Hotel gekommen, aber erst ziemlich spät ins Bett gegangen. Fast zwei Stunden lang hatte er noch in der Lobby gesessen, wo es kostenfreies WLAN gab, und im Internet nach Informationen und Videos zu den Ereignissen im Gezi-Park gesucht. Die Ausbeute bei professionellen Anbietern wie Nachrichtenagenturen war noch immer sehr gering, meist nur ein paar Zeilen; Fernsehbilder, auf den Webseiten von Nachrichtensendern etwa, fand er überhaupt nicht. Ganz anders allerdings das Angebot in verschiedenen sozialen Netzwerken. Immer wieder stieß er dort auf das Foto der »Frau in Rot«, dazu gab es Dutzende Videos, die der Qualität nach zu urteilen von Amateuren hochgeladen worden waren. Die meisten waren verwackelt und von schlechter Auflösung, aber sie bestätigten – bei aller professionellen Vorsicht, die er gegenüber Filmmaterial aus unbekannten Quellen walten ließ – doch seinen Eindruck, den er aus den Erzählungen von Mine und ihren Freunden gewonnen hatte. Dass nämlich die türkische Polizei nicht gerade zimperlich – um nicht zu sagen: äußerst brutal – gegen die Demonstranten im Park vorgegangen war. Während er so dasaß und ein Video nach dem anderen anschaute, hatte er dann doch noch einen doppelten Rakı auf Eis bestellt, diesmal aber mit reichlich Wasser.

Als es klingelte, war er sofort hellwach. Durch seine Einsätze in Krisengebieten war er es gewohnt, über Tage und Wochen nur wenig zu schlafen. Die Stunden, die er hatte, schlief er tief und fest, sein Unterbewusstsein blieb aber immer in einer Art Alarmzustand, der es ihm ermöglichte, sehr schnell zu reagieren, wenn etwas passierte. Wenn, so wie jetzt etwa, sein Telefon klingelte. Es war eine türkische Mobilfunknummer, eine ihm unbekannte allerdings. Er nahm den Anruf entgegen, indem er auf das Symbol mit dem grünen Hörer drückte. Es war Mine. Die Stimme erkannte er sofort, obwohl sie gegen laute Hintergrundgeräusche anschrie.

»Marc! Kannst du mich hören? Du musst sofort zum Gezi-Park kommen! Du kannst dir nicht vorstellen, wie die Polizei hier gerade wütet! Hast du verstanden, Marc? Du musst kommen!«

Ihre helle, sich überschlagende Stimme war zu verstehen, obwohl im Hintergrund zwischen Schreien, Buhrufen, den schrillen Tönen von Trillerpfeifen und Sirenengeheul auch so etwas wie Detonationen und ein bösartiges Zischen, als entweiche Gas, zu hören waren.

»Ja, Mine. Ich verstehe dich. Ich komme sofort. Geht es dir gut? Wo bist du gerade?«

Er versuchte, seiner Stimme einen ruhigen Tonfall zu geben. Am anderen Ende hörte er die Stimme einer jungen Frau, die etwas auf Türkisch schrie, dann Mine, die, ebenfalls auf Türkisch, etwas zurückrief, und schließlich nur noch ein Keuchen, als würde Mine rennen.

»Marc? ... Marc? ... Bist du noch dran? ... Kannst du mich hören?«

»Ja, ich höre dich. Was ist los?«

»Die Polizei ...«

Der Rest ging in Keuchen, Schreien und Zischen unter.

»... ich muss ... weg, ich ...«

»Mine?«

»Überall Tränengas ..., ich kann ..., ich kriege keine ...«

Sie muss direkt in den Hörer gehustet haben, es zerriss ihm fast das Trommelfell.

»Mine? Hörst du mich? Du musst da weg!«

Er hörte nur noch ein Rauschen.

»Mine?«

Rauschen.

Er schrie dagegen an.

»Mine?«

Rauschen. Die Verbindung war tot.

Es war der Moment, in dem sein ursprüngliches, touristisches, auf diese pulsierende, Jahrtausende alte, an der Nahtstelle zwischen Europa und Asien gelegene Metropole gerichtetes Interesse endgültig einem journalistischen wich, das sich räumlich auf einen kleinen Park im Herzen der riesigen Stadt begrenzte. Und einem persönlichen. Für eine äußerst hübsche und temperamentvolle zweiundzwanzigjährige Türkin, die offensichtlich gerade zwischen die Fronten geraten war. Nicht, dass er ein besonderes Faible für Frauen hatte, die fast zwanzig Jahre jünger waren als er. Überhaupt war er nicht gerade ein Frauenheld. Er blickte auf zwei längere Beziehungen zurück, die beide an seinem Job zerbrochen waren, und auf vielleicht zwei Handvoll Affären, die mal eine Nacht, mal ein paar Wochen gedauert hatten. Sex war ihm nicht so wichtig. Der Gedanke an die Peinlichkeiten des nächsten Morgens stießen ihn meist stärker ab, als eine Frau ihn körperlich anziehen konnte. Egal wie hoch sein Alkoholpegel war. Anders als viele männliche Kollegen, denen er in den Krisengebieten der Welt immer wieder begegnete und mit denen ihn eine lockere Freundschaft verband, sodass man über solche Themen sprach, hatte er für eine schnelle Nummer nie Kopf und Kragen oder zumindest seine Gesundheit riskiert. Oft genug war er in Hotels abgestiegen, in denen der Portier augenzwinkernd Massagen angeboten hatte und die Damen vom Zimmerservice zu mehr bereit gewesen waren, als schmutzige Handtücher auszutauschen oder Speisen und Getränke zu servieren. Aber auch eine solche, vermutlich unkomplizierte Geschäftsbeziehung zur Befriedigung menschlicher Bedürfnisse war ihm immer zu kompliziert gewesen. Abgesehen davon, dass er diesbezüglich Prinzipien hatte.

Er konnte tatsächlich stundenlang mit einer attraktiven Frau, ob Kollegin, Freundin oder Zufallsbekanntschaft, am Tresen einer Bar stehen und Massen an anregenden Getränken konsumieren, ohne daran zu denken, mit dieser Frau am Ende des Abends im Bett zu landen. Vermutlich gab es nicht wenige, die ihn für schwul hielten. Aber auch das war ihm relativ egal. Marc hatte sich mit Gedanken angefreundet, dass er höchstwahrscheinlich nie eine eigene Familie gründen würde, und war mittlerweile fest davon überzeugt, dass er nicht zu festen Bindungen, geschweige denn zum Familienmenschen taugte. Eine Feststellung, die ihm nicht wehtat. Sein Job, das viele Reisen, die Erfahrungen, die er dabei machte, erfüllten ihn. Meistens zumindest.

Zu Mine aber hatte er sich vom ersten Moment an hingezogen gefühlt. Ihr Temperament und Humor, ihre Geradlinigkeit und Offenheit wirkten auf ihn mindestens genauso reizvoll wie ihr Äußeres. Marc war klar, dass er ihr jetzt nicht direkt helfen könnte. Es wäre wenig sinnvoll, nach ihr zu suchen. Aber er könnte etwas anderes für sie tun: seinen Job. Darüber berichten, mit welcher Brutalität die türkischen Behörden gegen ein paar Umweltschützer und Regierungskritiker vorgingen.

Er schaute auf seine Armbanduhr, es war zwanzig vor sechs. Marc klemmte sich das Handy zwischen Kinn und die hochgezogene rechte Schulter und klingelte, während er sich anzog, Steve aus dem Bett, den ortsansässigen Korrespondenten seinen Magazins, und erzählte ihm von dem, was er seinem Telefonat mit Mine hatte entnehmen können: dass die Polizei offensichtlich gerade den Gezi-Park stürmte, wo diesmal allerdings nicht nur ein paar Hundert, sonderlich vermutlich Tausende Menschen waren. Und dass er jetzt dorthin gehen würde. Steve dankte ihm für die Informationen und sagte, dass er sich sofort auf den Weg mache. Sie verabredeten, in Verbindung zu bleiben, dann legten sie auf. Anschließend wählte Marc die Mobilnummer seines Chefs in London. Ihm war klar, dass es dort noch mitten in der Nacht war, aber er hatte seinen Boss schon mehrfach geweckt, wenn seine Nase eine Story witterte. Und da seine Nase ihn selten im Stich ließ, hatte Paul, so hieß sein Boss, ihm den Freibrief erteilt, zu jeder Tages- und Nachtzeit anzurufen. Nach dem sechsten oder siebten Klingeln hörte er Pauls schlaftrunkene Stimme.

»Marc, du bist im Urlaub. Lass mich in Ruhe!«

Marc hatte sich in den knapp zehn Jahren, die er schon für das Magazin arbeitete, längst an Pauls ruppige Art, die nur vorgeschoben war, gewöhnt. Denn eigentlich war sein Chef ein umgänglicher Typ, der sich stets vor seine Mitarbeiter stellte, wenn es Ärger um einen Artikel gab, und außerdem ein aufrechter und guter Journalist. Marc ignorierte also die knurrige Ansprache und berichtete mit wenigen Worten von der Situation in Istanbul, was er dort in den vergangen Tagen erlebt hatte, von Mines Anruf und ergänzte seine Schilderungen um die Einschätzung, dass das etwas Größeres werden könnte, in dem es nicht mehr um ein paar Bäume in einem kleinen Park, sondern um einen generellen Protest gegen die Politik der AKP-Regierung ginge. Er bot an, seinen Urlaub abzubrechen und als Verstärkung in der Stadt zu bleiben, falls die Sache tatsächlich hochkochte. Paul hatte schweigend zugehört, ihm gedankt und dann zugestimmt.

»So machen wir das. Wenn Steve das allein nicht mehr schafft, unterstützt du ihn. Bis dahin solltest du aber versuchen, dich zu entspannen und Urlaub zu machen. Okay?«

»Okay.«

»Und immer den Kopf rechtzeitig einziehen! Aber das brauche ich dir ja nicht zu sagen.«

Sie verabschiedeten sich. Marc kontrollierte den Batteriestand seiner Kamera, steckte Ersatzakkus und zwei zusätzliche Speicherkarten in seinen Rucksack. Und ein Halstuch, das, später mit Wasser angefeuchtet, zumindest einen notdürftigen Schutz gegen Tränengas bieten würde. Dann ging er los. Er würde erst einmal ohne Kaffee auskommen müssen, stellte er missmutig fest, als er die Istiklal hochmarschierte, denn die Filialen der diversen Ketten waren allesamt noch geschlossen. Es wurde gerade erst richtig hell. Ein paar Nachschwärmer kamen aus den Seitenstraßen mit den vielen Clubs und Bars, ein Trupp Straßenfeger beseitigte die Spuren der letzten Stunden, in einer Konditorei war Licht, weiß bekittelte Mitarbeiter füllten die Vitrinen mit frischen Süßwaren, ansonsten war die geschäftigste Straße Istanbuls noch im Ruhemodus. Mehrfach versuchte er auf dem Weg, die Nummer zurückzurufen, von der Mine ihn vorhin angerufen hatte. Vergeblich. Alles, was er hörte, war ein Tuten. Bei Mines eigener Nummer, die er ebenfalls mehrfach wählte, kam eine türkische Ansage. Offensichtlich aber nicht die der Mailbox, denn der Piepton, der die Möglichkeit signalisiert, eine Nachricht zu hinterlassen, kam nicht.

Marc war noch mehrere Hundert Meter vom Taksim-Platz entfernt, als er die ersten Detonationen hörte. Er beschleunigte seinen Schritt noch einmal. Die Explosionsgeräusche kamen näher – besser gesagt: er kam ihnen näher –, und nun vernahm er auch das Schreien einer großer Menschenmenge, Buhrufe, Trillerpfeifen und Polizeisirenen, dazwischen weitere Detonationen und jenes Zischen, dass er schon beim Telefonat mit Mine im Hintergrund gehört hatte. Menschen kamen ihm entgegengerannt, sich Taschentücher vor Mund und Nase haltend, die Ärmel ihrer Hemden oder den nach oben gezogenen Saum von T-Shirts. Er blickte in entsetzte Gesichter, in Angst geweitete Augen, vielfach gerötet und tränend. Der Lärm wurde ohrenbetäubend, es klang wie damals, als er auf dem Tahrir-Platz in Kairo gewesen war und Ägyptens Präsident Mubarak die Polizei auf das demonstrierende Volk losgelassen hatte. Es waren die Geräusche von Gewalt, Angst und Wut. Auf der Höhe des Französischen Kulturinstituts begann das Kribbeln in seiner Nase, das Brennen in seinen Augen. Und dann sah er es auch: In dichten Schwaden stand das Tränengas wie Nebel über dem Taksim-Platz. Mit jedem trockenen, kurzen Knall, mit dem Granaten explodierten und das Gas dann zischend entweichen ließen, bildeten sich neue Tränengasglocken, die erst über den Boden waberten, dann langsam aufstiegen und den Nebel über dem Platz zu einer Wand verdichteten. Herumirrende Menschen verschwanden in den Schwaden und tauchten schemenhaft wieder auf. Polizeitrupps, offensichtlich Sondereinheiten, die Körper vollständig mit Protektoren, Gesicht und Kopf mit Gasmaske und Helm geschützt, trieben mit Schilden und erhobenen Schlagstöcken Menschen vor sich her, ließen die Knüppel auf Köpfe, Schultern, Rücken heruntersausen, auf Männer, Frauen und Jugendliche, die noch fast Kinder waren. Die Menschen hatten kein Ziel, so schien es, kannten keine Richtung. Knall- und Gasgranaten ließen sie panisch in die eine, ein neuer Knall und das darauf folgende Zischen in eine andere laufen. Dazu fuhren zwei Wasserwerfer immer wieder in die Menge hinein, wirbelten Menschen mit dem harten Strahl des Wassers aus der Kanone auf dem Dach wie Spielzeugfiguren durch die Luft. Als Wind die Nebelwand aus Tränengas für einen kurzen Moment zerriss, konnte Marc erkennen, dass am anderen Ende des Platzes weitere Wasserwerfer standen. Vermutlich, um zu verhindern, dass die Menschen in Seitenstraßen fliehen konnten.

Marc begann zu husten, wühlte sein Halstuch aus dem Rucksack und stellte dabei fest, dass er vergessen hatte, eine kleine Wasserflasche zu kaufen, um es anzufeuchten. Er legte es trotzdem über Nase und Mund und verknotete es im Nacken, um die Hände frei zu haben. Er hatte gerade seine Fotokamera startklar gemacht, als ihm ein älterer Mann, schätzungsweise etwas über fünfzig, mit geschlossenen Augen entgegentaumelte, aus einer Platzwunde am Kopf stark blutend. Eine Gruppe junger Leute stürzte auf ihn zu. Sie hatten ihm gerade unter die Arme gegriffen, als seine Beine wegsackten. Sie schleppten ihn zu einer Hauswand und setzten ihn vorsichtig auf den Boden. Eine junge Frau presste ein Taschentuch auf die Wunde, während eine zweite Frau mit Wasser aus einer Plastikflasche die Augen des Mannes und das Blut aus seinem Gesicht spülte. Marc drückte den Auslöser. Er war es gewohnt, bei manchen Produktionen auch selbst zu fotografieren, manchmal war der angeforderte Fotograf noch nicht da oder man hatte sich in der Hitze des Gefechts aus den Augen verloren. Er war natürlich kein Profi, aber auch nicht schlecht. Er hatte einen Blick für den Moment, und das war schließlich schon die halbe Miete im Fotojournalismus. Sein Magazin hatte oft genug Bilder von ihm veröffentlicht. Und er ahnte, dass er an diesem Tag noch viele Fotos machen würde.

Mine

Şebnem und Mine lagen in ihren Schlafsäcken und schliefen noch tief und fest, als laute Rufe sie weckten. Şebnem gab einen grunzenden Laut von sich und drehte sich um. Mine aber war sofort hellwach. Sie rieb sich die Augen, setzte sich auf und kroch nach vorne zum Zelteingang, zog den Reißverschluss hoch und streckte den Kopf raus. Es dämmerte gerade.

»Aufwachen, sie kommen! Aufwachen, die Polizei kommt!«

Die Organisatoren der Taksim-Plattform hatten Wachen eingeteilt, um nicht noch einmal von der Polizei im Schlaf überrascht zu werden. Auch Mine und ihre Freundin hatten sich gemeldet, mussten aber nicht ran, es gab genug Freiwillige unter den Männern. Mehrere von ihnen rannten nun durch den Park und schlugen Alarm.

»Aufwachen! Aufwachen! Polizei!«

Sofort war der ganze Park in Bewegung. Die, die schon oder noch draußen saßen, manche um kleine Campingkocher herum, auf denen Tee zubereitet wurde, sprangen auf, andere, wie Mine, purzelten aus ihren Zelten, zogen hektisch Hosen hoch, Schuhe an.

»Şeb, steh auf, Polizei!«

Sekunden später kroch Şebnem, vollständig angezogen, aber mit verquollenen Augen und wirrem Haar, aus dem Zelt.

»Was ist los?«

Ein gellendes Pfeifkonzert und Buhrufe ertönten, beides kam aus der Richtung des Eingangs am Taksim-Platz. Dann knallte es, mehrmals, als gäbe es eine Schießerei. Mine sah mitten im Park weißen Rauch aufsteigen, an mehreren Stellen.

»Scheiße, Şeb, Gas, wir müssen abhauen! Hast du die Masken?«

Wortlos beugte Şebnem sich ins Vorzelt, zog erst Mines, dann ihren eigenen Tagesrucksack heraus und die medizinischen Mundschutze, die sie am Vorabend an einem der Stände, wo auch kostenlose Getränke und Lebensmittel für die Parkbesetzer ausgegeben wurden, bekommen hatten. Mine setzte den Mundschutz auf die Stirn und zog den Gummizug über den Kopf.

»Gib mir dein Handy. Ich muss Marc anrufen!«

Sie hatte gerade Marcs Nummer in der Anrufliste markiert und auf »Wählen« gedrückt, als die Hölle losbrach. Offensichtlich waren die Einsatzkräfte bereits in den Park eingedrungen und trieben die Menschen nun vor sich her. Es waren Hunderte, wenn nicht Tausende, die ihnen entgegenkamen, Zelte überrannten, über Leinen stolperten, fielen, sich aufrappelten, weiterliefen. Mitten in der flüchtenden Menge detonierten immer mehr Tränengaskartuschen und Knallgranaten. Aus den Buhrufen waren angsterfüllte Schreie geworden. Beim dritten Klingeln meldete sich Marc.

Sie hatte gerade begonnen, ihm zu schildern, was los war, als sie die ersten Polizisten sah. In Reih' und Glied und Schild an Schild, wie eine griechische Phalanx, drängten sie die Demonstranten zurück, von denen sich nur wenige ihnen wirklich entgegenstellten. Die meisten rannten einfach nur weg. Dann tat sich zwischen den Schilden eine Lücke auf und ein Polizist mit einer dickläufigen Waffe im Anschlag trat vor. Er zielte in ihre Richtung. Mine hörte einen kurzen, trockenen Knall, dann ein leises Fauchen. Sekundenbruchteile später schlug die Gasgranate keine fünf Meter von ihr entfernt zwischen den Zelten auf. Zischend verteilte sich das Gas.

»Mine, komm, wir müssen weg!«

Şebnem hatte sie am Arm gepackt. Sie liefen los.

»Verdammte Scheiße, diese Arschlöcher!«

Mine konnte durch den Tränenschleier vor ihren Augen kaum noch etwas sehen, ihre Lunge brannte, das Handy aber hielt sie immer noch am Ohr, während Şebnem, die schneller war als sie, ihr Handgelenk fest umklammerte und sie hinter sich herzog.

»Marc? ... Marc? ... Bist du noch dran? ... Kannst du mich hören?«

Im Zickzack, um Bäume und Zelte herum, am großen Springbrunnen vorbei, rannten sie, überholten andere Flüchtende, wurden überholt. Mine versuchte weiterzusprechen, Marc schien noch am Telefon zu sein, aber mehr als einzelne Worte bekam sie nicht heraus, Gas und Anstrengung raubten ihr die Luft, sie merkte, dass sie panisch wurde. Sie stolperte, Şebnem fing sie auf und schleppte sie weiter. Mine versuchte es noch einmal, aber ihre Kehle war wie zugeschnürt. Sie bekam einen Hustenanfall. Erst als sie und Şebnem den Park bereits hinter sich gelassen hatten und nach rechts ein Stück die Straße zum Dolmabahçe heruntergerannt waren, kam die Luft zurück. Sie hielten an, torkelnd und keuchend wie Marathonläufer nach dem Zieleinlauf. Mine stützte die Hände auf die Knie, atmete ein paar Mal kräftig durch und nahm das Handy wieder ans Ohr. Aber Marc war weg, die Verbindung unterbrochen. Sie verharrte noch ein wenig in ihrer gebeugten Haltung und bekam langsam ihre Atmung wieder unter Kontrolle. Dann richtete sie sich auf.

»Ich muss mein Handy aufladen! Komm!«

Mine drehte sich auf dem Absatz um. Zielstrebig ging sie auf den Eingang des Intercontinental Hotel zu, grußlos an einem jungen Mann in Livrée vorbei, der ungefähr genauso wach wirkte wie Şebnem, als sie vor wenigen Minuten aus dem Zelt gekrochen war, und nur schüchtern lächelte, durch die automatischen Türen, die geräuschlos zur Seite glitten, geradewegs in die riesige Lobby und auf den mächtigen Tresen der Rezeption zu. Diesmal zog sie Şebnem, die zögerlich wirkte, hinter sich her. Mine hatte ihre Selbstsicherheit zurückgewonnen, Luxus schüchterte sie nicht ein, sie kannte Hotels dieser Kategorie von den Reisen mit ihren Eltern.

»Entschuldigen Sie bitte. Wo kann ich hier mein Handy aufladen? Ach, und könnten wir bitte zwei Tassen Cappuccino bekommen?«

Ihre Stimme war wieder ruhig und klar, als sei es dass Normalste der Welt, morgens noch vor sechs vor Trä-nengas verschießenden Polizisten wegzurennen und anschließend mit knittrigen Klamotten, einem am Hals baumelnden medizinischen Mundschutz, geröteten Augen und strubbeligen Haaren den Rezeptionisten eines Luxushotels, in dem sie kein Gast war, nach einer Steckdose zu fragen. Wie zufällig hatte sie das teure Smartphone auf den Marmortresen gelegt. Und daneben ihr italienisches Designer-Portemonnaie, aufgeklappt, sodass der Hotelbedienstete die goldene Kreditkarte sehen konnte, die sie zum achtzehnten Geburtstag von ihrem Vater bekommen hatte, allerdings selten nutzte. Für Notfälle, hatte er mit betont ernstem Gesichtsausdruck erklärt. Jetzt war ein Notfall. Der Mann im dunklen Anzug hinter dem Tresen schaute kurz auf das Portemonnaie herunter.

»Dort drüben, meine Damen, an der Säule bei den Sesseln ist eine Steckdose. Ihre Getränke lasse ich Ihnen bringen.«

»Danke.«

Mine nahm Telefon und Portemonnaie an sich, drehte sich um, ignorierte Şebnems erstaunte Blicke aus großen Augen und ging zu der Gruppe großer Sessel, die im Halbrund um einen niedrigen Tisch herumstanden. Sie wühlte das Ladekabel aus ihrem Rucksack, verband es mit ihrem Handy und steckte das andere Ende in die Steckdose an der Säule. Dann ließ sie sich in die weichen Polster fallen. Dreiundvierzig Anrufe in Abwesenheit zeigte das Display an und sieben Kurznachrichten. Fünf waren von Vedat. »Wo steckst du?«, »Bitte melde dich!«, »Alles in Ordnung?«, las sie. Eine von kam von ihrem

Vater: »Ruf mich an! Bitte!« Die letzte informierte sie über Nachrichten auf ihrer Mailbox. Dann überflog sie die Anrufliste. Mehr als zwanzig Mal hatte Vedat sie seit gestern Nachmittag angerufen, auch die ganze Nacht hindurch, zuletzt um kurz nach fünf Uhr heute Morgen. Ein Dutzend Mal hatten es ihre Eltern versucht, mal die Mutter, mal der Vater. Ein paar Anrufe waren von Freundinnen und Freunden und der Rest von Marc.

Als Erstes tippte sie eine Kurznachricht an ihre Mutter in die Tastatur, schrieb, dass es ihr gut ginge, dass sie und Vater sich keine Sorgen zu machen brauchten und dass sie sich später melden würde. Dann wählte sie Vedats Nummer. Es klingelte, aber er ging nicht ran. Schließlich meldete sich die Mailbox.

»Hier ist Mine. Mir geht es gut. Mein Akku war alle. Ruf mich bitte an, sobald du kannst!«

Ein Kellner kam und stellte zwei Tassen Cappuccino vor ihr und Şebnem, die auf ihrem Handy gerade die Seiten diverser sozialer Netzwerke durchforstete, auf den Tisch. In diesem Moment klingelte Mines Telefon. Es war ihre Mutter.

»Mine! Kind! Wo steckst du? Wie geht es dir? Alles in Ordnung? Wir haben uns solche Sorgen gemacht! Vedat hat bestimmt zehnmal bei uns angerufen und nach dir gefragt. Ob wir wüssten, wo du wärst. Was ist los? Habt ihr Streit?«

So ruhig wie möglich berichtete Mine ihrer Mutter vom vergangenen Abend im Gezi-Park, der Nacht im Zelt, was dann in der letzten Stunde passiert war und wo sie sich jetzt befand. Dass ihr Akku leer gewesen sei und sie sich deswegen nicht hatte melden können, auch bei Vedat nicht. Dass Vedat mit seiner Einsatztruppe zum Taksim-Platz verlegt worden sei. Und, ja, sie deswegen Streit gehabt hätten. Dass sie Vedat dort aber nicht getroffen hätte, weder am Abend, noch heute Morgen. Wie auch, in dem ganzen Tohuwabohu und Tränengasnebel? Sie sei mit Şebnem schließlich sofort weggelaufen. Außerdem trügen die Polizisten alle Gasmasken, wie sollte man da den eigenen Mann erkennen? Dass sie versucht hätte, ihn eben anzurufen, er aber nicht rangegangen sei.

»Komm nach Hause, Kind!«

»Das geht nicht, Mama. Ich muss ...«

Abrupt wurde sie von der tiefen Stimme ihres Vaters unterbrochen, der offensichtlich mitgehört und sich den Hörer geschnappt hatte.

»Mine! Du kommst jetzt bitte nach Hause!«

»Papa, ich kann jetzt ...«

»Mine!«

In seiner Stimme schwangen zugleich Ärger und Sorge mit.

»Du kommst jetzt sofort nach Hause!«

»Papa ...«

»Keine Widerrede! Du weißt, wie unsere Polizei ist. Das ist viel zu gefährlich!«

Sie stritt sich selten mit ihrem Vater. Meistens bekam sie ihren Willen, musste ihn nur mit großen Augen anschauen und etwas Kindliches in ihre Stimme legen, und schon wurde er zu Wachs in ihren Händen. Aber sie hatte auch sein aufbrausendes Temperament geerbt und wenn sie sich mal in die Wolle bekamen, wurde es in der Regel laut und heftig. Und jetzt gerade wurde sie wirklich sauer und lauter, als sie es vorgehabt hatte.

»Papa! Jetzt hör mir bitte mal zu: Ihr habt mir immer gesagt, dass man für seine Position einstehen muss, dass man Unrecht nicht einfach so hinnehmen darf. Und jetzt soll ich bei der ersten Gelegenheit kneifen? Das werde ich nicht tun! Ich verstehe eure Sorgen, aber das geht nicht!«

»Mine, bitte ...«

Ihr Vater flüsterte fast. Da war nur noch Sorge in seiner Stimme; der Zorn, der vermutlich ohnehin nicht ihrer Widerborstigkeit, sondern der Polizei gegolten hatte, war verschwunden. Sie hatte ihn am richtigen Punkt erwischt.

»Papa, ich verspreche dir, dass ich aufpassen werde. Aber ich gehe jetzt zurück zum Park und werde dort bleiben, bis die Bagger abrücken – egal was die Polizei macht!«

»Mine ...«

»Ich werde mich alle zwei Stunden melden. Wenn nicht, kannst du davon ausgehen, dass ich festgenommen worden bin. Dann kannst du deine Anwälte losschicken!«

Sie verabschiedete sich und legte auf. Ein bisschen wunderte sie sich über sich selbst. Wie selbstsicher sie gerade mit ihrem Vater gesprochen hatte, über Unrecht und Zivilcourage, ihren Plan zurückzugehen, die Idee mit den Anrufen im Zweistundenintervall und den Anwälten. Das alles hatte sie sich vorher nicht zurechtgelegt, es war ihr einfach in den Sinn gekommen. Erstaunt stellte sie fest, dass sie plötzlich wie eine politische Aktivistin redete, die sie nie gewesen war. Nicht wie eine Tochter, die sich mit ihren Eltern stritt, wenn sie länger ausgehen, mit Freunden für eine Partywochenende nach Bodrum fahren oder den – aus der Sicht der Eltern – falschen Mann heiraten wollte. Die Ereignisse der vergangenen Tage schienen sie irgendwie verändert zu haben.

Marc

Marc hatte sich langsam vorgearbeitet, aus einer Mischung aus Erfahrung und Instinkt sich immer wieder umschauend, nach Fluchtmöglichkeiten und um nicht zwischen die Fronten zu geraten. Er war über die Siraselviler Straße, die hinunter nach Karaköy führte, zum südlichen Ende des Platzes gegangen, während vor ihm das Chaos tobte, mit dem Rücken an den Gebäuden mit den Cafés und Konditoreien entlang, bis zum Marmara Hotel, vor dessen Eingang sich eine kleine Menschenmenge versammelt hatte und das Geschehen beobachtete. Direkt gegenüber lag der Eingang zum Park. Ein idealer Ort, um sich einen Überblick zu verschaffen, dachte Marc, denn er bot die Möglichkeit, sich ins Hotel zurückzuziehen, wenn es zu heiß wurde. Er stellte sich zu Hotelbediensteten in Uniform, Männern in Anzügen und Frauen in Kostümen, vermutlich Geschäftsreisende mit frühen Terminen und einigen anderen, die mit ihrer notdürftig übergeworfenen, legeren Kleidung und schlaftrunkenen Gesichtern aussahen wie Touristen, die nach kurzer Nacht zu früh geweckt worden waren. Schnell überkam Marc das Gefühl, ein Voyeur und überdies zu weit weg zu sein. Er war schließlich nicht mehr als Tourist, sondern als Journalist in dieser Stadt. Er betrat die Hotellobby, suchte nach den Toiletten, feuchtete sein Halstuch im Waschbecken an, wrang es aus, bis es nicht mehr tropfte, und band es sich wieder um Mund und Nase. Unter den erstaunten Blicken von Hotelangestellten, Geschäftsleuten und Touristen verließ er das Hotel, überprüfte im Gehen noch einmal seine Kamera und überquerte dann die Ringstraße, die den Platz umgab.

Trotz des feuchten Halstuches begann seine Nase sofort wieder zu kribbeln, seine Augen tränten, immer stärker, aber noch nicht so, dass er nicht seinen Job hätte erledigen können. Wie ein Hase rannte er über den Platz, immer in Bewegung, die Deckung von Ticketschaltern für die Metro, des kleinen Häuschens der Touristeninformation, der Umgrenzungsmauern des Abgangs zur Füniküler ausnutzend, freie Räume suchend, Bewegungen von flüchtenden Demonstranten und den ihnen nachsetzenden Polizisten vorausahnend, immer nur kurz verweilend, um zu fotografieren. Foto um Foto schoss er. Von Menschen, die ihm entgegengerannt kamen, mit Panik in den Augen und Taschentüchern oder dünnen medizinischen Mundschutzen vor die Gesichter gepresst. Von Demonstranten, die in Zickzackbewegungen über den Platz irrten. Von Polizisten, die die Fliehenden bis in die Seitenstraßen verfolgten, mit den Schlagstöcken auf sie einschlugen, wenn sie sie eingeholt hatten, und sie mit Gas aus Sprühpistolen einnebelten, die über einen Schlauch mit einem Kanister in einer Art Rucksack verbunden waren. Von den Wasserwerfern mit mächtigen Rammblechen vor den Kühlern, die wie Autoscooter mit abrupten Brems- und Lenkmanövern auf Menschenansammlungen zurasten und sie mit dem kräftigen Wasserstrahl aus der Kanone auseinandertrieben. Von Flüchtenden, die fielen, sich aufrappelten oder von anderen weitergeschleppt wurden. Von anderen, die liegen blieben. Von den wenigen Sanitätern – Marc hatte bislang nur drei Krankenwagen gezählt –, die sich um Verletzte kümmerten. Von dem schwarzen Rauch, der aus dem Park aufstieg und sich mit den weißen Schwaden aus Reizgas zu einem hellen Grau vermischte. Von den Metallhülsen der Tränengasgranaten, die den Boden bedeckten, und verformten orangefarbenen Kunststoffringen, Gummigeschossen. Das ist Bürgerkrieg, dachte er, das ist wie Bagdad, Bengasi oder Beirut. Auch akustisch. Schreie, Pfiffe, Buhrufe, dazwischen Polizeisirenen und die der Krankenwagen, die lauten Detonationen von Knallgranaten, das trockene kurze »Plock« und nachfolgende Zischen beim Abfeuern von Reizgasmunition.

Dann erwischte es ihn doch. Er hatte, nur aus dem Augenwinkel, gerade gesehen, wie siebzig, achtzig Meter links von ihm ein paar vermummte Gestalten am Unabhängigkeitsdenkmal hochkletterten, um dort ein Banner zu befestigen, und war stehen geblieben, weil er den Schriftzug auf der roten Stoffbahn entziffern wollte. Dabei musste er das metallische Geräusch, als die Kartusche neben ihm aufschlug, überhört haben. »Tayyib istifa!«, las er noch, bevor es laut zu zischen begann und Marc plötzlich in einer dichten Wolke Tränengas stand, die ihm Sicht und Atem raubte. Hustend und fast blind lief er los, die Hände schützend nach vorne gestreckt, in eine Richtung, in der er das Marmara Hotel vermutete. Geschosshülsen klöterten über den Asphalt, wenn er sie unbeabsichtigt vor sich her kickte, über sie stolperte. Plötzlich griffen ihm Hände unter die Arme, auf beiden Seiten, eine männliche Stimme rief ihm etwas auf Türkisch ins Ohr. Halb wurde er geführt, halb geschleppt. Durch den Tränenschleier vor seinen Augen erkannte er einen jungen Mann und eine junge Frau, die Taucherbrillen trugen und Atemmasken, wie sie Handwerker als Schutz vor Feinstaub nutzen. Sie zogen ihn zu einer der Konditoreien am südwestlichen Ende, dort, wo der Taksim-Platz in die Siraselviler Straße überging. Der Laden war trotz der noch immer frühen Stunde offensichtlich bereits geöffnet. In dem Verkaufsraum wimmelte es von Menschen, die keuchten, stöhnten, husteten, weinten, schrien. Der junge Mann drückte ihn in einen Bistrostuhl mit rotem Kunstlederbezug, seine Begleiterin zog das Halstuch herunter, das Marc noch immer um Mund und Nase trug.

»Schließ deine Augen.«

Sie hatte eine kleine Plastikflasche in der Hand und drückte seinen Kopf nach hinten. Er schloss die Augen und spürte ihre Finger, die mit sanften Bewegungen Wasser über seinen geschlossen Lidern verteilten. Es lief über seine Wangen, auf seine Lippen und schmeckte nach Medizin.

»Das ist Talcid-Lösung. Jetzt mach sie wieder auf.«

Es brannte ein wenig, als sie ihm die Flüssigkeit vorsichtig in die Augen goss, den Flaschenhals auf seinem Nasenbein aufsetzend.

»Wie heißt du? Wo kommst du her?«

Ihre Stimme war ruhig und angenehm, ihr Englisch ziemlich akzentfrei. Er dachte an Mine.

»Ich bin Marc, aus England.«

»Mein Name ist Sibel. Willkommen im Faschismus.«

Marc musste lachen und stellte fest, dass er es schon wieder konnte, obwohl er sich eigentlich gerade maßlos über sich selbst ärgerte: dass ihm das passiert war, er nicht aufgepasst hatte. Aber der Husten war weg, das Brennen in den Augen auch, nur die Nase kribbelte noch ein wenig. Seine Lebensgeister waren zurück. Ob er hier wohl einen Kaffee bekommen könnte, fragte er Sibel.

»Ich dachte, ihr Engländer trinkt nur Tee?«

Marc lachte wieder. Sibel war genauso schlagfertig wie Mine.

»Was für einen Kaffee hättest du denn gerne?«

»Einen dreifachen Espresso, wenn es geht.«

Sibel rief einem Mann etwas zu, der in einer Art Uniform in leuchtendem Rot hinter der Vitrine mit türkischen Süßspeisen stand. Marc verstand nur das Wort »Espresso«.

»Wenn es dir schon wieder so gut geht, können wir ja los. Da sind noch mehr Leute, die Hilfe brauchen.«

Bevor er sich bedanken, geschweige denn nach ihrer Telefonnummer fragen oder ihr seine geben konnte, hatte sie die Taucherbrille wieder von der Stirn auf Augen und Nase herunter, die Maske, die um ihren Hals hing, über den Mund gezogen und war zusammen mit dem jungen Mann, dessen Namen er noch nicht einmal erfahren hatte, nach draußen verschwunden. Seine Retter waren so plötzlich weg, wie sie aufgetaucht waren.

Marc schaute sich um. Die kleine Konditorei war zu einer Art Behelfslazarett umgebaut worden. Auf den Stühlen hockten Menschen mit geröteten Augen, einige auch mit blutenden Platzwunden am Kopf, manche apathisch, andere aufgeregt diskutierend oder telefonierend. Im hinteren Bereich waren Tische aufgetürmt an die Wand gerückt. Auf dem Boden lagen offensichtlich schwerer Verwundete oder Ohnmächtige, die Köpfe auf zusammengerollte Kleidungsstücke gebettet, die Beine hochgelegt, auf Stühle oder Pappkartons. Dazwischen wuselten junge Leute herum, die Augen spülten, Kompressen auf Wunden drückten und in beruhigendem Tonfall auf die Verletzten einredeten. Wer einigermaßen wiederhergestellt war, stand auf und half mit oder verließ das Café, um Platz für neue Opfer zu machen, die im Minutentakt durch die Glastür hereingebracht wurden. Angestellte in zumeist roten Kostümen, die vermutlich traditionelle osmanische Trachten darstellen sollten, reichten Wasser, Tee und Gebäck herum. Marc war beeindruckt von der großen Solidarität, die hier zu herrschen schien. Er begann sich zu schämen, dass er so selbstsüchtig an die Befriedigung seiner Koffeinsucht gedacht hatte, als einer der Angestellten in roter Uniform und gleichfarbigem Fez mit Troddel auf dem Kopf ihm eine Tasse reichte.

»Your Espresso, Sir.«

Marc wühlte in seiner Hosentasche nach Kleingeld, aber der Kellner machte eine abwehrende Handbewegung.

»Today free.«

Marc bedankte sich und beschloss, diese Gastfreundschaft nicht länger und unnötig in Anspruch zu nehmen. Hastig kippte er den starken, öligen, etwas bitteren Espresso herunter und machte schnell noch ein paar Fotos. Am Eingang machte er zwei Männern Platz, die eine junge Frau, fast noch ein Mädchen und kaum bei Besinnung, hereinschleppten und in den gerade von ihm freigemachten Stuhl bugsierten. Dann war er draußen und das sofort einsetzende Jucken in der Nase erinnerte ihn daran, das Halstuch wieder hochzuziehen. Er würde noch vorsichtiger sein müssen. Er ging nur bis zur Ecke, um sich einen Überblick zu verschaffen.

Die Situation auf dem Taksim-Platz hatte sich nicht beruhigt. Im Gegenteil. Den Sicherheitskräften standen nun deutlich mehr Demonstranten gegenüber, die von überall zu kommen schienen und sich auch nicht von den Wasserwerfern abhielten ließen, die in den Seitenstraßen postiert waren und mittlerweile aus vollen Rohren auf sie schossen. Aus der Istiklal, aus der Siraselviler Straße, von gegenüber, aus Inönü und Mete Straße strömten Menschenmassen in Richtung des Platzes, von der Polizei mit einem Hagel aus Gas- und Knallgranaten empfangen. Auf dem Platz selbst spielten sich weiter Jagdszenen ab. Immer wieder versuchten Gruppen von Demonstranten zum Park durchzubrechen, verfolgt von ganzen Hundertschaften. Der Zugang war von einem dichten Polizeikordon abgeriegelt, davor stand einer der Wasserwerfer und feuerte in die Menge. Links davon, bei der großen Baustelle, waren Teile des Sicherheitszaunes eingerissen. Dahinter, das konnte Marc von seiner Position aus gut erkennen, lag ein auf die Seite gekippter Lastwagen, ein Betonmischer. Dunkel gekleidete Gestalten schleppten Baummaterial heran und begannen, Barrikaden zu bauen. Die ersten brannten bereits.

Hier war es definitiv zu gefährlich. Außerdem musste er dringend mit Steve, seinem Kollegen vom Magazin, telefonieren, und das war bei dem Höllenlärm kaum möglich. Marc entschied, sich ein Stück weit in die Istiklal Straße zurückzuziehen. In der Einmündung einer Seitengasse, wo der Schlachtenlärm nur noch gedämpft ankam, zückte er sein Handy und wählte Steves Nummer. Es klingelte eine ganze Weile, bis er den Krawall vom Taksim-Platz wieder in voller Lautstärke und einen ziemlich atemlosen und kaum verständlichen Kollegen in der Leitung hatte.

»Hey Steve, wo steckst du?«

»Blöde Frage. Wo wohl? In Taksim! Im Tränengas!« Steve keuchte.

»Warte einen Moment. Ich muss mir mal eben eine gasfreie Ecke suchen.«

Steves schweres Atmen ging für zwanzig Sekunden in Polizeisirenen und Detonationen unter. Dann meldete er sich wieder.

»So. Hier gibt es Luft. Du hattest recht, Marc, das ist eine Story. Ich mache jetzt erst einmal was für unsere Webseite. Und ich habe schon mit Paul telefoniert, er hält einen Platz im Magazin frei, für die nächste Ausgabe am Montag. Wenn ich deine Hilfe brauche, sage ich Bescheid. Aber jetzt erzähl mir erst einmal, wo du bist, du altes Trüffelschwein. Auch noch hier oben?«

Marc berichtete ihm von den vergangenen Stunden. Dass er aus Unvorsichtigkeit selbst eine ordentliche Ladung Gas abbekommen hatte, verschwieg er allerdings.

»Brauchst du Fotos? Ich habe welche gemacht, sollte was Brauchbares dabei sein.«

Steve schien erfreut zu sein.

»Gerne. Ich habe meinen Fotografen nicht mehr rechtzeitig erreicht. Und du weißt, wie schlecht meine eigenen Bilder sind.«

»Kein Problem, ich lade dir eine Auswahl auf den FTP-Server hoch.«

Siedend heiß fiel Marc ein, dass er seinen Laptop nicht mitgenommen hatte.

»Kann aber etwas dauern, ich muss erst ins Hotel zurück.«

»Kein Problem, ich brauche auch noch ein bis zwei Stunden, bis ich die Story zusammengeschrieben habe.«

Sie verabschiedeten sich und Marc ging auf der Istiklal Richtung Galataturm zu seinem Hotel. In der Filiale einer türkischen Kaffeehauskette kaufte er einen Latte macchiato im Pappbecher, an einem Straßenstand einen Sesamkringel, den er im Gehen aß und dabei die Hälfte des Kaffees auf seine Schuhe kippte, als er weiterrannte. Istanbuls Pracht- und Haupteinkaufsstraße war für diese frühe Tageszeit außergewöhnlich voll, große Gruppen zumeist junger Menschen kamen ihm entgegen, Richtung Taksim-Platz, die einen sich aufgeregt unterhaltend, andere Parolen rufend, wie »Gezi Parkı bizim, Taksim bizim.« Das kannte er bereits: Der Gezi-Park gehört uns, Taksim gehört uns. Aber es gab auch Sprechchöre, die er bis dahin noch nicht gehört hatte und die sich offensichtlich gegen den Premierminister Recep Tayyib Erdoğan richteten: »Tayyib istifa!« Jene zwei Worte, die er schon auf dem Banner am Unabhängigkeitsdenkmal gelesen hatte, bevor das Gas ihm die Sinne geraubt hatte. Er würde Mine fragen, was das bedeutete. Er wählte ihre Nummer. Falls sie jemals wieder an ihr Telefon ging.

Mine

Mehrfach hatte sie Vedats Nummer gewählt. Ohne Erfolg. Jedes Mal meldete sich die Mailbox. Sie machte sich Sorgen, Vedat war eigentlich immer zu erreichen, auch im Dienst, der ja zum größten Teil aus Herumhängen in der Kaserne bestand. Dass er nicht an sein Handy ging, weil er gerade Demonstranten mit dem Schlagstock durch den Gezi-Park oder über den Taksim-Platz jagte, konnte und wollte sie nicht glauben. Şebnem, die fast durchgehend auf ihrem Smartphone herumgetippt hatte, während sie in der Hotellobby Kaffee tranken und Mine mit ihren Eltern telefonierte, riss sie aus düsteren Gedanken.

»Das musst du lesen! Die ganze Stadt wird bald in Bewegung sein. Überall, auf Facebook und Twitter und so, haben sie zum Solidaritätsmarsch nach Taksim aufgerufen! Ach, was sage ich, die ganze Stadt – das halbe Land! Auch für Ankara und Eskişehir sind bereits Protestkundgebungen angekündigt!«

Mine nahm die Ablenkung dankbar an.

»Zeig her!«

Şebnem reichte ihr das Handy. Tatsächlich. Die Gezi-Park-Sympathisanten hatten selbst zu dieser frühen Stunde bereits ganze Arbeit geleistet. Unter aktuellen Bildern von der Stürmung des Parks prangten Aufrufe zu Kundgebungen und Protestmärschen. Für Studenten und Umweltschützer, linke Parteien und Gewerkschaften, Kurden und Kemalisten schien es nur ein Ziel zu geben: Taksim.

»Okay. Das wird ein langer Tag. Lass uns hier etwas frühstücken – keine Sorge, ich lade dich ein – und dann gehen wir zurück in den Park. So einfach lassen wir uns nicht kleinkriegen!«

Bevor Şebnem etwas erwidern konnte, war Mine bereits aufgesprungen und zur Rezeption marschiert.

»Wo, bitte, können wir hier frühstücken? Ach ja, ich nehme an, dass ich das dann zusammen mit den Kaffees mit Karte bezahlen kann?«

»Sehr wohl, meine Dame. Unser Frühstückssaal ist dort drüben.«

Mine zog ihre nur schwach protestierende Freundin durch die Lobby in den sich langsam füllenden Speisesaal und suchte sich einen Tisch mit einer Steckdose in der Nähe, um ihr Handy weiter aufzuladen. Das Frühstück, an den meterlangen Büffetreihen auf große Teller gehäuft, aßen sie schweigend über ihre Mobiltelefone gebeugt und lasen die sich überschlagenden Meldungen zu den Vorgängen rund um Gezi und Taksim. Mine entdeckte Posts von Freunden, die eigentlich nie vor Mittag aufstanden, weil sie sich als Künstler, Musiker oder Maler, deren Tag die Nacht war, verstanden oder Studenten aus reichem Elternhaus waren, mit gering ausgeprägtem Prüfungsdruck. Dass sie alle schon aktiv waren, warf große Schatten voraus. Mine verschickte ein paar Kurznachrichten an Freunde, eine auch an ihre Eltern – die verabredeten zwei Stunden waren tatsächlich schon um –, und warf einen Blick auf die Batterieanzeige. Der Akku war nun wieder halb voll, das sollte erst einmal reichen. Sie winkte einen der Kellner herbei und bat um die Rechnung. Şebnem machte große Augen, als sie die goldene Kreditkarte aus dem Portemonnaie zog und lässig auf das Tablett mit der Rechnung warf. Zugegeben, so fürstlich und vor allem so teuer aß Mine auch selten und sie hatte weder vorgehabt, die Großzügigkeit ihres Vater auszunutzen, noch vor ihrer Freundin, deren Vater einen gehobenen Beamtenposten in irgendeiner Behörde innehatte, aber mit dem Einkommen von Mines Vater natürlich nicht mithalten konnte, zu protzen. Doch es handelte sich ja gewissermaßen um einen Notfall, für den Mines Vater sicher Verständnis hätte, falls ihm die Abrechnung überhaupt auffiele. Und Şebnem hatte sie schließlich aus dem Tränengas gerettet, ja halb hierhergetragen.

»Komm, wir gehen.«

Mine hatte den Kartenbeleg unterschrieben, die Karte weggesteckt und ließ beim Aufstehen noch ein großzügiges Trinkgeld in bar auf dem Tisch zurück.

»Danke, Mine. Nimmst du mich jetzt bitte immer mit zu Straßenschlachten mit der Polizei? Dann weiß ich wenigstens, dass ich nicht hungrig im Knast lande.«

Feixend verließen die beiden jungen Frauen den Speisesaal. Der Rezeptionist deutete eine Verbeugung an.

»Vielen Dank, meine Damen. Beehren Sie uns bald wieder.«

Als sich die Schiebetüren des Hoteleingangs öffneten und sie heraustraten, kam es Mine wie ein Déjà-vu vor. Als erlebe sie den frühen Morgen noch einmal, als stehe sie bereits wieder mitten im Gezi-Park. Nur, dass es mittlerweile helllichter Tag war. Von einer Sekunde auf die andere war die gediegene Ruhe des Luxushotels ohrenbetäubendem Lärm gewichen. Die Sirenen, Schreie, Pfiffe und Detonationen klangen zwar irgendwie diffuser als am Morgen, nicht so klar, aber es war nicht weniger laut, im Gegenteil, und das, obwohl sie noch einige Hundert Meter entfernt waren. Und auch das Brennen in Augen und Nase war wieder da. Mine schaute Şebnem an. Şebnem schüttelte den Kopf und zog den Mundschutz hoch. Es wirkte trotzig. Nein, sollte das wohl heißen, ich werde jetzt nicht wieder wegrennen. Sie hat recht, dachte Mine und zog ebenfalls den Schutz über Mund und Nase. In diesem Moment hörte sie, wie sich auf der Asker Ocağı Straße hinter ihnen Menschen näherten, die etwas sangen. Sie drehte sich um. Von unten, vom Beşiktaş-Stadion, kamen drei oder vier Dutzend junge Leute den Hügel hinauf, in ihrem Alter etwa, Studenten wie Şebnem und sie vermutlich.

Die meisten hatten Atemschutzmasken um den Hals hängen und Taucher- oder Schnorchelbrillen auf der Stirn sitzen, manche bunte Bauarbeiterhelme auf dem Kopf. Sie führten ein Banner mit sich, auf dem ein Baum abgebildet war, daneben der Schriftzug »Diren Gezi«, Gezi, widerstehe! Und sie sangen tatsächlich:

»Her yer Taksim, her yer direniş!«

Überall ist Taksim, überall ist Widerstand. Netter Slogan, hoffentlich ist das so, dachte Mine. Kurzentschlossen zog sie Şebnem mit sich und schloss sich den Studenten an, die mit der zunehmenden Intensität von Reizgas in der Luft einer nach dem anderen ihre Schutzausrüstung im Gesicht positionierten, aber unverdrossen weitersangen. Den Park betraten sie durch einen kleinen Seiteneingang, direkt hinter dem Intercontinental. Abrupt blieben die Ersten stehen. Die dahinter verstopften den schmalen Zugang. Mine drängelte sich nach vorne. Und verstand, warum die anderen plötzlich wie angewurzelt dastanden. Es war die Wucht dessen, was sich da vor ihnen abspielte, viel heftiger als das, was Mine zusammen mit Şebnem am frühen Morgen erlebt hatte. Was sie sah, erinnerte sie an die Kriegsfilme, die sich Vedat manchmal auf DVD auslieh.

Weißer Rauch waberte zwischen den Bäumen des Parks, hinter denen schemenhafte Körper Deckung suchten, während Granaten durch die Luft fauchten und zischend neuen weißen Rauch verbreiteten oder mit lautem Knall explodierten. Am anderen Ende des Parks, zum Taksim-Platz hin, schien es zu brennen, dort stieg dichter, schwarzer Qualm auf. Rechts, am Ausgang zur Cumhurriyet Straße, sah Mine einen Wasserwerfer in den Park vorrücken. Seine Kanone zielte auf eine flüchtende Menge, die der Hochdruckstrahl in Individuen teilte. Zwischen den Nebelinseln soeben detonierter Gasgeschosse bewegten sich Menschen hin und her, orientierungslos, ständig die Richtung wechselnd wie von einem Wolfsrudel gejagte Rehe. Nur dass die Wölfe, die hinter ihnen her hetzten, mit ihren Helmen und Gasmasken wie Außerirdische aussahen. Wen die Wölfe einholten, streckten sie mit Schlägen nieder, bogen ihnen die Arme auf den Rücken, zerrten sie hoch und schleppten sie weg. Wohin, konnte Mine nicht erkennen. Grünflächen und Wege waren übersät mit zerrissenen Zeltplanen, Schlafsäcken, Isomatten, Rucksäcken, Kleidungsstücken, Getränkedosen und -flaschen, Essensresten, dazwischen überall leere Metallhülsen und orangefarbene Kunststoffringe. Gummigeschosse, fiel es Mine ein, Vedat hatte davon erzählt. Dass seine Einheit sie bei Demonstrationen einsetzte. Sehr wirkungsvoll, weil sehr schmerzhaft, aber nicht tödlich, hatte er gesagt. Die auf den Kopf abgefeuert allerdings schwere Verletzungen verursachen konnten. In ihr Entsetzen mischte sich Wut. Wollte die Regierung den friedlichen Protest gegen die Abholzung von Bäumen wirklich mit aller Gewalt niederschlagen? Und war sie dafür tatsächlich bereit, wenn nicht Menschenleben, zumindest die Gesundheit der Bürger aufs Spiel zu setzen? Konnte das wahr sein?

Sie bemerkte, dass Şebnem neben ihr stand.

»Komm!«

Den dünnen Zellstoffschutz mit der einen Hand fest auf ihren Mund pressend, griff sie mit der anderen nach Şebnems Arm und zog sie in den Park. An einer Hecke entlang huschten sie Richtung Süden, wo es einen weiteren Ausgang gab, der zur Mete Straße führte. Von dort konnten sie zum Atatürk Kulturzentrum am östlichen Ende des Taksim-Platzes gelangen. In der Mitte des Parks schien die Lage weiter zu eskalieren. Während die einen flüchteten, drangen andere Gruppen von allen Seiten in den Park ein, begannen, aus Parkbänken und Baumaterialien Barrikaden zu errichten und die im hin und her wogenden Meer dunkler Köpfe mit ihren weißen Helmen gut auszumachenden Polizeikräfte zu attackieren. Flaschen und Steine, von jungen Männern aus den Wegbefestigungen gerissen, prasselten auf Schutzschilde. Polizisten feuerten aus nächster Nähe mit Gasgranaten und Gummigeschossen in die Menge. Und es schien, als zielten sie auf die Köpfe. Mine und Şebnem hetzten mit pfeifenden Lungen und brennenden Augen, immer am Rand des Parks entlang, weiter. Sie hatten den östlichen Parkausgang fast erreicht, als ihnen ein junger Mann mit blutverschmiertem Gesicht entgegentaumelte. Auch sein T-Shirt war über und über mit Blut besudelt. Ohne zu zögern griffen sie wortlos zu, legten sich die Arme des Verwundeten über die Schultern und schleppten ihn zum Ausgang. Der Mann, nur wenig älter als sie, schien kaum bei Bewusstsein, als sie ihn auf eine kleine Mauer setzten. Er blutete aus einer klaffenden

Wunde auf der Stirn. Şebnem holte eine kleine Wasserflasche und Taschentücher aus ihrem Rucksack, drückte
eines davon mit der einen Hand auf die Wunde, um die
Blutung zu stoppen, und reinigte mit der anderen
vorsichtig das Gesicht des Mannes, während Mine ihn
von der Seite stützte und dabei die zentrale Nummer
des Rettungsdienstes ins Telefon tippte. So oft sie auch
wählte, der Anschluss war und blieb besetzt. Das Display zeigte ihr allerdings an, dass Marc mehrmals versucht hatte, sie anzurufen. Sie würde ihn später zurück-
rufen. Nun gab es Wichtigeres zu tun. Sie schaute sich
um. Sanitäter aber konnte sie unter all diesen durchein-
anderlaufenden Menschen nicht ausmachen. Sollte sie
Polizisten ansprechen? Vedat anrufen? Wüsste er, was
zu tun sei? Wenn er überhaupt ans Handy ginge?

Es war, als habe der Mann ihre Gedanken erraten. Er
schlug die Augen auf und sprach leise und kurzatmig,
aber bestimmt.

»Bitte keine Polizei. Die würde mich festnehmen.«

»Aber du brauchst Hilfe. Die Wunde blutet ziemlich
stark.«

»Danke.«

Er lächelte, ein bisschen schief sah es aus, aber seine
Stimme klang schon wieder kräftiger.

»Ich komme schon klar. Habt ihr einen Spiegel?«

Mine kramte einen kleinen Schminkspiegel aus ihrem
Rucksack, darauf hatte sie auch als Parkbesetzerin nicht
verzichten wollen. Der Mann nahm ihn, schob Şebnems

Hand, die noch immer ein Taschentuch auf die Wunde presste, zur Seite und begutachtete seine Stirn.

»Ist nur eine Platzwunde. Habt ihr vielleicht noch ein Taschentuch?«

Şebnem gab ihm die ganze Packung. Er zog ein frisches heraus und drückte es auf die Wunde.

»Wirklich? Das sieht furchtbar aus!«

»Mich hat, glaube ich, eine Gaskartusche erwischt. Aber keine Sorge, ich kenne mich mit Verletzungen aus. Ich bin Medizinstudent im letzten Semester.«

Er stand auf, leicht schwankend, noch etwas unsicher auf den Beinen.

»Mein Name ist übrigens Vural.«

»Ich bin Mine. Das ist meine Freundin Şebnem. Wir bringen dich jetzt zum Taksim-Platz, vielleicht finden wir dort ja Sanitäter, die die Wunde richtig versorgen können.«

»Gut, da wollte ich eh hin. Jetzt geht es nämlich erst richtig los. Tayyip istifa!«

Marc

Marc war ins Hotel zurückgerannt und hatte in der Lobby die Fotos von der Speicherkarte auf seinen Laptop kopiert, die besten ausgewählt und, wie mit Steve besprochen, auf den FTP-Server der Redaktion hochgeladen. Ein kurzer Blick ins Internet zeigte ihm, dass fast alle internationalen Medien die Krawalle von

Istanbul auf die erste Seite ihrer Internetauftritte gestellt hatten, neben Berichten von der großen Flutkatastrophe, die gerade weite Teile Mitteleuropas heimsuchte. Da der Frühstücksraum noch geöffnet war, stopfte Marc in aller Eile ein paar Scheiben Weißbrot mit Schafskäse und Tomaten in sich hinein. Wer wusste schon, wann er das nächste Mal dazu kommen würde, etwas zu essen. Einmal, bei einem seiner ersten Einsätze in Afghanistan, hatte er einen Hungerast bekommen und war beinahe zusammengeklappt. Das würde ihm nicht noch einmal passieren. Ein US-Marine hatte ihn damals gerettet, mit einem Riegel Spezialnahrung. Seitdem sorgte er vor, aß vor einem Einsatz so viel er konnte und hatte, wenn er nicht wie jetzt gerade im Urlaub war, immer Müsliriegel oder kleine Tütchen wasserlöslicher Sportlernahrung dabei. Einen weiteren, bereits fertig geschmierten Käse-Tomaten-Sandwich wickelte er in eine Serviette und steckte ihn in den Rucksack. Dann ging er noch einmal zum Buffet, nahm sich zwei kleine Plastikflaschen Wasser, öffnete sie und presste unter den verdutzten Augen des Kellners mehrere Scheiben Zitrone, die als Dekoration auf den Platten mit Salaten lagen, hinein. Das war zwar kein Maaloxan, aber besser als nichts, falls er noch mal eine Ladung Reizgas abbekäme. Da der Laptop ziemlich klein und leicht und der Akku noch voll war, steckte er ihn ebenfalls in seinen kleinen Rucksack und ging los. Es war noch nicht einmal Mittag, aber die Istiklal Straße war so voll, wie er sie sonst nur abends erlebt hatte. Klar, es war Freitag, für die Muslime das, was für die Christen der Sonntag war, in der Türkei allerdings ein normaler Arbeitstag. Nur für die Zeit des Freitagsgebets verließen Angestellte ihre Büros, schlossen im Großen Basar und auch im Gewürzbasar auf der anderen Seite des Goldenen Horns einige der Läden. Aber der Gebetsaufruf war noch nicht ertönt. Noch etwas war anders: Ihm kam kaum jemand entgegen, die Menschen gingen fast ausschließlich in die gleiche Richtung wie er, zum Taksim-Platz. Und sie sangen. Ihre Sprechchöre hallten in der Häuserschlucht der Istiklal wider:

»Her yer Taksim, her yer direniş.«

Dazwischen immer wieder auch »Tayyip istifa!«

Da er Mine noch nicht erreicht hatte, beschloss er, einen der Demonstranten nach der Bedeutung der Sprechchöre zu fragen. Beziehungsweise eine Demonstrantin. Seine Erfahrung war, dass, egal, in welchem Land – England, die USA und überall, wo sonst noch Englisch Landessprache war, natürlich ausgenommen –, es meist Frauen oder junge Mädchen waren, die Englisch sprachen. Er hatte sich immer gefragt, warum. War das weibliche Geschlecht begabter, fleißiger, ehrgeiziger oder hatte es nur die Möglichkeit, länger zur Schule zu gehen, mehr zu lernen, während die Jungs schon früh in die Fußstapfen des Vaters treten mussten? Für den Sohn eines Fischers in Indonesien oder Bauern in Kenia mochte das vielleicht zutreffen, es erklärte aber nicht, warum in einer modernen Industrienation wie Japan, wo er über die Atomkatastrophe von Fukushima berichtet hatte, der Großteil der erstaunlich wenigen Menschen, die seiner Erfahrung nach dort überhaupt Englisch sprachen, Frauen waren. Von den Vertreterinnen des anderen Geschlechts in seinem Freundeskreis hatte er böse Blicke geerntet, wenn er danach erzählte, dass er in Tokio stets Pärchen nach dem Weg gefragt hatte – weil er ihn wusste und sie ihn erklären konnte.

Wenn er auch bis heute nicht dahintergestiegen war, ob seine auf Empirie beruhende Verhaltensweise statistischen Rückhalt erfahren würde, blieb er doch dabei und beschleunigte seinen Schritt, bis er auf der Höhe einer mit den Insignien der Demonstranten – Bauarbeiterhelm, Atemmaske und Schnorchelbrille – ausgestatteten Frau war, und sprach sie an. Genauer gesagt brüllte er sie an, denn mittlerweile hatten sie den kleinen Platz am Galatasaray Gymnasium passiert und immer mehr Menschen hatten sich dem Zug angeschlossen. Sprechchöre übertönten alles.

»Entschuldigen Sie bitte. Ich spreche leider kein Türkisch. Könnten Sie mir vielleicht erklären, was ›Tayyip istifa‹ bedeutet?«

Sie guckte ihn erst etwas irritiert, dann aber freundlich an und schrie zurück.

»Gerne. Das heißt ›Tayyip, tritt zurück!‹ Gemeint ist unser Premierminister.«

Ihr Englisch hatte einen Akzent, war ansonsten aber ziemlich gut. Marc machte innerlich ein weiteres Häkchen hinter seiner nicht repräsentativen Sprachstudie.

144

»Sie sollten nicht zum Taksim-Platz gehen. Das ist gefährlich. Dort gibt es gerade Straßenschlachten zwischen Demonstranten und der Polizei wegen des Gezi-Parks. Vielleicht haben Sie davon gehört?«

Marc nickte.

»Ja, habe ich und gehe genau deswegen dorthin. Ich bin Journalist.«

»Wirklich? Das ist großartig. Die Welt muss erfahren, was hier passiert, die türkischen Medien schweigen das nämlich tot. Woher kommen Sie? Für welches Medium arbeiten Sie?«

Er erzählte es ihr und bemerkte dabei, dass mehrere junge Männer und Frauen, vermutlich Begleiter seiner Gesprächspartnerin, aufgehört hatten, Parolen zu singen und ihm aufmerksam zuhörten. Er berichtete, was er in den vergangenen Tagen rund um den Gezi-Park erlebt hatte, verschwieg aber ein weiteres Mal, dass er am Morgen bereits sehr unliebsame Bekanntschaft mit den Mitteln gemacht hatte, die die Sicherheitskräfte dort einsetzten.

»Toll, dass Sie hier sind, Mann! Wir brauchen Leute wie Sie, damit die Menschen außerhalb des Landes erfahren, dass die Türkei nicht gleich AKP und Erdoğan ist. Dass es hier eine ganze Menge Leute gibt, die den derzeitigen Kurs der Regierung nicht gutheißen, die keinen politischen Islam, keine Religion in der Politik wollen.«

Ein junger Mann hatte sich nicht nur mit lupenreinem Englisch mit amerikanischem Einschlag in das Gespräch eingemischt, sondern Marc auch gleich auf die Schultern geklopft.

»Ich verstehe.«

Das hatte Marc sowohl zu dem jungen Mann als auch zu sich selbst gesagt. Er musste wohl mal seinen Schrank mit den Vorurteilen aufräumen. Es gab in der Türkei, zumindest in Istanbul, offensichtlich eine Menge gut ausgebildeter junger Leute, die schon über den türkischen Tellerrand hinaus geschaut hatten und politischer waren – oder gerade wurden? –, als er gedacht hatte. Irgendwie hatte er immer noch das Bild vom kranken Mann am Bosporus im Kopf, der sich vom Untergang des Osmanischen Reiches nie erholt hatte, an den Nachwehen einer mehr oder weniger diktatorisch verfügten Republikanisierung und Demokratisierung durch Atatürk litt – nicht zu Ende gebracht, weil der »Vater der Türken«, wie der Staatsgründer bis heute ehrenvoll genannt wurde, zu früh an einer überlasteten Leber zugrunde gegangen war – und dann von dauernd wechselnden, aber immer gleich korrupten Politikern und Parteien regiert wurde, welche wiederum in regelmäßigen Abständen vom Militär von der Macht geputscht wurden. Marc war natürlich nicht entgangen, dass die Türkei in den letzten Jahren einen deutlichen wirtschaftlichen Aufschwung und mit der AKP auch eine politische Stabilisierung erfahren zu haben schien. Und trotzdem hatte er immer das Bild schnauzbärtiger Männer in Pluderhosen, die, mit ihrer Gebetskette spielend, im Teehaus sitzen, während Frauen in derber

Bauernkluft und Kopftuch auf Feldern schuften, vor Augen gehabt. Ich muss mehr über dieses Land erfahren, dachte er, mehr mit eigenen Augen sehen. Vor allem mehr als Istanbul.

»Was denken Sie über Erdoğan?«

Der junge Mann riss ihn aus seinen Gedanken. Marc wollte ihm antworten, dass er sich darüber kein Urteil erlauben könne, zu wenig wisse – über den Premierminister, seine Partei, generell über Politik und Geschichte des Landes –, als gellende Pfiffe ertönten und Buhrufe. Die Menge vor ihnen war zum Stehen gekommen. Marc konnte mit seiner Größe recht bequem über die Köpfe hinweg schauen. Und so sah er den auf sie zukommenden Wasserwerfer, der von einer Hundertschaft Bereitschaftspolizisten in voller Kampfmontur begleitet wurde, und er sah, wie keine hundert Meter vor ihnen weißer Rauch aufstieg. Dann erst hörte er die Detonationen. Das Kampfgebiet hatte sich also bis in die Haupteinkaufsstraße der Millionenstadt mit all den Läden, Restaurants, Kaffeehäusern und Touristen ausgeweitet. Er schaute sich instinktiv um. In den prächtigen Altbauten zu seiner Rechten und Linken waren im Erdgeschoss Geschäfte, in den oberen Etagen Bars und Cafés – potenzielle Fluchtmöglichkeiten –, allerdings mit dem Risiko, dort länger gefangen zu sein, wenn sich das hier zu einer Straßenschlacht auswüchse. Etwa dreißig Meter vor ihm ging nach links eine kleine Gasse ab. Das könnte er noch schaffen. Ohne sich von seinen neuen Bekannten zu verabschieden, bahnte Marc sich einen Weg durch die buhenden und pfeifenden Menschen. Als er ganz vorne war, sah er, dass die Polizei tatsächlich Demonstranten aus Richtung Taksim vor sich her trieb. Weitere Gas- und Knallgranaten explodierten auf dem Pflaster. Er zog sein Halstuch hoch und rannte los, im Slalom an den ihm Entgegenkommenden vorbei, genau auf die Polizisten und den Wasserwerfer zu. Die Kanone auf dem Dach schwenkte in seine Richtung, aber da hatte er die Gasse schon erreicht. Er lief noch ein Stück weiter, bis er sicher war, dass ihm keine Polizisten gefolgt waren. Dann hielt er an und atmete erst einmal durch. Wo war er da nur wieder reingeraten? Das war kein lokaler Protest von ein paar Umweltschützern gegen die Zerstörung eines Parks. Das Ganze hatte in den letzten Tagen eine ziemliche Dynamik bekommen. Längst ging es um mehr. Hier demonstrierten städtische Bildungsbürger gegen ihre Regierung. Eine tiefe Kluft schien die türkische Gesellschaft zu spalten, mit einem islamisch-konservativen Regierungschef, der aus demo-kratischen Wahlen dreimal nacheinander mit großer Mehrheit als Sieger hervorgegangen war auf der einen Seite und einer säkularen, westlich orientierten und hauptsächlich von der städtischen Jugend getragenen Bewegung, deren Größe er nicht einschätzen konnte, auf der anderen. Das konnte ja noch heiter werden!

Auf dem Stadtplan, den er sich auf sein Smartphone geladen hatte, versuchte er sich zu orientieren. Er würde über einige Seitenstraßen und schließlich den Tarlabaşı Boulevard auch zum Taksim-Platz gelangen.

Marc ging weiter und staunte, wie ruhig es war. Die meisten Kneipen waren noch geschlossen, in den kleinen Restaurants und Cafés saßen Touristen und Geschäftsleute beim Mittagessen, während nur wenige Hundert Meter entfernt auf der Istiklal Straße und in Taksim bürgerkriegsähnliche Zustände herrschten, von denen hier allenfalls eine Art Rauschen ankam, aus dem nur bei genauem Hinhören dumpfe Detonationen zu vernehmen waren. Er hielt an und wählte Mines Nummer. Sie meldete sich bereits nach dem zweiten Klingeln, obwohl sie, der Lautstärke der Hintergrundgeräusche nach zu urteile, noch mitten in der Kampfzone war.

»Mine, wie geht es dir, wo bist du?«

»Marc, da bist du ja endlich. Ich hab nicht viel Zeit. Hast du mitbekommen, was hier abgeht? Komm in die İnönü Straße, die von Taksim zum Beşiktaş-Stadion herunterführt. Wir bauen hier gerade Barrikaden. Versuch es erst gar nicht über den Taksim-Platz, am besten, du kommst von unten, von Kabataş. Bis gleich.«

Und schon hatte sie wieder aufgelegt. Die verwöhnte junge Dame war es offensichtlich gewohnt, dass alles nach ihrer Pfeife tanzte. Marc grinste in sich hinein und schaute erneut auf den Stadtplan. Es würde schwierig werden, den Taksim-Platz von seiner Position aus vollständig zu umgehen. Er müsste sich an seinem westlichen Ende entlang und dann durch Cihangir und Gümüşsuyu zur İnönü Straße durchschlagen. Einen Versuch war es wert. Mine gab eine gute Story ab. Vom ersten Tag an dabei, gebildet, englischsprachig und auch noch außerordentlich hübsch, eine perfekte Protagonistin für eine Hintergrundgeschichte über Parkbesetzer, die zu Revoluzzern wurden. Denn dass sich hier ein ausgewachsener Aufstand gegen die Regierung Erdoğan entwickelte, daran hatte Marc keinen Zweifel mehr. Der Zorn in den Augen der Menschen, denen er in den letzten Tagen begegnet war, und ihre Bereitschaft, sich der ziemlich brutal agierenden Polizei zu widersetzen und dabei Gesundheit und Verhaftung zu riskieren, ging weit über die sich in westlichen Städten wie Berlin, Hamburg oder Kopenhagen regelmäßig Bahn brechende Krawall- und Zerstörungslust gelangweilter Stadtkinder hinaus. Diese Wut kannte er sonst nur aus den Banlieus von Paris oder den Ghettos amerikanischer Großstädte, wo der Frust sozial benachteiligter Minderheiten in Gewalt umschlug, wenn sie sich von der Staatsmacht drangsaliert fühlten. Sie unterschied sich auch von der Wut in Tunesien, die den sogenannten »Arabischen Frühling« ausgelöst hatte. Dort war es in erster Linie wirtschaftliche Not gewesen, die zu der Forderung nach politischen Reformen und mehr Demokratie geführt hatte. Doch wirtschaftliche Interessen spielten hier offensichtlich überhaupt keine Rolle. Es ging um den zunehmend autoritären Stil einer Regierung, die glaubte, nach der Legitimation durch eine demokratische Wahl ihre Bürger nicht mehr fragen zu müssen.

Als er auf den Tarlabaşı Boulevard einbog, hielt er kurz an und feuchtete sein Halstuch mit dem Zitronenwasser aus einer der beiden Flaschen an, zog es über Mund und

Nase. Schon von Weitem konnte er sehen, dass die Schlacht um den Park mit unverminderter Härte tobte. Schwarzer Rauch stand über dem ganzen Areal, in den sich der aufsteigende weiße Nebel von Tränengas mischte. Demonstranten rissen den Bauzaun am westlichen Ende des Platzes nieder, kippten dort abgestellte Baumaschinen um, ein Betonmischer brannte, überall wurden aus herausgerissenen Pflastersteinen, Brettern und Parkbänken Barrikaden errichtet, auch Absperrgitter der Polizei fanden Verwendung. Auf dem Platz selbst drehten Wasserwerfer in einem unchoreografierten Ballett Pirouetten und versprühten den Inhalt der Tanks mit hartem Strahl mal mehr, mal weniger gezielt in Menschenansammlungen, die ständig in Bewegung waren, sich wie Fischschwärme ballten, zerteilten, die Richtung änderten, wieder zusammenfanden, wieder auseinandergerissen wurden. Wie große Raubfische stießen Polizisten mit ihren weißen Helmen in die Schwärme und verstärkten Chaos und Zusammenhalt gleichermaßen. Ein sturmgepeitschtes, brodelndes Meer von Köpfen, über dem die Luft sirrte, pfiff, fauchte, schrie und explodierte.

Diesmal machte Marc nicht den Fehler, stehen zu bleiben. Er rannte an einer Mauer entlang, vor der die sonst wie Perlen aufgereihten Verkaufsstände mit Blumen fehlten. Wie ein Hürdenläufer sprang er über die ausgestreckten Beine von Menschen, die an der Mauer lagen oder an sie gelehnt saßen, manche, so schien es, kaum bei Bewusstsein, während andere daneben hockten und ihnen Wasser ins Gesicht gossen, Taschentücher auf blutende Kopfverletzungen pressten. Die Kamera in der rechten Hand, in Brusthöhe gehalten oder hoch über den Kopf erhoben, schoss er blindlings Foto um Foto, während er gegen die Atemnot anrannte, weil Anstrengung und Gas seinen Brustkorb zusammenschnürten. Auf der Höhe des Unabhängigkeitsdenkmals stoppte er dann doch für einen kurzen Moment. Was er sah, war eines dieser Bilder, die er nie vergessen würde: In einem der Blumenbeete, die das Denkmal umgaben, lag eine junge Frau. Ihr ganzer Körper zuckte wie bei einem epileptischen Anfall, ihre Hände waren unnatürlich nach innen gedreht, aus einer Wunde am Kopf quoll Blut. Sehr viel Blut. Marc schluckte. So sahen Menschen mit schweren Hirnverletzungen aus. Ein junger Mann hockte neben ihr, nacktes Entsetzen im Gesicht, während mehrere Polizisten untätig um die beiden herumstanden. Es war einer dieser Momente, in denen er mit sich ringen musste: eingreifen, helfen, Teil der Geschichte werden oder Beobachter, Chronist, Journalist bleiben? Er hatte zu Beginn seiner Laufbahn häufig Momente gehabt, in denen er am liebsten Kamera und Notizblock weggeworfen hätte, um dem Bedürfnis zu helfen nachzugeben. In einem Erdbebengebiet etwa – wo war das noch gewesen? China, Pakistan, Indonesien? – hatte er das Stöhnen und die Hilferufe Verschütteter gehört und war kurz davor gewesen, sich denen anzuschließen, die mit nackten Händen in den Trümmern der eingestürzten Häuser nach ihnen gruben. Er hatte es nicht getan, sondern in einer Eilmeldung vom Mangel an Suchmannschaften und schwerem Räumgerät berichtet.

Je länger er diesen Job machte, umso kürzer war der innere Kampf geworden. Auch dieses Mal gewann der Profi in ihm. Marc drückte wieder und wieder auf den Auslöser. Aus den Augenwinkeln sah er, wie sich ein Krankenwagen einen Weg durch die tobende Menge zu bahnen versuchte. Dann packten der junge Mann und ein Polizist die zuckende Frau an Armen und Beinen, hoben sie über den niedrigen Zaun, der das Beet begrenzte, und schleppten sie dem Krankenwagen entgegen. Ihr Blut tropfte auf den Asphalt. Marc rannte weiter. Mit brennenden Augen überquerte er die Istiklal Straße, wo sie in den Platz mündete, und stockte erneut für einen kurzen Moment. Wie zum Teufel waren die denn hierher geraten? Auf der Dachterrasse eines Schnellrestaurants standen verschreckte Touristen, Taschentücher oder Servietten vor Mund und Nase gepresst, und schauten ungläubig auf das herab, was sich im Zentrum ihres Urlaubsziels gerade abspielte. Einige fotografierten oder filmten mit ihren Handys. Zwischen ihnen erkannte Marc an ihren Gasmasken, Helmen und den großen Objektiven auch professionelle Fotografen und Kameraleute. Die Stelle merke ich mir, dachte Mark, sie bot einen Blick sowohl auf den Platz als auch in die breite Einkaufsstraße hinein, die mittlerweile ebenfalls zum Kampfgebiet geworden war.

Dann hastete er weiter, um auf die andere Seite der Siraselviler Straße zu gelangen. An der Konditorei vorbei, die schon am Morgen zum Behelfslazarett geworden war und in der noch immer verwundete Demonstranten behandelt wurden, schlug er sich rechter Hand in eine Seitenstraße und bog direkt hinter dem Komplex des Marmara Hotels nach links ab, in eine noch kleinere Straße, die knapp hundert Meter parallel zum Platz verlief, die, wie er hoffte, noch ruhig war und ihn schließlich unterhalb von Taksim, beim Deutschen Generalkonsulat etwa, auf die İnönü Straße führen würde. Die Häuserschlucht dämpfte den Lärm der Schlacht, dafür verstopften hupende Taxen, Lieferwagen und private Fahrzeuge die kleine Straße, es ging nicht vor, nicht zurück. Marc verlangsamte seinen Schritt, um Luft zu holen, die hier zwar abgasgeschwängert, aber dafür reizgasarm war. Mit tiefen Atemzügen bekam er seinen Puls unter Kontrolle, auch das Tränen der Augen ließ nach. Er spülte sie dennoch mit dem Wasser aus der angebrochenen Flasche in seinem Rucksack und benetzte auch sein Halstuch noch einmal.

Er ging weiter und kam an einen kleinen Park, der, das hatte er sich gemerkt, direkt an die İnönü Straße grenzte. Der Lärm nahm wieder zu, durch Bäume und Büsche hindurch sah er Gasnebel aufsteigen. Er zog sein Halstuch wieder hoch. Als er am Ende des Parks auf die große Straße kam, die vom Bosporus hoch nach Taksim führte, tobten hier die Auseinandersetzungen bereits mit der gleichen Intensität wie oben auf dem Platz. Vor ihm, direkt an der Einmündung, stand eine Hundertschaft, die einzelnen Schutzschilde zu einem einzigen verschmolzen. Aus kleinen Lücken dazwischen feuerten Polizisten mit dickläufigen Waffen Gummigeschosse und Gaskartuschen ab. Etwas unterhalb, direkt vor dem Deutschen Generalkonsulat, hatten Demonstranten Barrikaden aus Bauzäunen, Teilen einer Bushaltestelle, Blumenkübeln und Pflastersteinen errichtet. Sie waren das Ziel der Polizei. Vermummte Gestalten, mit Gasmasken und Handschuhen ausgerüstet, warfen die zischenden Gasbehälter zurück.

Hier war kein Durchkommen für Marc. Er würde das Konsulat in weitem Bogen umgehen müssen. Er rannte zurück, ein Stück den Hang hinab, dann nach links, noch zweimal links, einmal rechts und wieder links den Hang hinauf und stieß völlig ausgepumpt unterhalb des Konsulats wieder auf die İnönü Straße. Auch hier bauten Demonstranten gerade eine Barrikade. In einer Menschenkette wurden von irgendwo weiter unten Pflastersteine herangeschafft, zu einem mittlerweile einen Meter hohen Wall angehäuft und mit Materialien – Bretter, Stahlstreben, sogar einen Betonmischer entdeckte Marc – von einer Baustelle verstärkt, deren Umzäunung eingerissen war und ebenfalls herbeigeschleppt wurde. Marc blickte die Straße hinab. An zwei weiteren Stellen entstanden Barrikaden. Clever, dachte er, das wird die Polizei einige Zeit aufhalten.

»Da bist du ja endlich!«

Er hatte Mine nicht kommen sehen. Plötzlich stand sie auf Zehenspitzen vor ihm und fiel ihm um den Hals.

»Langsam, langsam, junge Frau.«

Lachend löste er ihre Arme, die sich um seinen Nacken geschlungen hatten.

»Alles gut bei dir? Bist zur Straßenkämpferin geworden, hmh?«

Mine hatte Arbeitshandschuhe an, eine Schwimmbrille auf der Stirn und eine Atemschutzmaske um ihren Hals baumeln.

»Die Polizei lässt uns ja keine andere Wahl. Ich werde mich doch nicht ohne Gegenwehr einnebeln und festnehmen lassen!«

Die jugendliche Empörung und Ernsthaftigkeit in ihrem Gesicht berührte ihn. Sollte er ihr von der vermutlich schwer verletzten jungen Frau erzählen, die er eben gesehen hatte? Er ließ es.

»Das ist euer Park, es ist eure Stadt, euer Land, aber du weißt schon, dass das kein Spiel ist?«

Eine Zornesfalte bildete sich auf ihrer Stirn.

»Halt mich bitte nicht für ein Kind! Ich habe einen Vater, der das tut, und das reicht!«

Marc hob beschwichtigend die Arme.

»Ich mache mir nur Sorgen.«

»Das ist nett, aber besser wäre, du machst deinen Job! Erzähl der Welt, was hier passiert!«

Mit diesem Funkeln in den Augen fand er sie noch hübscher als ohnehin schon. Er lachte wieder und erzählte ihr, dass sein Kollege Steve bereits die ersten Artikel online gestellt hätte, mit seinen Fotos. In Mines Augen blitzte Zufriedenheit auf.

»Gut. Ich stelle dir jetzt einen der Mitorganisatoren von der Taksim-Plattform vor. Er kann dir erzählen, wie es weitergeht.«

Kathrin

Bis mittags war sie im Büro geblieben. Unentwegt hatte ihr Telefon geklingelt, waren Kurznachrichten eingegangen – Freunde, die ihr von den Ereignissen in und um den Gezi-Park berichteten, Zübeida etwa, ihre Kollegin von der Mimar Sinan Universität, mit der sie vor zwei Tagen an der Demo teilgenommen hatte. Kathrin hatte den kleinen Flachbildfernseher in ihrem Büro angestellt, aber weder die staatliche TRT noch die türkischen Nachrichtensender berichteten von den Zusammenstößen, nur die beiden kleinen, unabhängigen Kanäle Ulusal und Halk TV zeigten Bilder aus Taksim. Die hatten es allerdings in sich. Es sah nach Bürgerkrieg aus. Parallel suchte sie auf ihrem Laptop im Netz nach Informationen. Was sie an Amateurvideos in sozialen Netzwerken fand, verstärkte ihren Eindruck. Schwer bewaffnete Spezialeinheiten, Wasserwerfer, Reizgas, Menschen in Panik, Ohnmächtige, Verwundete, die von anderen Demonstranten weggeschleppt wurden – Szenen wie aus einem Kriegsgebiet. Sie klickte weiter, auf die Seiten der deutschen öffentlich-rechtlichen Sender, die sie, anders als zu Hause, wo sie die entsprechende Satellitenschüssel hatte, im Büro nicht im TV empfangen konnte. Es gab Wortmeldungen, aber noch keine Bewegtbilder aus Istanbul, die Flut in Süd- und Ostdeutschland dominierte die Berichterstattung. Ein englisches Magazin hingegen zeigte einige, teilweise sehr drastische Fotos. Eines ließ sie erstarren. Sie nutzte die Zoomfunktion, um es zu vergrößern. Die Frau, die, von Polizisten umgeben, mit merkwürdig verkrampften Händen in einem Blumenbeet am Unabhängigkeits-denkmal lag und aus einer großen Wunde am Kopf blutete, kannte sie. Es war eine Bekannte von Zübeida. Sie war ihr vorgestern während der Demonstration im Park begegnet.

Kathrin sank in die Rückenlehne ihres Stuhls. Wie nur hatte es so weit kommen, der Konflikt um ein paar Bäume derart ausarten können? An Arbeit war nicht mehr zu denken. Sie packte den Laptop in ihre Umhän-getasche und schloss die Tür zu ihrem Büro hinter sich. Auch die anderen schienen bereits gegangen zu sein, selbst die Küche, in der sonst immer jemand am Espres-soautomaten stand, war leer. Auf der Fahrt mit dem Aufzug hinunter entschied sie, dass es sicher keine gute Idee wäre, mit der Metro zum Taksim-Platz und dann mit der Füniküler nach Kabataş zu fahren, um mit der Fähre nach Üsküdar überzusetzen. Unten angekommen winkte sie eines der Taxis heran, die immer in der Vorfahrt des Bürohauses warteten. Die übliche Diskus-sion mit dem Fahrer über die kürzeste Route und den Fahrpreis war allemal angenehmer, als in das zu gera-ten, was sich da in Taksim abspielte. Sie nannte ihr

Fahrziel, Kuzguncuk, der kleine Ort auf der asiatischen Seite, in dem sie wohnte. Zu ihrer Verwunderung nahm der junge Mann am Steuer den direkten Weg zur Bosporusbrücke. Sie saß wie immer hinten rechts, in maximaler Entfernung zum Fahrer, um ihn ja nicht auf dumme Gedanken zu bringen – oft genug hatte sie von Übergriffen auf Frauen, meistens Ausländerinnen, gehört, die sich nach vorne gesetzt hatten. Doch Ahmet, der Name stand zumindest auf der Lizenz, die am Armaturenbrett klebte, nahm keine Notiz von ihr und tippte die ganze Zeit auf seinem Handy herum. Aus dem Radio dudelte Türkpop. Kathrin schaute aus dem Fenster. Über Taksim hingen schwarze Wolken am strahlend blauen Himmel, ebenso über Beşiktaş. Es brannte in der Stadt.

In Kuzguncuk ließ sie sich an dem kleinen Platz absetzen, der direkt gegenüber der Dorfstraße am Bosporus lag. Das Café dort machte ihrer Meinung nach den besten Türkischen Mokka der Stadt, und den brauchte sie jetzt. Sie bestellte am Eingang – mittelsüß, wie immer – und setzte sich auf eine der Holzbänke am Wasser. Die dunklen Wolken auf der anderen Seite verdichteten sich. Dünne Rauchsäulen deuteten darauf hin, dass es an mehreren Stellen brannte. Kathrin verspürte ein leichtes Kribbeln in der Nase und wunderte sich. Der Pollenflug, die Allergiezeit war doch schon vorbei. Der Kaffee wurde ihr auf einem kleinen Holztablett mit ausklappbaren Füßen serviert und war schön stark. Sie beobachtete die großen Frachtschiffe, die

unbeirrt den Bosporus Richtung Schwarzes Meer hoch-
fuhren, während am anderen Ufer das Chaos tobte.

Sie zahlte, überquerte die Uferstraße, die weiter nach
Üsküdar führte, und ging die von Bäumen gesäumte
Hauptstraße von Kuzguncuk entlang, mit ihren Restaurants, Frisörläden, Gemüse- und Obstständen, Bäckerei-
en, Kunstgalerien und den beiden Apotheken. Überall
saßen Menschen draußen, an kleinen Tischen, tranken
Tee und diskutierten aufgeregt. Und wie in der Bürokü-
che gab es nur ein Thema: den Polizeieinsatz im Gezi-
Park.

»Hey Kathrin. Hast du mitbekommen, was in Taksim
los ist? Wir machen heute Abend eine Solidaritätsdemo
unten an der Uferstraße. Kommst du auch?«

Es war Müjgan, die sie angesprochen hatte. Müjgan, die
ein gemütliches Restaurant mit traditioneller türkischer
Küche betrieb, in dem Kathrin häufiger aß, wenn sie
keine Lust hatte, selbst zu kochen, war ihr in den letzten
Jahren eine gute Freundin geworden. Mit der angenehm
ruhigen Endfünfzigerin, die seit Jahrzehnten in der
Frauenbewegung aktiv war, ließ sich Kathrin sogar auf
politische Diskussionen ein, die sie sonst mied.

»Klar. Wann?«

»Um neun. Bring einen Topf und Kochlöffel mit, wir
zeigen dem Herrn Erdoğan mal, was wir Frauen damit
noch alles anstellen können!«

Kathrin schmunzelte. Müjgan war und blieb Feministin,
selbst wenn es um Bäume ging. Sie verabschiedete sich
und ging die letzten Meter nach Hause. Als Erstes fütter-

te sie die Katzen im Garten. Vor zwei Monaten war ihr eine Straßenkatze zugelaufen, die sich offensichtlich so wohl bei ihr fühlte, dass sie einen Wurf Junge in einem mit Plastikfolie abgedeckten Pappkarton geboren hatte, der ihr von Kathrin als Zuflucht vor schlechtem Wetter hingestellt worden war. Nun hatte sie also vier Katzen zu versorgen. Der Napf mit dem Trockenfutter, das sie jeden Morgen rausstellte, war leer gefressen und kaum hatte sie die Tür zum Garten geöffnet, kamen Kedi – Kathrin hatte das Muttertier einfach nach dem türkischen Wort für »Katze« benannt – und hinter ihr die drei Kleinen über den Zaun geklettert, der ihren vom Nachbargarten trennte. Maunzend schlichen sie um ihre Füße und schauten erwartungsvoll auf die Dose Katzenfutter in ihrer Hand. Kathrin nahm den Napf hoch und füllte mit einem alten Kochlöffel den kompletten, glibberigen Inhalt der Dose hinein. Es war ein kleiner Luxus, den sie den Katzen und auch sich da gönnte. Sie schaute den Schleckermäulern gerne beim gemeinschaftlichen Fressen zu und genoss es, wenn die beiden kleinen Kater anschließend auf ihren Schoß sprangen, um sich kraulen zu lassen, dabei laut schnurrten und schließlich einschliefen. Nur Kedi und ihre Tochter hielten Distanz zu ihr, ließen sich nicht anfassen.

Heute nahm sie sich nicht die Zeit, sondern ging hoch in die Küche und belegte zwei Scheiben Schwarzbrot mit französischem Käse. Beides hatte der letzte Besuch aus Deutschland mitgebracht. Sie hatte es in kleinen Portionen eingefroren und am Morgen aufgetaut. Dann viertelte, salzte und pfefferte sie zwei Tomaten, goss sich ein Glas Rotwein ein, auch wenn es dafür eigentlich noch zu früh war, und setzte sich vor den Fernseher. Aber egal, welchen der staatlichen oder großen privaten Kanäle sie auch einschaltete, Nachrichten vom Taksim-Platz gab es nicht. Sie zappte weiter. Die türkische Ausgabe von CNN sendete eine Dokumentation über Pinguine in der Antarktis, Ulusal und Halk TV empfing sie zu Hause nicht und im deutschen Fernsehen liefen Sondersendungen zur Flut. Als sie fertig gegessen hatte, nahm sie ihren Laptop und wählte sich ins Internet ein. Die sozialen Netzwerke quollen über von Berichten, Fotos und Videos zu Gezi. Die Auseinandersetzungen hatten sich offensichtlich auf weite Teile Taksims einschließlich der Istiklal Straße ausgeweitet. Auch in Cihangir und Beşiktaş tobten demnach Straßenkämpfe. Dazu gab es große Solidaritätsdemonstrationen in anderen Städten, in Izmir, Ankara und Antakya etwa, bei denen es ebenfalls zu Zusammenstößen mit der Polizei gekommen war. Die heftigsten aber wüteten in Istanbul. Von Hunderten Verletzten war die Rede, von Menschen, die ihr Augenlicht verloren hatten, von Gummigeschossen oder Gasgranaten ins Gesicht getroffen. Es gab Fotos des bekannten türkischen Journalisten Ahmet Şık, der aus einer Kopfwunde blutete, und von dem ebenfalls verletzten Abgeordneten Sırrı Önder. Die meisten der Bilder, die sie sah, waren von entsetzlicher Brutalität: Polizisten, die wie enthemmt auf Demonstranten, Männer und Frauen, die meisten noch sehr jung, einprügelten, Menschen, die von der Wucht des Strahls aus den Kanonen der Wasserwerfer wie Spielzeug durcheinandergewirbelt wurden, andere, die im Nebel von Tränengas vor Angst oder Schmerzen schrien und weinten, bewegungslose und blutende Körper, brennende Barrikaden und Fahrzeuge. Und sie sah, diesmal war es ein Video, wieder Bilder von der Frau, der sie vor zwei Tagen mit Zübeida begegnet war: diese merkwürdig angewinkelten Hände mit den nach innen gebogenen Fingern, das Blut, das durch dichtes, dunkles Haar aus ihrem Kopf quoll, und ihren Körper, der unkontrolliert zuckte. Kathrin schaute weg, aber es war zu spät. Sie schaffte es gerade noch bis zur Toilette, wo sie sich übergab.

Mit zittrigen Knien schleppte sie sich an ihren Schreibtisch, zu dem Reststapel mit Semesterarbeiten, die noch auf Benotung warteten. Sie nahm die erste in die Hand, schlug das Deckblatt zurück, aber die Buchstaben tanzten vor ihren Augen, so sehr sie sich auch auf den Text einer ihrer Lieblingsstudentinnen zu konzentrieren versuchte. Nach ein paar Minuten gab sie auf, legte die zusammengehefteten Blätter wieder zurück auf den Stapel und starrte ins Nichts.

Schläge von Metall auf Metall rissen sie aus ihren Gedanken, die immer wieder um die Bilder von der schwer verletzten Frau kreisten. Erschrocken schaute sie auf die Uhr. Es war kurz vor neun. Die Demo begann! Kathrin ging in die Küche, nahm sich einen der älteren Kochtöpfe und einen stabilen Edelstahllöffel. Als sie vor die Haustür trat, kamen ihr Nachbarn entgegen, ebenfalls mit Töpfen ausgestattet und ausgiebig darauf einschlagend. Ganz Kuzguncuk schien auf Töpfe zu schlagen, so laut hallte es durch die Gassen. Auf der Hauptstraße zogen Menschen in kleineren und größeren Gruppen hinunter zur Uferstraße, viele mit türkischen Flaggen, fast alle mit Töpfen ausgestattet. Und trotz des Lärms hörte Kathrin schon von Weitem Hupkonzerte und Sprechchöre:

»Überall ist Taksim, überall ist Widerstand.«

Zwei-, vielleicht dreihundert Demonstranten hatten sich rechts und links der Uferstraße aufgebaut, immer mehr kamen aus allen Richtungen dazu, Fahnen schwenkend, Töpfe schlagend. Vorbeifahrende Autos bremsten ab, hupten im Takt der Sprechchöre, aus heruntergekurbelten Fenstern wurden Arme gereckt, mit abgespreizten Zeige- und Mittelfingern für das Victory-Zeichen, selbst einige Busse verlangsamten ihre sonst halsbrecherisch rasende Fahrt, solidarisch hupend. Sprang die Ampel auf Rot, tanzten Demonstranten zwischen den wartenden Fahrzeugen. Kathrin war sprachlos, so hatte sie das beschauliche Kuzguncuk noch nie erlebt. Auch der kleine Ort hatte einen Park, mit dem die AKP-Bezirksverwaltung in Üsküdar anderes vorhatte. Nach ihren Plänen sollte dort ein Krankenhaus und ein Gemeindezentrum entstehen, gegen den Willen der meisten Bewohner Kuzguncuks. Die vom örtlichen Komitee zur Erhaltung des Parks organisierten Demonstrationen hatten allerdings eher den Charakter eines Dorffestes gehabt und waren sehr ruhig verlaufen. Nun wirkte es, als breche sich lange aufgestauter Unmut mit einem Male Bahn.

»Tayyip istifa! Hükümet istifa!«

Die Forderung nach dem Rücktritt des Premierministers, der ganzen Regierung prallte gegen die stumm dastehenden alten Häuser und schallte als gewaltiges Echo zurück.

Kathrins Nase kribbelte, ihre Augen begannen zu tränen, dann musste sie husten. Sie schaute sich um. Sie war nicht die Einzige, die Leute um sie herum begannen Taschentücher zu zücken, sich zu schnäuzen, über die Augen zu wischen, den Halsausschnitt von T-Shirts und Hemden über Mund und Nase zu ziehen. Ein Wort machte die Runde: Tränengas. Kathrin dachte sofort an die Protestaktion vor dem Emek-Theater im April, auch da hatte die Polizei es eingesetzt. Das gleiche Kribbeln in der Nase und Kratzen im Hals. Aber wo sollte hier Gas herkommen? Sie schaute zu dem kleinen Wachhäuschen der Dorfpolizei herüber, das direkt an der Ecke stand. Der einzige Polizist stand gelangweilt an einen Baum gelehnt und rauchte.

Kathrin bahnte sich einen Weg durch aufgeregt diskutierende Nachbarn, ging über den kleinen Platz mit dem Café bis ans Ufer des Bosporus. Das Kribbeln verstärkte sich. Auf der anderen Seite lag Beşiktaş. War das möglich? Konnte der Einsatz so massiv sein, dass das Gas über den Bosporus bis nach Kuzguncuk kam?

»Diese Schweine!«

Müjgan war neben sie getreten.

»Ich glaube das nicht. Diese Schweine! Das kommt von Beşiktaş bis hierhin! Komm!«

Die zierliche, ruhige, stets so bedachte Müjgan war völlig außer sich, ihr ganzer Körper bebte, als sie Kathrin am Arm packte und zurück zu den Demonstranten zog.

»Tayyip istifa!«

So fest sie konnte, schlug sie dabei auf ihren Kochtopf ein. Die Menge stimmte sofort ein.

»Tayyip istifa! Tayyip istifa!«

Kuzguncuk ein einziger Chor, mit einer einzigen Forderung: dem Rücktritt von Premierminister Erdoğan. Kathrin blickte sich um. Viele kannte sie. Da standen Freunde und Nachbarn, Anwälte, Ärzte, Architekten, Musiker, Maler, Schriftsteller, aber auch die Kopftuch tragende Frau des Metzgers – ihn konnte Kathrin nicht entdecken –, den Gemüsehändler von gegenüber, dessen Namen sie immer vergaß, mit dem Sohn an der Hand und der Tochter auf dem Arm, die ein kleines Türkeifähnchen schwenkte, Ayşe, ihre Frisörin aus dem Damensalon, und den Bäcker, den alle Ibo nannten, samt Familie. Erdoğan war zu weit gegangen, so schien es.

Mine

Wie lange schon? Mine hatte jegliches Zeitgefühl verloren. Seit Stunden schleppte sie mit Şebnem, einigen

Freunden und vielen anderen, die sie nicht kannte, Steine, Blumenkübel, Holzlatten, Stahlstreben. Längst spürte sie ihre Arme nicht mehr, war sie zu müde, um bei jeder Detonation einer Granate noch zusammenzuzucken. Direkten Beschuss gab es hier zwar nicht, die Polizei arbeitete sich an Barrikaden ab, die weiter oben am Taksim-Platz oder unten zum Beşiktaş-Stadion hin aufgetürmt waren. Aber das Echo der Explosionen, von den großbürgerlichen Wohnhäusern der vorletzten Jahrhundertwende verstärkt und vervielfacht, pflanzte sich bis zu ihnen fort, der Wind trieb Tränengaswolken die Straße hinunter. Nur wenn das Stechen in den Lungen zu stark wurde, der Schleier vor den Augen sie nahezu blind machte, unterbrachen sie ihre Arbeit, zogen sich in den Schutz einer Seitenstraße zurück, versuchten, zu Luft zu kommen, spülten die Gesichter mit Essiglösung, bis sie wieder einsatzfähig waren. Alles war irgendwie organisiert, jeder hatte eine Aufgabe. Die einen rissen Pflastersteine aus den Bürgersteigen, plünderten Baustellen, andere bildeten Ketten, um das Material weiterzureichen, das auf der İnönü Straße zu meterhohen Wällen aufgehäuft wurde. Plötzlich stockte der Materialfluss, Jubel brandete auf.

»Taksim bizim, Istanbul bizim.«

Taksim gehört uns, Istanbul gehört uns. So laut hatte Mine noch keine der Parolen der Protestbewegung gehört. Und dann waren sie plötzlich da, aus einer Seitenstraße kamen sie: Fußballfans, Hunderte. Sie musste mehrmals hinschauen, um zu glauben was sie sah: Die Männer trugen Trikots aller drei großen Istanbuler Vereine, die rot-gelben von Galatasaray, blau und gelb die von Fenerbahce, schwarz-weiß die der Beşiktaş-Anhänger. Etliche von ihnen trugen außer den Trikots professionelle Gasmasken um den Hals oder hatten sie am Gürtel hängen, andere trugen Schwimmbrillen und einfache Schutzmasken oder Halstücher. An der Spitze des Zuges wurde ein Banner mit der Aufschrift »Istanbul United« hochgehalten. Die Erzfeinde zusammen? Die, deren Rivalität über den sportlichen Wettkampf ihrer Mannschaften hinausging, die sich regelmäßig, und wann immer sie aufeinanderstießen, die Köpfe gegenseitig einschlugen, vereint im Protest gegen Polizei und Regierung? Ungeheures tat sich.

Die bunte Horde teilte sich in drei Gruppen auf. Singend zog eine die Straße hoch, zu den umkämpften Barrikaden Richtung Taksim, eine zweite hinunter zu denen am Stadion von Beşiktaş, wo es ebenfalls hoch her ging. Die dritte verteilte sich auf die entstehenden Barrikaden in der Mitte der İnönü Straße. Die Fußballfans übernahmen das Kommando. Und sie schienen genau zu wissen, was sie taten. Sie rissen die Barrikaden auseinander, schichteten sie um, erst Steine, dann Teile von Bauzäunen, Kanthölzer, Stahlträger, dann wieder Steine. Die İnönü Straße wurde zur Festung, mit kleineren Wällen auch zu den Seitenstraßen hin abgeriegelt, unpassierbar für Mannschaftsbusse der Polizei, selbst die Wasserwerfer mit ihren Rammblechen hätten es schwer, hier durchzudringen.

Mines Zufriedenheit darüber, der Staatsmacht vermeintlich Einhalt geboten zu haben, verflog so schnell, wie sie gekommen war. Gellende Pfiffe und Buhrufe ertönten, dazu dieses Fauchen und Zischen, das sie schon zur Genüge kannte. Aus der Richtung des Taksim-Platzes kamen Menschen heruntergerannt, zwischen ihnen prasselten Granaten auf den Asphalt. Im Licht der Straßenlaternen konnte Mine erkennen, wie Gestalten in bunten Trikots die Kartuschen aufnahmen und zurückwarfen, auf eine Phalanx weißer Helme, die hinter ihnen herjagten. Mine spürte Panik in sich aufsteigen, blickte sich um. Die Ersten ließen alles fallen, was sie gerade in den Händen hielten und flüchteten, die meisten dem Straßenverlauf folgend den Hang hinunter. Instinktiv hatte Mine das Gefühl, dass das der falsche Weg war. Der Lärm, der von unten kam, ließ darauf schließen, dass die Zusammenstöße unten am Stadion nicht weniger heftig waren als am Taksim-Platz. Sie suchte nach Şebnem, rief ihren Namen, fand sie in dem Chaos nicht. Wo war ihre Freundin? Schon weg? Eine Granate landete in der Barrikade direkt vor ihr, in Sekundenbruchteilen füllte sich die Luft mit weißem Rauch. Mine rannte los, ein Stück die Straße hinunter, dann nach rechts. Die kleine Stichstraße unterhalb des Deutschen Generalkonsulats war steil. Sie musste sich bremsen, um nicht die Kontrolle zu verlieren und zu stürzen.

»Mine! Mine, bleib stehen!«

Die Stimme war von Anstrengung verzerrt und trotzdem erkannte sie sie. Eine Hand griff nach ihrer Schulter, riss sie herum. Vedats Gesicht unter dem weißen Helm war schweißüberströmt, die Gasmaske hing unter seinem Kinn. Er war flankiert von zwei weiteren Polizisten, die ihre Schlagstöcke erhoben hatten. Seiner baumelte an der Schlaufe um sein Handgelenk. Er blickte sie aus seinen großen dunklen Augen, unter denen sich dunkle Ringe abzeichneten, traurig an, umfasste mit beiden Händen ihre Schultern, zog sie an sich und schob sie dann mit dem Gewicht seines Körpers nach hinten, bis sie eine Wand in ihrem Rücken spürte.

»Mine, bitte!«

Er sprach ganz leise, atemlos. Mit einer zärtlichen Handbewegung strich er ihr Haar zur Seite, beugte seinen Kopf herunter und flüsterte ihr ins Ohr.

»Mine, mein Liebling, bitte ...«

Weiter kam er nicht. Ein unartikuliertes Schluchzen, laut wie ein Schrei, brach aus Mine hervor, erstickte zu einem kläglichen Jammern, während Tränen in ihre Augen schossen und ihr Körper zu beben begann. Mine spürte Wärme in sich aufsteigen. Und Wut, Glück, Geborgenheit und Verzweiflung. Alles auf einmal. Sie wollte ihren Mann nie wieder loslassen und wegstoßen und stand dabei einfach nur da, weinte, mit herunterhängenden Armen in Vedats fester Umarmung. Minutenlang. Während um sie herum das Chaos tobte. Mine hörte Menschen vorbeihasten.

»Bullenschweine!«

»Lasst die Frau in Ruhe!«

»Faschisten!«

Dann Vedats Stimme, gedämpft, offensichtlich zu seinen beiden Kollegen:

»Das ist meine Frau.«

Sie nahm ihre Arme hoch, legte sie auf seine Brust und schob ihn zurück, bis sie ihm in die Augen blicken konnte.

»Vedat ...«

Sie atmete tief durch. Der Kloß in ihrem Hals löste sich, der Schleier vor ihren Augen lüftete sich.

»Warum tut er uns das an?«

Vedat blickte sie verständnislos an.

»Wer?«

»Erdoğan. Warum tut er uns das an?«

»Erdoğan? Was meinst du damit?«

»Na, das hier. Warum tut er uns das an?«

Vedat schien nicht zu verstehen.

»Mine, bitte, geh jetzt nach Hause. Du solltest nicht hier sein. Das hier ist nichts für dich!«

Zorn loderte in ihr auf und ließ sich nicht kontrollieren. Sie stieß ihn von sich.

»Das ist nichts für mich? Ich sollte nicht hier sein? Du solltest nicht hier sein! Zumindest nicht in Uniform. Du solltest auf meiner Seite stehen, als Bürger, nicht als Polizist, der sich zum Handlanger dieses Diktators macht!«

Sofort bereute sie ihren Ausbruch, so erschrocken war Vedats Blick aus feuchten Augen. Seine beiden Kollegen starrten sie an. Mine streckte die Arme aus, legte sie um Vedats Hals und zog ihn zu sich.

»Schatz, es tut mir leid. Ich bin nur so wütend. Was machen wir jetzt nur?«

»Ich weiß es nicht.«

Seine Stimme war wieder nur ein Flüstern. Mit einer verstohlenen Handbewegung wischte er sich über die Augen.

»Ich bin nur ein einfacher Polizist, der seinen Job macht. Ich weiß es wirklich nicht. Was soll ich tun? Desertieren? Das geht nicht, das ist mein Beruf! Bitte, geh nach Hause!«

Es war, als zerbrach etwas in Mine. Sie spürte, dass Vedats Verzweiflung echt war. Aber genau das machte sie fassungslos und traurig. Er war ein guter Mensch. Deswegen hatte sie ihn geheiratet. Sie liebten sich. Nur darum sollte es gehen. Standesunterschiede waren ihr immer egal gewesen. So hatten ihre Eltern sie erzogen. Mit ihrer Zustimmung, ja Ermunterung, hatte sie als kleines Mädchen mit Ashme gespielt, der gleichaltrigen Tochter der Putzfrau, einer Kurdin aus dem äußersten Osten des Landes, die ein Kopftuch trug und reichlich ungebildet daherkam. Ashme war anders als die Kinder aus ihrer Nachbarschaft in Nişantaşı. Aber nie kam Mine über die Lippen oder überhaupt in den Sinn, dass Ashme doof sei, weil sie so ein komisches Türkisch sprach oder auch mit neun Jahren noch kaum lesen konnte. Mine wusste damals natürlich nicht, dass Ashme nicht wie sie auf eine private, sondern auf eine staatliche

Grundschule ging, wo die Regierung – das war die feste und häufig geäußerte Überzeugung von Mines Eltern – Kindern aus dem Osten Zugereister und vor allem von Kurden bewusst nur eine sehr rudimentäre Bildung angedeihen ließ. Sie wusste auch nicht, dass Ashme oft gar nicht zur Schule ging, weil sie ihrer Mutter bei den diversen Putzjobs, die sie hatte, helfen musste, was in Mines Elternhaus natürlich verboten war. An diesen Tagen spielte Ashme, anstatt zu putzen, ging allerdings auch nicht zur Schule, um lesen, schreiben und rechnen zu lernen. Aber dass Mine dies alles konnte und Ashme nicht, hatte nie einen Unterschied gemacht. Dafür konnte Ashme nämlich wirklich gut malen, auf den Fingern pfeifen und vorlaute Jungs auf dem Spielplatz mit klatschenden Ohrfeigen in ihre Schranken weisen, was Mine ihren Eltern natürlich nie erzählte, weil die ihr immer eingebläut hatten, dass von allen Lösungen Gewalt immer die schlechteste sei, und Mine auch wirklich nie schlugen. Nicht ein einziges Mal hatte sie Prügel bezogen, egal was sie ausgefressen hatte. Die in altersgerechten Dosen verabreichte humanistische Erziehung durch ihre Eltern hatte sie zu einem selbstständig denkenden, kritischen Menschen gemacht, mit einem ausgeprägten Gerechtigkeitssinn.

Vorurteile gegen Vedat, von wem auch immer aus ihrem Familien- oder Freundeskreis vorgebracht, hatte sie stets mit Vehemenz zurückgewiesen. Aber nun standen ihr Mann und sie zum ersten Mal in ihrem gemeinsamen Leben auf verschiedenen Seiten. Zweifel, die sie nie zuvor gehabt hatte, erfüllten sie. Konnte oder wollte er nicht begreifen, was richtig und wichtig war? War sie naiv, wenn sie glaubte, dass es hier und heute nur eine Entscheidung geben konnte? Der schlimmste aller Zweifel aber war: Hatten ihre Eltern doch recht gehabt? Mit ihrer Sorge, dass das nicht gut gehen würde mit ihr und Vedat? Weil am Ende Herkunft, die Prägung durch das Elternhaus, das Blut immer stärker wären als die Liebe? Sie musste daran denken, wie ihre Eltern zu Beginn der Beziehung immer wieder versucht hatten, mit Mine bei verschiedenen Gelegenheiten darüber zu sprechen. Wenn Mine von einem Streit mit Vedat erzählte oder von einem Essen bei seiner Familie, bei dem Premierminister Erdoğan gepriesen wurde, weil er mal wieder ankündigte, Schwangerschaftsabbrüche stark einschränken zu wollen, oder weil er Homosexualität als Widerspruch zur islamischen Kultur geißelte. So etwas ging Mine natürlich zu weit, aber Vedat hatte sich in solchen Momenten immer zurückgehalten, die Reden am Tisch schwang sein Vater. Und so hatte Mine zu Hause mitunter sehr schroff alle Diskussionen über Vedat und sie unterbunden.

»Seid nicht so snobistisch, Vedat ist nicht so! Und außerdem ist das immer noch mein Leben!«

Sie hatte ihre Eltern nie wirklich ungerecht erlebt, im Gegenteil. Aber sie kannten Vedat schließlich kaum. Mine und er waren meist unterwegs, und nur eine Handvoll Male hatte Vedat nach einem gemeinsamen Abendessen auch bei ihnen übernachtet und danach

schüchtern und schweigsam am Frühstückstisch gesessen. Die beiden Familien hatten sich nur ein einziges Mal
getroffen, einige Monate vor dem Hochzeitstermin, in
einem Restaurant, um Organisatorisches zu besprechen.
Danach hatte ihr Vater sie zur Seite genommen und
gefühlsduselig davon gesprochen, dass er stolz sei auf
seine Tochter. Dass sie ein so freier Mensch mit einem
eigenen Kopf sei. Und Vedat ein guter Junge. Er hatte
eine rauschende Hochzeitsfeier organisiert, die traditionell die Familie der Braut ausrichtete. Vor einem Jahr
war das gewesen. Für die Feier nach der Trauung durch
einen islamischen Geistlichen – dieses Zugeständnis
machte Mine, die selbst nie in die Moschee ging oder
betete, ihrem zukünftigen Mann und dessen Familie
gegenüber, warum auch nicht, sie war ja schließlich
Muslimin, wenn auch keine gläubige! – hatte Mines
Vater einen Ausflugsdampfer gemietet, der die zwei-
hundertköpfige Hochzeitsgesellschaft in ein Restaurant
auf der asiatischen Seite des Bosporus, im Stadtteil
Beykoz, brachte. Es gab Alkohol, Wein, Bier und Rakı,
der allerdings hauptsächlich von Mines Verwandtschaft
und Freunden konsumiert wurde; Männer und Frauen,
ob mit Kopftuch oder ohne, tanzten gemeinsam zu
türkischer und westlicher Popmusik. Vedats Eltern
hatten, wie es schien, nichts dagegen einzuwenden und
auch im Vorfeld nichts Entsprechendes geäußert. Alles
war gut gelaufen, nicht nur an ihrem Hochzeitstag, auch
danach. Vedat blieb als Ehemann genauso höflich,
respektvoll, zuvorkommend wie zuvor.

Und nun standen sie in einer kleinen Straße in Gümüşsuyu ganz nah beieinander und doch Meilen weit entfernt.

01. Juni

Marc

Marc war total gerädert, als sein Wecker um halb acht klingelte. Es war ein langer Tag gewesen. Bis tief in die Nacht hatte er Fotos von den immer heftiger werdenden Straßenschlachten an den Barrikaden gemacht und Demonstranten interviewt, sich in Hauseingänge abseits der Kampfzone gehockt, kurze Zusammenfassungen der Ereignisse und Abschriften der Interviews in den Laptop gehackt und sie zusammen mit ausgewählten Bildern an Steve in die Redaktion geschickt, sein Handy als WLAN-Modem nutzend.

Oktay war der Name des Mittdreißigers gewesen, den Mine ihm an den Barrikaden auf der İnönü Straße vorgestellt hatte und der seine Arbeitshandschuhe, mit denen er gerade Steine in die Barrikade gestapelt hatte, auszog, um Marc die Hand zu reichen und sich zu bedanken. Dafür, so sagte er, dass Marc da sei und seine Gesundheit riskiere, um von dem zu berichten, was sich hier abspiele, wo doch die türkischen Medien alles totschwiegen. Wie wichtig es sei, in Europa zu erkennen, dass die regierende AKP im Schatten wirtschaftlicher Stabilisierung mit einer Politik der kleinen Schritte versuche, die Türkei in eine islamische Republik zu verwandeln und dabei zunehmend autoritärer vorgehe. Oktay hatte von Gleichschaltung der Presse geredet, von willkürlichen Verhaftungen, von einem gigantischen, seit Jahren andauernden Gerichtsverfahren, in dem Hunderten Armeeangehörigen, Politikern, Wissenschaftlern und Journalisten, die mit lebenslanger Haft, wenn nicht gar der Todesstrafe zu rechnen hatten, wegen der Gründung einer terroristischen Untergrundbewegung der Prozess gemacht wurde. Marc hatte sich daran erinnert, sein Magazin darüber berichtet. »Ergenekon« hieß dieser angebliche Geheimbund, dessen Ziel laut Anklage der türkischen Generalstaatsanwaltschaft der Sturz der Regierung Erdoğan gewesen sein soll. Die Türkei war nicht gerade Marcs Spezialgebiet, aber er hatte bislang ein völlig anderes Bild von dem Premierminister und seiner Partei, der AKP, gehabt. Natürlich war sie eine islamisch-konservative Partei und Erdoğan wirkte bei seinen Auftritten im Ausland manchmal wie ein Poltergeist, der schon einmal einen Eklat riskierte, wenn er mit populistischen Tiraden zu Hause Punkte sammeln konnte. Hatte er nicht mal bei einer Debatte über den Nahost-Konflikt auf dem Weltwirtschaftsforum in Davos pöbelnd das Podium verlassen, weil ihm seiner Meinung nach zu wenig Redezeit zugestanden worden war?

Wie auch immer, er hatte bei drei aufeinanderfolgenden Wahlen mit immer größerer Zustimmung gewonnen, dem Land dadurch eine gewisse Stabilität gebracht und es sicher durch die Eurokrise geführt, die den Rest Europas, Deutschland vielleicht ausgenommen, bis heute beutelte. Er hatte den Dialog mit den Kurden wieder aufgenommen und sogar – bis zu einem gewissen Maße zumindest – die Diskussion um den Völkermord an den Armeniern enttabuisiert. Irgendwann hatte Marc Oktays nicht enden wollende Abrechnung mit der Regierung Erdoğan unterbrochen. Er brauche Informationen darüber, wie es aus Sicht der Demonstranten nun weitergehe, hatte er höflich, aber bestimmt gesagt. Oktay hatte kurz irritiert geguckt, dann doch weitergesprochen.

»Wir wissen von mehreren Hundert Verletzten, mindestens sechs Menschen haben durch die Gasgranaten ihr Augenlicht verloren, und wir werden nicht ruhen, bis die Regierung die Verantwortung dafür übernimmt und die Verantwortlichen zur Rechenschaft zieht. Und wir werden uns unseren Park zurückholen!«

»Wer ist ›wir‹?«

Das war für Marc eine der zentralen Fragen in diesem Konflikt. Er hatte die Anfänge mitbekommen. Da hatten, so wie er es sah, ein paar Umweltschützer gegen die Abholzung von Bäumen protestiert. Nun aber schien es kaum noch um den Park zu gehen, der Aufruhr war viel genereller. Er richtete sich offensichtlich gegen die Regierung, insbesondere gegen den Regierungschef, und kam aus vielerlei Richtungen. Auf dem Taksim-Platz hatte er neben den ganzen selbst gemalten Bannern der Baumschützer viele verschiedene Fahnen gesehen, mit den Logos politischer Parteien, von Gewerkschaften, Universitäten und sogar Fußballclubs.

»Oh. Entschuldige. Ich spreche zum einen für die Tak-sim-Plattform, ein Bündnis von verschiedenen Initiati-ven und Privatpersonen, die sich seit zwei Jahren par-teiunabhängig gegen die Baupläne engagieren, die den Taksim-Platz betreffen. Aber heute spreche ich auch für all die anderen, die Opfer von brutaler Polizeigewalt und einer autoritären Regierung geworden sind. Und ich spreche für mich als Demokraten.«

»Wie geht es jetzt weiter?«

Marc hatte es sich angewöhnt, möglichst einfache Fragen zu stellen. So bekam man die besten Antworten. Das hatte sich bei Interviews mit Politikern bewährt. Und wenn die sich langatmig in Ausflüchten ergingen, stellte er seine Frage einfach noch mal. Und noch mal. Und noch mal. So lange, bis er auf seine einfache Frage eine klare Antwort bekommen hatte. Funktionierte nicht immer, aber doch sehr oft. Außerdem nervten ihn die Kollegen, die sich auf Pressekonferenzen so gerne selbst reden hörten und deswegen ständig minutenlan-ge Frage stellten.

Oktays Antwort war entwaffnend ehrlich. Er zuckte mit den Schultern.

»Wir versuchen, die Barrikaden zu halten und dann zum Taksim-Platz zurückzukommen.«

Irgendwann waren mehrere Hundert Fußballfans in bunten Trikots aufgetaucht, offensichtlich von verschie-denen Istanbuler Clubs. Ein Teil von ihnen war gen Taksim-Platz gezogen, um kurze Zeit später in einem Hagel von Tränengasgranaten und von Polizisten in

Hundertschaften verfolgt die Straße wieder heruntergerannt zu kommen. Im allgemeinen Chaos, in dem jeder
versuchte, sich irgendwie in Sicherheit zu bringen und
in Seitenstraßen zu fliehen, hatte Marc sowohl Oktay als
auch Mine aus den Augen verloren. Er war durch kleine
Gassen geirrt, in denen er mal kleineren Gruppen ver-
mummter Demonstranten begegnete, mal Polizeieinheiten, wobei nicht immer klar zu erkennen war, wer da
wen jagte, und schließlich unten an der großen Uferstraße herausgekommen, die auf der europäischen Seite
am Bosporus entlang bis fast zur Mündung ins Schwarze
Meer führte. Polizeiwagen und ein paar Krankenwagen
verstopften die Straße in Richtung Beşiktaş. Taxen
waren weit und breit nicht zu sehen, auch die Tram fuhr
um diese Zeit nicht mehr. Also ging Marc zu Fuß. Obwohl mitten in der Nacht, waren noch immer unzählige
Menschen unterwegs. Im Licht der Straßenlaternen sah
er ihre geröteten Gesichter, Wut, Erschöpfung und Stolz
in ihren Augen, notdürftig bandagierte Wunden, zerris-
sene, verschmutzte, pitschnasse und blutbefleckte
Kleidung, Sie hielten ihm zum Siegeszeichen abgespreiz-
te Finger entgegen und sangen noch immer von Widerstand und vom Rücktritt der Regierung.

Es war wenige Minuten vor drei, als er an seinem Hotel
ankam. Er schickte Mine noch eine Kurznachricht,
schrieb, dass er wohlbehalten im Hotel angekommen
sei, und fragte, ob es ihr gut ginge. Dann loggte er sich
noch kurz ins WLAN-Netz ein, überflog die Nachrichten,
die von Protestaktionen in Dutzenden türkischen Städ-

ten und schweren Zusammenstößen mit der Polizei, nicht nur in Istanbul, berichteten. Von vielen Hundert Verletzten war die Rede und davon, dass der türkische Ärzteverband Behelfslazarette eingerichtet habe, weil die Krankenhäuser überlastet seien. Sein Magazin hatte die Ereignisse in Istanbul auf der ersten Seite. Steve hatte einen prima Job gemacht. Der Artikel war ziemlich gut und zuletzt vor zwei Stunden aktualisiert worden. Marcs Interview mit dem Sprecher der Taksim-Plattform war schon drin und etliche seiner Fotos von den Barrikaden an der İnönü Straße. Neben Steves Namen war seiner als Co-Autor aufgeführt. Als er schließlich ins Bett fiel, war er binnen Sekunden eingeschlafen.

Er war kurz davor, den klingelnden Wecker an die Wand zu werfen. Im letzten Moment erinnerte er sich daran, dass es sich um sein Handy handelte. Er würde es noch brauchen, also stellte er den Klingelton ab, indem er die entsprechende Taste drückte, legte es zurück auf den Nachttisch und setzte sich auf. Im Dunkel des Zimmers blinkten die Ladegeräte für Kamera- und Laptopakkus grün vor sich hin. Daran hatte er immerhin noch gedacht, bevor er vor wenigen Stunden mit schmerzenden Knochen ins Bett gekrochen war. Er duschte, zog die Jeans vom Vortag, aber ein frisches Poloshirt an, schlüpfte in seine Flipflops und schleppte sich runter in den Frühstücksraum. Die Tische dort waren trotz der noch recht frühen Stunde schon fast alle besetzt, die Zeitungen vergriffen und der Geräuschpegel der Gespräche höher als an den vorangegangenen Tagen. Marc merkte, dass er ziemlich hungrig war, füllte sich eine große Schale mit Müsli, Joghurt und frischen Früchten und bestellte beim Kellner neben einem Cappuccino und frisch gepresstem Orangensaft auch noch Menemen, türkisches Rührei. Sein Handy vibrierte. Eine Kurznachricht:

»Melde dich, wenn du wach bist. Steve.«

Dass sein Kollege offensichtlich auch nicht mehr geschlafen hatte als er, verbesserte Marcs Zustand nicht. Er wählte Steves Nummer.

»Hey Marc, altes Trüffelschwein, schon wach?«

»Sehr witzig. Ich bin völlig im Arsch. Und du? Guter Artikel gestern.«

»Wieso gestern? Die letzte Aktualisierung war heute!«

Marc stellte sich vor, wie Steve gerade breit grinste. Sein Kollege war einfach nicht totzukriegen, einige Jahre jünger als er selbst, durchtrainiert, nicht gerade groß, aber bullig, und immer gut drauf, eine Art intellektuelle Ausgabe von Paul Gascoigne, dem ehemaligen englischen Fußballnationalspieler, der durch derbe Späße und wilde Eskapaden zum Liebling der Fans geworden war, Gesundheit und Laufbahn allerdings in zu viel Alkohol ertränkte. Steve trank zwar nicht mehr als andere Journalisten auch, war während seiner Zeit in der Londoner Redaktion aber immer erster Tatverdächtiger, wenn Büroschubladen mit Superkleber zugeklebt waren oder im Andruck des Magazins auf der Titelseite statt eines Fotos von Premierminister Gordon Brown eines des Comic-Superhelden Flash Gordon platziert war. Wenn Steve gerade keinen Unfug anstellte, war er ein guter Journalist, für den Istanbul die erste Auslandsstation war.

»Habe ich gelesen. Gute Arbeit. Was ist für heute geplant? Hast du schon mit dem Chef gesprochen?«

»Bist du wahnsinnig? Ich heiße doch nicht Marc, dass ich es wage, den Alten so früh aus dem Bett zu klingeln! Aber ich bin schon auf dem Weg nach Taksim. Da geht es mit unverminderter Härte weiter. Die haben sich die ganze Nacht die Schädel eingeschlagen. Was ist mit dir? Schon eine Idee für eine Geschichte?«

»Nicht wirklich. Aber wenn du das Nachrichtliche abdeckst, würde ich versuchen, eine Hintergrund-Story über die Demonstranten zu machen: wer sind die, wie organisieren die sich und so weiter. In Ordnung?«

»Hört sich gut an. Wir bleiben in Kontakt. Nicht zu viel am Tränengas schnüffeln!«

Steve hatte aufgelegt. Marc beendete sein Frühstück und ging zurück auf sein Zimmer. Müsliriegel, zwei kleine Flaschen mit Zitronenwasser, Halstuch, Laptop, Kamera, Ersatzakkus, Reisepass und Internationaler Presseausweis, sein Rucksack war schnell gepackt. Als er auf die Straße trat, war er nicht allein. Große Gruppen von Menschen in schon vertrauter Demonstrationskluft – mit Atemmasken, Schwimmbrillen, Bauarbeiter- oder Motorradhelmen – zogen durch die schmalen Gassen gen Taksim. Schon wenige Hundert Meter vom Hotel entfernt – er war noch nicht einmal auf der Istiklal

Straße angekommen – fand er die ersten Hülsen der Gasgranaten, herausgerissene Pflastersteine und Reste von Barrikaden. Bis hier unten also hatten die Auseinandersetzungen gereicht. Er hatte es nicht mitbekommen, weil er in der Nacht von der anderen Seite, von Karaköy aus, hoch nach Galata gelaufen war. Marc holte die Kamera aus dem Rucksack und begann zu fotografieren. Die Fassaden der Häuser und die Rollläden der Geschäfte waren voller Graffitis. »Gezi besetzen!«, »Taksim ist überall«, »Widerstand«, »Tayyip, tritt zurück!«, vieles von dem, was da in Eile auf Wände gesprüht worden war, kannte er bereits. In Hauseingängen lagen schlafende Menschen, die wohl keine Obdachlosen, sondern erschöpfte Demonstranten waren. Und dann hörte er auch schon wieder diesen tosenden Lärm, der am Vortag sein ständiger Begleiter gewesen war. Steve hatte also recht gehabt, der Kampf um Taksim hatte nicht nur die ganze Nacht angedauert, er tobte noch immer. Marc tränkte sein Halstuch mit Zitronenwasser und band es sich um Nase und Mund. Er beschloss, sich links zu halten, durch kleine Parallelstraßen der Istiklal nach Taksim zu gelangen, so, wie er es schon am Vortag gemacht hatte. Die Lage war allerdings deutlich unübersichtlicher geworden. Immer wieder musste er sich in Hauseingänge drücken, wenn Demonstranten durch die Gassen hetzten, von Polizisten verfolgt, unter die sich Männer in Zivil gemischt hatten, die ebenfalls Schlagstöcke oder Holzlatten schwangen. Tränengasgranaten fauchten durch die Luft, schlugen aufs Pflaster, entluden sich. Das Reizgas schien überall zu sein, selbst wenn sich die weißen Schwaden bereits aufgelöst hatten. An einer Querstraße, die zurück auf die Istiklal führte, kamen vermummte junge Männer vorbeigerannt, Marc konnte gerade noch dem Strahl eines Wasserwerfers ausweichen, der sich seinen Weg durch die Gasse bahnte und dabei aus Stühlen und Tischen der Restaurants Kleinholz machte. Kaum war der von Dutzenden Polizisten flankierte TOMA, wie die Türken die Wasserwerfer nannten, vorbei, kamen aus Hauseingängen, Cafés und Restaurants Demonstranten, die sich sammelten und zurück Richtung Einkaufsstraße zogen. Es war ein Katz-und-Maus-Spiel.

Auf dem Taksim-Platz brannten Barrikaden. Auch einige Fahrzeuge, eines schien ein Mannschaftsbus der Polizei zu sein, standen in Flammen. Die Sonne tauchte als schemenhafte weiße Scheibe hinter schwarzem Rauch auf, um Sekunden später wieder in einer dichten Qualmwolke zu verschwinden. Es sah aus wie auf einem Kriegsschauplatz, auf dem keine klaren Frontlinien auszumachen waren. Mit dem Unterschied, dass hier keine Soldaten in Tarnfarben aufeinanderprallten, sondern weiße Helme und dunkle Köpfe, Polizisten in blauen Uniformen und Zivilisten. Und dass, soweit er es beurteilen konnte, nicht scharf geschossen wurde. Hier konnte Marc nichts tun, wenn er nicht riskieren wollte, von Gummigeschossen oder Schlagstockhieben getroffen und von chemischen Kampfstoffen außer Gefecht gesetzt zu werden. Das hier war Steves Job, der vermutlich auch besser ausgerüstet war als er, mit Gasmaske, Helm und einer Weste, die ihn weithin sichtbar als Vertreter der internationalen Presse auswies. So hatte das alles für ihn keinen Sinn. Ich brauche einen Plan, dachte Marc, schoss ein paar Fotos und lief dann in eine der Seitenstraßen des Tarlabaşı Boulevards westlich des Platzes, wo sich das Büro von Turkish Airlines befand, in dem er vor einigen Tagen sein Ticket umgebucht hatte, bevor er im Park Zeuge der ersten Auseinandersetzungen zwischen Besetzern und Polizei geworden war. Er hatte gesehen, dass einige Restaurants und Cafés dort mit kostenlosem WLAN warben. Es war erstaunlich. Nur wenige Hundert Meter vom Taksim-Platz entfernt schluckten die Häuser den tosenden Lärm, schoben Besitzer von Souvenirläden Ständer mit Ansichtskarten auf den Gehweg, rollten Nippeshändler ihre Waren auf kleinen Wägen vor sich her, warteten Schuhputzer auf niedrigen Hockern auf Kunden, boten Simitverkäufer ihre auf langen Stöcken gestapelten Sesamkringel an, eilten Laufburschen von Teehäusern mit Tabletts vorbei und verteilten die kleinen Gläser an Männer, die vor ihren Geschäften hockten, saßen Touristen, nichts ahnend oder wissend oder nichts wissen wollend, auf Terrassen vor den Hotels und frühstückten.

Marc betrat die Filiale einer Kaffeehauskette, bestellte einen Latte macchiato mit Extraschuss, setzte sich in eine Ecke und wählte sich mit seinem Laptop ins Internet ein. Die Demonstranten schienen sich vor allem über Kurznachrichten, E-Mails und soziale Netzwerke zu organisieren. »Diren Gezi«, »Occupy Gezi«, »Taksim Hepimiz« – es gab unzählige Seiten auf den verschiedensten Plattformen. Die einen berichteten minutiös von den Ereignissen, und das quasi in Echtzeit, mit Texten, Fotos und Videos, andere sammelten internationale Presseberichte, wieder andere veröffentlichten Treffpunkte für Protestkundgebungen, nicht nur in Istanbul, sondern im ganzen Land, Adressen von Behelfslazaretten und Ausgabestellen für Schutzmasken und Essiglösungen gegen Tränengas, Telefonnummern von Anwälten, Listen mit WLAN-Hotspots samt Passwörtern. Die Demonstranten waren offensichtlich extrem gut vernetzt. Revolution 2.0 – das wäre eine gute Story, dachte Marc, eine Reportage aus der Schaltzentrale des Aufstandes. Denn irgendwo müsste es doch auch eine Art Büro geben, wo die Informationen zusammenliefen und dann veröffentlicht wurden. Er wählte die Nummer von Oktay, dem Sprecher der Taksim-Plattform, den er gestern auf der İnönü Straße getroffen hatte.

Es dauerte ein bisschen, bis Oktay ans Telefon ging. Der Lautstärke der Hintergrundgeräusche nach war er noch immer oder schon wieder mittendrin. Marc erzählte ihm von seiner Idee.

»Okay, nicht am Telefon. Wir könnten abgehört werden. Lass uns treffen. In einer halben Stunde, da, wo wir uns gestern zuletzt gesehen haben.«

Marc stimmte zu, legte auf und machte sich auf den Weg. Im Gehen studierte er die Karte auf seinem

Smartphone. Es würde wohl das Beste sein, sich nördlich des Gezi-Parks zu halten, ein Stück Richtung Bosporus hinunter, an dem grässlichen Klotz des Ritz-Carlton mit seiner bläulichen Spiegelfassade vorbei, um oberhalb des Beşiktaş-Stadions auf die İnönü Straße zu stoßen. Er überquerte die Cumhuriyet Straße, die von Taksim parallel zum Gezi-Park nach Nişantaşı führte und wegen der Baustelle am Taksim-Platz gesperrt war. Vor dem nördlichen Eingang zum Park, wo die Abrissarbeiten vor vier Tagen begonnen hatten, standen Dutzende Mannschaftsbusse der Polizei. Hundertschaften, unterstützt von einem Wasserwerfer, drängten Demonstranten zurück, die versuchten, in den Park einzudringen. Gas hing in der Luft. Na prima, dachte Marc und zog sein Halstuch hoch. Konnte man sich in dieser verdammten Stadt noch irgendwo ohne Reizhusten und tränende Augen bewegen? Scheinbar nicht. Er schaute auf die Karte. Einen anderen Weg gab es nicht, wenn er seine Verabredung mit Oktay einhalten wollte. Er rannte los, in einem Bogen um die hin und her wogende Menschenmenge herum, über die Vorfahrt des Divan Hotels, dicht an der Hauswand entlang.

Am Eingang löste er die Lichtschranke aus und die dunkel getönten Schiebetüren glitten zur Seite. Marc blieb wie angewurzelt stehen. In der Lobby sah es aus wie in der Ambulanz eines Krankenhauses während eines Katastrophenfalls. In den schweren Sesseln kauerten zusammengekrümmte Gestalten, manche lagen auf den Teppichen davor. Menschen in weißen Kitteln liefen zwischen ihnen herum, sprühten etwas aus Sprayflaschen in Gesichter oder legten Verbände an. Marc zückte die Kamera und machte einige Fotos, ohne von dem Sicherheitspersonal, das innen rechts und links des Eingangs stand, daran gehindert zu werden. Auch eine interessante Geschichte, dachte Marc. Die Hotelkette, zu der das Divan gehörte, war im Besitz eines Großindustriellen, der sich augenscheinlich mit der Protestbewegung solidarisierte, dem zumindest aber Hilfsbereitschaft wichtiger war als ungetrübte Urlaubsfreunden seiner Hotelgäste, denen das Notlazarett in der Lobby zwangsläufig vor Augen führte, dass in dieser Stadt gerade etwas gehörig schieflief.

Marc hinterließ an der Rezeption seine Visitenkarte mit der Bitte um ein Interview mit dem Hotelmanager. Am Eingang kam ihm ein Schwall Tränengas entgegen, gefolgt von einer Handvoll Demonstranten mit Gasmasken, die einen jungen Mann hereinschleppten, dessen Gesicht blutüberströmt war. Sofort eilten zwei Frauen in weißen Kitteln herbei, die die Gruppe zu einer freien Stelle auf dem Teppich lotsten, wo sie den Verletzten behutsam ablegten. Mit ernstem Gesicht untersuchten die Ärztinnen den Verletzten.

Marc verließ das Divan und ging nach links. Die Straße war übersät mit Trümmern – Reste von Barrikaden, so schien es. Schon von Weitem sah er die schwarze Rauchwolke, die über dem Stadion von Beşiktaş hing. Als er näher kam, erkannte er, dass es ein Polizeiwagen war, der da brannte. Auslaufendes Benzin hatte sich entzündet, eine Wand aus Flammen teilte die Straße. Eine große Menschenmenge hatte sich auf der Straße versammelt, viele hielten ihre Handys oder Kameras hoch und filmten. Ein paar junge Männer tanzten johlend um das brennende Fahrzeug herum, Zeige- und Mittelfinger zum Siegeszeichen in die Luft gereckt. Marc hatte gerade begonnen, die Szene zu fotografieren, als mit einem ohrenbetäubenden Knall der Tank des Wagens in die Luft flog und einen riesigen Feuerball erzeugte. Die Menge schrie entsetzt auf, wich zurück. Die, die dem Wagen am nächsten standen, wurden von der Druckwelle zu Boden geschleudert, selbst Marc, der vierzig oder fünfzig Meter entfernt stand, spürte ihren Sog. Verdammt, ich muss besser aufpassen, durchfuhr es ihn. Verletzte gab es offensichtlich nicht, niemand war liegen geblieben, alle hatten sich wieder aufgerappelt. Marc machte einen weiten Bogen um das brennende Wrack und bog nach rechts ab, auf die İnönü Straße, die kurz hinter der Kreuzung von einer gut zwei Meter hohen Barrikade blockiert war. Obwohl ihm der Schrecken, vor allem über seine Unvorsichtigkeit, noch ein wenig in den Knochen saß, musste Marc unwillkürlich grinsen. Die Demonstranten bewiesen Humor: In die Mitte des Walls aus Steinen, Gullideckeln, Stahlträgern, Parkbänken und Holzlatten war die Werbetafel einer Hotelkette eingearbeitet. »Let good things happen!«, stand da in großen bunten Lettern.

Marc schlüpfte durch den linken der schmalen Durchlässe zu beiden Seiten der Barrikade, die von vermummten Demonstranten bewacht wurden, die ihn freundlich grüßten.

Kathrin

Sie konnte es kaum fassen, aber die großen Tageszeitungen ignorierten die Vorgänge rund um den Taksim-Platz noch immer. Regierungsnah hin oder her – das, was sie am Vorabend im Internet gelesen und an Bildern gesehen hatte, konnte man doch nicht totschweigen! Dass die türkische Presse offensichtlich derart gleichgeschaltet war, überraschte sie dann doch. Sie hatte sich an einiges gewöhnt, seit sie in diesem Land lebte, manches einfach nicht mehr hinterfragt, aber das war nun wirklich zu viel. Mit Journalismus hatte das auf jeden Fall nichts mehr zu tun! Nur zwei kleinere, im linken politischen Spektrum angesiedelte Blätter hatten die Straßenschlachten auf die Titelseite gehoben. Sie berichteten auch von Demonstrationen in vielen anderen Städten der Türkei, von Hunderten Verletzten, darunter der Parlamentsabgeordnete Sırrı Önder und der kritische Journalist und Buchautor Ahmet Şık, Dutzenden Menschen, die festgenommen worden waren und von denen seither jede Spur fehlte. Irgendwie typisch, fand Kathrin. Ganz oder gar nicht, schwarz oder weiß, so war das immer in der Türkei.

Ihre Freundin Nevra und sie hatten sich für ein spätes Frühstück in einem der kleinen Cafés von Kuzguncuk verabredet. Kathrin hatte die spontane Demonstration an der Uferstraße erst weit nach Mitternacht und todmüde verlassen und dann doch nicht einschlafen können, weil die Sprechchöre, das Hupen und Töpfeschlagen noch lange anhielten. Nevra hatte schon vor dem Café gewartet, unter dem Arm einen ganzen Stapel Zeitungen. Sie schien aufgeregt, ihre Begrüßung war flüchtig, stattdessen hielt sie Kathrin ihr Handy unter die Nase.

»Hast du gelesen, was Gökçek eben an die Adresse der Demonstranten getwittert hat?«

Kathrin verneinte.

Nevra las vom Display ab:

»Wir könnten euch in einem Löffel mit Wasser ersäufen, haben es aber bis jetzt nicht getan, weil wir an die Demokratie glauben.«

Melih Gökçek, der Bürgermeister von Ankara, war nicht gerade für diplomatisches Geschick bekannt. Er galt als Populist und Haudrauf, als einer von Erdoğans Kettenhunden, die immer dann losgelassen wurden, wenn für irgendetwas mit viel Tamtam Meinung gemacht werden musste. Das war Kathrin übrigens ziemlich früh aufgefallen, schon als sie als Studentin das erste Mal in der Türkei gewesen war: In politischen Diskussionen galten nicht etwa Argumente, sondern Lautstärke. Aber das mit dem »in einem Löffel Wasser ersäufen« war wirklich harter Tobak.

»Was ist das für ein blödes Arschloch!«

Nevras Worten hatte Kathrin nicht viel hinzuzufügen, und so hatten sie sich an einen freien Tisch gesetzt und Kaffee und Käsekuchen bestellt, weil beiden nicht nach einem deftigen türkischen Frühstück mit Oliven, Tomaten, Gurken und Schafskäse gewesen war. Schweigend arbeiteten sie die Zeitungen durch, die Nevra angeschleppt hatte. Mit dem Ergebnis, dass sie sich wohl noch einige internationale Zeitungen besorgen müssten, um ein halbwegs abgerundetes Bild von dem zu bekommen, was da gestern passiert war.

Das brutale Vorgehen der Polizei gegen Demonstranten in Istanbul und vielen anderen Städten, in denen es spontane Solidaritätskundgebungen gegeben hatte, war auf jeden Fall Gesprächsthema Nummer eins im Café und auf der Straße, wie sie mit halbem Ohr beim Durchblättern der Zeitungen feststellte. »Faschisten« war dabei die gängigste Bezeichnung für die Polizei, »Diktator« die für Erdoğan.

Unruhe kam auf. Vor einem Teehaus nebenan versammelten sich einige Männer und Frauen, auch Gäste des Cafés standen auf und gingen hinüber. Alle starrten auf einen Fernseher. Kathrin hörte die sich überschlagende Stimme des Premierministers.

»Komm, lass uns das anhören!«

Kathrin war aufgestanden und hatte Nevra am Arm mit sich gezogen. Auf Zehenspitzen, über die Köpfe der bereits versammelten Zuschauer hinweg, sah sie auf dem Bildschirm Premierminister Erdoğan, der eine Pressekonferenz gab, die – wie alle anderen Reden des

Premiers auch – von den großen TV-Stationen, egal ob staatlich oder privat, live übertragen wurde. Gerade verteidigte er den Polizeieinsatz am Taksim-Platz, der auch in diesem Moment seiner Rede und den folgenden Tagen weitergehen würde, wenn es notwendig sei. Er werde nicht zulassen, dass Extremisten und marginale Gruppen den Platz für ihre Interessen vereinnahmen und das Land terrorisieren, polterte er. Extremisten? Marginale Gruppen? Die Menge raunte. Dann allerdings folgte ein Satz, der die kleine Versammlung in und vor dem Teehaus verstummen ließ: Wenn die Protestler zwanzig Leute zusammenbekämen, keifte Erdoğan, würde er zweihunderttausend mobilisieren, und würden sie hunderttausend schaffen, sei es für ihn ein Leichtes, eine Million seiner Anhänger auf die Straße zu bringen. Kathrin stockte das Blut in den Adern. Das war eine unverhohlene Drohung. Buhrufe, Pfiffe durchbrachen die Stille, Empörung brach sich in wüsten Beschimpfungen des Regierungschefs Bahn. »Diktator« war nun noch die harmloseste Beleidigung.

»Hast du das gehört? Er droht uns. Der Premierminister droht seinem Volk!«

Nevra war außer sich.

»Was soll das? Will er einen Bürgerkrieg?«

Statt zu besänftigen, die aufgeheizte Stimmung zu beruhigen, goss Erdoğan also Öl ins Feuer! Auch Kathrin war entsetzt. Plötzlich registrierte sie wildes Gehupe und dazwischen, gedämpft und aus weiter Ferne, einen Knall, dann noch einen und noch einen. Sie zog Nevra am Arm die Straße runter Richtung Bosporus-Ufer zu dem kleinen Platz, an dem sie am Vorabend demonstriert hatten. Die Uferstraße war völlig verstopft. Kathrin und Nevra schlängelten sich zwischen Bussen und Autos hindurch, deren Fahrer wild gestikulierend aus den Fenstern hingen, brüllten und wütend die Hupen ihrer Fahrzeuge betätigten. Aus einigen der Autos wurden türkische Fahnen geschwenkt und Parolen gerufen, die sie vom Abend vorher kannte:

»Nieder mit Erdoğan! Überall ist Widerstand!«

Nevra hinter sich herziehend ging Kathrin bis zu der Balustrade am Bosporus-Ufer. Trotz des Lärms konnten sie nun deutlich Explosionsgeräusche und das Geheul von Sirenen vernehmen. Weißer und schwarzer Rauch stand über der europäischen Seite, von Beşiktaş bis hoch nach Taksim. Die Kämpfe gingen also weiter. Dann hörte Kathrin das charakteristische Flappflappflapp eines Hubschraubers. Sie entdeckte ihn, die Aufschrift »Polis« an der Seite weithin sichtbar, über der Bosporusbrücke in der Luft stehend. Und erkannte gleichzeitig auch die Ursache für den Stau auf der Uferstraße. Eine riesige Menschenmenge blockierte die normalerweise für Fußgänger gesperrte Brücke. Zwischen bunten Fahnen und Bannern ein Heer schwarzer Köpfe, das sich langsam auf das europäische Ufer zu bewegte, wo eine Phalanx weißer Fahrzeuge mit rotierenden Blaulichtern wartete.

Unglaublich, dachte Kathrin. Was passiert hier gerade? Erdoğan, der unantastbar gewesen zu sein schien und sich dafür, wenn man seine heutigen Aussagen gehört hatte, auch noch immer hielt, mobilisierte die Massen. Diesmal allerdings keine organisierten Zujubler, sondern gegen sich. Das war neu. Offensichtlich hatte das brutale Vorgehen der Polizei gegen die Parkbesetzer den Protest nicht etwa im Keim erstickt, sondern das genaue Gegenteil erreicht: Die Menschen standen auf und stellten sich der Staatsmacht unerschrocken entgegen. Der Gezi-Park als der Tropfen, der das Fass zum Überlaufen brachte? Wohin sollte das führen?

Nachdenklich starrte Kathrin auf das Wasser hinaus. Ein Fischkutter zog vorbei, zwischen den Hebevorrichtungen für die Netze war ein Banner gespannt: »Tayyip, tritt zurück!«

Jubelrufe rissen sie aus ihren Gedanken. Nevra hüpfte plötzlich wie ein kleines Mädchen beim Seilspringen neben ihr auf und ab und starrte dabei auf ihr Smartphone.

»Wir haben gewonnen. Die Polizei zieht sich aus dem Gezi-Park und vom Taksim-Platz zurück!«

Mine

Die Nachricht verbreitete sich wie ein Lauffeuer. Auf wessen Befehl auch immer: Die Polizei schien aus Taksim abzuziehen, nur ein paar Stunden, nachdem der Premierminister noch verkündet hatte, vor einer Handvoll Extremisten nicht zurückweichen zu wollen. Seine Statements aus der Pressekonferenz waren quasi in Echtzeit in den sozialen Netzwerke und Kurznachrichtendiensten verbreitet worden und hatten den übermüdeten Demonstranten neue Lebensgeister eingehaucht. Dem werden wir es zeigen, er kann uns beleidigen, aber keine Angst einjagen, auch mit Schlagknüppeln, Tränengas und Wasserwerfern nicht – der harte Kurs des Premiers war Motivation pur. Mine stand seit dem Morgen wieder an den Barrikaden auf der İnönü Straße, die immer höher wurden. Auch Şebnem, die sie am Vorabend aus den Augen verloren hatte, als das große Chaos ausbrach, und ein paar andere Freunde waren da, dazu eine ganze Reihe junger Leute, die sie noch nie gesehen hatte. Die einen schleppten Steine und Baumaterialien für die Barrikaden, andere hatten sich mit Müllsäcken bewaffnet und sammelten Plastikflaschen, Glasscherben und weitere Überbleibsel der Nacht, die als Müll herumlagen. Wieder andere hatten Blumen mitgebracht und pflanzten sie entlang der Straße in den kleinen Beeten um die Bäume herum – Beete, die während der Krawalle plattgetrampelt worden waren. Plötzlich summten, piepten, klingelten Mobiltelefone und verbreiteten die Nachricht vom Rückzug der Polizei. Freunde und Fremde fielen sich in die Arme, begannen zu singen und zu tanzen. Selbst Mine, die den ganzen Morgen bedrückt und schweigsam vor sich hingearbeitet hatte, ließ sich von der Euphorie anstecken.

In der Nacht, nach ihrer Begegnung mit Vedat, war sie unendlich traurig nach Hause gegangen, in ihre leere Wohnung. Sie hatte eine Flasche Rotwein aufgemacht, ihre Lieblings-CD von Sezen Aksu aufgelegt und sich auf das Sofa gelegt. Nach zwei Gläsern wich ihre Trauer Wut. Wut darüber, dass ihre heile Welt zusammengebrochen war. Dass dieser Arsch von Erdoğan nun zwischen ihr und ihrem Mann stand. Die Flasche wurde leerer und leerer und Mine wieder traurig. Irgendwann schlief sie ein. Zwei Stunden später, als die Morgensonne erste Strahlen durch das Wohnzimmerfenster schickte, wurde sie wieder wach. Sie war noch vollständig angezogen, ein Rotweinfleck hatte es sich auf ihrer Brust bequem gemacht, das leere Glas lag auf dem Teppich vor dem Sofa, in der geöffneten Flasche verdunstete der Alkohol von drei Finger breit Restwein. Ihr Kopf schien der größte, zumindest aber schwerste Teil ihres Körpers zu sein, entsprechende Mühe bereitete es ihr, ihn anzuheben und sich aufzusetzen. Wie konnte ihr Schädel so schwer sein, wo er sich doch so leer anfühlte? Sie saß noch einige Minuten auf der Sofakante, aber ihr Kopf blieb leer und schwer. Dann stand sie auf. Das Bett im Schlafzimmer fand sie unberührt vor, Vedat war offensichtlich die ganze Nacht weggeblieben. Zorn stieg in ihr auf, er kam aus dem Bauch, versetzte ihr Herz in heftige Schwingungen und vertrieb Schwere und Schmerzen aus ihrem Kopf. Ein einziger Gedanke machte sich stattdessen dort breit, er war klar wie Glas: Sie würde nicht zulassen, dass Erdoğan siegte. Weder über

ihre Ehe noch über den Widerstand gegen die Zerstörung des Gezi-Parks. Dann hatte sie sich geduscht,
frische Klamotten angezogen, ihr Handy, das weder
einen Anruf noch eine Nachricht von Vedat anzeigte,
Mundschutz und Taucherbrille in den kleinen Rucksack
gepackt und die Wohnung verlassen.

»Ist das nicht großartig?«

Şebnem hatte sie umarmt und ihr im allgemeinen
Trubel ins Ohr gebrüllt.

»Lass uns in den Park gehen und feiern!«

Sie schlossen sich den Gruppen singender und jubeln-
der Menschen an, die sich, von unten, von Beşiktaş und
Kabataş kommend, gen Taksim bewegten. Verdammt
gut organisiert, dachte Mine, als sie mit einem Blick über
die Schulter zurück feststellte, dass an den Barrikaden
einige der Demonstranten zurückblieben, vermutlich
um sie zu bewachen. Schließlich war nicht klar, ob der
Rückzug der Polizei von Dauer und ein tatsächliches
Friedensangebot war.

Die Szenerie oben am Taksim-Platz war skurril. Noch
immer lag Brandgeruch in der Luft und das Kribbeln in
Mines Nase zeugte von den Resten von Tränengas. Und
trotzdem herrschte so etwas wie Volksfeststimmung.
Tausende Menschen flanierten zwischen ausgebrannten
Autowracks, lachend, scherzend, singend. Und es kamen
immer mehr, aus allen Richtungen. Von Polizei war
tatsächlich weit und breit nichts mehr zu sehen. Lediglich ein ausgebrannter Mannschaftsbus stand noch vor
dem Eingang zum Gezi-Park. Ein junges Mädchen, das

sich einen Schal mit dem Logo der Universität von Kadıköy um Mund und Nase gewickelt hatte, posierte hinter der zerborstenen Windschutzscheibe mit dem Siegeszeichen aus abgespreiztem Zeige- und Mittelfinger. Kommilitonen schossen Fotos mit ihren Handys. Einige der Demonstranten waren auf das Unabhängigkeitsdenkmal geklettert und hatten ein Banner angebracht. »Taksim bizim!«, stand da zu lesen. Taksim gehört uns! Ein junger Mann, das Gesicht mit einem Halstuch maskiert, reckte triumphierend einen Schlagstock in die Höhe. In der anderen Hand hielt er eines der durchsichtigen Schutzschilde der Polizei. Das Wort »Polis« hatte er mit Farbe übersprüht. »Halk«, Volk, stand da nun. Auch auf dem Dach des Atatürk Kulturzentrums machte Mine die Silhouetten von Menschen aus, die gerade dabei waren, ein großes Transparent an der Fassade anzubringen. Der Platz selbst war übersät mit den leeren Hülsen von Gasgranaten, den Resten von Plastikgeschossen, Glasscherben, Flaschen, Dosen und Verpackungen von Verbandsmaterial. Zwei von ihren Crews offensichtlich verlassene Übertragungswagen türkischer Fernsehsender wurden gerade mit Spraydosen besprüht. »Neuestes Model 2013 – vom Eigentümer günstig abzugeben« und »Nieder mit den Staatsmedien« konnte Mine auf dem einen lesen. Aus dem anderen rissen einige junge Männer gerade Monitore, Schaltpulte und andere Gerätschaften und verarbeiteten sie zu Elektroschrott, indem sie sie auf den Boden warfen und darauf herumsprangen. Mine konnte ihre Wut verstehen. Darüber, dass die Medien des Landes weggeschaut hatten, als die Staatsmacht auf das Volk einprügelte. Aber diese blinde Zerstörungswut ging ihr zu weit.

»Komm!«

Sie zog Şebnem hinter sich her und steuerte auf den gelben Transporter zu, der bis vor kurzer Zeit noch im Dienst eines Nachrichtenkanals gestanden hatte und nun gewaltsam in Einzelteile zerlegt wurde.

»Was soll das? Lasst den Scheiß!«

Mine riss einen der jungen Männer, die gerade angefangen hatten, mit Holzlatten die Scheiben des Wagens einzuschlagen, an der Schulter herum und brüllte ihn an.

»Was willst du?«

Es klang wie das Fauchen einer ziemlich großen Katze und er kam ganz nah an sie ran. Seine dunklen Augen im erröteten Gesicht funkelten sie böse an. Mine wich keinen Zentimeter zurück:

»Was ich will? Dass ihr mit dieser Scheiße aufhört! Solche Aktionen spielen Erdoğan nur in die Karte. Wegen so etwas kann er uns Extremisten nennen und die Polizei auf uns hetzen! Wenn wir friedlich und gewaltlos demonstrieren, hat er dafür keine Argumente. Kapiert?«

Sie schrie nicht mehr, sprach aber laut und bestimmt. Mit offenem Mund starrte der junge Mann sie an und trat einen Schritt zurück.

»Bravo!«

»Genau.«

»Keine Gewalt!«

Eine Gruppe von zwei, drei Dutzend Demonstranten hatte sich um die beiden versammelt und begann, Mine zu unterstützen.

»Wir wollen keine Gewalt!«

Ihr Gegenüber hob beide Arme.

»Okay, du hast recht.«

Dann drehte er sich zu seinen Freunden um, die ihr Zerstörungswerk unterbrochen hatten und Mine und ihn anstarrten.

»Kommt, Freunde, sie hat recht, hört auf damit!«

Er drehte sich noch einmal zu Mine um, grinste sie etwas verlegen an, dann zog die Truppe wortlos von dannen.

»Wow, nicht schlecht! Du bist ja eine richtige Aktivistin geworden!«

Şebnem schaute sie mit staunenden Augen an und lächelte dabei. Mine deutete den Gesichtsausdruck ihrer Freundin als echte Anerkennung mit einer Spur Ironie.

»Nein, bin ich nicht. Ich mag nur keine Dummheit!«

Marc

Oktay führte ihn durch kleine Gassen, mal bergauf, mal bergab. Einmal konnte er den charakteristischen schwarzen Kubus auf dem Dach des Marmara Hotels am Ende einer Häuserflucht erkennen, es ging also Richtung Cihangir, einem bei jungen Leuten und Ausländern beliebten Viertel südlich des Taksim-Platzes. Nach zehn Minuten, in denen ihnen mehrmals Gruppen maskierter Demonstranten und einmal auch ein Trupp Bereitschaftspolizisten in voller Kampfmontur entgegengerannt kamen und Oktay ihn in einen Hauseingang drückte, hatten sie offensichtlich ihr Ziel erreicht, eines der wenigen noch nicht renovierten Jugendstilhäuser in der Gegend. Mehrmals drückte Oktay einen nicht beschrifteten Klingelknopf. Es klang nach einem Code. Dann ertönte ein Summen und die Tür öffnete sich. Sie stiegen durch das unbeleuchtete Treppenhaus in die dritte Etage. Oktay blieb vor einer verschlossenen Wohnungstür stehen und klopfte, erneut mehrmals in einer Art Code. Ein Schlüssel drehte sich im Schloss und noch einer. Dann öffnete sich die Tür einen Spalt breit und der Kopf eines Mannes erschien über einer dicken Sicherheitskette. Der Mann blickte Oktay an, dann ziemlich skeptisch Marc und wieder Oktay, nun mit einem fragenden Ausdruck im Gesicht. Oktay nickte nur, die Tür schloss sich wieder, Marc hörte, wie die Sperrkette entfernt wurde, dann öffnete sich die Tür ganz. Oktay und der Mann umarmten und küssten sich auf beide Wangen. Sie redeten kurz miteinander, Marc verstand die Worte »arkadaş«, das Freund bedeutet, »Ingeliz«, Engländer, und irgendetwas mit »Gazete«, was vermutlich Zeitung hieß.

»Entschuldige. Wir müssen vorsichtig sein. Ich bin Ahmet. Komm rein.«

Ahmet sprach nun Englisch und reichte ihm die Hand. Dann trat er zur Seite und gab den Blick auf einen langen Flur frei, von dem zahlreiche Zimmer mit offenen Türen abgingen. Marc hörte verschiedene Stimmen, männliche und weibliche, die entweder miteinander oder in Telefone sprachen. Oktay ging vor.

»Komm, ich zeige dir unsere Nachrichtenzentrale. Das ist übrigens die Wohnung eines Freundes von mir, der gerade im Ausland ist.«

Das erste Zimmer war völlig unmöbliert. Zwei Männer und eine Frau hockten auf dem Boden, vor sich Laptops, die auf Pappkartons platziert waren. Die drei blickten auf. Oktay sprach wieder Türkisch, Marc hörte seinen Namen und wieder irgendetwas von »arkadaş«, »Ingeliz« und »Gazete«.

»Das sind Ebru, Ali und Altuğ. Sie beobachten die Livestreams von Halk TV und Ulusal im Internet, schauen sich Videos an, die auf den sozialen Netzwerken hochgeladen werden, und saugen so viele Informationen wie möglich aus dem Netz.«

Marc nickte abwesend. Ein Foto auf einem der Bildschirme hatte ihn in seinen Bann gezogen. Er hatte selten etwas Beeindruckenderes gesehen, und das sollte etwas heißen. Das Bild war von einer so starken Symbolik, dass es ihn wundern würde, wenn es nicht zumindest in die engere Auswahl zum Pressefoto des Jahres käme. Es zeigte eine Frau in einem schwarzen Kleid, mit ausgebreiteten Armen. Genau auf ihre Brust traf der mächtige Strahl eines Wasserwerfers. Kerzengerade stand die Frau da, als könne er ihr nichts anhaben, während Tausende Wassertropfen, in der Sonnen glitzernd und im Moment der Belichtung eingefroren, von ihr abprallten. Von dem Foto müsste er Steve erzählen.

Oktay zog ihn weiter. Im nächsten Zimmer saßen eine Handvoll Männer und Frauen mit Kopfhörern auf den Ohren auf einem verschlissenen Sofa und Sesseln in ähnlichem Zustand und guckten gebannt auf mehrere Fernseher. Alle hatten Schreibblocks auf den Knien und machten sich Notizen.

»Hier verfolgen wir die Berichterstattung im Fernsehen. BBC, CNN International, Al-Jazeera und einige türkische Nachrichtensender, CNN Türk zum Beispiel. Aber die zeigen gerade eine Dokumentation über Pinguine.«

Tatsächlich. Marc wollte seinen Augen nicht trauen, aber während auf CNN International gerade Live-Bilder vom heftig umkämpften Taksim-Platz liefen, stolperten beim türkischen Partnerkanal Pinguine über antarktische Eisflächen. Das war ja nicht zu fassen! Oktay hatte seinen erstaunten Gesichtsausdruck richtig gedeutet.

»Welcome to Turkey! Das zum Thema Pressevielfalt und -freiheit! Die großen Fernsehkanäle hierzulande – Gleiches gilt übrigens für die meisten Zeitungen und Magazine – sind reine Propagandamaschinen der AKP. Hast du mitbekommen, was unser toller Premierminister vorhin auf einer Pressekonferenz zum Besten gegeben hat?«

Marc schüttelte den Kopf. Er war einfach nicht dazu gekommen, zwischendurch Nachrichten zu lesen. Außerdem war ja sein Kollege Steve für die aktuellen Ereignisse zuständig. Er sollte Hintergrundreportagen liefern.

»Nun: Erdoğan hat uns als einige wenige Extremisten bezeichnet und gedroht, uns seine Anhänger auf den Hals zu hetzen. Das musst du dir mal vorstellen! Aber Erdoğans Krawallkurs scheint mittlerweile auch innerhalb der AKP umstritten zu sein. Staatspräsident Gül hat fast gleichzeitig nämlich zu Ruhe und Besonnenheit aufgerufen und von der Polizei verlangt, wie er sagte, angemessen zu reagieren. Es scheint auf einen Machtkampf hinauszulaufen. Mal schauen, wie das ausgeht.«

Oktay schob ihn weiter, in eine ziemlich große, aber spärlich möblierte Küche, deren Fenster mit einem Vorhang abgedunkelt war. Erst jetzt fiel Marc auf, dass auch in den anderen beiden Zimmern die Fenster verhängt waren. Auf dem Gasherd stand ein Teekocher; leere Pizzakartons, Chipstüten und Getränkedosen quollen aus einem Mülleimer. Um einen großen Tisch voller Teegläser und aufgerissener Kekspackungen herum saßen auf Stühlen und Hockern acht Männer und Frauen, die, wenn sie ihre Smartphones nicht am Ohr hatten und aufgeregt hineinsprachen, auf die Displays starrten oder wild darauf herumtippten. Eine junge Frau und ein Mann, der vermutlich etwa in Marcs Alter war, schauten kurz auf und nickten ihm und Oktay freundlich zu, der Rest nahm keine Notiz von dem Fremden.

»Sie folgen den Kurznachrichtendiensten und halten Kontakt zu Freunden, Bekannten und verlässlichen Informanten, die gerade draußen unterwegs sind, und zwar nicht nur in Istanbul, sondern in der ganzen Türkei. Denn der Protest hat sich längst auf viele andere Städte ausgeweitet und dort geht die Polizei genauso brutal gegen Demonstranten vor.«

Marc war beeindruckt. Wirklich gut organisiert, das Ganze. Wieder las Oktay seine Gedanken.

»Unser Ziel ist es, die Informationen, die wir bekommen, so weit es uns möglich ist, zu überprüfen und dann erst weiterzugeben. Die Türken neigen wie die meisten Orientalen zu Verschwörungstheorien und extremen Reaktionen. Das halten wir in der jetzigen Situation für äußerst gefährlich, sie ist aufgeheizt genug. Außerdem wollen wir Erdoğans Spiel, das auf falschen Behauptungen, Lügen und Verleumdungen basiert, nicht mitspielen. Wir sind eine demokratische Bewegung und bedienen uns demokratischer Mittel. Komm.«

Im letzten Zimmer der Wohnung, vermutlich das Wohnzimmer, stand ein niedriger Couchtisch, der mit zahlreichen Laptops und einem wüsten Kabelsalat bedeckt war.

»Das sind Gül und Bülent. Sie sind so etwas wie unsere Webmaster.«

Gül war vermutlich Mitte zwanzig, trug ein schwarzes T-Shirt, auf dem ein weißer Totenkopf prangte und die Aufschrift »St. Pauli«, Jeans und Leinenturnschuhe. Bülent war kaum älter und ebenfalls mit T-Shirt und

Jeans bekleidet. Ihre langen dunklen Haare hatte sie zu einem Pferdeschwanz zurückgebunden. Oktay stellte Marc kurz und auf Englisch vor. Gül lächelte Marc zu.

»Hi. Nice to meet you.«

Bülent nickte nur kurz, dann beugten sich beide wieder über ihre Laptops. Oktay wandte sich wieder Marc zu.

»Wenn wir alle Informationen überprüft und uns geeinigt haben, was wir weitergeben können, stellen sie sie auf die Seiten, die wir aufgemacht haben. Zum einen versuchen wir, möglichst in Echtzeit weiterzugeben, was gerade wo passiert. Wo zum Beispiel rückt die Polizei gerade vor, wo zurück? Zum anderen wollen wir den Demonstranten hilfreiche Informationen zur Verfügung stellen: Was hilft gegen Tränengas? Wo finde ich medizinische Versorgung, ohne in Gefahr zu laufen, verhaftet zu werden, denn die Krankenhäuser werden von der Polizei überwacht. Wie komme ich an einen Rechtsbeistand? Und so weiter und so fort.«

Wenn das mal keine Geschichte war! Rebellion 2.0 – was in Ägypten begonnen hatte, setzte sich nun also fort und bekam hier eine völlig neue Dimension. Marc holte seine Kamera aus dem Rucksack und den Notizblock, auf dem er sich von seinen ersten beiden Gesprächen mit Oktay Stichworte notiert hatte.

»Eine Bedingung habe ich. Und du musst mir versprechen, dass du dich an diese Absprache hältst.«

Oktay sah ihn ernst an.

»Keine Namen, auf Fotos keine Gesichter und das Haus nicht von außen! Wir haben alle viel zu verlieren. Die

Regierung ist nicht gerade zimperlich mit ihren Gegnern und der Geheimdienst überall!«

Marc nickte.

»Natürlich, darauf kannst du dich verlassen. Ich mache so etwas nicht zum ersten Mal!«

Drei Stunden führte Marc Interviews mit Oktay und einigen anderen Aktivisten – über ihre Beweggründe, ihre Ziele, ihre Ängste –, machte Fotos, auf denen nur Silhouetten vor den Bildschirmen zu erkennen waren, verfolgte dabei die aktuellen Nachrichten aus der Stadt und vom Land, die hier in einer Fülle aufliefen, dass es ein Traum für einen Journalisten war, und setzte sich dann mit seinem eigenen Laptop in eine Ecke des Wohnzimmers, um seinen Artikel zu schreiben. Er hatte ihn gerade mit einigen ausgewählten Fotos über eines der erstaunlich schnellen WLAN-Netze in der Wohnung auf den Server des Magazins hochgeladen und sowohl Steve als auch Paul, seinen Chef in London, per E-Mail darüber informiert, als Oktay ins Zimmer stürmte.

»Entschuldige, wenn ich dich bei der Arbeit störe, aber ich denke, das solltest du wissen: Die Polizei zieht sich gerade aus Taksim zurück!«

Kathrin

Ich muss wahnsinnig sein. Warum tue ich das? Das ist doch nicht mein Land! Nevra hatte auf sie eingeredet, dass sie jetzt nach Taksim müssten, um diesen historischen Moment zu feiern, diesen Sieg des Volkes über die Regierung. Kathrin hatte zunächst gezögert und dann doch eingewilligt. Es war vielleicht nicht ihr Land, aber immerhin ihre zweite Heimat. Und sie konnte schlecht einfach zu Hause bleiben, wenn gerade Geschichte geschrieben wurde. Denn tatsächlich schien hier etwas zu passieren, das sie in all den Jahren in der Türkei noch nicht erlebt hatte: Ein spontanes Bündnis verschiedener politischer und gesellschaftlicher Kräfte wies den allmächtigen Premierminister in die Schranken, ließ ihn – vorerst zumindest – klein beigeben. Und so saß sie nun also neben Nevra auf einer Fähre von Üsküdar nach Kabataş. Das offene Oberdeck des Schiffes war völlig überfüllt. Zwischen den Sitzreihen tanzten vor allem junge Menschen, schwenkten türkische Fahnen, viele mit dem Konterfei Atatürks verziert, und sangen.

»Überall ist Taksim, überall ist Widerstand.«

Und immer wieder auch die Forderung nach dem Rücktritt des Premierministers.

»Tayyip, istifa!«

Ganz geschlagen gab sich die Staatsmacht aber offensichtlich nicht. Je näher sie der Anlegestelle auf der europäischen Seite kamen, umso stärker wurde das Kribbeln in Kathrins Nase. Offensichtlich wurde noch immer Gas versprüht. Auch die Detonationen, die sie vorhin noch sehr gedämpft wahrgenommen hatte, waren nun deutlich zu vernehmen. Sie kamen aus der Richtung von Beşiktaş. Besorgt drehte sich Kathrin zu Nevra um.

»Weißt du, ob Erdoğan in der Stadt ist?«

»Keine Ahnung. Warum?«

»In Beşiktaş scheint es noch richtig zur Sache zu gehen. Kann es sein, dass Demonstranten versuchen, Erdoğans Büro zu stürmen?«

Der türkische Premierminister hatte sich einen Anbau am nördlichen Ende des Dolmabahçe-Palastes zum Istanbuler Amtssitz ausbauen lassen, nicht weit entfernt von den Gassen des Marktviertels von Beşiktaş. Eine Provokation, wie viele fanden. Schließlich war der Dolmabahçe nicht nur der Regierungssitz Atatürks gewesen und der Vater der Türken hier gestorben, der Palast somit eine Art Heiligtum für die Kemalisten. Beşiktaş war auch einer von nur drei Istanbuler Stadtbezirken, die nicht von der AKP regiert wurden. Die anderen beiden waren das mondäne Şişli und Kadıköy auf der asiatischen Seite. Wenige Hundert Meter entfernt hatte zudem der Fußballclub von Beşiktaş seine treuesten Anhänger. Die Gassen um den kleinen Fischmarkt herum waren die Heimat der ÇARŞI, der linksgerichteten Fangruppe, die sich dem strikt säkularen Erbe Atatürks verpflichtet sah und sich in erbitterter Feindschaft zu Erdoğan und der AKP regelmäßig Straßenschlachten mit der Polizei lieferte.

»Glaube ich nicht, dass die so weit gehen. Außerdem wollen wir jetzt ja erst einmal nach Taksim. Komm!«

Nevra stand auf, die Fähre hatte angelegt. Kathrins Sorge blieb, das Sirenengeheul und die Detonationen verhießen nichts Gutes, aber sie folgte ihrer Freundin.

Der Strom der Feiernden ergoss sich über die Anlage-
stelle und vereinigte sich mit den Passagieren anderer
Fährschiffe, die ebenfalls in Richtung des Platzes zogen,
wo der Abgang zur Talstation der Füniküler war. Kabataş Anlaufpunkt zahlreicher Bus- und Fährlinien, darunter die zu den Prinzeninseln und zudem Endstation der
Tram, war schon an normalen Tagen ein brodelnder
Hexenkessel eiliger Pendler, überforderter Touristen,
nervender Straßenverkäufer, hupender Taxen, Mini-
und Linienbusse. Heute war es die Hölle. Kathrin und
Nevra steckten mitten in einer hin und her wogenden
Menge Mensch, die kein Ziel zu haben schien. Schließlich verstand Kathrin, warum. Die Menge staute sich vor
den Treppen hinunter zur Füniküler. Offensichtlich war
die Tunnelbahn noch immer nicht in Betrieb. Am Vortag
hatte die Polizei sie gestoppt, um den Demonstranten
den Weg nach Taksim zu erschweren.

»Lass uns zu Fuß gehen.«

Nevra bahnte sich einen Weg durch die Massen und
zog Kathrin hinter sich her. Sie waren nicht die Einzigen,
die den beschwerlichen Fußmarsch hoch zum Taksim-
Platz auf sich nahmen. Wie eine vielköpfige Schlange
mäanderten Menschen die steilen Straßen hinauf.
Nevra, die noch immer zögerliche Kathrin im Schlepptau, überquerte die breite Meclis-i Mebusan Straße, die
parallel zum Bosporus Richtung Karaköy verlief, hinein
in das Gewimmel von Gassen und Treppen des Viertels
Gümüşsuyu. Sie gingen zunächst zügig, mussten ihr
Tempo dann aber drosseln, je höher sie kamen, weil sich

der unaufhaltsame Menschenstrom Richtung Taksim immer stärker verdichtete. Trotzdem schwitzten und keuchten sie, als sie gut zwanzig Minuten später oberhalb des Deutschen Generalkonsulats auf die İnönü Straße kamen.

Kathrin erschrak. Es sah aus wie im Krieg. Barrikaden versperrten die Straße, ihre Erbauer hatten lediglich schmale Durchlässe gelassen, durch die sich die Menschen nun einzeln zwängten. Obendrauf hockten junge Männer, ihre Gesichter mit Tüchern maskiert, einige posierten mit dem Siegeszeichen für Handyfotos. Von einer Bushaltestelle stand nur noch das Stahlgerippe, die Seiten- und die Rückwand waren herausgeschlagen, ebenso die Scheiben einer Werbetafel, daneben die verkohlten Reste einer Telefonzelle. Der Straßenbelag war übersät mit Trümmern, Kathrin stolperte mehrfach über leere Gaskartuschen und Flaschen. Es roch nach verbranntem Kunststoff. Nevra neben ihr begann zu kichern.

»Hast du das gelesen?«

Nevra zeigte auf ein Graffito an einer Hauswand.

»Wenn das Volk kein Brot hat, soll es doch Tränengas essen! Recep Tayyip Antoinette«, stand da, in Abwandlung des berühmten Zitats über Brot und Kuchen, das der Erzherzogin von Österreich und späteren Königin von Frankreich, Marie Antoinette, zugeschrieben wird.

Angesichts der schweren Zerstörungen, die von der Brutalität der Auseinandersetzungen zeugten, fiel es

Kathrin schwer, sich auf diese Art von Humor einzulassen. Doch wenig später musste auch sie schmunzeln.

»Eintritt frei – Wasserwerfer ausgenommen«, stand neben dem schmalen Durchlass in einer Barrikade vor ihnen. Dahinter war auf den Asphalt ein Pfeil gesprüht, der Richtung Taksim-Platz wies. »Mordor«, stand darunter, in der »Herr der Ringe«-Trilogie Name der Festung des bösen Herrschers Sauron. Erst jetzt fiel Kathrin auf, dass die Demonstranten auf Müllcontainern, Hausfassaden, Plakatwänden, auf nahezu jeder verfügbaren Fläche Botschaften an ihren Premierminister und die Polizei hinterlassen hatten.

»Bitte mehr Gas, ich habe Hunger!«

»Wo ist der nächste Wasserwerfer? Ich habe seit drei Tagen nicht mehr geduscht!«

»Wie? Kein Gas mehr?«

»Oh, Tayyip, du bist soooo süß!«

Vor den heruntergelassenen, dunkelblauen Rollläden einer Bank entdeckte Kathrin einen jungen Mann, der gerade mit einer Spraydose hantierte. Nevra und sie schauten ihm zu, bis er sein Werk vollendet hatte. Als er zurücktrat, um es zu begutachten, konnten auch sie erkennen, was er da mit weißer Farbe auf das Rolltor gesprüht hatte: eine Friedenstaube – mit Gasmaske.

Das ist ja mal etwas ganz Neues, dachte Kathrin. Ironie und Sarkasmus waren hierzulande nur selten Mittel der Wahl bei der Austragung von Konflikten. In der männerdominierten türkischen Gesellschaft wurden Gegner normalerweise doch vor allem mit grob beleidigenden

Äußerungen sexistischen Inhalts bedacht – indem man sie als »Schwuchteln« bezeichnete oder Geschlechtsverkehr mit deren Müttern androhte. Diese Protestbewegung aber hatte Sinn für Humor.

An der Fassade des Atatürk Kulturzentrums am Taksim-Platz hingen riesige Transparente. »Boyun eğme!«, Beugt euch nicht!, war da zu lesen, in den letzten Tage zu einem Imperativ der Protestbewegung geworden, zwischen einer türkischen Flagge und dem Konterfei von Kemal Atatürk. Die Fußballfans der ÇARŞI zeigten Flagge, das »A« mit anarchistischer Symbolik in einem Kreis, ebenso einige sozialistische oder kommunistische Klein- und Kleinstparteien. Auf dem Platz selbst hatten sich mittlerweile Zehntausende Menschen versammelt. Die Polizei schien sich tatsächlich vollständig zurückgezogen zu haben. Es herrschte Partystimmung, mit Musik und Tanz und vielen strahlenden Gesichtern. Touristen hatten sich unter die in großen Gruppen zusammenstehenden, meist jungen Istanbuler gemischt, von denen viele Schwimmbrillen und Atemmasken um den Hals baumeln hatten und bunte Bauarbeiterhelme aus Plastik auf dem Kopf trugen – so etwas wie Markenzeichen der Demonstranten. Der Platz war übersät mit geplünderten Übertragungswagen von Fernsehanstalten und auf die Seite geworfenen Fahrzeugen mit dem Logo der Stadtverwaltung, an denen die Leute Schlange standen, um sich davor fotografieren zu lassen. Hinter den niedergerissenen Bauzäunen am Westende des Gezi-Parks qualmten die Trümmer in Brand gesetzter Baumaschinen. Fasziniert und gleichzeitig noch immer ein wenig ängstlich folgte Kathrin Nevra, die sich einen Weg durch die Massen bahnte. Auf der Treppe zum Gezi-Park brandeten Jubel und Applaus auf. Kathrin stellte sich auf die Zehenspitzen. Ein Konvoi von zehn oder zwölf rot lackierten Mopeds mit den typischen kastenförmigen Gepäckträgern eines Lieferservice war vorgefahren. Die Fahrer bockten die Mopeds auf, öffneten die Boxen und marschierten, jeder mit einem Stapel Pizzakartons beladen, der bis unters Kinn reichte, in den Park. Kathrin traute ihren Augen nicht: Pizza für die Revolution!

Wenig später kam erneut Unruhe auf. Kathrin vernahm nur Fetzen aufgeregter Gespräche. Was sie verstand, ließ ihr Herz fast stehen bleiben: Bei Demonstrationen in Ankara hatte es offensichtlich einen Toten gegeben. Nevra kramte ihr Handy aus der Tasche und wurde bleich. Wortlos hielt sie Kathrin das Gerät unter die Nase. Das in einem sozialen Netzwerk hochgeladene Video zeigt einen Polizisten mit gezogener Waffe, Schüsse fallen, ein Mann sinkt zu Boden, bleibt liegen. Zu keiner Regung fähig starrte Kathrin auf das Display. Nun war es also so weit, es gab den ersten Toten. Über den Taksim-Platz schallte ein wütendes, vieltausendstimmiges »Tayyip, tritt zurück!«

Es dauerte eine gefühlte Ewigkeit, bis Kathrin sich wieder gefangen hatte und Nevra das Handy zurückgab.

»Sei mir nicht böse, Nevra, aber ich mache mich vom Acker, das wird mir zu brenzlig. Wer weiß, wie das hier weitergeht und ob die Polizei nicht doch zurückkommt. Dann gibt es Mord und Totschlag.«

Nevra wirkte irgendwie dankbar.

»Ich komme mit, mir wird das auch zu heiß. Außerdem kann ich dich jetzt schlecht allein durch die Gegend rennen lassen.«

Sie gingen den Weg zurück, den sie gekommen waren, am Deutschen Generalkonsulat vorbei, die kleinen Straßen hinunter, in denen ihnen große Gruppen junger Menschen entgegenkamen. Dann hörte sie einen metallischen Schlag. Und noch einen. Und noch einen. Kathrin blickte hoch und sah auf einem Balkon eine Frau mittleren Alters stehen, die mit einem Kochlöffel auf einen Topf schlug. Wenige Meter weiter öffnete sich ein Fenster. Zwei Arme wurden sichtbar, die ebenfalls einen Topf und einen Löffel hielten. Aus einem Hausflur traten zwei Frauen und ein Mann in die Gasse, auch sie mit Kochgeschirr bewaffnet. Holz schlug auf Metall, Metall schlug auf Metall – ein Konzert der Töpfe und Pfannen hallte durch die Gassen von Gümüşsuyu. Der Rhythmus wurde schneller, das Ensemble immer größer, überall öffneten sich Türen und Fenster. Und noch etwas kam dazu. Irritiert nahm Kathrin merkwürdige Lichtblitze wahr. Es dauerte einen Moment, bis sie die Ursache erkannte. In den Wohnungen wurden offensichtlich die Lichtschalter betätigt. An. Aus. An. Aus. Der ganze Stadtteil begann zu blinken wie Lichtorgeln in einer Disco. Kathrin schaute auf die Uhr, es war neun. Istanbul hatte eine neue, weithin sicht- und hörbare Form des Protests erfunden.

Mine

»Ist das wahr? Sag mir, ob das wahr ist!«

Mine schrie in ihr Mobiltelefon.

»Ich weiß es nicht, glaub mir bitte, ich weiß es nicht.«

»Hast du das Video gesehen? Guck dir das verdammte Video an und sag mir, was da passiert ist!«

Als die Nachricht vom Tod eines jungen Mannes in Ankara und wenig später auch ein Video die Runde machte, auf dem ein Polizist mehrere Schüsse auf Demonstranten abgab und einer von ihnen zusammensackte, hatte Mine Vedat angerufen, der nach dem fünften oder sechsten Klingeln auch ranging. Es war das erste Mal, dass sie miteinander sprachen, nachdem sie sich in der Nacht zuvor in der Nähe der Barrikaden an der İnönü Straße getroffen hatten und Mine allein und tieftraurig nach Hause gegangen war.

»Was tut ihr da? Wollt ihr uns alle umbringen?«

Mine war außer sich.

»Ich weiß nichts davon, ehrlich nicht!«

Vedats Stimme war leise, von Hintergrundgeräuschen überlagert, von Schreien, Sirenengeheul, Detonationen.

»Wo bist du überhaupt?«

In ihre Wut mischte sich Sorge.

»In Beşiktaş. Hier ist die Hölle los, ich glaube, die versuchen den Amtssitz von Erdoğan zu stürmen! Ich bin jetzt schon im Arsch, habe noch keine Sekunde geschlafen.«

Mines Ton wurde flehentlich.

»Vedat, bitte, komm da raus! Du darfst da nicht mitmachen! Komm zu mir, komm auf die richtige Seite!«

»Ich kann nicht.«

Er flüsterte, war kaum noch zu verstehen.

»Verdammt noch mal, tu es für mich, für uns. Zieh diese Uniform aus!«

»Ich kann nicht, Mine. Ich ...«

Der Rest ging in wildem Getöse unter. Dann brach die Verbindung ab.

Mine war wie betäubt. Ein junger Mensch tot und ihr Mann und sie standen auf verschiedenen Seiten der Geschichte. Zweifel überkamen sie. Waren sie und die anderen Demonstranten zu weit gegangen mit ihrem Protest im Gezi-Park, der sich zu einer landesweiten Revolte gegen die Regierung auszuweiten schien, mit Verletzten und nun auch Toten? War es ihr gutes Recht oder hatten sie Schuld oder zumindest eine Mitschuld an den tödlichen Schüssen in Ankara? Welche Schuld lud ihr Mann gerade auf sich?

Die Euphorie des Nachmittags auf einen Schlag verflogen, fühlte Mine nur noch Leere und Verzweiflung. Stumm stand sie mitten auf dem Taksim-Platz in einem tiefen, schwarzen Loch.

»Hey, was ist los?«

Şebnem nahm ihre Freundin in die Arme. Mine ließ sich dankbar fallen und begann zu schluchzen. Tränen liefen über ihre Wangen.

»Was haben wir getan?«

Şebnem schob Mine von sich, hielt sie aber an den zuckenden Schultern gepackt und schaute ihr direkt in die Augen.

»Schau mich an! Was haben WIR getan? Das ist die falsche Frage. Was haben DIE getan? Das ist die Frage, die du dir stellen musst! Wir haben niemanden umgebracht. Die Gewalt geht nicht von uns aus! Wir haben nur von unserem Recht auf freie Meinungsäußerung Gebrauch gemacht!«

»Aber der Preis, den wir dafür zahlen, ist zu hoch!«

Und damit meinte Mine in diesem Moment nicht nur das vergeudete Menschenleben in Ankara, sondern auch ihre Ehe und ihr eigenes, bis dato so sorgenfreies, angenehmes Leben. Ihre Gedanken hatten den bitteren Geschmack von Selbstmitleid. Es schüttelte sie. Aber es war nicht der Ekel vor sich selbst, der verwöhnten Tochter aus gutem Hause, die in einer solchen Situation nur an sich dachte, sondern Şebnem, die sie noch immer an den Schultern gepackt hielt.

»Wenn das der Preis für Freiheit ist, müssen wir bereit sein, ihn zu zahlen!«

Die zurückhaltende, kleine Şebnem eine Revoluzzerin! Mine schluckte, zog den Rotz die Nase hoch und rang sich ein Lächeln ab.

»Diesmal klingst du wie eine Aktivistin.«

Und mit einem Mal war die Bitternis verschwunden und ihr Kampfgeist zurück. Sie wiederholte, was sie sich schon am Morgen geschworen hatte: Sie würde es nicht zulassen! Weder dass irgendwer oder irgendwas einen Keil zwischen sie und ihren Mann trieb. Noch dass dieser junge Mensch in Ankara umsonst gestorben war. Mine nahm ihr Handy und wählte Vedats Nummer. Sie wollte ihn um Verzeihung bitten, sagen, dass sie ihn liebte, ihn fragen, wo er war, damit sie zu ihm kommen konnte. Es klingelte und klingelte, bis die Nachricht kam, dass der Teilnehmer vorübergehend nicht erreichbar sei. Sie probierte es noch mehrere Male, mit dem gleichen Ergebnis. Der Kloß in ihrem Hals wollte wieder dicker werden, aber sie schluckte ihn energisch herunter. Gut. Musste Teil 1 ihres Plans – der, ihre Ehe zu retten – also warten. Vedat war nicht dumm, er würde den Kopf schon rechtzeitig einziehen, der Typ für die erste Reihe war er ohnehin nicht. Also war Teil 2 dran. Sie erschrak für einen kurzen Moment vor sich selbst. War sie wirklich so kaltblütig? Nein, ich bin nicht kaltblütig und erst recht nicht kaltherzig, nur realistisch. Jetzt nach Beşiktaş zu gehen, um Vedat zu suchen, wäre völliger Irrsinn! Aus dem Augenwinkel sah sie, dass Şebnem sie mit großen Augen anschaute. Hatte sie gerade etwa laut gedacht? Egal.

»Komm, lass es uns Erdoğan heimzahlen. Lass uns Barrikaden bis in den Himmel bauen! Taksim gehört uns!«

»So gefällst du mir schon besser!«

Şebnem lachte und folgte ihr bereitwillig, als Mine mit resolutem Schritt zum südöstlichen Ende des Platzes und weiter auf die İnönü Straße ging. Die einstige Hauptverbindungsstraße zwischen Bosporusufer und Taksim-Platz war wegen der vielen Barrikaden zu einer neuen Fußgängerzone geworden, über die auch jetzt, am späten Samstagabend, noch immer Tausende singend, tanzend und Parolen skandierend Richtung Taksim zogen. Es sind so viele, dachte Mine, während Şebnem neben ihr herging und mit in die Luft gerecktem Siegeszeichen immer abwechselnd »Taksim gehört uns!« und »Tayyip, tritt zurück!« grölte.

In einem kleinen Büfe aßen sie im Stehen Kaşarlı Tost, getoastetes Weißbrot mit türkischem Käse, kauften zwei Flaschen Wasser, ein Sixpack Bier und einige Tüten Chips, die Mine bezahlte. Dann zogen sie weiter zu jener Barrikade, an der sie die Nacht und bis vor wenigen Stunden auch den Tag über gebaut hatten. Das Bollwerk war seitdem noch weiter gewachsen. Und die meisten derjenigen, die daran herumwerkelten, waren alte Bekannte. Es gab ein großes Hallo.

»Hey Leute, wie hoch soll das denn noch werden?«, fragte Şebnem lachend.

»Bis in den Himmel!«, rief Mine. Sie fragte nach einem Feuerzeug, bekam eines von einem jungen Mann, der ebenfalls schon seit gestern dabei war, dessen Namen sie aber entweder nie erfahren oder wieder vergessen hatte, öffnete damit die Bierflaschen und reichte sie herum. Şebnem erhob ihre Flasche.

»Auf Barrikaden, die bis in den Himmel reichen!«

Die anderen fingen an zu johlen. Doch Mine legte einen Finger auf ihre Lippen und gebot ihnen so, still zu sein.

»Nein! Auf Ethem Sarısülük.«

Marc

Marc erfuhr es von Oktay, der ihn anrief, als Marc gerade Fotos auf dem Taksim-Platz machte. Wenn er es in dem Trubel um ihn herum richtig verstand, war ein sechsundzwanzigjähriger Mann namens Ethem Sarısülük während einer Demonstration in Ankara von einem Polizisten durch einen Kopfschuss getötet worden. Per E-Mail hatte Oktay ihm auch noch einen Link zu einem Video geschickt. Es zeigte einen Polizisten, der auf eine Gruppe von Männern zuging und in einem Handgemenge seine Waffe zog. Dann waren mehrere Schüsse zu hören, einer der Demonstranten fiel zu Boden, der Polizist flüchtete, lief an der Kamera vorbei, die Waffe noch in der Hand.

Marc war elektrisiert. War das der Funke, der dieses Pulverfass endgültig hochgehen ließ? Er machte sich auf den Weg nach Beşiktaş. Oktay hatte ihm erzählt, dass es in den Straßen zwischen Dolmabahçe-Palast und dem Markt von Beşiktaş – anders als am Taksim-Platz – noch immer hoch her ging und dass vor allem Mitglieder der ÇARŞI, einer Ultragruppierung von Fußballfans und erfahren im Straßenkampf mit der Polizei, die Proteste dort anführten. Die nächste gute Story, hatte Marc gedacht und Oktay um Telefonnummern von möglichen Ansprechpartnern gebeten.

»Sei mir nicht böse, Marc. Ich vertraue dir, aber ich kann die Nummern nicht einfach weitergeben. Ich werde ein paar Leute anrufen und ihnen sagen, dass sie sich bei dir melden sollen. Deine Nummer habe ich ja.«

Unterwegs rief Marc Steve an und erzählte ihm von seinen Plänen. Steve war einverstanden und das Gespräch endete mit einem von Steves üblichen Sprüchen.

»Immer schön ducken. Viel Glück!«

Marc kam bis zum Stadion von Beşiktaş ziemlich schnell voran. Weil die Füniküler noch immer nicht lief, war er durch den Gezi-Park gegangen, in dem eine volksfestartige Stimmung herrschte, und dann am Hotel Intercontinental Richtung Bosporus abgebogen. Unbehelligt passierte er einige Barrikaden. Von Polizei war weit und breit nichts zu sehen.

Doch je weiter er am Stadion von Beşiktaş entlang den Hang hinunterging, umso deutlicher ließ sich das Getöse heftiger Auseinandersetzungen vernehmen. Über der breiten Uferstraße am Fuß des Stadions hing eine dichte Glocke weißen Nebels, im Sekundentakt detonierten Gasgranaten. An der großen Kreuzung von Kadırgalar und Meclis-i Mebusan Straße schienen zwei Heere aufeinanderzuprallen. Schwarze Köpfe und bunte Bauarbeiterhelme auf dieser, weiß behelmte Polizisten auf der anderen Seite, die offensichtlich verhindern wollten, dass die Demonstranten weiter Richtung

Beşiktaş zogen. Drei Wasserwerfer riegelten die Straße zusätzlich ab und sprengten die Reihen der Demonstranten mit ihren Kanonen immer wieder auseinander, die sich kurz zurückzogen, um sich neu zu formieren und wieder vorzurücken. Marc sah Molotow-Cocktails fliegen. Die Lage schien trotz des Rückzugs der Polizei vom Taksim-Platz weiter zu eskalieren.

Marc fiel sein Besuch im Dolmabahçe-Palast vor zwei Tagen wieder ein. In einer Broschüre, die er an der Kasse bekommen hatte, war auch ein Lageplan des großzügigen Geländes gewesen. Darin war ein Anbau als Istanbuler Amtssitz des Premierministers verzeichnet. Versuchten die Demonstranten etwa, dorthin zu kommen? Die Heftigkeit der Zusammenstöße deutete daraufhin. Für einen Moment hielt Marc inne. War er ein Trüffelschwein, wie seine Kollegen sagten, oder doch eher eine arme Sau? Die, wo immer sie auftauchte, Chaos, Gewalt und Tod quasi magisch anzog? Er schüttelte sich kurz, als könnte er den Gedanken auf diese Weise loswerden. Dann tränkte er sein Halstuch in Zitronenwasser, wrang es leicht aus und knotete es sich um den Hals.

Sein Telefon klingelte, die Nummer war ihm unbekannt. Er drückte auf die grüne Taste, um das Gespräch anzunehmen. Was er hörte, war eine Art Liveübertragung dessen, was sich weiter unten hinter dem Stadion abspielte. Er brüllte mehrmals »Hallo« in den Hörer, wusste nicht, ob sein Gesprächspartner ihn überhaupt hörte, und verstand selbst nur Bruchstücke.

»Can ... Fünfzehn Minuten ... Dolmabahçe Moschee ...«

Name, Zeit, Ort, interpretierte Marc die wenigen verständlichen Satzfetzen. Immerhin. Damit konnte er etwas anfangen. Die Moschee lag direkt am Bosporus, unterhalb des Stadions. Er hatte nach seinem Besuch im Dolmabahçe direkt daneben in einem Café gesessen. Marc ging weiter den Hang hinunter und zog das Halstuch über Mund und Nase, als er das erste Kribbeln spürte. Er lief schneller, überquerte die Hauptstraße und drängte sich durch eine große Menschenansammlung auf den Stufen vor dem Eingang zur Moschee. Als er den Innenraum betrat, kam es ihm vor wie ein Dejàvu. Die Szenerie erinnerte ihn an das, was er bereits in der Lobby des Divan Hotels gesehen hatte: Unter dem großen Kuppeldach sah es aus wie in einem Feldlazarett. Auf dem Boden, teilweise auf Gebetsteppiche gebettet, lagen Dutzende Menschen. Bewusstlose oder Stöhnende und Weinende, ohne sichtbare Verletzungen oder mit blutenden Wunden. Frauen und Männer in weißen Kitteln legten Verbänden und Infusionen an. Andere gossen eine wässrige Lösung aus Plastikflaschen auf Wundkompressen und reinigten gerötete Gesichter. Ein junger Mann mit einem Kopfverband, der auch sein linkes Auge bedeckte, saß mit dem Rücken an die Wand gelehnt und wimmerte leise. Ein Mädchen hielt seine Hand und sprach beruhigend auf ihn ein. In einer Ecke stapelten sich Kartons mit Verbandsmaterial und Medikamenten. Fast im Minutentakt wurden neue Patienten hereingebracht und sofort versorgt. Ein junger Mann, dessen klaffende Wunde am Unterschenkel gerade von einer Ärztin mit einem chirurgischen Klammergerät geschlossen und verbunden worden war, humpelte auf die Schultern zweier Begleiter gestützt wieder nach draußen. Marc war beeindruckt. Verglichen mit dem Chaos auf den Straßen ging es unter der großen Kuppel der Moschee erstaunlich ruhig zu. Niemand schrie herum, alles wirkte diszipliniert, geradezu professionell. Marc zückte seine Kamera. Schon wieder eine Story: ein Gotteshaus als Refugium für die Opfer einer Revolte gegen eine religiöse-konservative Regierung.

»Alles Freiwillige.«

In der fremden Stimme schwang Stolz mit. Eine Hand legte sich auf Marcs Schulter, er drehte sich um.

»Hi, ich bin Can. Und du musst Marc sein.«

Can trug ein schwarzes T-Shirt mit der Aufschrift »ÇARŞI«, das »A« in Rot und von einem Kreis umgeben, die dunklen Haare kurz geschnitten und einen Fünftagebart. Marc schätzte ihn in etwa auf sein Alter, nur war Can offensichtlich noch müder als er selbst. Oder hatte Marc auch so dicke schwarze Ringe unter den Augen? Ihm graute schon jetzt vor dem nächsten Blick in den Spiegel.

»Richtig. Ich bin Marc. Danke, dass du in diesem Chaos Zeit für mich hast.«

»Habe ich eigentlich nicht, aber Oktay wollte, dass ich mit dir rede.«

Die kleinen Fältchen, die sich um Cans Augen gebildet hatten, und das leise Lächeln, das um seine Mundwinkel spielte, bedeuteten Marc, dass sein Gegenüber es auch genau so, aber nicht böse meinte.

»Du hast gesehen, was da draußen abgeht. Die Polizei führt Krieg gegen uns. Ich kann meine Jungs jetzt nicht allein lassen. Außerdem muss ich verhindern, dass sie Dummheiten anstellen. Du kannst jetzt entweder mitkommen, aber ich kann für nichts garantieren, vor allem nicht, dass dir nichts passiert. Oder aber wir verabreden uns für morgen, wenn es vielleicht etwas ruhiger ist und ich Zeit habe, mit dir zu reden.«

Marc musste nicht lange überlegen, um sich für Letzteres zu entscheiden. Er hatte keine Lust, sich den Schädel einschlagen zu lassen. Ohne Helm und eine richtige Gasmaske war das Risiko einfach zu groß. Außerdem war die Story, die er hier aus der Moschee mitnehmen konnte, auch gut.

Er bedankte sich bei Can für die Mühe, sich mit ihm zu treffen, und sie verabredeten sich für den folgenden Abend. Can schlug vor, sich kurz vor dem Gebet zum Sonnenuntergang vor der Moschee zu treffen. Es würden viele Mitglieder der ÇARŞI kommen, um gemeinsam zu beten. Danach könnten sie dann reden. Marc stimmte zu und Can verabschiedete sich.

Ceylan, eine der jungen Ärztinnen, gab ihm ein ausführliches Interview, welches sich etwas hinzog, weil sie immer wieder unterbrach, um Platzwunden zu reinigen und zu verbinden oder Gas aus Gesichtern zu waschen. Sie und die anderen – Ärzte, Studenten im Medizinstudium, Krankenschwestern und Pfleger – waren Aufrufen im sozialen Netzwerk gefolgt, um als Freiwillige Behelfs-lazarette aufzubauen und dort zu arbeiten. Apotheken hatten die Medikamente und das Verbandsmaterial gespendet, Anwohner den Inhalt ihrer Hausapotheken vorbeigebracht.

Auch Ceylan hatte natürlich vom Tod des Demonstranten in Ankara gehört. Die Nachricht habe sie schockiert, sagte sie und blickte zu ihm auf, eine blutgetränkte Kompresse in der Hand, mit der sie gerade die Riss-wunde auf der Stirn eines Jungen gereinigt hatte, der kaum älter als sechzehn sein konnte. Aber nicht über-rascht. Und es würde sie nicht davon abhalten, den Protest zu unterstützen und hier ihre Pflicht zu tun. Im Gegenteil.

»Bu daha baslangic, mücadeleye devam!«

Es klang nach einer neuen Parole, die Marc den Tag über bereits mehrfach gehört, aber nicht verstanden hatte. Er schaute Ceylan fragend an.

»Oh, entschuldige. Das bedeutet: Dies ist erst der An-fang, der Kampf geht weiter!«

Ceylan sprach ganz ruhig und schaute ihn dabei mit großen Augen und ebensolchem Ernst an. Marc lief ein Schauer über den Rücken. Welch lang aufgestauter Frust, welch lange unterdrückte Wut brachen sich hier Bahn? Was machte die Menschen hier so mutig? Er bedankte sich, sagte, dass er sie nicht weiter von ihrer Arbeit abhalten wolle und machte sich auf die Suche nach weiteren Interviewpartnern. Bisher war er ohne Dolmetscher ausgekommen, aber nun merkte er, dass er für die kommenden Tage wohl einen brauchen würde. Von den Verletzten, die er ansprach, fast ausschließlich junge Männer, konnten die meisten nur ein paar Brocken Englisch. Einer, der sich als Murat vorstellte und sich passabel ausdrücken konnte, erzählte ihm allerdings eine weitere interessante Geschichte. Demnach hatte der Imam der Moschee sich schützend vor die Demonstranten gestellt und die Polizei daran gehindert, die Moschee zu stürmen und die darin Schutzsuchenden zu verhaften. Marc bat Murat, der ihm versicherte, dass er trotz seiner Kopfplatzwunde, die er durch einen Stockschlag erlitten hatte, und des riesigen Kopfverbandes in Ordnung sei, ihm bei der Suche nach dem Imam zu helfen und zu übersetzen. Nach einer halben Stunde, in der sie jeden Winkel und alle Nebenräume der Moschee, die nicht verschlossen waren, durchsucht hatten, gab Marc auf. Er war todmüde. Morgen war schließlich auch noch ein Tag und er ohnehin mit Can hier verabredet. Dann würde er sicher auch den Imam finden. Marc verabschiedete sich von Murat und machte sich auf den Weg ins Hotel. Kurz vor Fındıklı fand er tatsächlich ein Taxi, das ihn hoch zum Galataturm brachte.

Im Foyer seines Hotels loggte er sich ins Internet ein. Die Krawalle in Istanbul waren auch heute wieder Titelgeschichte der Online-Ausgabe des Magazins. Zuerst gab es eine Zusammenfassung der Ereignisse des Tages von Steve, der offensichtlich mitten in den heftigsten Zusammenstößen gewesen war, so plastisch und drastisch war sein Bericht. Dann folgte sein Artikel, den

er noch von Oktays »Informationszentrale« aus ver-
schickt hatte. Nur den Titel, den sein Chef Paul gewählt
hatte, fand Marc dann doch ein wenig reißerisch:

»Revolution 2.0 – mit Laptops und Smartphones gegen
Wasserwerfer und Tränengas.«

Hoffentlich war der Andruck noch nicht erfolgt, denn
der Artikel sollte am kommenden Montag auch in der
Print-Ausgabe des Magazins erscheinen. Er würde mit
Paul telefonieren und über den Titel reden müssen.
Marc fand, dass weniger meist mehr war.

02.–04. Juni

Mine

Sie wurde wach und tastete noch mit geschlossenen Augen die andere Seite des breiten Ehebettes ab. Sie war leer. Mine setzte sich auf. Sein Kopfkissen war unberührt. Vedat war wieder nicht nach Hause gekommen. Ein Blick auf ihr Handy verriet ihr, dass sie weder einen Anruf noch eine Nachricht von ihm verpasst hatte. Die halbe Nacht hatte sie versucht, ihn zu erreichen, als sie noch an den Barrikaden gewesen war, und auch später, von zu Hause aus. Eine tiefe Traurigkeit erfüllte sie. Sie hatte wohl eine Zeit lang einfach dagesessen, sein Kopfkissen im Arm, nicht in der Lage, einen klaren Gedanken zu fassen, geschweige denn irgendetwas zu tun, als das Handy klingelte. Sie riss es vom Nachttisch. Es war ihre Mutter.

»Kind, wo bist du? Geht es dir gut?«

Mine begann zu weinen. Es brach einfach aus ihr heraus, sie konnte es nicht kontrollieren. Hemmungslos schluchzte sie in den Hörer.

»Mine, Kind, was ist mit dir? Was ist passiert?«

Mine versuchte, sich zu sammeln, atmete ein paarmal kräftig durch.

»Mama! Vedat ..., er ist nicht da! Er ist ...«

Ein erneuter Weinkrampf schüttelte Mine, schnürte ihr die Kehle zu.

»Was ist mit Vedat? Beruhige dich erst einmal, und dann erzählst du mir, was mit Vedat ist.«

Leichter gesagt als getan. Mit jedem Ausatmen ergossen sich tiefe Seufzer in den Hörer. Dann verspürte Mine Ärger in sich aufsteigen, Ärger über sich selbst. Dass sie ihrer Mutter gegenüber die Kontrolle verloren hatte, wie ein kleines Mädchen herumheulte. Und das ausgerechnet wegen Vedat, der ihren Eltern nie gut genug gewesen war – auch wenn sie es so nie gesagt hatten – und den sie immer verteidigt hatte. Genauso plötzlich, wie er gekommen war, war der Ärger verflogen. Ihre Eltern waren gute Eltern, immer für sie da. Oft war ihre Fürsorge Mine zu viel gewesen, aber jetzt brauchte sie sie. Sie holte tief Luft.

»Vedat ist seit zwei Tagen nicht mehr nach Hause gekommen.«

Sie erzählte ihrer Mutter von ihrem nächtlichen Zusammentreffen an den Barrikaden, von ihrem Streit.

»Mine, Schatz, was hältst du davon, wenn du jetzt erst einmal zu uns kommst? Du hast doch bestimmt noch nicht gefrühstückt.«

Mine musste unwillkürlich lächeln. Eine der größten Sorgen ihrer Mutter schien zu sein, dass Mine nicht genug aß. Das war schon immer so gewesen und würde sich vermutlich auch nie ändern.

»Gut. Ich bin gleich da.«

Mine duschte, zog sich an und ging die zehn Minuten zum Haus ihrer Eltern zu Fuß. Ihre Mutter und ihr Vater, vor sich einen ganzen Stapel Tageszeitungen, saßen an einem reich gedeckten Frühstückstisch. Durch die geöffneten Flügeltüren sah sie, dass im Wohnzimmer nebenan der Fernseher lief. Halk TV berichtete live aus Beşiktaş, wo die Zusammenstöße zwischen Polizei und Demonstranten unverändert heftig anhielten. Mine ließ Umarmungen und Küsse über sich ergehen und setzte sich dann ihrem Vater gegenüber. Ihre Mutter goss Tee in eine Tasse und stellte sie vor Mine. Dann platzte es aus ihr heraus.

»Komm, Kind, erzähl. Was ist mit Vedat? Wie geht das jetzt weiter?«

Mine zuckte mit den Schultern und blickte ihrem Vater direkt ins Gesicht. Er erwiderte den Blick kurz, schaute dann aber wieder auf die englische Sonntagszeitung, die er seit Jahren abonniert hatte und die nun, über Teller und Tasse ausgebreitet, vor ihm lag. Er schwieg. Keine Vorwürfe, kein »Das habe ich dir doch immer gesagt, dass das nicht gut geht!«.

»Ich nehme an, dass er pausenlos im Einsatz ist und deswegen nicht ans Telefon gehen kann.«

Mine merkte, dass ihre Stimme noch immer ein wenig brüchig war.

»Vedat ist ein guter Junge, er wird sich melden, sobald er kann.«

Es klang, als meine ihre Mutter das ernst. Die rechte Augenbraue ihres Vaters zuckte kurz nach oben. Mine lächelte ihre Mutter dankbar an. Die unvermittelt aufsteigende Wut gab ihrer Stimme wieder Kraft.

»Und das alles nur, weil Erdoğan sich wie ein Sultan aufführt, der auf nichts und niemanden mehr hört, dem sein Volk völlig egal ist. Er ist ein Diktator!«

Ihr Vater schaute von seiner Zeitung auf, seine rechte Augenbraue zuckte erneut und ein leises Lächeln spielte um seine Mundwinkel.

»Papa und ich haben uns mit einigen Freunden verabredet. Wir werden nachher in den Gezi-Park gehen.«

Mine bekam große Augen, ihr irritierter Blick wanderte zwischen den Eltern hin und her.

»Was macht ihr?«

Mines Vater legte die Zeitung auf den Tisch, schaute ihr direkt in die Augen und sprach mit ruhiger Stimme.

»Wir gehen gleich mit den Özers, den Türkmens und einigen Kolleginnen und Kollegen deiner Mutter von der Uni in den Gezi-Park, um unsere Solidarität mit den Demonstranten zu bekunden. Oder hast du etwas dagegen?«

Mine wurde ganz warm ums Herz. Ihre Eltern waren einfach wunderbar. Manchmal etwas anstrengend, aber eigentlich ganz und gar wunderbar! Aus dem Nebenzimmer ertönte Erdoğans Stimme. Mine und ihre Eltern sprangen auf und gingen zum Fernseher. Der Premier gab eine Pressekonferenz. Er tobte. Er werde als Diktator verunglimpft, dabei sei er ein Diener des Volkes. Und er könne nicht zulassen, dass drei bis fünf Plünderer die Leute aufstacheln. Wenn er es wolle, werde auf dem Taksim-Platz eine Moschee errichtet. Dafür brauche er weder die Zustimmung von der CHP noch von ein paar

Plünderern, er habe schließlich die Zustimmung von fünfzig Prozent der Bürger, die die AKP als Regierungspartei gewählt hätten.

Fassungslos starrte Mine auf den Bildschirm. Hatte er das wirklich gesagt? Die Demonstranten als Plünderer bezeichnet und davon geredet, auf dem Taksim-Platz eine Moschee zu bauen? Ihre Mutter stand wie erstarrt neben ihr. Die Augen ihres Vaters hatten sich zu Schlitzen verengt, die Lippen waren schmal und wirkten irgendwie blutleer, so wie sein ganzes Gesicht. Dann brüllte er los.

»Dieser Faschist!«

Er zog sein Handy aus der Hosentasche und stürzte aus dem Zimmer. Im Flur hörte sie ihn weiter schreien, das Wort »Faschist« konnten sie noch mehrmals vernehmen, der Rest ging in Flüchen unter, wie sie Mine noch nie von ihrem Vater gehört hatte. Als er wieder ins Wohnzimmer kam, hatte er bereits ein helles Leinensakko über sein schwarzes Polohemd gezogen.

»Kommt, wir gehen! Die anderen machen sich jetzt auch auf den Weg!«

Drei Minuten später hielt ihr Vater unten an der Straße ein Taxi an.

»Zum Gezi-Park!«

Der Fahrer, ein älterer Mann mit Schnauzbart, guckte etwas irritiert, traute sich aber offensichtlich nicht, irgendetwas zu sagen.

Am nördlichen Eingang, beim Divan Hotel, stiegen sie aus. Mit wild entschlossenen Schritten überquerte

Mines Vater die Straße, die beiden Frauen kamen kaum hinterher. Erst als er schon einige Meter in den Park hineingelaufen war, blieb er stehen und breitete die Arme aus.

»So, Herr Erdoğan. Die Plünderer sind da!«

Mutter und Tochter schauten sich an. Was war mit diesem sonst so ruhigen Mann geschehen? Sie gingen weiter. Aus dem Park war ein riesiges Zeltlager geworden. Zwischen den Bäumen hingen Transparente, die den Erhalt des Parks, mehr Mitsprache der Bürger oder gleich den Rücktritt der Regierung forderten. Fliegende Händler verkauften Schnorchelbrillen, Atemschutzmasken und Spraydosen. An einem weißen Pavillonzelt mit einem roten Kreuz wurden kleine Fläschchen Maaloxan-Lösung verteilt, auf zwei Tischen türmten sich Packungen mit Verbandsmaterial. Auf Stühlen dahinter saßen zwei Frauen und ein Mann in weißen Kitteln, Stethoskope um den Hals wiesen sie als Ärzte oder Medizinstudenten aus. Mine musste lachen und blieb stehen. Da hatte jemand sein Zelt beschriftet. »Çapulcu's home« – Haus eines Plünderers –, stand in ungelenken, eilig hingekrakelten Großbuchstaben über dem offenen Eingang des Zeltes, vor dem ein Junge mit Pferdeschwanz und drei Mädchen mit jeder Menge Piercings im Gesicht saßen und sich angeregt unterhielten. Offensichtlich hatten sich Erdoğans Pöbeleien bereits herumgesprochen. Und wieder überraschte ihr Vater sie. Er hockte sich neben den vier jungen Leuten ins Gras.

»Entschuldigt, wenn ich störe. Ich wollte euch nur sagen, dass ich euch für euren Mut bewundere. Junge Leute wie euch braucht dieses Land. Macht weiter so, aber passt bitte auf euch auf!«

Er hielt dem jungen Mann eine Visitenkarte unter die Nase.

»Wenn ihr medizinische Hilfe oder sonstige Unterstützung braucht, meldet euch bei mir.«

Die vier Jugendlichen schauten ihn merklich irritiert an. Der Junge aber nahm die Karte und bedankte sich artig. Mines Vater stand auf und verabschiedete sich.

»Papa, was war das denn?«

Mine hatte gewartet, bis sie außer Hörweite waren, und ihren Vater am Arm gepackt. Der Ausdruck von Glückseligkeit in seinen Augen verstörte sie. Er lächelte, als er antwortete.

»Ich habe diesen jungen Menschen nur meine Hilfe angeboten. Die werden sie vielleicht noch brauchen. Was ist daran jetzt so schlimm?«

»Hast du nicht immer darüber geschimpft, wie unpolitisch die heutige Jugend ist? Dass wir deiner Meinung nach keinerlei Interesse daran haben, was in diesem Land passiert? Uns Ignoranz und Materialismus vorgeworfen?«

»Ich bin gerade dabei, meine Meinung zu ändern. Komm!«

Er legte den Arm um Mines Schultern. Mine drehte sich zu ihrer Mutter um. Die aber lächelte ihr nur aufmunternd zu. Sie gingen weiter.

»Bu daha baslangic, mücadeleye devam!«

Eine Gruppe Studenten zog singend an ihnen vorbei. Zu ihrer Rechten waren mehrere Zelten wie eine Wagenburg in einem Western im Kreis aufgestellt und bildeten in der Mitte einen kleinen Platz, auf dem eine Handvoll Leute in Mines Alter gerade ein weißes Bettlaken bemalten. Ein Pinguin mit Gasmaske hatte den rechten Flügel erhoben, der einen Blumenstrauß umklammert hielt. Mit sorgsamen Pinselstrichen setzte eine rastagelockte Frau einen Schriftzug darunter. Mine und ihre Eltern mussten etwas warten, bis sie ihn lesen konnten: »Ich bin ein Plünderer«.

»Siehst du? Das ist es, was ich meine!«

Ihr Vater klopfte Mine mit so viel Begeisterung auf die Schulter, dass es wehtat.

»Wow! Diese jungen Leute und ihr gewaltloser Widerstand gefallen mir. Sie geben Erdoğan mit ihrer Kreativität und ihrem Humor der Lächerlichkeit preis! Sie drehen ihm die Worte im Mund herum, entwickeln eine eigene Sprache!«

Mine teilte die Euphorie ihres Vater nicht ganz. Sie war sich nämlich nicht sicher, ob die Regierung diese Sprache verstehen würde.

»Ah, da sind die anderen.«

Ihr Vater zog sie weiter.

Die Freunde ihrer Eltern hatten mehrere Decken auf dem Boden ausgebreitet. Thermoskannen, Teegläser und Tupperdosen mit Keksen vermittelten den Eindruck eines gepflegten Sonntagspicknicks. Mine grüßte in die Runde, in der sie außer den Özers und den Türkmens auch noch vier Kolleginnen ihrer Mutter erkannte. Zübeida hieß die eine, dann waren da noch Kathrin, die Deutsche, und zwei, deren Namen ihr nicht einfielen. Mine hockte sich zwischen Zübeida und Kathrin.

»Hallo Kathrin. Toll, dass du wieder mit dabei bist!«

Kathrin lächelte etwas gequält.

»Ob ich das so toll finde, weiß ich noch nicht. Zübeida hat mich quasi gezwungen, mitzukommen. Andererseits sollte natürlich jeder mit einer demokratischen Gesinnung heute hier sein, auch wenn er kein türkischer Staatsbürger ist.«

»Große Worte gelassen ausgesprochen!«

Mines Vater dröhnte mit seiner tiefen Stimme dazwischen und Mine hatte kurzzeitig die Befürchtung, dass er sich in seinem euphorisierten Zustand mit dem ganzen Gewicht seines stattlichen Körpers auf Kathrin stürzen und bei dem Versuch, sie zu umarmen, erdrücken könnte. Glücklicherweise blieb er sitzen. Vielleicht nur, weil ihre Mutter eine Hand beruhigend auf seinen Oberschenkel gelegt hatte. Das Handy in Mines Hosentasche vibrierte. Es war eine Kurznachricht von Vedat.

»Liebling, geht's dir gut? Bin noch im Einsatz in B. Kann auch heute nicht nach Hause. Pass auf dich auf! ILD«

Marc

Marc war der letzte Gast im Frühstücksraum seines Hotels, das Buffet längst abgeräumt. Es war schon Mittag. Er hatte seinen Artikel über das Behelfslazarett in der Dolmabahçe Moschee, den er direkt nach dem Aufwachen noch im Bett sitzend begonnen hatte, zu Ende geschrieben und samt Fotos auf den Server hochgeladen. Er saß vor seinem dritten doppelten Espresso und surfte im Internet. Die internationalen Medien hatten die Vorgänge in der Türkei längst zur Topnachricht gemacht und auch die türkischen hatten ihre Zurückhaltung in der Berichterstattung über die Situation im Land aufgegeben. Laut eines Berichts im Internet hatte CNN International seinen türkischen Ableger angewiesen, seinen journalistischen Pflichten nachzukommen, als sich im Netz Hohn und Spott über auf dem Regierungsauge blinden türkischen Medien ergossen und Screenshots auftauchten, die das Programm der beiden Nachrichtenkanäle nebeneinanderstellten: brennende Barrikaden und Wasserwerfer auf dem Taksim-Platz bei den Internationalen, Pinguine auf einer Eisscholle in der türkischen Version.

Es gab auch ein neues Statement von Erdoğan, gerade eine Stunde alt. Während nicht nur Menschenrechtsorganisationen den Polizeieinsatz der vergangenen Tage als völlig überzogen kritisierten, sondern auch die Botschafter mehrerer Länder zur Mäßigung aufgerufen hatten, rechtfertigte der türkische Premierminister das

242

harte Vorgehen der Polizei als Notwendigkeit. Marc wollte seinen Augen nicht trauen, aber in dem Bericht einer englischen Nachrichtenagentur hieß es, Erdoğan habe die Demonstranten als »einige wenige Plünderer« bezeichnet und davon gesprochen, am Taksim-Platz eine Moschee errichten zu wollen.

War der Mann völlig verrückt geworden? Welches Ziel konnte er verfolgen, wenn er nun derart Öl ins Feuer goss? Marc hatte gelesen, dass der Premier am nächsten Tag zu einer Auslandsreise nach Nordafrika aufbrechen wollte. War das eine Art Freifahrtschein für die Polizeikräfte, noch härter durchzugreifen? Aus dem Kalkül heraus, dass der Aufruhr bei seiner Rückkehr am Ende der kommenden Woche dann endgültig niedergeknüppelt war? Marc suchte im Internet nach der entsprechenden Textpassage im türkischen Original und ließ sie von verschiedenen Übersetzungsprogrammen übersetzen, um sicherzugehen, dass Erdoğan wirklich von Plünderern gesprochen hatte. Aber daran konnte es keinen Zweifel geben. Er hatte das Wort »Çapulcu« benutzt, und das hieß tatsächlich Plünderer oder Marodeur. Das konnte ja heiter werden! Ich sollte mir langsam mal eine richtige Gasmaske und vor allem einen Helm besorgen, dachte er. Er rief Steve an und verabredete sich mit seinem Kollegen in einer Stunde im Büro des Magazins. Steve wollte in der Zwischenzeit nachschauen, ob es noch eine Ersatzausrüstung gab. Das Büro lag ohnehin auf dem Weg zu seiner Verabredung mit Can in der Dolmabahçe Moschee.

Marc ging hinunter zur Haltestelle der Tram in Karaköy und fuhr bis zur Endhaltestelle in Kabataş. Als er ausstieg, konnte er am Geräuschpegel, der aus der Richtung, in der Beşiktaş lag, herüberwehte, erkennen, dass die Zusammenstöße dort unvermindert anhielten. Hinzu kam das charakteristische Kribbeln in der Nase. Als er durch kleine Gassen Richtung Büro ging, das etwas unterhalb der Inönü Straße lag, musste er mehrmals auf die Karte in seinem Mobiltelefon gucken, um sich nicht zu verlaufen. Schließlich fand er das Bürogebäude, die Eingangstür war allerdings mit einem Rolltor verschlossen. Er wählte Steves Nummer.

»Du musst hinten herum, durch die Garage, die Sicherheitsleute haben aus Angst, dass die Demonstranten das Haus stürmen, alles verrammelt. Ich sage ihnen Bescheid, dass sie dir öffnen.«

Marc ging um das Gebäude herum und fand das von Steve beschriebene, massive Eisentor, hinter dem die Zufahrt zu der ebenfalls mit einem Rolltor verschlossen Garage lag. Eine Tür an der Seite öffnete sich und ein uniformierter Wachmann, der sich mit der einen Hand ein Taschentuch vor das Gesicht und in der anderen ein riesiges Schlüsselbund hielt, kam auf ihn zu.

»Mr. Marc?«

Marc nickte und der Wachmann öffnete ihm das Eisentor, ohne dass er sich ausweisen musste. Marc folgte ihm ins Gebäude. Das Kribbeln in Marcs Nase wurde sofort unerträglich, seine Augen begannen zu tränen und er musste niesen.

»Biber gaz!«

Tränengas. Der Wachmann sah ihn vielsagend an und zuckte mit den Schulten, dann ging er weiter, durch die Tiefgarage, in der ein paar ziemlich teure Limousinen standen, die mit einer dünnen weißen Staubschicht bedeckt waren. Nahezu blind tappte Marc hinter ihm her, stolperte durch enge Gänge, Treppen hoch und wieder runter, bis er in der Eingangshalle des Bürogebäudes vor den Fahrstühlen stand. Verdammte Scheiße, haben die das Tränengas direkt hier reingeschossen? Mit abgespreizten Fingern bedeutete ihm der Wachmann, in den fünften Stock zu fahren, und öffnete die Tür. Selbst im Aufzug war die Luft noch immer gasgeschwängert. Als er ausstieg, war Marc kurz vor dem Ersticken, schniefte und hustete. In einer offenen Glastür, an der in roten Lettern der Name des Magazins prangte, stand Steve.

»Nett hier, nicht? So ist das seit vorgestern. Die Polizei ballert wie wild mit chemischen Kampfstoffen herum und das Zeug kriecht irgendwie in die Tiefgarage und zieht dann durch das ganze Haus. Und lüften kannst du auch nicht, weil es dann direkt durch die Fenster reinkommt.«

Selbst Marcs unverwüstlicher Kollege sah ziemlich mitgenommen aus. Seine Augen waren blutunterlaufen und darüber hinaus mit ziemlich dicken dunklen Rändern verziert. Marc musste grinsen.

»Ich hoffe nicht, dass ich auch nur halb so scheiße aussehe wie du!«

»Das ist nicht nur das Tränengas. Die haben dem Wasser der Wasserwerfer irgendeine Chemikalie beigemischt. Das macht dicke Augen und schlechte Haut. Komm rein.«

Steve trat zur Seite und Marc ging an ihm vorbei ins nackte Chaos. Der große Mülleimer im Flur quoll über vor zerknautschten Getränkedosen, daneben stand eine Batterie leerer Flaschen. Steve schien sich hauptsächlich von Bier und Cola zu ernähren. Doch dann entdeckte Marc auch noch einige leere Pizzakartons auf dem Boden und war froh, dass sein Kollege gelegentlich doch auch feste Nahrung zu sich nahm. Im ersten Zimmer, dessen Tür offen stand, waren Zeitungen und Magazine bis unter die Decke gestapelt.

»Das Archiv. Und hier ist der Sichterraum für die Fotografen. Aber sei leise, Mustafa schläft gerade.«

Vorsichtig hatte Steve die nächste Tür geöffnet. Auf dem Schreibtisch standen zwei riesige Monitore. Um die Tastatur herum lagen verschiedene Objektive, der Body einer teuren Profikamera, diverse Speicherkarten, eine Gasmaske und ein Helm mit der Aufschrift »PRESS«. Auf dem Boden davor lag laut schnarchend Mustafa, in voller Montur, den Kopf auf seine zusammengerollte Jacke gebettet. Sanft schloss Steve die Tür wieder.

»Wir haben so gut wie nicht geschlafen in den letzten Tagen. Mustafa ist ein Guter. Aber völlig im Arsch.«

Das letzte Zimmer war Steves Büro. Es war tränengasfrei, der Nebel darin kam aus dem übervollen Aschenbecher auf dem Schreibtisch, in dem eine nicht richtig ausgedrückte Kippe vor sich hin kokelte. Der Rest der Schreibfläche war vollkommen mit Computerausdrucken und Zeitungen bedeckt, aus denen ein Laptop und ein paar Bierdosen ragten.

»Setz dich.«

Steve nahm seine Gasmaske und den ebenfalls mit »PRESS« beschrifteten Helm von einem Stuhl in der Ecke und schmiss sie auf einen Karton, der, wenn drin war, was draufstand, Chipstüten enthielt. »50 x 150 gr.«, stand auf der Seite. Marc begann, sich ernsthaft Sorgen um die Ernährung seines Kollegen zu machen.

»Sorry, ich bin in letzter Zeit nicht zum Aufräumen gekommen.

Steve machte allerdings nicht den Eindruck, dass ihm der Zustand des Büros auch nur im Entferntesten peinlich war, als er sich mit einem zufriedenen Grunzen in seinen Schreibtischstuhl fallen ließ.

»Echt was los hier. Guter Artikel von dir, über diese Nachrichtenzentrale der Demonstranten. Nur den Titel fand ich etwas übertrieben.«

Marc winkte ab. Er hatte völlig vergessen, mit dem Chef noch einmal darüber zu sprechen.

»Was hast du für heute im Köcher? Ich meine, außer der Geschichte aus der Dolmabahçe Moschee, die heute Nachmittag online gestellt werden soll?«

Marc erzählte ihm von der Idee, ein Portrait über den Imam der Moschee zu machen, der die Polizei daran gehindert hatte, in der Moschee Demonstranten zu verhaften. Und von seinem für den frühen Abend geplanten Treffen mit Can von der ÇARŞI.

»Das ist gut. Ich war gestern mittendrin in Beşiktaş. Die Typen von der ÇARŞI sind echt der Hammer. Die geben der Polizei richtig contra und lassen sich nicht so einfach die Schädel einschlagen und verhaften wie diese armen Studenten, die alle zum ersten Mal einen Wasserwerfer sehen und Tränengas atmen. Die ÇARŞI-Jungs sind kampferprobt und vor allem echt gut organisiert, die finden immer eine Lücke, um sich neu zu formieren und verlorenes Terrain zurückzugewinnen. Ich hatte gestern allerdings keine Zeit, mich mit denen mal richtig zu unterhalten, geschweige denn eine Story über die zu machen. Ich rate dir aber: Besorge dir der erst einmal Helm und Gasmaske, bevor du mit denen mitgehst. Ich habe nämlich leider keine mehr hier, die Ersatzausrüstung brauche ich für Mustafa und die anderen freien Fotografen, die für mich arbeiten.«

»Kein Problem, ich finde schon was. Was machst du heute?«

»Die große Politik. Erdoğan hat sich vorhin mal wieder von seiner besonders einfühlsamen Seite gezeigt. Er nennt die Demonstranten jetzt nur noch Plünderer. Präsident Gül indes hat den Demonstranten das Recht auf freie Meinungsäußerung bescheinigt und die Polizei zur Mäßigung aufgerufen. Da ist reichlich Zündstoff drin, vor allem auch im Hinblick auf die Präsidentschaftswahlen im nächsten Jahr, wo Erdoğan Gül ja gerne beerben würde. Würde dann vermutlich auf eine

Kampfkandidatur hinauslaufen. Spannend. Mal schauen, ob sich Gül jetzt offen gegen Erdoğan positioniert oder ob die nur das »good cop, bad cop«-Spiel spielen. Außerdem nimmt die Kritik am Vorgehen der Polizei im Ausland zu, nicht nur von Amnesty International.«

»Klingt, als wenn dir deine tägliche Gasdosis heute erspart bleibt.«

Steve grinste und legte die Füße auf den Tisch, wobei eine der Bierdosen umkippte und ihr Restinhalt sich auf die ausgebreiteten Papiere ergoss.

»Mal schauen. Ich muss zuerst den Politik-Artikel fertigmachen. Der muss in zwei Stunden in London sein, der Alte hat mir vier Seiten freigehalten. Er will, dass ich das in eine Zusammenfassung der bisherigen Tage einbaue, als Titelgeschichte für die morgige Printversion. Danach will ich aber noch einmal hoch in den Gezi-Park. Da scheint so etwas wie eine richtige Kommune zu entstehen, seit die Polizei abgezogen ist. Und wer weiß, wie lange das so bleibt.«

Steve war wirklich nicht aus der Ruhe zu bringen. Marc stand auf.

»Gut, dann will ich dich nicht weiter davon abhalten, dem Herrn zu Dienste zu sein. Grüß Paul von mir und sag ihm, dass er sich gefälligst einen besseren Titel für meine Geschichte einfallen lassen oder gleich den nehmen soll, den ich ihm vorgeschlagen habe!«

»Ich bin doch nicht blöd. Das kannst du schön selbst mit ihm ausfechten! Schönen Urlaub noch!«

Steve grinste, nahm die Füße vom Tisch, wischte ein paar Blätter von der Tastatur und holte den Laptop aus dem Ruhemodus. Marc verabschiedete sich, aber Steve war schon in seine allererste Titelgeschichte für das Magazin vertieft.

Es war noch ein paar Stunden hin bis zu seinem Treffen mit Can, und Marc entschied sich, mit der Tram nach Karaköy zurückzufahren, um etwas zu essen. Er setzte sich in eines der Fischrestaurants am Anleger der staatlichen Fähren nach Üsküdar, mit Blick auf die Galatabrücke und Eminönü mit der Yeni Cami, die »Neue Moschee« hieß, obwohl sie auch schon rund vierhundert Jahre alt war. Er aß gegrillten Seebarsch und trank dazu einen Rakı mit Eis und viel Wasser.

Noch weit vor der verabredeten Zeit nahm er die Tram zurück nach Kabataş. Die Dolmabahçe Moschee war weiterhin Anlaufpunkt für diejenigen, die bei den Auseinandersetzungen, die wenige Hundert Meter den Bosporus hoch tobten, verletzt worden waren. Auch Ceylan war schon wieder da. Oder noch immer, so müde, wie sie aussah. Nein, sie habe den Imam nicht gesehen. Marc schaute auf die Uhr. Er hatte noch eine Stunde, bis Can kommen würde, das wäre Zeit genug für ein Interview mit dem Imam. Mit Ceylans Hilfe fand er ihn schließlich, draußen vor dem Eingang, in einer Traube junger Leute, die aufgeregt auf ihn einredeten, während der Imam immer wieder beschwichtigend die Hände hob, und wenn er selbst sprach, es mit außerordentlich ruhiger Stimme tat. Er war ein hochgewachsener Mann mit sympathischen Gesichtszügen und einem mächtigen Schnäuzer, er erinnerte Marc an den Schauspieler Omar Sharif. Ceylan schob ihn durch die Menge, bis er direkt vor ihm stand. Marc trug sein Anliegen vor, Ceylan übersetzte. Der Imam hörte mit leicht zur Seite gebeugtem Kopf zu. Dann legte er die rechte Hand auf sein Herz.

»Mein Herr, Sie sind von weither gekommen, und deswegen tut es mir besonders leid, dass ich Ihrer Bitte nicht nachkommen kann. Aber ich bin nur der Imam dieser Moschee und nicht befugt, Interviews zu geben. Für eine Stellungnahme zu dem, was hier passiert, müssten Sie bitte beim Amt für Religionsangelegenheiten nachfragen.«

Marc war irritiert. Der Mann hatte sich der Polizei mutig entgegengestellt und lehnte nun ein Interview mit einem ausländischen Journalisten ab? Vor was beziehungsweise wem hatte er Angst? Marc hatte aber nicht vor, ihn zu drängen. Keine Story war es wert, einen Informanten oder Interviewpartner zu gefährden. Der Imam würde seine Gründe haben. Damit war die Story geplatzt. So war das eben manchmal. Und es blieb nicht die einzige schlechte Nachricht für Marc. Das Vibrieren seines Handys signalisierte den Eingang einer Kurznachricht. Er bedankte sich bei dem Imam, ging ein paar Schritte zur Seite und guckte auf das Display.

»Bin in B., komme nicht weg. Treffen morgen? Can.«

Kathrin

Als Kathrin am Morgen die Fähre nach Üsküdar nahm, standen noch immer Rauchwolken über Beşiktaş. Sie war auf dem Weg zu ihrer montäglichen Vorlesung an der Uni. Sowohl auf der Fähre als auch in der Tram waren die Straßenschlachten das beherrschende Gesprächsthema. Gegner und Anhänger der Regierung lieferten sich heftige Wortgefechte. Es hatte offensichtlich zwei weitere Tote gegeben, einen Studenten in Eskişehir, von Unbekannten zu Tode geprügelt, und einen Demonstranten, der in einem nördlichen Stadtteil von Istanbul von einem Auto angefahren und dabei tödlich verletzt worden war. Von Hunderten Verletzten war die Rede. Dass Premierminister Erdoğan dennoch und scheinbar ungerührt zu seiner Auslandsreise nach Marokko aufgebrochen war, empörte viele.

Der Platz vor dem Universitätsgebäude war voller Studenten, die aufgeregt diskutierten. An der Fassade hatten sie Transparente angebracht: »Überall ist Taksim, überall ist Widerstand«, seit Tagen das Motto der Demonstranten. Ein anderes ließ sie allerdings schaudern: Auf ihm standen die Namen der drei mutmaßlichen Opfer der Proteste, darunter »Hesap vereceksiniz«, Dafür werdet ihr bezahlen! Die Rhetorik wurde also schärfer. Und noch ein weiteres Transparent zeigte, wie sehr das alles aus dem Ruder lief: »Faşizme karşı omuz omuza«, Schulter an Schulter gegen Faschismus. Natürlich hieß Kathrin die Äußerungen des Premiers vom

Vortag nicht gut, sie hatten die Atmosphäre zusätzlich aufgeheizt. Eine Protestbewegung, die längst nicht mehr nur einen kleinen Teil Istanbuls erfasst hatte, als eine Ansammlung weniger Plünderer zu bezeichnen, zeugte nicht gerade von Fingerspitzengefühl und einem gesunden Demokratieverständnis, war darüber hinaus im Ton eines politischen Führers eines Achtzig-Millionen-Volkes unwürdig. Ein Faschist war Erdoğan deswegen aber doch noch lange nicht! Es zeigte wieder einmal etwas, das Kathrin beobachtete, seit sie vor anderthalb Jahrzehnten zum ersten Mal in die Türkei gekommen war: das nahezu vollständige Fehlen von Sachlichkeit in der politischen Diskussion und der türkischen Politik generell.

Bedrückt ging Kathrin in den Hörsaal. Er war leer. Sie schaute auf die Uhr. Normalerweise waren um diese Zeit die Ränge bereits voll besetzt. Sie wartete fünf Minuten, dann ging sie wieder zurück zum Haupteingang, stellte sich auf die Stufen und suchte in dem dunklen Meer von Köpfen auf dem Platz nach ihren Studenten.

»Frau Professor, es tut uns leid, aber wir können an einem Tag wie diesem nicht so tun, als ob nichts geschehen sei und einfach zur Tagesordnung übergehen. Wir haben uns entschieden, geschlossen in den Gezi-Park zu gehen, um unsere Anteilnahme mit den Opfern und unsere Solidarität zu zeigen. Kommen Sie mit?«

Drei ihrer Studentinnen standen am Fuß der Treppe und schauten erwartungsvoll zu ihr hoch. Kathrin suchte nach den richtigen Worten.

»Ich verstehe. Ich verstehe euch gut. Und wäre wahrscheinlich sogar enttäuscht, wenn ihr anders handeln würdet. Aber das hier ist nicht mein Land, ich bin nur Gast. Ich habe das Gefühl, dass ich mich deswegen nicht zu sehr einmischen sollte.«

Hatte sie die richtigen Worte gefunden? Kathrin zweifelte in dem Moment, in dem sie sie aussprach. Und bekam prompt die Bestätigung dafür.

»Hier geht es nicht um Ihr Land oder um unseres, Frau Professor! Hier geht es um Menschen. Und um Menschenrechte. Um Freiheit und Demokratie! Das ist international, da ist jeder aufgerufen, sich einzumischen, egal, woher er kommt, egal, ob er hier geboren oder nur Gast ist.«

Es war die gleiche Studentin, die sie gleich zu Beginn der Proteste – war es Mittwoch oder Donnerstag gewesen? – nach ihrer Meinung gefragt hatte und ihr nun eine deutliche, wenn auch in freundlichem Ton vorgetragene Standpauke hielt. Sie hat recht, dachte Kathrin. Einerseits. Andererseits hatten sich diese Proteste längst von ihrem Ursprung entfernt und waren zu einer generellen Abrechnung mit Erdoğan und der AKP geworden. Nicht wählen gehen und dann gegen die Politik des gewählten Premiers aufbegehren, weil sie einem nicht passt, war auch nicht gerade demokratisch. Viele ihrer Studenten hatten noch nie in ihrem Leben eine Wahlurne aus der Nähe gesehen. Das bringt doch nichts, war das übliche Argument, das sie bei Diskussionen stets zu hören bekam. Und jetzt sollte sie als Ausländerin ihren wackeligen Aufenthaltsstatus und ihren Job riskieren? Schließlich hatte Erdogan die Türkei zu einem veritablen Polizeistaat ausgebaut, der seine Augen überall hatte. Und seine Rachefeldzüge gegen Kritiker hatten schon hochkarätigere Opfer gefordert als eine deutsche Architekturprofessorin in Teilzeit.

Drei Augenpaare starrten auf sie.

»Kommen Sie schon, kommen Sie mit uns! Setzen Sie mit uns gemeinsam ein Zeichen gegen Gewalt und Faschismus!«

Genau das war es, was Kathrin in der Türkei gewaltig aufstieß: diese aufgeblasene Rhetorik, diese aufgepumpte Theatralik! Dass hier immer gleich das ganz große Drama gespielt werden musste! Ging es nicht mal einen Tick leiser? Auch gestern Abend im Park, in der gediegenen Runde von Akademikern – Dozenten, Juristen und Medizinern – war die ganze Zeit von Diktatur und Faschismus die Rede gewesen. Und als dann erste Gerüchte von weiteren Todesopfern herumgeisterten, war es vor allem der Mann einer ihrer Kolleginnen gewesen, der über Erdoğans »Mörderbanden« und »Söldnertruppen« tobte. Und weder seine Frau noch seine Tochter, die mit dabei saß, hatten ihn beruhigen können. Sie war irgendwann einfach nach Hause gegangen. In der Türkei war immer so furchtbar viel Testosteron dabei – obwohl: Auch Frauen schossen hier vor lauter Temperament und Emotionalität gerne über das Ziel hinaus. Kathrin versuchte gar nicht erst, ihren Studentinnen in die Augen zu schauen.

»Seid mir nicht böse, aber ich habe noch zu tun.«

Es war zugegebenermaßen keine brillante Ausrede, aber Kathrin fiel nichts Besseres ein, um vor weiteren Belehrungen über menschlichen Anstand und dem inneren Kampf zwischen Einerseits und Andererseits zu flüchten. Sie drehte sich um und ging zurück ins Gebäude.

Auch der Trakt, in dem die Dozenten ihre Büros hatten, war für einen Montag erstaunlich leer. Sicher, ein paar Kolleginnen und Kollegen waren da, und selbstverständlich deren wissenschaftlichen Mitarbeiter und Sekretärinnen. Der größte Teil indes war es nicht. An Zübeidas Tür hing ein Zettel: »Aus Trauer, Wut und Empörung geschlossen!«

Kathrin ging in ihr Büro, schloss die Tür und ließ sich in den Drehstuhl vor dem Schreibtisch fallen. Durfte sie schweigen, wenn demokratische Grundrechte mit den Füßen getreten wurden? Konnte sie sich wirklich heraushalten, wenn junge Menschen für ihre Rechte auf die Straße gingen und dafür mit dem Leben bezahlten? Spielte es eine Rolle, ob Menschen rhetorisch mit Kanonen auf Spatzen schossen, wenn sie in der Sache recht hatten? Sollte oder müsste es ihr egal sein, wenn die Regierung des Landes, in dem sie lebte, zunehmend autokratisch wurde? Und was war überhaupt ihr Land? War es wirklich noch Deutschland? Oder war die Türkei nicht auch ihr Land geworden? Mit dem Kopf in beide Hände gestützt saß sie da und war verwirrt. Sie hatte sich nie Gedanken gemacht, was nach Istanbul kommen würde. Wie ihr Leben in zehn oder auch nur in zwei oder drei Jahren aussehen könnte. Sie lebte im Moment, war einfach. Architektin. Dozentin. In Istanbul. Single.

Verdammt. Mit einem Ruck richtete sie sich auf. Dies war der falsche Moment, sich einer Sinnkrise hinzugeben. Sie hatte sich schon so häufig selbst ins kalte Wasser geschubst, war geschwommen, manchmal in stürmischer See, und bislang nicht ertrunken. Und sie konnte doch, jetzt, wo sich hier gerade Unerhörtes, ja Historisches tat, nicht abseits stehen und so tun, als gehe sie das alles nichts an. Und was sollte schon passieren?

Sie schloss ihr Büro ab und ging zur Haltestelle der Tram. Eine halbe Stunde später stand sie auf den Stufen zum Gezi-Park. Von den Istanbulern jahrzehntelang links liegen gelassen, schien er zum neuen Zentrum der Stadt geworden zu sein. Die Grünflächen waren mittlerweile fast vollständig mit Zelten bedeckt. Dazwischen schoben sich die Massen auf schmalen Wegen. Es sah aus wie bei einem Open-Air-Musikfestival, wären da nicht die ausgebrannten Wracks mehrerer Fahrzeuge gewesen, darunter ein Mannschaftsbus der Polizei, der über und über mit Graffiti-Botschaften wie »Polizei = Mörder« bedeckt war. An den Trümmern der kleinen, ebenfalls niedergebrannten Polizeistation am Eingang des Parks vorbei, ließ Kathrin sich hineintreiben. Die Zahl fliegender Händler, die von Wassermelonenstücken über Köfte im Brot, auf mobilen Grills frisch zubereitet, bis hin zu Schutzausrüstungen so ziemlich alles anboten, was dem leiblichen Wohl von Demonstranten zuträglich sein konnte, hatte sich seit gestern offensichtlich verzehnfacht. Ein Getränkeverkäufer hatte bereits eine Kühlvitrine aufgestellt, die von einem Generator mit Strom versorgt wurde. Kathrin musste grinsen. Unglaublich geschäftstüchtig, die Türken! Wie Pilze schossen Infostände von linken Splitterparteien und Gewerkschaftsverbänden aus dem Boden, viele Istanbuler Universitäten zeigten mit großen Bannern Flagge, von Studenten zwischen die Bäume gehängt, an deren Stämmen Pamphlete mit politischen Botschaften klebten. Die Istanbuler Architektenkammer war vertreten, ebenso die Türkische Ärztevereinigung. Wenn sich der Herr Erdoğan da mal nicht getäuscht hat, dachte Kathrin. Von wegen ein paar Plünderer!

Die Menge vor ihr stockte. Sie stellte sich auf die Zehenspitzen und sah, dass vor ihr die Menschen stehen blieben und mit ernsten Mienen andächtig auf den Boden starrten. Langsam schob sich die Menge an der Stelle vorbei. Auch Kathrin blieb dort stehen. Im Gras lagen drei großformatige Fotos, an den Ecken mit Pflastersteinen beschwert. Unter den Gesichtern der jungen Männer standen ihre Namen: Ethem Sarısülük, Ali İsmail Korkmaz, Mehmet Ayvalıtaş. Jemand hatte aus Teelichtern einen Schriftzug geformt: »Unutma!«, Vergesst nicht! Darunter: »Polis = Katil«, Polizisten sind Mörder.

Kathrins Knie wurden weich, ein flaues Gefühl breitete sich in ihrem Magen aus. Wohin steuerte dieses Land? Gab es noch einen Weg zurück? Oder aufeinander zu?

Sie wurde weitergeschoben. Die andächtige Stille bei den Fotos stand in einem absurden Kontrast zu der aufgekratzten Stimmung drum herum. Überall wurde laut geredet, gelacht, Musik gespielt. Wie angewurzelt blieb Kathrin stehen. Vor ihr tanzten Frauen und Männer, die sich mit rot-weiß-grün gestreiften Stirnbändern als Kurden zu erkennen gaben, zu den klagenden Lauten einer Bilûr, der traditionellen kurdischen Flöte, die von einer fünfsaitigen Langhalslaute, der Tembûr, begleitet wurde. Das allein war schon ungewöhnlich genug, saß doch direkt daneben ein gutes Dutzend junger Leute unter einem Transparent der Kemalistischen Jugend, einer der CHP nahe stehenden Nachwuchsorganisation. Jahrzehntelang hatte die CHP die Kurdenproblematik ignoriert, den Kurden sämtliche Minderheitenrechte verwehrt und alle Autonomiebestrebungen bekämpft. Die Arbeiterpartei Kurdistans, kurz: PKK, galt der CHP als Erzfeind. Der erbitterte Bürgerkrieg zwischen der streng kemalistischen Armee und der später auch international als terroristisch eingestuften PKK hatte Tausende Tote gefordert. Aber nun schwenkte da einer der Kurden eine Flagge mit dem Konterfei Abdullah Öcalans, des seit Jahren inhaftierten Führers der PKK und Staatsfeind Nummer eins für Kemalisten und Nationalisten, und die Kemalistische Jugend schaute einfach zu! Kathrin stand mit offenem Mund da und staunte über diese absolut friedliche Szene, die noch vor Kurzem unvorstellbar gewesen wäre, weil beide Gruppen eher versucht hätten, sich gegenseitig die Schädel einzuschlagen. So bedrückend die Fotos gewesen waren, so ermutigend fand Kathrin diesen Moment. Das brutale Vorgehen der Polizei und die hetzerischen Reden mehrerer AKP-Mitglieder, den Premierminister und seine beleidigenden Aussagen über Plünderer eingeschlossen, schienen Gruppierungen aus den verschiedensten Ecken der Gesellschaft zusammenrücken zu lassen. Das flaue Gefühl in Kathrins Magengegend war verschwunden, stattdessen breitete sich eine wohlige Wärme aus. Ich bin doch schon eine halbe Türkin, dachte sie. Eben noch zu Tode betrübt und nun himmelhoch jauchzend.

Marc

»Treff 11 Uhr, Fähranleger Beşiktaş. Can«. Die Nachricht war kurz und bündig. Marc schaute auf die Uhr. Es war halb zehn. Zeit genug also. Zwei Mal hatte Can ihn bereits versetzt, aber Marc hatte keine andere Wahl, wenn er die Story über die ÇARŞI wollte. Und er wollte sie, nicht nur, weil ihm gestern die über den Imam weggebrochen war. Marc war selbst Fußballfan, Anhänger der Gunners, wie die Mannschaft von Arsenal London von ihren Anhängern genannt wurde. Er mochte die Atmosphäre in den englischen Stadien, wo ununterbrochen gesungen wurde. Und die Ultras von Beşiktaş hatten selbst auf der Insel einen legendären Ruf. Erst kürzlich, beim letzten Spiel im heimischen Stadion, bevor es abgerissen und neu gebaut werden sollte, hatten sie einen Weltrekord aufgestellt: Die Lautstärke ihrer Gesänge war mit 141 Dezibel gemessen worden, lauter als ein startender Düsenjet. Außerdem gefiel ihm ihr Motto, es war so herrlich anarchistisch: »Wir sind gegen alles – außer Atatürk!«

Marc fuhr mit der Tram bis Kabataş. Er irrte über den Busterminal und musste schließlich feststellen, dass der Busverkehr Richtung Beşiktaş noch immer eingestellt war. Er würde also zu Fuß gehen müssen. Zwischen Dolmabahçe Moschee und dem Stadion blockierten mehrere Tausend Demonstranten den Verkehr. Sie saßen und standen mitten auf der mehrspurigen Straße. Lediglich die Abbiegespur, die hoch zum Tunnel der Schnellstraße Richtung Kağithane führte, ließen sie frei. Die Situation schien einigermaßen ruhig, zumindest machten die Demonstranten keinerlei Anstalten, sich auf die drei Wasserwerfer zuzubewegen, die weiter hinten standen, wo die hohe Mauer begann, die den Dolmabahçe-Palast zur Straße hin abschirmte. Dort sicherten mehrere Hundertschaften der Polizei Metallgitter, die die Straße auf ganzer Breite absperrten. Da würde er irgendwie durch müssen. Einen anderen Weg gab es nicht. Keinen zumindest, der nicht einen riesigen Umweg bedeutet hätte, wie er bei einem Blick auf die digitale Karte auf seinem Smartphone feststellte.

Marc zückte seinen britischen Reisepass. Er würde sich dumm stellen und behaupten, dass er ein Tourist sei, der zu seinem Hotel wollte. Direkt hinter dem Anleger von Beşiktaş war ein ehemaliger Sultanspalast zu einem

Luxushotel umgebaut worden, diese Adresse würde er angeben. Zur Tarnung hängte er sich seine Kamera mit dem kleinen Normalobjektiv um den Hals und schlenderte betont langsam, aber direkt auf die Absperrung zu. Er war noch vielleicht fünf Meter entfernt, als drei Polizisten mit abweisenden Gesten auf ihn zukamen. Marc hielt ihnen – mit einem Blick, als könne er kein Wässerchen trüben – seinen Pass vor die Nase und nannte den Namen des Hotels. Einer der Polizisten antworteten auf Türkisch. Marc zuckte mit den Schultern, wiederholte den Namen des Hotels und deutete auf seinen Pass. Der Polizist zeigte in die Richtung, aus der Marc gekommen war, und machte eine ausholende Armbewegung, die hinter ihm endete. Marc musste sich das Lachen verkneifen. Klar willst du, dass ich ganz außen herum gehe. Aber das kommt gar nicht in Frage. Marc zuckte wieder mit den Schultern, zauberte einen besonders dümmlichen Ausdruck auf sein Gesicht, wies in Richtung Beşiktaş und wiederholte stumpf den Namen des Hotels. Jetzt zuckte der Polizist mit den Schultern, drehte sich um und rief den Polizisten, die auf der anderen Seite der Absperrung standen und die Szene beobachteten, etwas zu. Dann trat er zur Seite und ließ Marc mit einer abfälligen Handbewegung passieren. Geht doch, dachte Marc triumphierend, blieb mimisch aber der Dumme August. Eines der Metallgitter wurde zur Seite geschoben und Marc ging durch ein Spalier von Polizisten und an den Wasserwerfern vorbei.

Die naive Tour hatte Marc im Umgang mit Ordnungs-
hütern verschiedener Nationalitäten schon häufiger
geholfen; dass es so einfach werden würde, hatte er
dennoch nicht gedacht. Auf der rechten Straßenseite
waren Dutzende Busse geparkt, Mannschaftsbusse der
Polizei und normale Linienbusse. Aus einem Versor-
gungswagen wurden Paletten mit Wasserflaschen
geladen. Polizisten in voller Schutzmontur saßen an ihre
Schilde gelehnt im Schatten der Palastmauer. Sie beäug-
ten Marc argwöhnisch, also verzichtete er darauf, Fotos
zu machen. Er passierte gerade einen der alten Neben-
eingänge des Palastgeländes, als er zum ersten Mal die
Sprechchöre vernahm: »Überall ist Taksim, überall ist
Widerstand.« Je weiter er ging, umso lauter wurden sie.
Schließlich kam Marc zu einer weiteren Einfahrt, die
neueren Baujahrs war. Mehrere Hundertschaften,
gepanzerte Spähwagen der Polizei und zwei weitere
Wasserwerfer sicherten das massive Tor. Dahinter
musste der Istanbuler Amtssitz des Premierministers
liegen. Noch einmal hundert Meter weiter gab es eine
dritte Polizeiabsperrung, genauso massiv gesichert wie
die ersten beiden. Der Lärm war mittlerweile ohrenbetäubend. Die Polizisten diesseits der Absperrgitter
wirkten irritiert, als Marc sich durch sie hindurchdräng-
te, waren offensichtlich völlig auf das konzentriert, was
vor ihnen passierte. Ihre Gesichter verrieten Nervosität
und Müdigkeit. Zögerlich machten sie Platz und öffneten
einen kleinen Durchgang in den Metallgittern, den sie
ziemlich hektisch wieder schlossen.

Auf der anderen Seite erwartete ihn ein riesiges Banner: »ÇARŞI«, weiße Lettern, nur das umrundete A in Rot, auf schwarzem Hintergrund. Die vieltausendköpfige Menschenmenge dahinter, ziemlich einheitlich in Schwarz und Weiß, den Vereinsfarben von Beşiktaş, gekleidet, schmetterte den Polizisten die Parolen des Aufstandes in einer Lautstärke entgegen, wie sie wohl nur gut organisierte Fußballfans hinbekommen. Ab hier regierten also Can und seine Leute.

Es war zehn vor elf. Er würde pünktlich sein. Can auch? Rechts, an der Menge vorbei, ging Marc zum Anleger der staatlichen Fähre. Und da stand Can bereits.

»Hi Marc, tut mir leid, dass es die letzten Tage nicht geklappt hat. Aber wie du siehst, war und ist hier die Hölle los.«

Can machte eine Kopfbewegung in Richtung der sich wie zu Beginn einer mittelalterlichen Schlacht gegenüber stehenden Lager.

»Lass uns in das Kaffeehaus dort drüben gehen. Ich muss dir was zeigen.«

Ein fast schelmisches Lächeln spielte um Cans Mundwinkel. Sie gingen über den Platz mit den Bussen und Taxen und setzten sich an einen freien Tisch draußen an der Straße. Can zückte sein Telefon und hielt es Marc vor die Nase. Es war ein Screeenshot von der Seite eines Online-Auktionshauses. »Vom Eigentümer günstig abzugeben«, stand über dem Foto eines Wasserwerfers der türkischen Polizei. »Preis: 99 Türkische Lira.« Er musste ziemlich verdutzt aus der Wäsche geschaut haben, denn Can lachte laut.

»Die wollten ihn nicht mehr, also haben wir ihn zum Verkauf angeboten.«

Can drückte auf dem Display des Telefons herum und hielt es Marc wieder hin. Diesmal lief ein Video, der Qualität nach zu urteilen mit einer Kompaktkamera oder einem Mobiltelefon aufgenommen. Ein großer, gelber Bagger, die Schaufel auf Höhe des Führerhauses erhoben, rollte auf zwei Wasserwerfer zu. Wasser aus ihren Kanonen prasselte gegen die massive Verkleidung des Kettenfahrzeugs, Gasgranaten prallten an der Schaufel ab, in deren Schutz eine Handvoll maskierter Gestalten rund um das Führerhaus hockten, die Arme erhoben, mit zum Siegeszeichen gespreizten Fingern. Marc konnte kaum glauben, was er sah. Die ÇARŞI hatte irgendwie einen Bagger in ihren Besitz gebracht, um ihn gegen die TOMA, die Wasserwerfer einzusetzen? Die bislang unbezwingbaren wasserspeienden Festungen der Polizei hatten einen mächtigen Gegner bekommen. »ÇARŞI TOMA KARŞI«, stand, mit schwarzer Farbe eilig aufgesprüht, auf den Seiten des gelben Ungetüms. Can deutete mit dem Finger darauf, in seiner Stimme klang eine Spur Stolz mit.

»KARŞI heißt ›gegen‹. Die Aufschrift bedeutet also so viel wie: ›ÇARŞI gegen Wasserwerfer‹.«

In dem Video rollte das schwere Gefährt unaufhaltsam auf die Reihen der Polizisten zu, die langsam zurückwichen. Dann brach ihre Ordnung völlig zusammen. Der

Fahrer eines der Wasserwerfer war offensichtlich panisch geworden. In einem waghalsigen Manöver wendete er das tonnenschwere Fahrzeug inmitten der Polizisten, die daraufhin unter dem Gejohle der Demonstranten flüchteten. Auch der zweite TOMA setzte zurück, seine Fluchtbewegung endete allerdings mit dem Heck an einem Baum. Und dann war der Bagger da und es ging nicht mehr vor, nicht mehr zurück. Die Türen sprangen auf und die Besatzung des Wasserwerfers ergriff die Flucht. Was dann passierte, konnte Marc kaum noch erkennen. Ein Hagel von Gasgranaten ging über der Szenerie nieder und hüllte alles in weißen Nebel.

»Ihr habt einen Bagger geklaut und damit einen Wasserwerfer erobert?«

Marc war fast sprachlos ob des Husarenstreichs der Demonstranten.

»Wir haben – für einen Moment zumindest – Chancengleichheit hergestellt.«

Can grinste von einem Ohr zum anderen.

»Schau hier!«

Er hatte ein Foto aufgerufen. Es zeigte den Wasserwerfer, auf dem Demonstranten tanzten, mit schwarzweißen Beşiktaş-Schals maskiert. Einer von ihnen machte sich mit einer Spraydose an der Fahrerseite zu schaffen. Can wischte mit dem Finger über das Display. Auf dem nächsten Bild war der Wasserwerfer neu beschriftet: Das »Polis« war mit dem Wort »Halk« für »Volk« übermalt, auf der großen weißen Fläche des

Tanks stand nun das, was Marc schon auf dem Foto gesehen hatte: »Aktuelles Modell. Vom Eigentümer abzugeben. Preis: 99 TL.«

»Und außerdem haben wir den Bagger nicht geklaut, sondern ausgeliehen. Das ist aktenkundig.«

»Aktenkundig?«

Can erzählte die ganze Geschichte. Demnach hatten ein paar ÇARŞI-Mitglieder den Bagger am gestrigen Nachmittag auf einem eingezäunten Areal in der Nähe der Stadion-Baustelle entdeckt und daraufhin die Idee gehabt, ihn gegen die Wasserwerfer einzusetzen. Kurzerhand schlossen sie ihn kurz, legten einige Proberunden auf dem Baustellengelände ein, das wegen des Sonntags verlassen war, durchbrachen dann den Zaun und machten sich auf den Weg nach Beşiktaş. Alles Weitere habe Marc auf dem Video gesehen. Vor einer Stunde habe ihn, Can, dann der Bauunternehmer angerufen, zu dessen Fuhrpark der Bagger gehörte, auch er ein Mitglied der ÇARŞI. Die Polizei sei am Morgen bei ihm gewesen, um ihn wegen des Diebstahls zu befragen. Der Bauunternehmer habe daraufhin gesagt: Wieso Diebstahl? Er habe den Bagger gestern ein paar Jungs geliehen und nicht gewusst, wofür sie ihn benutzen würden. Namen? Ahmet und Ali. Nachnamen? Wüsste er nicht, er kenne sie nur vom Sehen, aber er sei ein hilfsbereiter Mensch und habe sich nichts dabei gedacht. Die Polizisten seien mit ziemlich dummen Gesichtern wieder abgezogen.

»So ist die ÇARŞI. Einer für alle und alle für Atatürk.«

Can grinste erneut wie ein Honigkuchenpferd. In der folgenden Stunde gab er Marc eine Art Einführungskurs in Geschichte, Struktur und Ideologie der 1982 gegründeten Fangruppierung, deren zentrales Motto bis heute »ÇARŞI Atatürk harici her şeye karşı« war, zu Deutsch: »ÇARŞI ist gegen alles außer Atatürk.« Carşı bedeute schlicht »Markt« im Türkischen, erklärte Can, und beziehe sich auf die Herkunft der Gruppierung, deren Heimat die Gassen mit den kleinen Ladengeschäften im Zentrum von Beşiktaş seien. Die ÇARŞI aber sei mehr als die lokalpatriotische Fangruppe eines Fußballvereins. Sie sei immer schon auch politisch gewesen. Links natürlich, nicht umsonst erinnere das »Ç« ja auch an das sozialistische Symbol der Sichel. Und gegen das Establishment, wie Marc dem umrundeten »A« entnehmen könne.

»Wir sind vermutlich die einzigen sozialdemokratischen Anarchisten der Welt.«

Can lachte kurz auf, dann wurde er wieder ernst. Gegen Rassismus, Krieg, den Bau von Atomkraftwerken setze man sich ein. Und für soziale Projekte. Flüchtlings- und Obdachlosenhilfe etwa, oder die Betreuung von Behinderten. In türkischen Stadien seien politische Statements zwar verboten, aber die ÇARŞI lasse sich ihr Recht auf freie Meinungsäußerung nicht verbieten. Deswegen würde der Verein vom Türkischen Fußballverband häufiger zu Geisterspielen verurteilt, Spielen ohne Fans. Und leider käme es auch regelmäßig zu Übergriffen der Polizei.

»Wir haben deswegen eine gewisse Übung im Umgang mit Polizisten. Tränengas ist unser Parfüm.«

Nachdem die Polizei zum ersten Mal mit Gewalt gegen die Besetzer im Gezi-Park vorgegangen war, seien ÇARŞI-Mitglieder spontan zur Unterstützung der Demonstranten in den Park gezogen. Dabei sei es ihnen nicht um Krawall gegangen. Es könne doch nicht sein, dass im Interesse einiger Investoren und gegen den Willen des Volkes öffentlicher Grund und Boden mit Polizeigewalt geräumt werde.

»Versteh mich nicht falsch. Wir sind weder Kommunisten noch grundsätzlich gegen den Kapitalismus. Obwohl – eigentlich sind wir ja gegen alles.«

Can lachte wieder. Mit seiner offenen, freundlichen und unaufgeregten Art war er Marc unglaublich sympathisch.

»Scherz beiseite. Wir sind für das Volk und sehen es als unsere Pflicht an, dessen Rechte zu verteidigen. Und deswegen haben wir entschieden, uns an den Protesten gegen die Pläne der Regierung bezüglich des Gezi-Parks zu beteiligen. Wir werden dafür sorgen, dass die Regierung auf die Bürger hört!«

Das Einzige, was Marc an Can störte, war dieses Pathos, mit dem er sprach. Ein bisschen klang er wie ein Politiker im Wahlkampf. Und die waren schließlich so etwas wie der natürliche Feind eines Journalisten, redeten viel und sagten wenig, versprachen das Blaue vom Himmel, wollten sich aber nie festlegen, wie sie die ganzen Wahlgeschenke denn zu finanzieren gedachten. Marc schaltete auf Angriff. Er habe junge Männer in ÇARŞI-Shirts gesehen, die, mit Holzlatten und Metallstangen bewaffnet, Polizeiabsperrungen angriffen, Steine auf Beamte warfen. Wie er dazu stehe, fragte Marc und schaute ihm direkt in die Augen. Can hielt dem Blick stand.

»Ich kann das nicht ausschließen, aber ein ÇARŞI-Shirt kann sich jeder besorgen, auch Provokateure der Polizei. Unsere Waffe ist der Humor. Gewalt ist nie Ziel. Allenfalls ein Mittel, wenn wir angegriffen werden und uns verteidigen müssen. Und wir werden nicht zulassen, dass die Polizei Beşiktaş stürmt. Hast du eine Gasmaske?«

Marc verneinte.

»Gut, ich besorge dir eine und wir treffen uns heute Abend wieder und gehen nach Beşiktaş. Dann zeige ich dir, was ich meine. Ist 20 Uhr für dich okay?«

Marc nickte. Can stand auf, verabschiedete sich und ging. Dann drehte er sich noch einmal um.

»Du solltest besser auf dieser Seite der Barrikaden bleiben. Wer weiß, ob du später noch einmal durchkommst.«

Marc bestellte einen Tee und packte seinen Laptop aus. Es waren noch fast sieben Stunden bis zu ihrem erneuten Treffen. Er würde die Zeit nutzen und schon einmal mit dem Artikel über die ÇARŞI beginnen. Als der Kellner den Tee brachte, fragte er nach einer Interverbindung und bekam sofort die Zugangsdaten für das WLAN-Netz des Lokals. Wirklich toll, dachte Marc. Hier hat jedes kleinste Teehaus Internet und stellt es seinen Gästen zur Verfügung. Er begann, alle verfügbaren Informationen über die ÇARŞI aus dem Netz zu saugen und stieß dabei auf ein beeindruckendes Video mit dem Titel »ÇARŞI biber gaz karşı«. Es war erst heute Morgen hochgeladen worden, stammte also wohl aus der letzten Nacht. Darauf war ein Mann zu sehen, der mit Gasmaske und erhobenen Armen in dichtem Tränengasnebel tanzte, soweit Marc es richtig erkannte, auf der İnönü Straße, etwa in Höhe des Deutschen Generalkonsulats. Um ihn herum detonierten Gasgranaten, ein Wasserwerfer und Dutzende Polizisten bewegten sich auf ihn zu. Aber der Mann tanzte weiter. Und sang!

»Biber gaz olé, biber gaz olé.«

Mit seinen Armen schien er einen Chor zu dirigieren, denn es schallte hundertfach wider.

»Biber gaz olé, biber gaz olé.«

Dann schwenkte die Kamera um. Hinter dem Mann stand tatsächlich eine riesige Menschenmenge, die wie er dem Beschuss trotzte und sang.

»Olé, olé. Olé olé. Biber gaz olé, biber gaz olé.«

Marc hatte schon so einiges gesehen, aber die Jungs waren echt hart im Nehmen! Was ihn allerdings besonders beeindruckte, war, dass von ihnen keinerlei Gewalt auszugehen schien. Er hatte sich das Video mehrfach angeschaut, aber keiner der Männer war auf irgendeine Art und Weise bewaffnet, niemand schmiss Steine oder Ähnliches. Sie tanzten und sangen! Marc war froh, dass er seinem Impuls, nicht zu dem Treffen mit Can zu gehen, nach dem der ihn zwei Mal versetzt hatte, nicht nachgegeben hatte. Die Geschichte war zu gut. Und der einzelne Typ im Gasnebel hatte wieder etwas Ikonisches. Ein perfektes Bild für seinen Artikel über die ÇARŞI, mit einem ähnlich hohen Symbolwert wie das der Frau in Rot. Marc machte ein paar Screenshots von dem Video, ebenso von der Aktion mit dem Bagger und der Seite, auf der der TOMA zum Verkauf angeboten wurde, und legte einen neuen Ordner für den Bericht an. Text und Screenshots würde er zusammen nach London schicken, sollten sich seine Kollegen doch um die Urheberrechte kümmern. Über Notizblock und Laptop gebeugt begann er zu schreiben. Mehrmals stellte ihm der Kellner ein Glas mit frischem, heißem Tee hin, wortlos, ohne ihn zu stören.

Fertig. Marc klappte den Deckel des Laptops zu. Nun müsste er den Abend abwarten und die aktuellen Ereignisse als Rahmenhandlung für den Artikel einbauen. Marcs Magen knurrte. Mit einem Blick auf die Uhr stellte er fest, dass es bereits später Nachmittag war. Wie die Zeit verfliegt, dachte er, wenn man an einem spannenden Artikel arbeitet! Mit einer Handbewegung bestellte er die Rechnung. Der Kellner kam sofort. Er schüttelte den Kopf, als Marc ihm einen Fünfziger hinhielt.

»Cans Freunde sind meine Freunde. Du bist eingeladen.«

Marcs Sympathie für Can und die ÇARŞI wuchs weiter. Er beschloss, auf eigene Faust ins Zentrum von Beşiktaş zu gehen, um dort etwas zu essen. Er überquerte die mehrspurige Uferstraße und tauchte ein in das Gewirr der Gassen. Die Fassaden der Häuser waren mit den Parolen der Protestbewegung gepflastert, in jedem zweiten Fenster hing eine Beşiktaş-Fahne oder ein ÇARŞI-Banner. Nur Polizisten sah er nicht, als wäre das hier Feindesland. Aber so ein bisschen war es das ja auch. Er aß in einem kleinen Restaurant direkt am Fischmarkt eine ziemlich leckere Dorade, die er eigentlich nicht mehr gebraucht hätte, so satt war er nach den diversen Vorspeisen, die er von einem Tablett ausgewählt hatte, das ihm der Kellner an den Tisch gebracht hatte. Während er aß, füllten sich die Gassen mit jungen Leuten in einer Art Uniform – fast alle trugen Schwarz und Weiß, Schnorchelbrillen, Atemmasken, bunte Bauarbeiterhelme. Marc zahlte. Zeit, zu dem Teehaus zurückzugehen, wo er mit Can verabredet war. Erst jetzt fiel ihm auf, dass an vielen Hauswänden Baumaterial gestapelt war. Stahlstreben, Kanthölzer, Pflastersteine. Und was man sonst noch brauchen konnte, um Barrikaden zu errichten.

Can trug einen kleinen Rucksack auf dem Rücken und in der Hand eine Plastiktüte, die er Marc zur Begrüßung entgegenstreckte.

»Hier, für dich.«

Can hatte Wort gehalten und ihm nicht nur eine Gasmaske, sondern gleich noch einen gelben Plastikhelm mitgebracht. Der Rückweg ins Zentrum von Beşiktaş dauerte eine gefühlte Ewigkeit. Ständig mussten sie anhalten, weil irgendjemand auf Can zukam. Ein angedeuteter Wangenkuss rechts, einer links, kurze Wortwechsel, bei denen Marc seinen Namen hörte und daraufhin per Handschlag begrüßt wurde. Dann wieder Wangenküsse und es ging ein paar Meter weiter, bis Can den nächsten Freund traf.

»Entschuldige bitte, aber hier kennt jeder jeden.«

Can schaute auf seine Armbanduhr.

»So. Und jetzt pass mal auf!«

Wie auf einen geheimen Befehl ertönte infernalischer Lärm. Tausendfache Schläge auf Metall. Gleichzeitig begann ganz Beşiktaş zu blinken wie ein Weihnachtsbaum mit Lichterketten und Wackelkontakt. In den Fenstern der Häuser gingen die Lichter an und aus, auf Balkonen und in Hauseingängen standen Menschen, die mit Löffeln auf Kochtöpfe schlugen. Auch viele Passanten in den Gassen hatten nun Töpfe in der Hand und trommelten auf ihnen herum. Marc hatte von dieser neuen Protestform im Internet gelesen und sie für recht unspektakulär gehalten. Nun musste er gegen das dringende Bedürfnis ankämpfen, sich die Ohren zuzuhalten.

»Seit letztem Freitag machen sie das. Jeden Abend um neun. Damit Erdoğan sie hört.«

Can brüllte ihm ins Ohr. Marc zückte die Kamera. Was für ein Bild! Vor einem windschiefen Haus stand ein altes Mütterchen. Mit einem hölzernen Kochlöffel in den von der Gicht krummen Fingern schlug sie auf einen rußgeschwärzten Topf ein, der aussah, als sei er mindestens so alt wie seine Besitzerin. Ihre Augen strahlten, der fast zahnlose Mund lachte. Marc drückte den Auslöser. Dann rief sie etwas, mit heller, aber erstaunlich kraftvoller Stimme. Die ganze Straße stimmte ein:

»Mustafa Kemal'in askerlerimiz!«

Wir sind die Soldaten Mustafa Kemals. Gemeint sei Atatürk. Can übersetzte, bevor Marc überhaupt gefragt hatte. Er grinste breit und deutete auf die alte Dame.

»Das ist eine von den Plünderern, die laut Erdoğan das Volk aufhetzen. Komm.«

Marc folgte Can Richtung Uferstraße. Einzelne Gruppen hatten begonnen, aus den bereit liegenden Materialien Barrikaden zu bauen. Gut organisiert, das Ganze. Can schien Marcs Gedanken erneut erraten zu haben.

»Wir fangen damit erst an, wenn die meisten Geschäfte bereits geschlossen haben. Wir wollen den Kundenverkehr ja nicht behindern.«

Die Menschenmenge an der Polizeiabsperrung war deutlich angewachsen. Schlachtrufe aus geübten ÇARŞI-Kehlen mischten sich mit dem Klang der geschlagenen Töpfe zu einer infernalischen Geräuschkulisse. Die Rohre der drei Wasserwerfer waren drohend auf die Demonstranten gerichtet, die sich langsam dem Polizeikordon näherten, als wollten sie die Reizschwelle der Polizei austesten. Aber sie attackierten die Absperrung nicht, blieben davor stehen, sangen und begannen zu tanzen.

»Siehst du? Das meinte ich: Wir sind nicht gewalttätig.«

Can hatte ihm wieder ins Ohr gebrüllt und Marc brüllte zurück.

»Entschuldige bitte, Can, aber das ist doch pure Provokation.«

»Natürlich. Aber nur für diejenigen, für die demokratische Rechte wie freie Meinungsäußerung nicht gelten und deren einziges Argument Gewalt ist. Was tun wir denn? Wir singen und tanzen. Das kann doch nur völlig Humorlosen und den Taliban nicht gefallen.«

Aus dem Augenwinkel sah Marc, wie die Polizisten ihre Gasmasken vor die Gesichter zogen.

»Es geht los.«

Can sagte es so ruhig, wie es bei dem Lärm ging, holte eine Gasmaske aus seinem Rucksack und setzte sie auf. Marc tat es ihm nach. Er hatte gerade die Gummibänder straff gezogen, als die Hölle losbrach. Alle drei Wasserwerfer spuckten den harten Strahl aus ihren Kanonen in Richtung der Demonstranten. Marc sah Mündungsfeuer aufblitzen, hörte den kurzen, trockenen Knall, mit dem die Gasgranaten den Lauf verließen. Sekundenbruchteile später schlugen die Granaten zwischen den Demonstranten auf. Die Menge stob auseinander; nur ein harter Kern, der richtige Gasmasken trug, blieb im Nebel stehen und tanzte weiter. Polizisten mit Schilden und Schlagstöcken rückten vor. Die Tänzer tanzten zurück.

»Olé olé. Biber gaz olé.«

Wer keine Gasmaske trug und noch Luft hatte, sang. Das war zwar beeindruckend, im Prinzip aber ein ziemlich gewalttätiges und durchaus auch kindisches Katz-und-Maus-Spiel. Sobald sich der Nebel lichtete, sammelten sich die Demonstranten und rückten wieder vor. Die Polizei wich vor den schieren Massen zurück, sammelte sich ebenfalls, antwortete mit neuen Gasbombardements und setzte auch Gummigeschosse ein. Marc sah Menschen getroffen zusammensacken, andere schleppten sie aus der Gefahrenzone. Dank der Gasmaske konnte Marc relativ nah ran ans Geschehen und einige gute Fotos schießen. Can wich dabei nicht von seiner Seite, schleuste ihn durch die Reihen der Protestler nach vorne und im richtigen Moment auch wieder zurück. Als Marc genug Bilder hatte, führte Can ihn zurück in die Gassen von Beşiktaş. Barrikaden versperrten die Zugänge, bis auf schmale Durchlässe an den Seiten. Vor einer Apotheke verteilte eine Frau in einem weißen Kittel medizinische Mundschutze und Flaschen mit Maaloxan-Lösung. Ein Verwundeter wurde von drei jungen Männern in einen Hauseingang getragen.

»Wir halten hier zusammen. Viele Anwohner haben ihre Wohnungen als Rückzugsort für die Demonstranten zur Verfügung gestellt. Komm, ich zeige es dir.«

Sie betraten eines der schmalen Häuser und stiegen in die erste Etage. Can klopfte an eine Wohnungstür. Sie öffnete sich und eine ältere Dame lugte durch den Spalt. Als sie Can erkannte, öffnete sie die Tür vollständig und trat zur Seite. Can beugte sich herunter, küsste ihre Hand und führte sie an seine Stirn. Er wechselte ein paar Sätze mit ihr, dann signalisierte er Marc, ihm zu folgen. Auf dem Sofa im Wohnzimmer, unter einem großen und ziemlich kitschigen Ölgemälde, auf dem der junge Kemal Atatürk in Uniform vor einer wehenden türkischen Flagge posierte, lag ein Mann in Beşiktaş-Trikot. Er stöhnte und blutete aus einer Wunde am Kopf. Zwei Frauen stillten die Blutung mit Kompressen. In den beiden Sesseln saßen zwei weitere Männer. Mit geröteten Augen schnappten sie nach Luft. Die ältere Dame kam mit einem Tablett herein, servierte ihnen Tee und Gebäck. Ein paar wenige Plünderer, wie der Premierminister die Demonstranten bezeichnet hatte? Zumindest Beşiktaş war voller Plünderer!

Mine

Im Fernsehen wurde tatsächlich Erdoğans Abreise nach Marokko live übertragen! Die Toten und Verletzten des Vortages waren lediglich eine Randnotiz in den Kurznachrichten. Was war nur los in diesem Land? Da starben Menschen, es gab gewalttätige Auseinandersetzungen zwischen Polizei und Demonstranten in nahezu jeder größeren Stadt, der Premierminister fuhr seelenruhig zu einem Staatsbesuch nach Nordafrika und in den Medien fiel nicht ein kritisches Wort! Eine tiefe Depression überfiel Mine. Sie fühlte sich entsetzlich allein. Vedat war schon wieder nicht nach Hause gekommen. Sie vermisste ihn und war gleichzeitig auch so wütend. Warum meldete er sich nicht einfach krank, wenn er schon den Dienst nicht ganz quittieren wollte? Was war das für ein beschissenes Pflichtbewusstsein, das ihn da mitmachen ließ? Warum verstand er nicht, dass er damit ihre Ehe aufs Spiel setzte? Oder verstand er es sehr wohl und riskierte es, weil er ein Sohn Kasımpaşas und ihm ihre Welt fremd geblieben war? Und wieder fühlte sie diese Zweifel in sich aufsteigen. Hatten ihre Eltern doch recht gehabt damit, dass er nicht aus seiner Haut könnte und am Ende Familienbande stärker sein würden als ihre Liebe?

Mine schüttelte sich, als würde sie derlei Gedanken damit loswerden. Sie wählte Vedats Nummer. Seit seiner SMS vom Vortag hatte sie nichts mehr von ihm gehört. Dabei blieb es. Er ging nicht ran. Was jetzt? Warten und zusehen, wie ihre Ehe den Bach runterging? Nein. Einen so leichten Sieg würde sie Erdoğan nicht schenken! Sie packte ihren Mundschutz, die Schnorchelbrillen und die Flasche Maaloxan-Lösung, die sie seit den Tränengas-Attacken im Gezi-Park wie einen Schatz hütete, in ihren Rucksack und verließ die Wohnung. Sie winkte ein Taxi heran.

»Nach Beşiktaş. Zum Markt.«

Wo Vedat genau eingesetzt war, wusste sie nicht. Aber sie würde ihn finden. Die Straßenkämpfe fanden hauptsächlich an zwei Stellen statt, das hatte sie auf einer der Internetseiten der Protestbewegung gesehen. Dort wurde quasi im Minutentakt der Frontverlauf auf einer Karte aktualisiert. Einmal zwischen Stadion und Dolmabahçe-Palast und dann auf der anderen Seite, beim Marktviertel. Irgendwo da würde sie ihn finden. Weil sich der Fahrer weigerte, sie bis zum Markt zu fahren – da sei die Hölle los und kein Hinkommen –, stieg sie fast zwei Kilometer vorher aus. Sie war nicht die Einzige, die zu Fuß unterwegs war. Heerscharen von Leuten, die meisten in ihrem Alter, pilgerten den sechsspurigen Barbaros Boulevard Richtung Bosporus hinunter und sangen die Parolen der Protestbewegung. Mine suchte nach Polizeiposten. Vergeblich. Die Sicherheitskräfte schienen sich auf die Verteidigung von Erdoğans Amtssitz unten am Bosporus zu konzentrieren. Zwanzig Minuten später war sie mittendrin. An der großen Kreuzung, wo der Barbaros Boulevard auf die Beşiktaş Straße traf, lieferten sich Tausende Demonstranten mit der Polizei eine Straßenschlacht, die heftiger war als alles, was Mine bisher rund um den Gezi-Park erlebt hatte. Gasgranaten detonierten in einer Art Trommelfeuer, durch dichten Nebel zuckte Feuerschein von brennenden Barrikaden. Mine kramte Schutzbrille und Atemmaske aus ihrem Rucksack. Hustend bahnte sie sich einen Weg über den Platz vor den Fähranlegern, auf dem normalerweise Minibusse und Sammeltaxen auf Passagiere warteten. Heute gab es hier nur Demonstranten, der Fährverkehr war eingestellt.

An den Anlegestellen entlang lief sie Richtung Süden, in der Hoffnung, die Front umgehen und im Rücken der Kämpfe nach Vedat suchen zu können. Die Menschenmenge wurde dichter. Kurz vor dem wuchtigen Bau des Shangri-La Hotels hatte die Polizei eine weitere Absperrung errichtet, dort stauten sich die Demonstranten. Die Kanonen zweier Wasserwerfer drohten in ihre Richtung. Es gab Buhrufe und Pfiffe, aber keine Anzeichen gewalttätiger Auseinandersetzungen. Mine zwängte sich durch die Menge. Eine gefühlte Ewigkeit später stand sie direkt an den Absperrgittern. Sie zog ihren Atemschutz runter, die Schnorchelbrille auf die Stirn und sprach einen der Polizisten an, der angespannt wirkte, aber einen freundlichen Eindruck machte, fragte nach Vedat, nannte den Namen seiner Einheit, sagte, dass sie seine Frau sei und seit Tagen nichts mehr von ihrem Mann gehört habe. Ob er wisse, wo Vedats Einheit Dienst täte? Der Beamte schaute sie irritiert an. Mine war klar, wie merkwürdig es ihm vorkommen musste, dass da eine Frau in der Montur der Demonstranten nach ihrem Ehemann, einem Polizisten, fragte. Nach einer kurzen Pause, in der er sie von oben bis unten gemustert hatte, schüttelte er den Kopf. Er könne nichts sagen, wisse es schlicht nicht. Er und seine Truppe seien aus Bursa hierhin abkommandiert worden. Aber er bat sie zu warten, drehte sich um und rief einen Namen über die Köpfe der hinter ihm stehenden Polizisten hinweg. Ein Offizier bahnte sich den Weg durch die Reihen und begrüßte Mine freundlich. Sie wiederholte ihr Anliegen, aber auch er schüttelte den Kopf. Auf seinen Befehl öffneten die Polizisten einen Durchlass in den Absperrgittern und der Offizier winkte Mine durch.

Die breite Dolmabahçe Straße sah aus wie ein Feldlager. Gepanzerte Polizeifahrzeuge, Tankwagen für die Wasserwerfer, Dutzende Mannschafts- und Linienbusse standen rechts und links der mit alten Bäumen gesäumten Straße. In deren Schatten hockten Polizisten mit erschöpften Gesichtern, schweißnasse Haare klebten an ihren Köpfen, Helme, Gasmasken und Schilde lagen neben ihnen auf dem Asphalt. Die meisten hatten die Augen geschlossen, schienen die Einsatzpause für ein Nickerchen zu nutzen. Vedat konnte sie nicht entdecken, aber das wäre wohl auch ein zu großer Zufall gewesen. Der Offizier deutete auf einen weißen Bus mit der Aufschrift »Mobile Einsatzzentrale«. Niemand hielt sie auf, als sie an der schwer gesicherten Einfahrt zur Residenz des Premierministers vorbeiging. Sie sprach einen Offizier an, der in der vorderen Tür des Busses lehnte. Sein zunächst etwas misstrauischer Blick wurde freundlich, als sie ihm erklärt hatte, worum es ging. Er verschwand im Bus. Sie hörte das Knacken eines Funkgerätes. Was gesprochen wurde, verstand sie nicht. Der Offizier kam zurück. Er war ausgesprochen höflich. Es täte ihm leid, nichts Genaueres sagen zu können, die Situation sei etwas unübersichtlich. Die von ihr genannte Einheit der Çevik Kuvvet Polis sei irgendwo in der Nähe des Beşiktaş-Stadions im Einsatz, allerdings außerhalb der Absperrungen rund um den Dolmabahçe-Palast. Mine bedankte und verabschiedete sich.

Auf ihrem Weg an der Mauer des Palastes entlang Richtung Süden erntete sie erstaunte und neugierige Blicke, doch wieder hielt sie niemand auf. Auch auf dieser Seite der Absperrungen tobte der Straßenkampf mit unverminderter Heftigkeit. Die Wasserwerfer feuerten aus allen Rohren, mit dem ihr mittlerweile vertrauten Ploppen und Zischen sausten Gasgranaten in die Masse der Demonstranten auf der anderen Seite. Aus deren Richtung prasselten Wurfgeschosse gegen die vergitterten Frontscheiben der Wasserwerfer und die Schilde der Polizisten. Mine begann zu husten, ihre Augen tränten. Sie blieb stehen. Wie sollte sie hier unbeschadet durchkommen? Zwei Polizisten, die mit ihren Körperpanzerungen und den Gasmasken unter den Helmen fast so aussahen wie Klonkrieger aus den Star-Wars-Filmen, kamen mit erhobenen Schlagstöcken auf sie zu. Sie hob die Arme, blieb ruhig stehen. Sie sei die Frau eines Polizisten und auf der Suche nach ihm, schrie sie ihnen entgegen, in der Hoffnung, dass die beiden Weltraumkrieger sie in diesem Lärm auch verstünden. Tatsächlich senkten die beiden ihre Schlagstöcke, einer von ihnen zog seine Gasmaske herunter. Zum Vorschein kam das verschwitze Gesicht eines Mannes, der kaum älter als sie sein konnte. Mine wiederholte ihr Anliegen, nannte den Namen ihres Mannes und den seiner Einheit, sagte, dass ein Offizier sie hierher geschickt habe, und zeigte dabei in die Richtung, aus der sie gekommen war. Die Polizisten schauten sich etwas ungläubig an, dann zuckten sie mit den Schultern. Sie nahmen Mine in die Mitte und führten sie an der Palastmauer entlang durch die Reihen der Polizisten nach vorne zur Absperrung, die Schilde schützend über ihre Köpf erhoben. Mine setzte ihre Schutzausrüstung auf und wartete auf den richtigen Moment. Einer der Polizisten gab ihr einen Stoß in den Rücken.

»Jetzt. Viel Glück!«

Der Strahl eines Wasserwerfers hatte eine Schneise in die schwarze Wand der Demonstranten gesprengt. Sie wichen zurück. Mine rannte los, wie ein Hase im Zickzack, um dem Wasser von hinten und den Steinen von vorne auszuweichen. Sie schaffte es. Weiter an der Mauer entlang lief sie, mit tränenden Augen und brennenden Lungen, an dem Uhrenturm, eines von Istanbuls Wahrzeichen, vorbei, und hielt erst an, als sie den großen Besucherparkplatz am Haupteingang des Palastes erreicht hatte. Sie stützte die Arme auf die Knie und atmete schwer. Ich muss mehr Sport machen! Und weniger Gas atmen! Die Menge hinter ihr hatte die Reihen bereits wieder geschlossen und drängte Richtung Absperrung. Als Mine einigermaßen Luft bekam, überquerte sie die große Uferstraße, auf der nicht ein einziges Auto fuhr. Die an normalen Tagen chronisch verstopfte Straße unterhalb des Stadions war zum Aufmarschgebiet der Protestbewegung geworden. Auch Polizisten waren hier nicht zu sehen. Wo war Vedat? Die Inönü Straße zum Taksim-Platz hoch war längst in der Hand der Demonstranten. Wenn der Offizier recht hatte und Vedats Einheit noch hier irgendwo war, dann auf der anderen Seite des Stadions, auf der Kadırgalar Straße vielleicht. Sie würde einmal um das ganze Stadiongelände herumlaufen müssen, wenn sie nicht Gefahr laufen wollte, wieder mitten in den Krawall zu geraten. Sie ging los. Ja, ich muss wirklich wieder mehr Sport machen, dachte sie, als sie völlig außer Atem am höchsten Punkt der Straße oberhalb des Stadions angekommen war.

Sie hatte nicht auf die zwei Männer geachtet, die ihr entgegenkamen. Plötzlich standen sie vor ihr, beide kräftig, in ziviler Kleidung, unrasierte Gesichter.

»Bleib stehen, Polizei.«

Mine erstarrte. Erst jetzt fielen ihr die Schlagstöcke in den Händen und die Funkgeräte an den Gürteln auf.

»Ich habe nichts getan. Ich suche meinen Mann, er ist selbst Polizist, ich habe ihn seit Tagen nicht gesehen.«

Mine sah den Schlag nicht kommen, er krachte mitten in ihr Gesicht. Sie strauchelte, konnte sich aber gerade noch auf den Beinen halten. In ihrem Mund breitete sich der metallische Geschmack von Blut aus.

»Dein Mann ist einer von uns und du bist eine Demonstranten-Hure?«

Benommen wischte sich Mine mit der Hand über den Mund und starrte auf die rote Flüssigkeit an ihren Fingern.

»Erzähl mir keinen Scheiß, Schlampe! Du bist keine Polizistenfrau, denn dann wärst du nicht hier. Guck dich doch an! Du bist eine Demonstranten-Hure, eine Terroristenbraut!«

Langsam hob Mine den Kopf. Es war der kleinere von den beiden, der sie angeiferte. In seinen Augen war blanker Hass. Er holte zu einem weiteren Schlag aus, aber der andere hielt ihn zurück.

»Hör auf. Wir nehmen sie mit. Das ist Strafe genug.«

Mitnehmen? Wohin? Strafe? Wofür? Bevor Mine irgendetwas erwidern konnte, drehte der Kleinere ihre Arme auf den Rücken und bog sie nach oben. Mine schrie vor Schmerz. Er lachte.

»Das hast du davon, du Fotze.«

Er schob sie vor sich her. Mine war außerstande, einen klaren Gedanken zu fassen. Was sollte das? Was hatte sie getan? Es kam ihr vor wie eine Ewigkeit, die sie in dieser halb gebückten Haltung vor den beiden Zivilpolizisten her stolperte, ihre Hände auf dem Rücken im schraubzwingenartigen Griff des Giftzwergs, der mit sadistischem Vergnügen ihre Arme immer wieder nach oben bog, bis sie vor Schmerzen zu weinen begann.

»Ja, heul ruhig, Drecksstück. Das passiert, wenn man es mit diesen Pennern treibt, die unseren Premierminister schlechtmachen.«

Sie kamen auf die Kadırgalar Straße. Auf dem Seitenstreifen zum Maçka-Park hin standen mehrere Mannschaftsbusse der Polizei. Der eiserne Griff lockerte sich etwas, Mine konnte sich aufrichten. Ihre beiden Bewacher führten sie durch die herumstehenden Polizisten, die meisten in Uniform, etliche aber auch in Zivil. Manche guckten hämisch, andere mitleidig. Mine hätte sich gerne Rotz und Blut aus dem Gesicht gewischt. Sie kamen an einen weißen Bus mit abgedunkelten und vergitterten Fenstern. Der Uniformierte, der an der Tür Wache stand, drückte auf einen Knopf und die Tür öffnete sich. Der Giftzwerg ließ ihre Arme los und stieß Mine die zwei Stufen hoch. Es war dunkel im Bus, brütend heiß, die Luft schmeckte verbraucht. Mine stolperte und fiel der Länge nach über einen Körper, der mitten im Gang lag. Sie hörte ein Stöhnen.

»Schnauze da drinnen. Wir sprechen uns später, Schlampe.«

Dann ging die Tür mit einem hydraulischen Zischen hinter ihr zu.

»Alles klar? Geht es dir gut? Bist du verletzt?«

Die Stimme aus dem Dunkel flüsterte. Es dauerte etwas, bis Mine antworten konnte.

»Ja. Nein. Doch, es geht, ist nicht so schlimm.«

Sie rappelte sich auf, blieb aber auf den Knien hocken und tastete nach ihrem Mund. Die Unterlippe war geschwollen, schien aber nicht weiter zu bluten. Langsam gewöhnten sich ihre Augen an die Dunkelheit. In den Sitzen lagen oder saßen ein gutes Dutzend Menschen. Ein Junge, achtzehn vielleicht, mit Wuschelkopf und großen Augen, schaute zu ihr herunter. Er hielt sich ein Taschentuch an die Stirn. Es war mit einer dunklen Flüssigkeit getränkt.

»Diese Schweine. Den Typen im Gang haben sie übel zugerichtet. Er ist, seit ich hier bin, noch nicht wieder zu Bewusstsein gekommen, und das ist mehr als zwei Stunden her.«

Mine drehte sich vorsichtig um. Der Mann lag auf dem Bauch, den Kopf zur Seite gedreht. Vorsichtig tastete sie das Gesicht ab. Es war über und über mit einer dunklen, klebrigen Flüssigkeit bedeckt. Der Mann stöhnte erneut, sein Körper bäumte sich kurz auf, dann war er wieder ruhig.

Nicht panisch werden, dachte Mine. Bleib ruhig, denk nach. Sie tastet nach dem Handy in ihrer Hosentasche. Es war noch da. Den Rucksack hatten ihr die beiden Polizisten abgenommen, sie aber nicht weiter durchsucht. Sie nestelte das Handy heraus und drückte auf den Startknopf. Sie erschrak, obwohl sie damit gerechnet hatte: Im Licht des Displays schimmerte das Blut auf dem Gesicht des Bewusstlosen bläulich. Sie öffnete den Kurznachrichtendienst und begann, eine Nachricht an ihren Vater zu tippen.

»Hilfe. Verhaftet. Im Polizeibus. Kadırgalar Straße. Verletzte.«

Sie kopierte die Nachricht und schickte sie auch noch an ihre Mutter und an Şebnem. Sekunden später klingelte ihr Handy. Verdammt, fuhr es ihr durch den Kopf, so clever war sie also doch nicht, hatte vergessen, das Handy auf Vibrationsalarm zu stellen. Hoffentlich hatte das draußen keiner gehört. Immerhin schaffte sie es, den Anruf noch vor dem zweiten Klingeln anzunehmen. Es war ihr Vater.

»Mine, Kind, wo bist du? Geht es dir gut?«

Ihr war, als dröhnte sein sorgenvoller Bass durch den ganzen Bus.

»Pssst, Papa, leise. Die hören uns sonst.«

Mine flüsterte.

»Ich bin verhaftet worden, als ich Vedat gesucht habe. Einfach so, ohne Grund, haben die mich geschlagen und festgenommen. Jetzt sitze ich mit anderen Leuten in einem Polizeibus auf der Kadırgalar Straße. Viele sitzen hier seit Stunden, mindestens einer ist schwer verletzt. Und die lassen den hier einfach liegen, ohne Hilfe.«

Sie hasste sich dafür, aber sie begann zu schluchzen.

»Papa, bitte, hol uns hier raus!«

Ihr Vater, der große Mann mit der tiefen Stimme, ihr Held, war plötzlich ganz ruhig.

»Keine Angst, Kleines, ich hole dich da raus. Bist du verletzt?«

Sie versuchte, sich zusammenzureißen, aber ihre Stimme blieb zittrig.

»Nicht so schlimm, nur eine Platzwunde, glaube ich.«

»Okay, Kleines, nicht weinen. Mach dir keine Sorgen, ich hole dich da raus. Benutze dein Handy nicht weiter und spare Strom, stell es auf stumm, schalte es aber nicht aus. Ich melde mich per SMS bei dir. Bis gleich, mein Liebes. Und keine Angst, ich bin gleich bei dir.«

Dann hatte er aufgelegt.

»Du hast ein Handy? Cool, meines haben sie mir abgenommen. Darf ich es auch benutzen?«

Es war der Wuschelkopf, der ihr ins Ohr flüsterte. Mine zögerte. Was, wenn er zu laut sprach und die Wachen es entdeckten? Was, wenn der Akku nicht lange genug hielt? Sie rang mit sich, doch die sich öffnende Bustür nahm ihr die Entscheidung ab. Hastig steckte sie das Handy zurück in ihre Hosentasche. Licht fiel in den Gang, zwei Polizisten schleppten einen Mann hinein, der sich mit Händen und Füßen wehrte. Seine wüsten

Beschimpfungen endeten abrupt, als einer der Polizisten ihm einen Faustschlag verpasste. Sie warfen ihn in eine der Sitzreihen neben der Tür und drehten sich um, als Mine all ihren Mut zusammennahm und aufstand.

»Bitte, Sie müssen dem Mann hier helfen, er ist schwer verletzt. Er braucht einen Arzt!«

Ihre Stimme war erstaunlich fest, obwohl ihr das Herz bis zum Hals schlug. Die Polizisten schauten erst sie, dann den blutüberströmten Mann auf dem Boden an. Einer machte einen Schritt auf sie zu, erhob drohend die Hand.

»Halt dich daraus, du Demonstranten-Hure. Er ist selbst schuld, wenn er krepiert, der Terrorist. Noch einen Ton und wir ficken euch alle!«

»Bitte ...«

Bevor sie weitersprechen konnte, hatten die beiden Polizisten den Bus schon wieder verlassen. Die Tür schloss sich mit einem Zischen.

»Verdammte Scheiße, was für Arschlöcher!«

Mine bebte vor Wut. Mit den Fäusten schlug sie gegen die Tür, schrie um Hilfe.

»Lass es, das macht es nur noch schlimmer.«

Der junge Mann, der gerade erst hereingebracht worden war, hatte sich offensichtlich schnell von dem Schlag erholt. Er packte sie von hinten an den Armen und zog sie von der Tür weg. Wütend befreite sie sich aus seinem Griff.

»Das sagst du? Hast du nicht vor ein paar Minuten noch wie ein Hafenarbeiter geflucht und um dich geschlagen?«

Er grinste und ließ die Arme sinken.

»1:0 für dich. Wie heißt du?«

»Mine. Und du?«

»Doğan. Nett, dich kennenzulernen.«

Er hielt ihr die Hand hin. Schelmisches Lächeln, ein Nasenpiercing, blaue Augen unter langen dunklen, zu einem Pferdeschwanz zusammengebundenen Haaren, ein T-Shirt der türkischen Punkrock-Band Duman – Doğan war ihr sofort sympathisch.

»Ich hätte dich lieber bei einem Duman-Konzert getroffen.«

»2:0. Wie lange bist du schon hier drin? Und warum überhaupt?«

»Keine Ahnung. Seit einer halben Stunde etwa. Aber er da ist schon mehr als zwei Stunden hier drin.«

Sie zeigte auf den Wuschelkopf. Doğan nickte.

»Und was ist mit ihm hier?«

Doğan beugte sich über den Mann mit den Gesichtsverletzungen, der noch immer reglos im Gang lag. Vorsichtig tastete er den Kopf ab. Der Mann stöhnte.

»Hilf mir. Geh auf die andere Seite und dreh ihn an der Schulter und der Hüfte zu dir, bis er auf der Seite liegt.«

Mine tat, was Doğan gesagt hatte. Sie hätte vor Schreck fast losgelassen, so laut war das Stöhnen. Doğan zog das untere, linke Bein in der Kniekehle so zu sich, dass es einen Winkel bildete. Dann nahm er den rechten Arm des Mannes, winkelte ihn an und bettete den Kopf vorsichtig auf den Handrücken.

»So, nun dreh ihn zurück, aber langsam.«

Jetzt verstand Mine. Doğan hatte den Verletzten in die stabile Seitenlage gebracht. Diese Notfalllagerung für Bewusstlose hatte sie vor einigen Jahren einmal in einem Erste-Hilfe-Kurs gelernt, aber völlig vergessen. Sie schaute ihn an.

»Und, Herr Doktor? Wie schlimm ist es?«

»Kann ich nicht genau sagen. Er hat eine Platzwunde auf dem Kopf, die ziemlich übel blutet. Außerdem scheint das Jochbein gebrochen zu sein. Ich glaube, er hat eine sehr schwere Gehirnerschütterung, aber keine Schädelfraktur. Trotzdem gehört der Mann natürlich in ein Krankenhaus und gründlich untersucht. Ich bin nämlich kein Herr Doktor, sondern lediglich Medizinstudent im sechsten Semester.«

Kathrin

Den 4. Juni 2013 würde sie in ihrem Notizbuch rot markieren müssen. Es war das erste Mal in all den Jahren, dass sie sich krankmeldete, eine Vorlesung ausfallen ließ. Bis tief in die Nacht war sie am Vortag im Gezi-Park geblieben, hatte improvisierten Konzerten gelauscht und politischen Diskussionen, war ziellos durch die bunte Zeltstadt spaziert, vorbei an den mobilen Verkaufsständen fliegender Händler und den mit

Informationsbroschüren und Flyern bedeckten Tischen verschiedenster Organisationen und Institutionen, war hier und da stehen geblieben, um nachzulesen, wer hier gegen was protestierte, hatte, von der Vielfalt der Meinungen, der Kreativität, mit der sie geäußert wurden, und der Friedfertigkeit, in der sie nebeneinander standen, überrascht, die Zeit aus den Augen verloren. Es war schon nach zwei, als sie sich vor dem Divan Hotel ein Taxi nach Hause nahm. Und weil sie das Ganze einfach nicht losließ, hatte sie noch im Internet gesurft. Diese merkwürdige, ihr nicht erklärliche Euphorie, von der sie sich im Park hatte anstecken lassen, wich allerdings abrupt einem diffusen Bedrohungsgefühl, als sie von mittlerweile mehr als dreitausend Verletzten und einem weiteren Todesopfer las, das es bei Demonstrationen im Südosten der Türkei, in Antakya, gegeben haben sollte. Kathrin war aufgewühlt und brauchte noch lange, um einzuschlafen.

Sie war völlig gerädert, als sie am Morgen aufwachte, griff ohne nachzudenken zum Telefon und meldete sich im Sekretariat der Uni ab. Sie war wie gelähmt. In diesem Land tat sich ein tiefer Graben auf und sie hatte das Gefühl, an dessen Rand zu stehen. Nein, das war falsch. Sie schüttelte den Kopf, als säße ihr jemand gegenüber und hörte ihren düsteren Gedanken zu. Sie war nicht blind gegenüber den Problemen in der türkischen Gesellschaft. Diesen Graben hatte es schon immer gegeben – seit der Gründung der Türkischen Republik zumindest –, Säkulare auf der einen, Religiöse auf der anderen Seite. Aber er war noch nie so tief gewesen. Oder hatte sie es nur nicht so empfunden, weil die Religiösen, seit sie die Türkei ihre zweite Heimat nannte, zwar stetig auf dem Vormarsch waren, aber noch nie so dominant wie jetzt? Hatte sie die schleichende Islamisierung, die viele ihrer Freunde beklagten, nicht sehen wollen? Oder gar als logische Konsequenz der jahrzehntelangen Unterdrückung der Religion im laizistischen Staat Atatürk'scher Prägung akzeptiert und als gerecht empfunden? War sie allen Diskussionen zu diesem Thema ausgewichen, weil sie der Meinung war, dass die AKP-Regierung für dieses Land wirklich etwas leistete, oder nur, weil diese Meinung in ihrem Freundeskreis nicht mehrheitsfähig war? Was leistete diese Regierung wirklich, oder waren es nur Scheinleistungen, die Erdoğan zum Hoffnungsträger der westlichen Welt und die Türkei in deren Augen zum Paradebeispiel für einen aufgeklärten, modernen islamischen Staat machte? Fiel sie – arglistig getäuscht – auf eine politische und wirtschaftliche Fata Morgana herein? Oder hatte sie es sich stillschweigend bequem gemacht in der Boomtown Istanbul, die ihr einen Dozentenjob mit reichlich Renommee und als Architektin genug Aufträge für ein sorgenfreies Leben mit einem angenehmen Maß an Luxus ermöglichte? Müsste sie nicht endlich Stellung beziehen? Und wenn ja, wofür?

Es gab so viele »für« und »wider«. Wenn die Regierung Straßen im äußersten Osten des Landes ausbaute, kurbelte sie nicht nur die einheimische Bauwirtschaft an, sondern ermöglichte den Bewohnern kleiner Bauerndörfern, am wachsenden Wohlstand im Land teilzuhaben, indem sie ihre Produkte zu wettbewerbsfähigen Preisen auf die Märkte in den Städten bringen konnten. Kinder aus entlegenen Weilern bekamen Zukunftsperspektiven, weil weiterführende Schulen nun erreichbar waren – ob für die Eltern auch bezahlbar, stand auf einem anderen Blatt. Damit aber planierte die AKP – eine religiöse Partei, welch Ironie! – auch dem Raubtierkapitalismus den Weg. Weil zum Beispiel AKP-nahe Unternehmen von Straßenbauprojekten frühzeitig erfuhren und riesige Ländereien aufkauften oder dank günstiger Kredite moderne Produktionsstätten aufbauten, deren Effizienz lokale Firmen nichts entgegenzusetzen hatten. Ganz davon abgesehen, dass die in den letzten Jahren entstandenen Asphaltbahnen im Süden und Osten massive Eingriffe in Natur und Umwelt darstellten und ohne lange Prüfungsverfahren zumeist an Konsortien gingen, die mit der Regierung eng verbandelt waren. Ein anderes Beispiel waren die Staudammprojekte am Euphrat. Natürlich versorgten sie die lokale Landwirtschaft zuverlässig mit Wasser und Ökostrom aus den Wasserkraftwerken. Dafür versanken massenhaft kulturhistorisch bedeutsame Stätten in Stauseen, während die Nebenflüsse des mächtigen Stromes kaum noch Wasser führten und die anliegenden Bauern plötzlich buchstäblich auf dem Trockenen saßen. Oder was war mit der Aufhebung des Kopftuchverbotes an Universitäten und anderen öffentlichen

Einrichtungen? Das war einerseits eine längst überfällige Anpassung an ein zentrales Menschenrecht, das der Religionsfreiheit. Die Türkei war nun mal ein Land, in dem die überwiegende Mehrheit der Menschen Muslime waren. Aber es erhöhte auch den Druck auf Frauen, das Kopftuch zu tragen, ob es ihre eigene religiöse Überzeugung war oder nicht.

Für jedes »für« ein »wider« – Kathrin fühlte sich wie ein kleine Kind, das hin- und hergerissen ist, als der Clown hinfällt, weil es nicht weiß, ob es lachen soll ob seiner komischen Ungeschicklichkeit oder weinen, weil er ihm leidtut. Wenn sie sich nicht zerreißen lassen wollte, musste sie eine Position einnehmen. Es war leichter, etwas im Rücken zu haben und sich nur in eine Richtung und nicht nach allen Seiten verteidigen zu müssen. Aber wo war ihre Position? Konnte sie sich einfach auf die Seite der Regierungsgegner schlagen, deren Ziele ihr deutlich näher waren als die der Regierung? Deren Schwarz-Weiß-Malerei sie aber abschreckte? Nein, einfach war das nicht. Aber alternativlos, wenn es nur zwei Seiten gab, und darauf schien es hinauszulaufen. Nun, es gab noch eine dritte Möglichkeit: sich einfach aus allem herauszuhalten, abzuwarten, welche Seite die Oberhand behält, und dann mit dem Strom zu schwimmen. Aber das war keine wirkliche Option für jemanden, der seine Studenten immer zum kritischen Diskurs aufgefordert, in Vorlesungen und Seminaren dazu angehalten hatte, Stellung zu beziehen – in der Diskussion über Städteplanung im Spannungsfeld zwischen Anforderungen der Moderne und Erhalt der Historie etwa. Ihr waren leidenschaftlich vorgetragene Argumente für eine Position, die nicht die ihre war, immer lieber gewesen als arschkriecherisches Nachplappern fremden Gedankenguts. Selbst wenn es ihres war.

Nun war sie gefordert. In einer Situation, in der es nur ein »für« oder »wider« zu geben schien. Sie würde sich entscheiden müssen. Aber zu welchem Preis? Es könnte ein Alles-oder-Nichts-Spiel sein. Sich gegen die amtierende Regierung zu stellen, war extrem riskant. Die AKP hatte mächtige Gegner in die Knie gezwungen, Medienkonzerne, die Justiz, das Militär. Aber es war durchaus möglich und auch gar nicht so unwahrscheinlich, dass die AKP oder zumindest Erdoğan den Machtkampf, der sich da anbahnte, verlor. Außerdem war die Achtung vor sich selbst und seine Freunde zu verlieren eine viel größere Gefahr.

Kathrin lag noch immer im Bett. Nun setzte sie sich auf. Und jetzt? Hatte sie gerade eine Entscheidung getroffen? Sie horchte in sich hinein, als wolle sie noch einmal eine Bestätigung hören. Aber es gluckerte und blubberte nur in der Magengegend. Sie hatte Hunger, das Frühstück war längst überfällig. Kathrin stand auf, wickelte sich in den Morgenmantel und ging hinunter in die Küche, um sich einen Milchkaffee zu machen. Sie schaltete die Espressomaschine ein und öffnete das Fenster. Unten im Garten saßen die vier Katzen und schauten zu ihr hoch. Sie miauten und erinnerten Kathrin daran, dass sie gestern Abend vergessen hatte, sie zu füttern und jetzt auch schon wieder spät dran war. Sie ging runter. Die beiden zwei Monate alten Kater strichen um ihre Beine und sprangen sofort auf ihren Schoß, als Kathrin sich auf die zwei Holzstufen an der Tür zum Garten setzte. Die Schmuseeinheiten mit den Katzen taten ihr gut. Auch wenn sie wusste, dass es eigentlich Straßenkatzen waren, und sie nur kamen, weil sie ihnen nicht nur Trockenfutter hinstellte wie die Nachbarn, sondern auch mal Dosenfutter oder Fleischreste, war es ein schönes Gefühl, wenn sie Abends in ihr großes, leeres Haus kam und die Katzen schon an der Tür zum Garten warteten. Selbst die Mutter der Kater und deren scheues Schwesterchen ließen sich mittlerweile streicheln, auf ihren Schoß sprangen aber bislang nur die beiden Jungs; sie schnurrten wie wild, ließen sich kraulen und schliefen meist nach ein paar Minuten ein. An diesem Morgen hätte Kathrin stundenlang so dasitzen können, aber Kedi, die Katzenmutter, forderte mit lautem Miauen ihr Frühstück. Kathrin setzte die Kater vorsichtig auf die Holzplanken und ging zurück ins Haus, um das Futter zu holen. Sie füllte es in den Napf, schaute den Katzen noch ein wenig beim Fressen zu, dann ging sie hoch, um sich selbst Frühstück zu machen. Mit einem großen Becher Milchkaffee und einer Schale Müsli setzte sie sich auf den kleinen Balkon, der vom Wohnzimmer zur Straße hinausging, und starrte auf das Treiben im Dorf. Hatte sie sich jetzt entschieden? Jein. Der autoritäre Kurs der Regierung und ihre brutale Reaktion auf die Proteste ließen keine andere Entscheidung zu, als sich auf die Seite der Demonstranten zu schlagen. So viel war ihr eigentlich schon vor zwei oder drei Tagen klar gewesen. Deswegen war sie ja mit Zübeida und den Studenten in den Gezi-Park gegangen. Was sie aber noch immer nicht wusste, war, wie sehr sie sich selbst engagieren würde. Hätte nicht einfach alles so weiterlaufen können, wie die Jahre zuvor? Sie merkte, dass sie plötzlich Angst vor den Veränderungen hatte, die auf das Land und damit auch auf sie zuzukommen schienen.

Marc

Er saß in einem kleinen Café am Galataturm vor seinem Laptop. Die Story über die ÇARŞI war fast fertig. Fotos, um sie zu bebildern, hatte er auch schon ausgesucht. Das alte Mütterchen mit dem Topf war sein Lieblingsmotiv. Es hatte etwas Ikonisches, genau wie die Frau in Rot oder der Mann, der im Gasnebel tanzte. Und es zeigte vor allem sehr deutlich, dass es bei dem Aufstand gegen die AKP-Regierung nicht um Lust auf Krawall und um ein paar Plünderer ging. Auch wenn Erdoğan selbst das noch nicht wahrhaben wollte. Der Premier hatte sich aus Marokko zu Wort gemeldet und verkündet, dass sich die Lage beruhigt habe. Wenn er Ende der Woche zurückkäme, sei das Problem erledigt. Falls er sich da mal nicht täuscht, dachte Marc.

Sein Telefon klingelte, im Display stand »Mine«, er nahm den Anruf an.

»Wir müssen uns treffen, ich muss dir etwas erzählen.«

Marc lächelte. Sie kannten sich kaum, hatten sich seit drei Tage nicht gesehen und Mine plapperte los, als wären sie die besten Freunde und hätten eben noch miteinander gesprochen.

»Hallo Mine, schön, von dir zu hören. Wie geht es dir?«

»Gut, ich meine okay, es geht wieder. Wo bist du? Wann und wo treffen wir uns?«

Dass Mine impulsiv war, hatte er schon mitbekommen, jetzt aber wirkte sie richtig aufgewühlt. Marc sagte ihr, wo er gerade war.

»Ich bin in einer halben Stunde da. Warte auf mich!«

Sie legte auf, ohne seine Antwort abzuwarten. Marc lehnte sich zurück. Diese junge Frau amüsierte ihn. Sie war es offensichtlich gewohnt, ihren Willen zu bekommen. Sie musste ein anstrengendes Kind gewesen sein. Und wenn sie einen Freund hatte, mochte Marc nicht in dessen Haut stecken. Oder doch? Ihre direkte Art hatte nämlich auch etwas sehr Anziehendes – ganz davon abgesehen, dass sie extrem gut aussah.

Er beendete den Artikel, wählte sich ins WLAN des Cafés ein und lud ihn zusammen mit den Fotos auf den Server der Redaktion hoch. Den Text schickte er per E-Mail an Paul und Steve. Dann bestellte er sich noch einen Cappuccino und ließ seinen Blick durch die Gasse schweifen. Die Hauswände waren über und über mit Graffiti bedeckt. Pinguine oder Friedenstauben mit

Gasmasken, Menschen, die sich an den Wurzeln eines Baumes festhielten, dessen Krone im Greifarm eines Baggers verschwand, dazu viele der Sprüche, die er schon kannte: »Tayyip, tritt zurück!« Oder »Polizei = Mörder«.

Mine kam nach einer Dreiviertelstunde. Er stand auf und sie begrüßte ihn mit angedeuteten Küsschen auf die Wangen. Marc erschrak. Ihre Oberlippe war geschwollen und an einer Stelle aufgeplatzt, die Wunde aber bereits verkrustet. Unter ihrem linken Auge schimmerte die Haut bläulich – ein Bluterguss. Bevor er nach der Ursache für die Verletzungen fragen konnte, winkte sie einen Kellner heran und bestellte einen Tee. Dann begann sie, von sich aus zu erzählen. Wie ein Wasserfall, mit Händen und Füßen, funkelnden Augen und sich rötenden Wangen. Dass sie am Vortag auf der Suche nach ihrem Mann, der als Polizist einer Sondereinheit gegen die Demonstranten im Einsatz war und von dem sie seit Tagen nichts gehört hatte, von Polizisten in Zivil grundlos verhaftet, geschlagen und unflätig beschimpft und mit anderen Demonstranten in einen Bus gesperrt worden sei. Mine war also verheiratet, und zwar mit einem Polizisten – was für eine Geschichte! Marc war elektrisiert und stellte gleichzeitig irritiert fest, dass ihm diese Tatsache eine gewisse Enttäuschung bereitete. Sein Blick suchte ihre linke Hand. Tatsächlich. Ein schlichter schmaler Goldring steckte auf ihrem Ringfinger. Hatte sie ihn bei ihren vorherigen Begegnungen nicht getragen oder war er ihm nur nicht aufgefallen?

Schuster, bleib bei deinen Leisten! Marc schaute wieder auf und sah, dass Mine ihn musterte. Ein leises Lächeln umspielte ihre Lippen, ein wenig spöttisch und herzlich zugleich, so kam es ihm zumindest vor. Marc räusperte sich. Mine überging diesen kurzen Moment der Peinlichkeit kommentarlos und erzählte weiter.

Weil die Polizisten ihr nur den Rucksack abgenommen, aber vergessen hatten, auch ihre Kleidung zu durchsuchen, hatte sie mit ihrem Handy ihren Vater informieren können. Einige der in dem Polizeibus eingesperrten Demonstranten hatten ernsthafte Verletzungen und waren teilweise stundenlang ohne medizinische Versorgung, ohne Wasser und Nahrung festhalten worden. Es war brütend heiß und stickig gewesen. Frischluft hatte es nur gegeben, wenn sich die Tür für kurze Augenblicke öffnete und die nächsten Verhafteten in den Bus gestoßen wurden. Ein Medizinstudent hatte sich um die Verletzten gekümmert und war von Polizisten zusammengeschlagen worden, die einen Demonstranten in den Bus schleiften und dabei sahen, wie er sich um einen Mann mit schweren Kopfverletzungen kümmerte.

»Das war alles so unfassbar! Polizisten, die dazu da sind, die Bürger zu schützen, schlagen sie stattdessen halbtot. Was ist das für eine faschistische Scheiße?«

Mines Stimme zitterte vor Wut, als sie das alles erzählte. Sie selbst war glimpflich davongekommen. Anderthalb Stunden, nachdem die beiden Zivilpolizisten sie in den Bus verfrachtet hatten, hatte sich die Tür geöffnet und von jemandem war ihr Name gerufen worden.

Draußen hatten ihr Vater und einer seiner Freunde gestanden.

»Das hättest du sehen sollen! Als mein Vater meine Verletzungen sah, hat er einen Polizeioffizier am Kragen gepackt und ich dachte erst, er haut ihm eine. Aber sein Freund, der Richter, hat ihn gerade noch zurückhalten können. Mein Vater hat aber so herumgebrüllt, dass die Bullen wie geprügelte Hunde davongeschlichen sind. ›Ich werde dafür sorgen, dass ihr alle in den Knast geht, und wenn ihr wieder rauskommt und jemals wieder als Polizisten arbeiten dürft, wird eure nächste Dienststelle Diyarbakır sein!‹ Verstehst du? Diyarbakır, tiefstes Ostanatolien.«

Marc nickte.

»Und dann? Was ist dann passiert?«

»Ich habe meinem Vater gesagt, dass er auch die anderen rausholen müsse, sonst würde ich nicht mitgehen. Der Richter hat mit einem Offizier gesprochen, der hat aber abgelehnt. Mein Vater hat dann gesagt, dass er Arzt sei und sich die Verletzten anschauen wolle. Er durfte rein in den Bus und hat dafür gesorgt, dass ein Krankenwagen den Mann mit den Kopfverletzungen und Doğan, den Medizinstudenten, ins Krankenhaus gebracht hat. Auch der Richter ist rein, hat sich die Namen der Verhafteten aufgeschrieben und ihnen versprochen, sich darum zu kümmern, dass sie einen Rechtsbeistand bekommen.«

Plötzlich brach Mine in Tränen aus.

»Das ist ein solches Scheißland! Weil ich die Tochter eines Großkopferten bin, durfte ich gehen und die anderen nicht. Hier regiert allein das Recht des Stärkeren, genauer gesagt die Macht des Geldes. Hast du nichts, bist du nichts. Das ist doch zum Kotzen! Und weißt du, was das Schlimmste war?«

Marc schüttelte den Kopf. Mines Stimme wurde sehr leise.

»Ich hatte so viel Angst vor diesen Verbrechern in Uniform, dass ich mit meinem Vater mitgegangen bin und die anderen zurückgelassen habe.«

Ihr ganzer Körper bebte. Marc lehnte sich über den Tisch zu ihr und legte die Arme um sie. Mine drückte ihren Kopf in die Kuhle zwischen seinem Hals und der Schulter und er spürte Hitze und Feuchtigkeit auf seiner Haut. Auch ihm wurde mit einem Mal sehr warm. Nach nicht einmal einer Minute löste sich Mine mit einem Ruck aus seiner Umarmung und setzte sich kerzengerade auf. Ihre Augen blitzten, während noch immer Tränen über ihre Wangen kullerten.

»Verstehst du, was hier gerade passiert? Die AKP sät Hass und spaltet das Land. Dabei werden sämtliche Menschenrechte mit Füßen getreten. Die Türkei wird nicht mehr demokratisch regiert, sondern diktatorisch! Und es ist dein Job, genau das der Welt zu sagen!«

Da war sie wieder, die Tochter aus gutem Haus, die es gewohnt war, anderen zu sagen, wo es langging. So sehr ihm diese junge Frau privat gefiel, so wenig war er gewillt, sich beruflich vor ihren Karren spannen zu lassen. Allerdings kulminierten in dieser zierlichen, hübschen, geradlinigen und kämpferischen Person offensichtlich auch die Spannungen innerhalb der türkischen Gesellschaft.

»Mal langsam. Du bist verheiratet und dein Mann ist Polizist, ja? Wie kommt es, dass jemand wie du mit einem Polizisten verheiratet ist? Woher stammt dein Mann und wie habt ihr euch kennengelernt? Wie war das in den letzten Tagen mit euch? Erzähl mir ein bisschen was.«

Und Mine erzählte. Von den zwei Gesichtern Istanbuls, dem wohlhabenden, kreativen und modernen Istanbul, wie man es in Bebek, Beyoğlu oder Nişantaşı antraf, und ärmlichen, unterentwickelten, ja rückständigen Stadtteilen wie Fatih, Eyüp oder Kasımpaşa, wo ihr Mann und auch der Premierminister herkam. Ein Stadtteil, der so nah an den Bars und Clubs des Galataviertels war – und doch Jahrhunderte weit weg. Von zwei Gesellschaften, die in einem Land mehr nebeneinander her als miteinander lebten. Von der heuchlerischen Liberalität und Arroganz des türkischen Bildungsbürgertums, wie sie es zu Hause erlebt hatte, das von den Werten der Aufklärung und den unveräußerlichen Menschenrechten redete und sich im nächsten Moment über die Gebetsketten und Kopftücher der Religiösen lustig machte. Von ihrem Mann Vedat, den sie zufällig kennen und dann lieben gelernt hatte, weil er ihr so respektvoll begegnet, so offen und rechtschaffen war. Der ihr geradezu als ein Paradebeispiel dafür erschien, dass Bildung der Schlüs-

sel war, um ungleiche soziale Voraussetzungen wettzu-
machen. Dass sein Vater, ein einfacher Polizist, ihm ein
paar Semester Jurastudium ermöglicht hatte, bevor
Vedat sich dann doch entschied, in dessen Fußstapfen
zu treten. Und dass sie ihn vielleicht auch ein bisschen
aus Trotz geheiratet hatte, um ihren Eltern zu demonstrieren, wie unwichtig ihr Herkunft und gesellschaftlicher Rang waren, aber nun feststellen musste, dass es
doch etwas gab, was auf für sie unerklärliche Weise
zwischen ihnen stand und sie nun zweifeln ließ an
allem, woran sie geglaubt hatte.

Mit großen, traurigen Augen schaute sie Marc ununterbrochen an, während sie sprach und auch ihre Begegnung mit Vedat an den Barrikaden nicht ausließ. Dass
sie ihm, dem Fremden, dem Ausländer, dem Journalisten gegenüber so offen über ehelichen Probleme sprach,
offenbarte die große emotionale Not, in die sie die
Ereignisse der letzten Tage gestürzt hatten. Marc hörte
ihr stumm zu und war erneut fasziniert von dieser
jungen Türkin. Nicht nur, weil sie außerordentlich
hübsch und ebenso klug war – von einer irgendwie von
innen kommenden Schönheit und einer natürlichen,
instinktiven Klugheit. Mine hatte etwas Besonderes, und
das rührte ihn. Einerseits besaß sie eine fast kindlich-
naive Sicht auf die Dinge, andererseits schien sie über
eine unglaublich hohe soziale Kompetenz zu verfügen
und für ihr Alter erstaunlich gefestigt in ihren Ansichten
zu sein.

»Ich möchte Vedat kennenlernen, mit ihm sprechen, sehen, woher er kommt, zu seiner Familie gehen und auch mit seinen Eltern und Geschwistern sprechen. Vielleicht verstehe ich dann besser, was du meinst.«

Um Mines Lippen bildete sich ein bitterer Zug.

»Ich würde ihn ja gerne fragen, aber dafür müsste ich ihn selbst erst einmal wiederfinden.«

08. Juni

Mine

Er war zurück. Am Vortag war Erdoğan nach dem Ende seiner Auslandsreise nach Nordafrika wieder in Istanbul gelandet. Tausende Anhänger hatten ihn bei seiner Ankunft bejubelt. Die Istanbuler Verkehrsbetriebe hatten eigens die Dienstzeiten der Bus- und Metrolinien bis in die Nacht verlängert, um seine Parteigänger zum Flughafen zu karren. Und natürlich hatten die großen Fernsehstationen seine Ansprache live übertragen, in der Erdoğan gleich wieder lospolterte. Aller internationalen Kritik am brutalen Vorgehen der Sicherheitskräfte zum Trotz lobte er die Arbeit der Polizei, bezeichnete sie wortwörtlich als »Bollwerk gegen Terroristen, Anarchisten und Vandalen«. Man könne doch nicht die Augen verschließen vor den Taten von Leuten, die in den Städten randalierten, öffentliches Eigentum beschädigten und Menschen wehtäten. Diese Leute und ihre Proteste hätten keinerlei demokratische Legitimität, ganz im Gegensatz zu ihm, der von der Hälfte der Bevölkerung gewählt worden sei. Mine hätte kotzen können, als sie das hörte. Wie konnte der Premierminister nur so reden, wenn sich die Demonstrationen mittlerweile auf mehr als siebzig Städte ausgeweitet hatten, Medien von fast fünftausend Verletzten berichteten und von fünf Toten? Der fünfte war ein Polizist, der am 06. Juni bei einem Einsatz gegen Demonstranten in Adana von einer Brücke gestürzt und dabei ums Leben gekommen war.

Aber es gab auch eine gute Nachricht. Nicht nur Erdoğan, auch Vedat war wieder da. Am Morgen des 05. Juni, einen Tag, nachdem sie sich mit Marc getroffen hatte, um von ihrer Verhaftung zu berichten, war Mine aufgewacht, als sich ein Schlüssel im Schloss der Wohnungstür drehte, und in den Flur gestürzt. Da stand Vedat, den Schlüsselbund in der einen, die Uniformjacke in der anderen Hand. Er sah grauenhaft aus: seine dichten, dicken, dunklen Haare strähnig am Schädel klebend, das Gesicht noch schmaler als sonst, die Augen blutunterlaufen und von dicken schwarzen Ringen umgeben. Auf seinem blauen Hemd zeichneten sich die weißen Salzränder von Schweißflecken ab, die Uniformhose war an zwei Stellen eingerissen und mit dunklen Flecken besudelt, die schweren schwarzen Stiefel staubbedeckt. Er ließ Schlüssel und Jacke fallen, als Mine auf ihn zu stürmte, und breitete kraftlos die Arme aus. Mine fiel ihm um den Hals. Minutenlang standen sie einfach da und hielten sich umarmt. Irgendwann nahm Vedat ihren Kopf zärtlich in seine Hände, küsste sie auf Stirn, Nase und dann auf den Mund.

»Ich bin müde.«

Seine Stimme war ein Flüstern, mehr sagte er nicht. Mine nahm ihn an die Hand und zog ihn hinter sich her in die Küche.

»Setz dich, ich mache dir einen Tee.«

Wie ein nasser Sack fiel Vedat in den Stuhl und schwieg, während sie den Tee kochte. Sie goss ihm ein Glas ein und stellte es vor ihn auf den Tisch. Er rührte sich nicht, starrte sie an.

»Was ist mit deinem Gesicht passiert?«

Reflexhaft strich sie mit den Fingern über ihre Oberlippe. Mine hätte ihre Verletzungen schon längst wieder vergessen, wäre da nicht diese dicke Kruste an der Lippe und die nun dunkelblaue Verfärbung unter ihrem linken Auge, die ihr beim Blick in den Spiegel einen leichten Schrecken einjagten.

»Nichts.«

Mine schob das Teeglas weiter zu ihm hinüber.

»Trink! Und erzähl!«

Doch Vedat schwieg, beugte sich stattdessen nach vorne, stützte die Ellenbogen auf die Tischkante und verbarg sein Gesicht in den Händen. Er machte einen nicht enden wollenden Atemzug, der seinen Brustkorb aufblähte und die Schultern hob. Für einen Augenblick war es totenstill. Dann begannen seine Schultern zu zucken und zwischen seinen Fingern hindurch kroch ein Schluchzen, das klang, als ob Windböen durch einen schmalen Türspalt bliesen. Mine war im ersten Moment wie erstarrt, dann begriff sie, dass Vedat etwas tat, das er in ihrem Beisein noch nie getan hatte: Vedat weinte.

Mine ging zu ihm, nahm seine Hände in die ihren. Sie setzte sich auf seinen Schoß, legte seine Arme um ihren Nacken und drückte seinen Kopf an ihre Brust. Nach ein paar Minuten ging sein Schluchzen in ein leises Wimmern über, dann fuhr ein Ruck durch seinen Körper. Er zog geräuschvoll mehrmals die Nase hoch, lehnte sich zurück und zog den Kopf aus ihren Händen. Sie schaute ihm direkt in die Augen. Er erwiderte ihren Blick. Zärtlich stoppte sie mit dem Rücken des Zeigefingers eine Träne, die über seine Wange lief. Sie sahen sich an und schwiegen. Sie nahm sich vor, ihn nicht zu drängen. Brauchte sie auch nicht, er begann von ganz allein. Und es klang wie ein Schrei.

»Cem ist tot!«

Dann flossen Worte wie vorher die Tränen und ließen Mine das Blut in den Adern gefrieren. Cem, ein Kollege und Freund Vedats, hatte in einer kurzen Erholungspause am Mannschaftsbus plötzlich seine Waffe gezogen und sich wortlos in den Kopf geschossen.

»Er hat neben uns gesessen und ohne etwas zu sagen die Pistole genommen und sie sich in den Mund gesteckt. Ich habe noch gerufen: ›Hey, Cem, lass den Scheiß!‹, aber er hat einfach abgedrückt. Sein Blut war überall.«

Vedats Blick ging ins Leere. Sie spürte, wie er mit der rechten Hand den Stoff seiner Hose rieb, seitlich am Oberschenkel, wo sie die dunklen Flecken gesehen hatte. Mine wartete. Irgendwann sprach Vedat weiter.

»Wir waren unten beim Beşiktaş-Stadion und hatten den Befehl, Barrikaden auf der Uferstraße zu räumen, die von ein paar Leuten von der CARŞI trotz TOMAs, Tränengas und Gummigeschossen gehalten wurden. Wir sollten mit Schlagstöcken und Schilden vorrücken. Aber

Cem ist ja selbst aus Beşiktaş. Der kannte die und wollte sich weigern. Unser Kommandant hat ihn dann vor der ganzen Truppe zur Sau gemacht, als ›Waschlappen‹ und ›Terrorhelfer‹ beschimpft und gedroht, dass er dafür sorge, dass Cem unehrenhaft aus dem Polizeidienst entlassen werde, wenn er jetzt kneift. Cem ist dann total ausgeflippt, allein auf die Barrikade zu und hat wie wild mit seinem Schlagstock herumgeprügelt. Keine Ahnung, warum. Wahrscheinlich war er völlig übermüdet und ist deswegen einfach durchgedreht. Wir sind hinterher, haben ihn mit drei Mann gepackt und zum Mannschaftsbus gebracht. Er hat sich dann auf den Boden gesetzt und wir dachten, er hätte sich wieder beruhigt. Dann hat er die Pistole genommen.«

Vedat stockte erneut. Dass Mine ihm über die Wange streichelte und ihn küsste, schien er nicht wahrzunehmen. Er atmete, als habe er gerade einen Langstreckenlauf absolviert. Nach einer Weile erzählte er weiter:

»Viele von uns waren völlig überfordert. Wir hatten den Befehl, mit aller Härte gegen die Demonstranten vorzugehen, weil darunter Extremisten, gar ausländische Terroristen seien. Etliche schienen zwar nur darauf gewartet zu haben, mal richtig loszuschlagen. Einige aber kannten ein paar von den Demonstranten. Das waren Bekannte oder Nachbarn oder Freunde von Freunden, aber bestimmt keine Terroristen. Der Befehl sei von ganz oben gekommen, hat unser Kommandant mehrmals gesagt und dabei so komische, bedeutungsvolle Kopfbewegungen gemacht. Als sei er von Erdoğan persönlich angerufen worden. Was hätten wir tun sollen?«

Er und seine Kollegen waren zunächst bei der Räumung des Gezi-Parks eingesetzt worden, allerdings nur als Reserve, später dann aber bei den schweren Krawallen rund um das Beşiktaş-Stadion.

»Du kannst dir das nicht vorstellen! Ich kam mir vor wie in einem schlechten Film, so einem Historienschinken, wo zwei Heere aufeinanderprallen, sich die Schädel einschlagen, kurz zurückziehen und dann wieder und immer wieder aufeinander losgehen. Du kannst dir nicht vorstellen, mit welcher Brutalität.«

In den ersten drei Tagen, vom 31. Mai bis zum 02. Juni, hatte Vedat gar nicht geschlafen, war in den kurzen Pausen, in denen es etwas zu trinken und zu essen gab, allenfalls kurz eingenickt. Als am 03. Juni drei Mann aus der Truppe irgendwann einfach umgefallen und ohnmächtig liegen geblieben waren, hatte der Kommandant eine zweistündige Pause angeordnet, wodurch sie in stundenlangen Kämpfen eroberte Barrikaden prompt wieder an die Demonstranten verloren.

»Die haben die ganze Zeit gesungen, uns verhöhnt und als Mörder bezeichnet, das hat viele von uns wütender gemacht als die Steine und die Feuerwerkskörper, die geflogen kamen.«

Spätestens nach dem Rückzug vom Taksim-Platz, den viele der Kollegen als schmählich empfunden hatten, war die Sache völlig aus dem Ruder gelaufen. Wie von Sinnen hatten Polizisten – auch aus seiner Einheit – auf

Demonstranten eingeprügelt, die Schützen an den Granatwerfern gegen alle Vorschriften verstoßen und gezielt auf die Köpfe der Leute geschossen.

»Cem, Murat, noch ein paar andere und ich haben immer wieder versucht, die anderen zu beruhigen und sie zur Mäßigung aufzurufen. Aber dann kam von irgendwo her wieder ein Stein geflogen oder so was und alle sind völlig durchgedreht. ›Dem linken Gesocks, dem gottlosen Gesindel, dem Yuppi-Pack zeigen wir es!‹, haben die gerufen und sind auf die Demonstranten los. Ich will nicht wissen, wie viele allein unsere Truppe verletzt und auch festgenommen hat. Als du mir dann von dem Toten in Ankara erzählt hast, war ich kurz davor, abzuhauen. Cem und Murat übrigens auch, das sprach sich nämlich schnell herum, obwohl unser Kommandant davon nichts erzählt hat. Wir haben es dann nicht getan, weil wir nicht zulassen wollten, dass ein paar schwarze Schafe in unseren Reihen den Ruf der Polizei ruinieren. Außerdem waren auf der anderen Seite ja nicht nur friedliche Demonstranten. Vor allem die Spinner von der CARŞI haben uns immer wieder provoziert und bis aufs Blut gereizt.«

Vedat war, seit der Club aus seinem Viertel in der Süperlig spielte, natürlich Kasımpaşa-Fan. Aber eigentlich schlug sein Herz für Galatasaray. Somit waren Anhänger von Beşiktaş so etwas wie seine natürlichen Feinde. Das gab zu Hause manchmal – allerdings nie wirklich ernsthaft – Ärger. Denn Mine war natürlich für die Schwarz-Weißen, obwohl sie Fußball nicht sonderlich interessierte. Die humorvolle Art, mit der die CARŞI immer wieder auf Konfrontationskurs mit den Sicherheitskräften und der Regierung ging, war ihr sympathisch, außerdem konnte sich Vedat so herrlich darüber aufregen. Dieses Mal sparte sich Mine einen Spruch. Vedat fuhr fort.

Ab dem zweiten oder dritten Tag nach dem Großeinsatz im Gezi-Park – genau wusste es Vedat nicht mehr – waren dann immer häufiger auch Einheiten im Einsatz gewesen, die nicht zur Istanbuler Polizei gehörten, sondern von außerhalb kamen.

»Das waren teilweise richtige Schlägertrupps. Die haben auf alles eingeprügelt, was nicht rechtzeitig weg war. Egal ob das Frauen oder noch halbe Kinder waren. Das hat natürlich auch die Demonstranten immer wütender gemacht. Die haben uns mit allem beworfen, was sich greifen ließ – Pflastersteine, Radkappen, Holzlatten –, schließlich haben sie uns mit Feuerwerkskörpern beschossen. Irgendwann flogen dann die ersten Mollis. Cem hat behauptet, das wären Provokateure gewesen, Polizisten in Zivil. Ich habe ihm das nicht geglaubt, aber er hat gesagt, dass er einen von denen erkannt hätte. Ich habe ihm gesagt, dass er spinnt. Die greifen doch nicht ihre eigenen Leute an. Aber Cem beharrte darauf, dass er den einen erkannt hätte, der habe auch ein Funkgerät getragen. Er wollte alles hinschmeißen und desertieren. Murat und ich haben ihn zurückgehalten.«

Eine Träne rann über Vedats Wange.

»Er würde noch leben, wenn wir es nicht getan hätten.«

Er legte seinen Kopf an Mines Brust. Der Stoff ihres Sweatshirts dämpfte zwar sein Schluchzen, seine Schultern aber bebten heftiger als zuvor. Sanft strich sie über seine Haare.

»Unser Kommandant hat gesagt, wenn wir irgendwem davon erzählen, würden wir wegen Geheimnisverrats bestraft. Seit wann und warum ist die Wahrheit ein Geheimnis?«

Seine Stimme war wieder kaum zu verstehen.

»Wir können uns noch nicht einmal von Cem verabschieden. Seine Eltern haben uns nicht gesagt, wann er beerdigt wird. Sie wollen uns nicht dabeihaben. Ihr Sohn habe eine schwere Sünde begangen und Schande über sie gebracht, als er sich umbrachte. Was ist das für ein Gott, in dessen Namen so etwas gelehrt wird?«

Zwei Tag hatte Vedat freibekommen. Er saß fast die ganze Zeit mit stumpfem Blick auf dem Sofa vor dem Fernseher, schaute Seifenopern und schaltete um, sobald Nachrichten kamen. Er sprach nicht viel, aß und trank, was sie ihm brachte. Wenn sie sich zu ihm setzte, legte er den Kopf auf ihren Schoß. Abends im Bett rollte er sich zusammen wie ein Baby und legte eine Hand auf ihren Bauch, sie ihre obendrauf, mehr Berührung ließ er nicht zu. Nachts wurde sie wach, wenn Vedat sich herumwälzte. Er stöhnte im Schlaf und schwitzte stark. Einmal saß er mit geschlossenen Augen aufrecht im Bett und schrie.

»Nein, Cem, nein!«

In seinen Träumen erlebte er die Hölle der vergangenen Tage wieder und wieder, so schien es. Und Mine kam nicht an ihn heran, um ihn zu trösten. Am Morgen des dritten Tages, es war der 07. Juni, hatte er schon früh seine Sachen gepackt. Die Schnürstiefel poliert, eine frische Uniformhose an, stand er in der Tür. Mine auf Zehenspitzen vor ihm, die Hände um seinen Nacken gelegt, versuchte, seinen Kopf zu sich herunter zu ziehen.

»Geh nicht! Bitte, bleib hier! Wir brauchen das Geld nicht. Mein Vater hilft uns, bis du einen neuen Job gefunden hast.«

Sie hatte Angst um ihn. Dass ihm jemand etwas antat. Dass er sich selbst etwas antat. Dass er jemand anderem etwas antat. Es war Freitag. Für das Wochenende waren wieder große Kundgebungen in Istanbul angekündigt. Sie hing mit fast ihrem gesamten Gewicht an ihm, aber er blieb kerzengerade stehen, als ob seine Wirbelsäule ein Stahlträger wäre. Sein Blick ging starr über sie hinweg.

»Das geht nicht. Du verstehst das nicht. Bitte, lass mich jetzt gehen. Montagmorgen um sechs endet mein Dienst, vorher komme ich nicht nach Hause.«

Er packte ihre Handgelenke, löste ihren Griff um seinen Nacken, beugte kurz seinen Kopf zu ihr herunter und gab ihr einen flüchtigen Kuss auf die Stirn. Dann drehte er sich um und verließ ohne ein weiteres Wort die Wohnung. Mit dem Rücken an die hinter ihm ins Schloss gefallene Tür gelehnt blieb Mine noch eine Ewigkeit sitzen. Nie in ihrem Leben hatte sie sich so allein gefühlt.

Heute Morgen hatte dann Şebnem angerufen und sie gefragt, ob sie mit in den Gezi-Park käme. Es seien diverse Veranstaltungen angekündigt, Lesungen, Podiumsdiskussionen, Konzerte. Ihr erster Impuls war abzusagen. Dann überlegte sie es sich anders.

»Okay. Ich rufe noch Marc an, den englischen Journalisten, weißt du? Wir treffen uns dann im Park.«

Kathrin

Nevra hatte ihr abgesagt. Am Freitagmittag hatten Kathrin und sie für ein verlängertes Wochenende zusammen nach Ayvalık fahren wollen. In dem kleinen Städtchen an der Ägäis-Küste vis-a-vis der griechischen Insel Lesbos besaß Nevra ein Ferienhaus, ein kleines griechisches Stadthaus aus dem 19. Jahrhundert. Der Ort war im Sommer fest in Händen wohlhabender Istanbuler. Zahllose Inselchen im türkisblauen Wasser der Ägäis, verträumte Badebuchten, die auf Tagesausflügen mit Holzbooten vom Hafen aus angefahren wurden, die Ruinen griechischer Kirchen und Klöster und schier endlose Olivenhaine auf den Hügeln um die Stadt hatten vor allem Künstler angelockt, die vom Verfall bedrohte Häuser in den engen Gassen aufkauften und liebevoll renovierten. Die hohe Dichte kleiner Galerien, Ateliers und Boutiquen unterschieden Ayvalik, das bis heute Zentrum der türkischen Olivenproduktion war, von anderen Küstenorten in der Gegend nördlich von Izmir.

»Sei mir nicht böse, Kathrin. Aber für morgen ist wieder eine große Demo in Taksim angekündigt, und da würde ich gerne hingehen. Wir haben jetzt vielleicht die Möglichkeit, in diesem Land wirklich etwas zu bewegen. Da kann ich nicht nach Ayvalık fahren und mir ein paar schöne Tage machen. Ich hoffe, du verstehst das.«

Kathrin hatte mit den Schultern gezuckt und genickt. Nun saß sie in dem kleinen Café an der Hauptstraße von Kuzgungcuk, in dem sie samstagmorgens gerne frühstückte, weil das Menemen hier seinesgleichen suchte und sie immer jemanden traf, mit dem sie einen Tee trinken und ein Schwätzchen halten konnte. Im Fenster des Cafés hingen ein Aufruf zu der Demo und ein weiterer Zettel, auf dem um die Spende von Verbandsmaterialien, Medikamenten und Lebensmitteln zur Unterstützung der Demonstranten gebeten wurde. Sie nahm sich die aktuelle Ausgabe eine der wenigen regierungskritischen Zeitungen in der Türkei, ziemlich weit links im politischen Spektrum angesiedelt, vom Stapel der ausliegenden Tageszeitungen und setzte sich an einen kleinen Tisch auf dem Bürgersteig.

Erdoğans Rückkehr aus Marokko, sein Empfang am Flughafen und die Rede vor seinen Anhängern war die Titelgeschichte. In einem Kommentar wurde die Bereitstellung öffentlicher Verkehrsmittel für den Transport von Erdoğan-Unterstützern verurteilt, das Land sei zu einem Selbstbedienungsladen des Premiers verkommen. Als Kathrin mit der Lektüre fertig war, blätterte sie durch einige andere Zeitungen, von denen sich die meisten mit Kritik an Erdoğan jedoch deutlich zurückhielten. Immerhin, ganz verschwiegen wurden die Demonstrationen und die Härte der Polizeieinsätze nun nicht mehr, seit am vergangenen Montag mehrere Tausend Menschen vor dem Redaktionsgebäude eines Nachrichtenkanals demonstriert, wütend mit Lira-Scheinen gewedelt und auf die Käuflichkeit der Medien, ihre Regierungshörigkeit und Selbstzensur geschimpft hatten.

Auch viele deutsche Medien hatten in dieser Woche die Situation der Presse in der Türkei thematisiert. Da wurde zum einen ihre mangelnde Unabhängigkeit kritisiert, zum anderen ging es aber auch um die Repressionen, denen sie ausgesetzt war. Hunderte Journalisten saßen im Gefängnis, mehr als in jedem anderen Land der Welt, China eingeschlossen. Mit den Gummiparagraphen der Anti-Terror-Gesetzgebung konnte für Jahre weggesperrt werden, wer sich der »Propaganda für eine terroristische Vereinigung« schuldig gemacht hatte. Als Propaganda konnte schon der Bericht über eine pro-kurdische Demonstration oder ein Interview mit einem regierungskritischen Kurden gelten. Sogenannte »Strafgerichte mit besonderen Befugnissen« verschleppten Verfahren manchmal jahrelang, während die Angeklagten in Untersuchungshaft saßen – eine Art

Freiheitsstrafe ohne Urteil. Immer wieder schaltete sich auch Erdoğan persönlich ein, attackierte Journalisten öffentlich als Putschisten, Waffenschmuggler und Terroristen oder drängte Verleger, unbotmäßige Redakteure zu entlassen. Bei den Demonstrationen im und um den Gezi-Park waren nach Angaben von Reportern ohne Grenzen schon mehr als ein Dutzend Journalisten verletzt worden. Die meisten, darunter der bekannte Journalist und Buchautor Ahmet Şik, hatten Kopfverletzungen erlitten, als sie von Gasgranaten getroffen wurden – gezielte Schüsse, von oben angeordnet, wie viele glaubten. War es da verwunderlich, wenn die Reporter Angst hatten? Angst um ihren Job oder gar ihr Leben?

Andererseits zeigten viele andere ein großes Maß an Zivilcourage, schließlich waren seit Beginn der Demonstrationen Hunderte von Menschen festgenommen worden und viele von ihnen seitdem verschwunden. Trotzdem kamen nicht weniger, sondern immer mehr Menschen in den Gezi-Park, zum Taksim-Platz und zu den Demonstrationen in vielen anderen Städten des Landes. Und obwohl es hieß, dass Polizei und Geheimdienste mittlerweile die Internetplattformen der Demonstranten überwachten und Nutzerdaten sammelten, um gegen Kritiker vorzugehen, war das Netz noch immer der Ort, wo die Fäden der Protestbewegung zusammenliefen und Bürgerjournalisten die Bilder zeigten, die von den türkischen Medien in vorauseilendem Gehorsam nicht veröffentlicht wurden.

Nicht zuletzt waren da auch der Imam und der Muezzin der Dolmabahçe Moschee, die zwar mehrfach polizeilich verhört worden waren, aber weiter standhaft Aussagen der Regierung widersprachen, wonach Demonstranten die Moschee entweiht hätten, indem sie sie mit Schuhen betreten und vor allem dort Alkohol getrunken hatten. Europaminister Egemen Bağış hatte eigens alle EU-Botschafter zu einem Empfang in Ankara geladen und ein angebliches Beweisvideo vorgeführt, auf dem eine Bierdose zu sehen war. Anwesende Diplomaten hielten die Bilder hinter vorgehaltener Hand für eine plumpe Fälschung und den Versuch der Regierung, die Demonstranten in der Öffentlichkeit zu diskreditieren. Größeres Gewicht in dieser Sache hatte allerdings das in einigen türkischen Zeitungen abgedruckte Interview mit dem Muezzin der Moschee, der abstritt, dass Demonstranten in der Moschee Alkohol konsumiert hätten. Und das mit dem Hinweis endete, dass seine Religion es ihm verbiete zu lügen.

Mutige Bürger gab es also genug, umso enttäuschender war für Kathrin die mangelnde Courage der Medienvertreter. Aber damit war sie auch schon wieder bei der Frage nach ihrer eigenen Courage. Wie mutig war sie bereit zu sein?

Es war Erol, der sie aus ihren Gedanken riss.

»Hey Kathrin, wie geht es dir? Darf ich mich zu dir setzen?«

»Klar, nimm Platz.«

Mit einer einladenden Geste deutete sie auf den freien Stuhl ihr gegenüber. Sie freute sich, Erol zu sehen, denn das passierte nicht oft. Dass er so früh am Tag auf der Straße anzutreffen war, war sehr, sehr selten, sein Tagesablauf mit ihrem einfach nicht kompatibel. Erol war Musiker, der mit seiner Rockband ständig durch die unzähligen kleinen Clubs Istanbuls tingelte, weil er vom Plattenverkauf allein nicht leben konnte und deswegen eigentlich nie vor dem frühen Nachmittag aufstand. Erol bestellte Tee, »demle«, stark.

»Zum Frühstücken ist mir das noch ein bisschen zu früh.«

Er grinste. Kathrin lächelte zurück.

»Ich habe mich schon gewundert. Warum bist du überhaupt unterwegs zu dieser Zeit?«

»Ich muss noch ein bisschen was organisieren, einen Generator und so. Wir wollen heute Abend im Gezi-Park spielen und brauchen Strom. Hast du nicht Lust vorbeizukommen? Ich denke, dass wir so gegen zehn oder elf anfangen. Ich weiß noch nicht genau, wo, aber du wirst uns schon finden. Da, wo's laut ist, sind wir.«

Dabei tat er so, als spiele er Gitarre und schüttelte seine wilde Lockenmähne. Kathrin musste laut lachen. Ein älterer Herr im Anzug mit Weste, Hut, Stock und gewaltigem silbrigen Schnurrbart, den traditionellen Erkennungszeichen alter Kemalisten, war stehen geblieben und schaute mit großen Augen und etwas erschreckt auf den auf seinem Stuhl mit zuckenden Bewegungen hin und her wiegenden Erol. Es war der

Vater des Metzgers und schon an die achtzig, soweit Kathrin wusste.

»Keine Sorge, Amca, der will nur spielen.«

Amca, Onkel – so nannte man in der Türkei ältere Männer respektvoll –, schüttelte den Kopf und schlurfte weiter. Kathrin wandte sich wieder Erol zu.

»Ist ja gut, du erschreckst hier noch alle.«

»Entschuldige, aber ich freue mich richtig auf heute Abend. Da passiert gerade etwas Neues in unserem Land und ich kann den Leuten für ihren Mut mit meiner Musik vielleicht etwas wiedergeben. Das ist ein großartiges Gefühl. Und du solltest auch mit dabei sein. Hier wird in diesen Tagen Geschichte geschrieben!«

»Aber ist das auch meine Geschichte? Ist das mein Land, nur weil ich hier gerade lebe? Soll ich meinen Job und meinen Aufenthaltsstatus riskieren, nur weil ihr plötzlich nicht mehr mit eurem Premier klarkommt, den ihr dreimal hintereinander gewählt habt? Wer protestiert hier überhaupt? Und warum? Eine Mehrheit? Oder doch nur eine Minderheit, die gerade jahrzehntelanger Privilegien verlustig geht? Soll ich mir den Schädel einschlagen lassen, weil ihr ein Demokratiedefizit habt?«

Kathrin war unvermittelt laut geworden, und nun war es Erol, der mit großen Augen und ein bisschen erschreckt guckte.

324

Marc

Es würde etwas Großes werden, etwas noch nie Dage-
wesenes. Das dürfe er nicht verpassen. Wirklich, er
müsse ihm glauben. Can, den Marc bisher so einge-
schätzt hatte, dass ihn nichts aus der Ruhe bringen
würde, wirkte am Telefon aufgeregt wie ein kleines
Kind vor dem Besuch in Disneyworld.

»Die Fans aller drei großen Istanbuler Clubs werden
heute Abend gemeinsam am Taksim-Platz erscheinen,
um ihre Solidarität mit der Protestbewegung zu bekunden. Das wird ein gewaltiges Spektakel, wirklich, das
darfst du dir nicht entgehen lassen.«

»Ist ja gut, Can, ich glaube dir. Ich werde da sein.
Wann?

Sie verabredeten sich für 19 Uhr am Atatürk-Denkmal.
Marc war dankbar für eine neue Story. Die letzte hatte
er vor zwei Tagen abgesetzt. Mines Schilderungen von
ihrer Verhaftung dienten darin als Rahmenhandlung für
eine Geschichte über willkürliche Verhaftungen und
Misshandlungen durch die Polizei. Oktay von der Taksim-Plattform hatte ihm den Kontakt zu einer Men-
schenrechtsaktivistin und zwei Anwälten vermittelt, die
ähnliche Geschichten erzählten. Demnach waren seit
Beginn der Proteste Hunderte, wenn nicht Tausende
Menschen nicht nur ohne Angaben von Gründen festgenommen und dabei nicht selten brutal misshandelt,
sondern viele von ihnen – vor allem, aber nicht nur
Frauen – auch sexuell belästigt worden. Einer der

Anwälte arrangierte schließlich ein Treffen mit einem jungen Pärchen, nachdem Marc hoch und heilig versprochen hatte, ihre Identität unter keinen Umständen preiszugeben. Das Gesicht des jungen Mannes war von Schlägen gezeichnet: die Nase mehrfach gebrochen, Hämatome rund um beide Augen, die Lippen aufgeplatzt und verkrustet. Sein übriger Körper war von oben bis unten mit Striemen und Blutergüssen übersät. Marc machte Fotos. Das Gesicht seiner Freundin wies keine Spuren von Misshandlungen auf. Dafür war sie sexuell belästigt worden. Und zwar nicht nur mit Worten. Mehrfach, erzählte sie unter Tränen, hatten Polizisten ihr in den Schritt und an die Brüste gefasst, gedroht, sie zu »ficken«. Drei Tage hatten sie ohne Angabe von Gründen und getrennt von einander in Haft gesessen, bis ihr Anwalt sie freibekam.

Marc hatte das Gespräch mit Can gerade beendet, als sein Telefon erneut klingelte. Es war Mine. Sie würde gleich in den Gezi-Park gehen, ob er Lust hätte, sie zu begleiten. Sie klang traurig, nicht so aufgekratzt wie sonst. Er verzichtete darauf, sie nach ihrem Mann zu fragen. Sie verabredeten sich für 12 Uhr in der Lobby des Marmara Hotels. Marc schaute auf die Uhr. In einer Stunde also. Er musste noch die Kameraausrüstung überprüfen, den kleinen Rucksack packen und vor allem Steve anrufen, um ihn über seine Pläne für heute zu informieren. Steve hatte die letzten Tage weiter im gleichen Takt berichtet. Mit stündlich aktualisierten Beiträgen für die Homepage des Magazins, vom großen

Streik der Gewerkschaften, von Erdoğans Rückkehr aus Marokko und über alles, was sonst noch passiert war. Er könnte einen freien Tag gebrauchen. Sie müssten ja nicht beide zum Taksim-Platz. Er wählte Steves Nummer.

»Hey Marc, du alter Schwerenöter. Du hast doch was mit der kleinen Türkin aus deiner letzten Story, oder?«

Steve war es mal wieder gelungen, grußlos mit der Tür ins Haus zu fallen und ihn völlig zu überrumpeln.

»Ich ... Was? Ähh ... Quatsch!«

»Erzähl mir doch nichts, ich kenne dich. So, wie du über sie geschrieben hast, ist das 'ne nette Maus. Und das Foto hast du zwar so gemacht, dass man ihr Gesicht nicht erkennen kann, aber der Arsch ist schon mal 1A!«

»Ich ... Nein, ich ... du ...«

Steve wieherte wie ein Pferd über Marcs Gestotter und bekam schließlich einen Hustenanfall.

»Schon gut, Alter. Ist doch nichts bei. Auch so ein abgehangenes Frontschwein wie du braucht ab und zu mal ein bisschen Zärtlichkeit. Lass dich nur nicht von ihren Brüdern erwischen.«

Marc wartete, bis der erneute Anfall von Lachhusten abklang. Dann erzählte er Steve von dem Telefonat mit Can und dass er am Abend zum Taksim-Platz gehen wolle, Steve also frei machen könne. Dass er vorher schon mit Mine verabredet war, um in den Gezi-Park zu gehen, verschwieg er. Um Steves Lungen zu schonen. Und seine Nerven.

»Das ist nett, Kumpel. Ein freier Abend ist nicht das Schlechteste. Aber wo wir gerade bei persönlichen Interessen sind: Ist dir schon mal aufgefallen, dass du noch in keiner einzigen deiner Reportagen mal einen Vertreter der anderen Seite hast zu Wort kommen lassen? Also einen, der pro Erdoğan oder pro AKP ist? Das soll jetzt kein Vorwurf sein, das war bisher handwerklich alles sauber. Klassische Reportagen eben. Den ganzen Polit-Schnodder mit der notwendigen Objektivität habe ich ja gemacht. Aber ich dachte, ich erinnere dich jetzt mal an den Spruch, den Paul so gerne zitiert. Den von diesem deutschen Journalisten – wie hieß der noch? Friedrichs oder so –, der gesagt hat, dass ein Journalist sich nie mit einer Sache gemein macht, auch nicht mit einer guten."

Marc zuckte zusammen. Hatte er journalistische Grundregeln missachtet? War er schon nicht mehr Beobachter, sondern Teil der Geschichte? Es wäre das erste Mal, dass er Schwierigkeiten hätte, berufliches und privates Interesse zu trennen. Dass ein jüngerer Kollege wie Steve ihn, den erfahrenen Krisen- und Kriegsreporter mit der Spürnase für gute Geschichten, so offen kritisierte, gab ihm zu denken. Bevor er aber auch nur den Versuch starten konnte, sich zu rechtfertigen, redete Steve schon weiter.

»Tu mir nur einen Gefallen: Pass bitte auf. In den letzten Tagen sind vermehrt auch Ausländer festgenommen und einige angeblich auch schon ausgewiesen worden. Und du bist mit einem Touristenvisum eingereist und hast hier keine offizielle Akkreditierung als Journalist. Es könnte richtig Ärger geben, wenn die dich festnehmen. Nicht nur für dich, sondern auch für mich und das Magazin.«

Marc versprach, vorsichtig zu sein, verabschiedete sich und legte auf. Na, dann mache ich jetzt mal die Probe aufs Exempel, dachte er, treffe Mine und schaue mal, ob ich danach noch einen journalistisch einwandfreien Artikel hinbekomme. Die Kritik wurmte, amüsierte ihn aber auch. Hatte das kleine Temperamentsbündel ihn tatsächlich so in ihren Bann gezogen, dass er nicht mehr sauber arbeitete? Das werden wir ja sehen! Marc verstaute Kamera, Laptop und Zubehör in seinem Rucksack und machte sich auf den Weg zum Taksim-Platz.

Er war pünktlich am Atatürk-Denkmal, nur Mine war nicht da. Natürlich nicht. Pünktlichkeit war offensichtlich nicht erste Tugend der Türken, vor allem nicht der türkischen Frauen. Schon beim letzten Treffen hatten sie ihn ziemlich lange warten lassen. Er blickte sich um. Der Platz war voller Menschen. Viele waren an um den Hals hängenden Schutzbrillen und -masken als Demonstranten zu erkennen, andere an ihren Kameras als Touristen. Fliegende Händler boten Türkeifahnen mit Atatürk-Konterfei, Spraydosen, Plastikhelme oder Schwimmbrillen an. Am Kulturzentrum hingen Banner von Gewerkschaften, Parteien, Verbänden, Vereinen, auch von der ÇARŞI. In großen Gruppen standen Menschen zusammen oder hockten auf dem Pflaster, unterhielten sich oder machten Musik. Die Stimmung hatte etwas sehr Fröhliches, ja Euphorisches.

»Toll, nicht? So ähnlich muss Woodstock gewesen sein.«

Unbemerkt war Mine neben ihn getreten und hatte ihm eine Hand auf die Schultern gelegt. Ihre großen Augen strahlten ihn an, die zu einem Lächeln geöffneten vollen Lippen entblößten ihre ebenmäßigen und schneeweißen Zähne. Gleichzeitig war da so etwas wie Wehmut in ihrem Blick. In ihren Augenwinkeln entdeckte er zarte Fältchen, die er vorher nicht wahrgenommen hatte, und darunter dunkle Schatten. Sie wirkte fröhlich und stark und traurig und verletzlich im gleichen Moment. Ihr Anblick berührte ihn. Und ließ, wie er leicht belustigt und gleichzeitig irritiert feststellen musste, sein Herz schneller schlagen. Reiß dich am Riemen! Er begrüßte sie auf die türkische Art, mit Küssen auf die Wangen, und steckte seine Hände dann betont lässig in die Taschen seiner Jeans.

»Hi Mine. Keine Ahnung. Selbst ich bin zu alt für Woodstock.«

Sie kicherte. Für sie schien es beleidigt geklungen zu haben.

»Entschuldige, so meinte ich das nicht, ich weiß, dass du so alt nicht bist. Aber die Atmosphäre hier ist doch der Hammer! So viele verschiedene Leute, so viele verschiedene Meinungen – und alle sind friedlich. Ist dir aufgefallen, dass die Restaurants, Cafés und Bars in den

Seitenstraßen der Istiklal wieder Tische und Stühle rausgestellt haben?«

Marc schüttelte den Kopf.

»Achte mal drauf. Seit sich die Polizei aus Taksim zurückgezogen hat, wird wieder draußen gesessen, gegessen und getrunken. Die Leute hier scheißen auf Erdoğans Verbote und seine verquere Moral. Ist doch cool, oder?«

Mine hakte sich bei ihm unter und zog ihn Richtung Park. Es hatte tatsächlich etwas von einem Musikfestival. Überall Zelte, vor denen und um die herum zumeist jüngere Menschen lagen, hockten oder standen und diskutierten, lachten oder sangen.

»Lass uns in dem Café dort hinten etwas trinken.«

Mine wartete Marcs Antwort gar nicht erst ab und ging vor. Er folgte und hätte die zarte junge Frau beinahe über den Haufen gelaufen, als sie unvermittelt stehen blieb.

»Das glaube ich jetzt nicht! Wie cool ist das denn? Guck mal, die haben einen eigenen Fernsehkanal aufgemacht!«

Tatsächlich war in einem Teil des Cafés ein provisorisches Fernsehstudio aufgebaut, mit Scheinwerfern, Kameras und Leuten, die vor Laptops und Mischpulten saßen. »Capul TV«, stand auf orangefarbenen Bannern, die von innen an den Scheiben des Cafés hingen – Plünderer TV. Marc war erneut beeindruckt. Diese Proteste waren moderner, kreativer und vor allem humorvoller als alles, was er bisher in dieser Richtung erlebt hatte.

Dagegen wirkte selbst die Occupy-Bewegung bieder. Sie schlenderten weiter, kamen an einem Stand vorbei, an dem ein findiger Händler »Plünderer-Melonen« verkaufte, denen er das Ç-Wort in die Schale geritzt hatte, blieben hier stehen, wo ein älterer Herr mit langen grauen Haaren aus einem Buch rezitierte, oder dort, wo eine Gruppe junger Frauen und Männer musizierte und tanzte. Mitten im Park hatte eine Art Supermarkt aufgemacht, dessen Sortiment aus Spenden bestanden – Essen, Getränken, Schutzausrüstungen und Medikamenten. Alles kostenlos. Ein paar Meter standen provisorisch zusammengenagelte Regale mit Büchern, davor ein Tresen, über den stapelweise Bücher angenommen oder ausgegeben wurden – eine Leihbücherei. Im Gezi-Park schien so etwas wie eine Stadt in der Stadt zu entstehen, ein türkisches Utopia.

Aus der Ferne war plötzlich Gesang zu hören. Es klang nach einem gewaltigen Chor. Marc schaute auf die Uhr und erschrak. Es war bereits kurz nach sieben. Can wartete auf ihn am Atatürk-Denkmal.

»Du, hör mal, ich habe das ganz vergessen, aber ich muss weg. Ich bin mit Can verabredet. Von der ÇARŞI, weißt du? Willst du mitkommen?«

Mine schüttelte den Kopf.

»Şebnem und ein paar andere Freunde von mir sind hier, die will ich noch treffen. Aber wir können uns ja für später verabreden, ich bin sicherlich den ganzen Abend hier. Lass uns einfach telefonieren, ja?«

Marc widerstrebte es, Mine jetzt zu verlassen, er genoss ihre Anwesenheit, sie tat ihm auf eine ihm unerklärliche Weise gut. Aber er hatte einen Job zu erledigen und Steves Kritik steckte ihm noch immer in den Knochen. Er küsste Mine betont flüchtig auf beide Wangen, dreht sich um und ging, ohne sich noch einmal umzublicken.

Can ignorierte Marcs Entschuldigung für die Verspätung. Ungeduldig stellte er sich immer wieder auf die Zehenspitzen und versuchte über die Köpfe der Menschen Richtung İnönü Straße zu blicken.

»Hörst du? Sie kommen!«

Tatsächlich kam der tausendstimmige Chor näher. Die Lautstärke des Gesangs wurde ohrenbetäubend. Wie ein einziger Körper drängte eine Phalanx schwarz-weiß gekleideter Menschen auf den Platz, über ihren Köpfen wehten Flaggen mit dem Logo von Beşiktaş.

»Her yer Taksim, her yer direniş!«

Auf dem Platz brandete Applaus auf. Can packte Marc am Arm und zog ihn durch die Menge in Richtung des Atatürk Kulturzentrums am anderen Ende des Platzes. Getöse und Gedränge wurden fast unerträglich, denn zeitgleich schienen auch von Istiklal und der Cumhurriyet Straße aus gewaltige Menschenmassen auf den Platz vorzurücken. Marc schaute sich um. Tatsächlich. Ein Meer von Rot und Gelb von der einen, ein blaugelbes von der anderen Seite – die Fans von Galatsaray und Fenerbahçe kamen. Vor dem Kulturzentrum trafen die Fangruppen aufeinander und vermischten sich. In wenigen Augenblicken hatten sie ihre Gesänge aufeinander abgestimmt. Der Slogan von Taksim und dem Widerstand bekam die Lautstärke eines Rockkonzerts. Can hüpfte vor lauter Freude wie ein kleines Kind auf und ab.

»Hör dir das an! Habe ich dir zu viel versprochen? Das hat es noch nie gegeben: Alle drei Istanbuler Vereine friedlich vereint. Und das ist für dich!«

Can hatte etwas aus seinem Rucksack gekramt und hielt es ihm mit ausgestreckten Armen vor die Nase. Es war ein schwarzes T-Shirt mit der Aufschrift »Istanbul United« in Weiß, darunter ein Wappen, das Bestandteile der Logos aller drei Vereine enthielt, und der Text »Founded 2013 May 31st«.

Erst jetzt sah Marc, dass auch Can nicht sein übliches ÇARŞI-Shirt trug, sondern eines mit dem gleichen Istanbul-United-Aufdruck. Marc bedankte sich und widerstand dem ersten Impuls, das T-Shirt überzustreifen, stopfte es jedoch unter den enttäuschten Blicken Cans in seinen Rucksack.

»Sorry, Can, aber ich bin noch immer Journalist.«

Can zuckte mit den Schultern und zog ihn am Arm hinter sich her durch das Gedränge, bis sie mitten zwischen Fans direkt vor dem Kulturzentrum standen. Marc konnte nicht sagen, wie lange er nur dagestanden und gestaunt hatte, ob der Inbrunst und Lautstärke, mit der die türkischen Fußballfans da sangen. Marc war Anhänger von Arsenal London und besuchte Spiele seiner Gunners, wann immer er im Lande war und Zeit hatte, und das nicht nur im heimischen Stadion. Mehr als einmal war er an der Liverpooler Anfield Road gewesen oder in Manchester in Old Trafford. Er war also einiges gewohnt. Aber so etwas hatte er noch nie gehört. Es dämmerte bereits, als das Dach des Kulturzentrums plötzlich im Schein zahlloser Bengalischer Feuer blutrot zu leuchten begann.

»Faşizme karşı omuz omuza!«

Schulter an Schulter gegen Faschismus – aus dreißig- oder vierzigtausend Kehlen, Marc bekam eine Gänsehaut. Can legte ihm die Hand auf die Schulter und brüllte ihm ins Ohr:

»Geil, oder? Da habe ich dir nicht zu viel versprochen, stimmt's? Und weißt du was? Genau deswegen haben wir schon jetzt gewonnen.«

Soweit Marc bei der Umgebungslautstärke feststellen konnte, war da kein Triumph in Cans Stimme, aber auch keinerlei Zweifel.

»Gewonnen?«

Can brüllte weiter.

»Ja, gewonnen. Meine Generation wurde von den Älteren immer als lethargisch und unpolitisch beschimpft. Vielleicht hatten sie recht. Aber jetzt sind wir hier. Und sprechen über Politik. Untereinander und mit wildfremden Menschen. Wir hören zu und tolerieren andere Meinungen.«

Cans Augen glänzten im roten Schein der Bengalos. Er grinste breit.

»Ich toleriere nun sogar, wenn einer Fenerbahçe- oder Galatasaray-Fan ist. Mehr noch: Ich begegne ihm mit Respekt. Schließlich stehen wir zusammen im Strahl der Wasserwerfer und im Tränengas. Und egal, ob diese Bewegung, die keine einheitliche ist, die neben den gemeinsamen teilweise völlig unterschiedliche Ziele hat, ihre Ziele erreicht oder nicht: Sie hat schon jetzt gewonnen. Weil nie wieder eine Regierung tun oder lassen kann, was sie will, ohne sich fragen zu müssen: Was wird das Volk dazu sagen? Das ist der Sieg, den wir errungen haben!«

11.–12. Juni

Marc

Marc hatte schlecht geschlafen und saß schon sehr früh im Frühstücksraum des Hotels. Er war der einzige Gast, das Personal baute gerade erst das Buffet auf. Murat, sein Lieblingskellner, hatte ihm bereits einen Cappuccino gebracht. Marc startete seinen Laptop und durchsuchte das Internet nach neuesten Nachrichten.

In Ankara hatte es in der vergangenen Nacht wieder schwere Zusammenstöße zwischen Demonstranten und der Polizei gegeben. In Istanbul dagegen war es in den letzten Tagen relativ ruhig geblieben, obwohl der von seiner Auslandsreise zurückgekehrte Premierminister nahezu täglich Öl ins Feuer goss und die Demonstranten wiederholt und öffentlich als Çapulcus, als Plünderer, beschimpfte. Wer Sachen in Brand stecke und zerstöre, sei nun mal ein Plünderer. Seine Geduld mit diesen Leuten habe Grenzen. Für das kommende Wochenende kündigte seine Partei, die AKP, zwei Großveranstaltungen in Ankara und Istanbul an. Und am gestrigen Montag hatte Bülent Arınç, der stellvertretende Premierminister, zwar erklärt, dass Erdoğan sich Mitte der Woche mit führenden Köpfen der Protestbewegung zu Gesprächen treffen würde, gleichzeitig aber davor gewarnt, dass die Regierung »illegale Handlungen« nicht länger tolerieren werde. Die Besetzung des Gezi-Parks und des

Taksim-Platzes werde bis zum Wochenende beendet. Dass Staatspräsident Gül auch noch ein umstrittenes Gesetz unterschrieben hatte, das nächtlichen Alkoholverkauf massiv einschränkt, versprach zusätzliches Konfliktpotenzial.

Marc war irritiert. Die Regierung setzte allem Anschein nach auf eine Politik von Zuckerbrot und Peitsche – allerdings mit so viel Peitsche, dass ihren Kritikern das Zuckerbrot im Halse stecken bleiben musste. Das konnte so nicht funktionieren. Aber warum gerierte sich die AKP derart unversöhnlich? Warum riskierte sie einen Aufstand, in dem es längst nicht mehr nur um Bäume ging? Warum war sie bereit, im wahrsten Sinne des Wortes über Leichen zu gehen? Hätte Erdoğan im Streit um den Gezi-Park vor ein paar Tagen auch nur einen kleinen Schritt auf die Demonstranten zu gemacht, zum Beispiel Gespräche über die Gestaltung des Parks angeboten, es wäre wohl nie so weit gekommen. Wie konnten er und seine Berater die Situation so falsch einschätzen? Oder waren ihm die Erfolge der letzten Jahre derart zu Kopf gestiegen, dass er beratungsresistent geworden war? Hatte er, der auch von ausländischen Medien schon als mächtigster türkischer Regierungschef seit Atatürk bezeichnet wurde, schlichtweg die Bodenhaftung verloren? Murat riss ihn aus seinen Gedanken. Er hatte ihm auf die Schultern getippt und zeigte auf den Flachbildschirm, der in der Lobby Tag und Nacht vor sich hin flimmerte.

»Look! Taksim.«

Ein türkischer Nachrichtensender zeigte Live-Bilder vom Taksim-Platz. Barrikaden brannten, Molotow-Cocktails flogen durch die Luft, schemenhafte Figuren rannten in dichten Schwaden aus Tränengas umher, von allen Seiten rückten Wasserwerfer vor. Zehn Tage, nachdem sie den Platz geräumt hatte, war die Polizei zurück!

Fünf Minuten später war Marc auf dem Weg, Kamera, Laptop, Wasser mit Zitrone im Rucksack, eine eigene Gasmaske und einen Helm hatte er immer noch nicht. Die, die er von Can bekommen hatte, als sie bei der ÇARŞI waren, hatte er zurückgeben müssen. Genau das aber war vielleicht sein Glück. Er war noch etwa einhundertfünfzig Meter vom Platz entfernt, als ihm sechs Polizisten entgegenkamen und ihn anhielten. Bevor er auch nur etwas sagen konnte, hatten ihn zwei der Männer an den Armen gepackt und ihm seinen Rucksack entrissen, ein dritter Uniformträger baute sich vor ihm auf und schrie ihn an.

»Why?«

Marc verstand nicht.

»Why?«

Marc zuckte verständnislos mit den Schultern.

»Why what?«

»Why you here?«

»I am a Tourist from England, I am here for holidays.«

»Holiday? Okay. Passport!«

Die eiserne Umklammerung seiner Arme lockerte sich. Aus dem Augenwinkel sah Marc, wie ein vierter Polizist seinen Rucksack durchwühlte und dann den Kopf schüttelte. Marcs Mangel an einschlägiger Schutzausrüstung erwies sich in diesem Moment als Segen. Mit einer betont langsamen Bewegung griff Marc in die seitliche Tasche seiner Cargo-Hose, fischte seinen Reisepass heraus und reichte ihn dem Polizisten, der ihn angesprochen hatte. Wortlos nahm der Mann den Pass entgegen und blätterte darin herum. Mehrfach wanderte sein Blick zwischen der Seite mit dem Foto und Marcs Gesicht hin und her. Auf eine Kopfbewegung von ihm traten die Polizisten, die Marc umzingelt hatten, einige Schritte zurück. Dann reichte er Marc den Pass zurück.

»Go back!«

»Go back?«

Marc hatte die Erfahrung gemacht, dass sich doof zu stellen eine sehr häufig funktionierende Taktik war, um zusätzliche Informationen von Sicherheitskräften zu bekommen, ohne sich verdächtig zu machen. Einen treuherzig-dümmlichen Gesichtsausdruck hatte er sich für solche Situationen regelrecht antrainiert. Diesmal funktionierte er nicht.

»No go Taksim!«

Der Blick des Beamten duldete keinen Widerspruch. Mit ausgestrecktem Arm wies er in die Richtung, aus der Marc gekommen war.

»Go back! Now!«

Dann drehte er sich um und ging, seine Truppe im Gefolge, zurück Richtung Taksim-Platz. Marc fluchte. Er würde nun einen weiten Umweg gehen müssen, denn würde er den gleichen Polizisten wieder begegnen, riskierte er eine Verhaftung. Er überprüfte den Inhalt seines Rucksacks, aber es fehlte nichts. Sein Handy vibrierte. Es war eine Kurznachricht von Mine.

»Polizei stürmt Taksim-Platz!«

»Bin auf dem Weg. Melde mich später.«

Nachdem er die Antwort eingetippt hatte, löschte er alle Kurz- und Sprachnachrichten von Mine, Can und allen anderen, mit denen er im Zusammenhang mit den Protesten noch kommuniziert hatte. Ihre Rufnummern kopierte er in einen verschlüsselten Bereich des Telefonspeichers und löschte sie anschließend aus allen anderen Anruf- und Kontaktlisten. Diesmal hatte er Glück gehabt. Die Polizisten hatten ihn nur sehr oberflächlich durchsucht, noch nicht einmal die Speicherkarte seiner Kamera überprüft. Das könnte beim nächsten Mal anders sein. Da konnte er nicht riskieren, auch seine Informanten ans Messer zu liefern. Sein Laptop war sicher, gewohnheitsmäßig verschlüsselte er alle dienstlichen Daten, und es bräuchte schon einen IT-Spezialisten, um überhaupt das verborgene Laufwerk zu finden, das er auf der Festplatte angelegt hatte.

Eine Viertelstunde benötigte er, um über den Tarlabaşı Boulevard zum Taksim-Platz zu gelangen. Dort hatten die Einsatzkräfte schon ganze Arbeit geleistet. Zwar hingen noch Reste von Reizgas in der Luft und ließen seine Nase kribbeln. Das Atatürk-Denkmal aber, am vergangenen Samstag, als er mit Mine und später Can hier gewesen war, noch mit Transparenten behangen, war wieder frei von Antiregierungspropaganda, ebenso das Kulturzentrum, an dessen Fassade nun nur noch zwei riesige Nationalflaggen und dazwischen ein Banner mit dem Konterfei Atatürks prangte. Barrikaden, die auf den Fernsehbildern vor noch nicht einmal anderthalb Stunden noch lichterloh gebrannt hatten, qualmten vor sich hin, vermutlich von Wasserwerfern gelöscht, die nun vor den Stufen zum Gezi-Park aufgefahren waren. Die meterhohen Barrikaden am Eingang des Parks indes waren unberührt. Dem lautstarken Pfeifkonzert nach hatten sich dahinter die vom Platz vertriebenen Demonstranten verschanzt. Mehrere Hundertschaften der Polizei verhinderten, dass sie wieder zum Platz vorstoßen konnten, machten allerdings keinerlei Anstalten, auch den Park selbst zu stürmen. Die frühmorgendliche Aktion der Sicherheitskräfte musste die Protestler völlig überrascht haben. Und sie war offensichtlich ziemlich gut geplant gewesen.

Zwei Bulldozer schoben die Überbleibsel der Straßenschlachten zu großen Haufen zusammen. Dazwischen wuselten Arbeiter in Leuchtwesten mit dem Aufdruck der Stadtverwaltung auf dem Rücken, Besen und Schaufeln in den Händen. Baggern verluden Schutt und Trümmer auf orangefarbene Laster. Mehrere Abschleppwagen transportierten derweil die demolierten und teilweise ausgebrannten Wracks der Übertragungswagen und städtischen Fahrzeuge ab, die zehn Tage lang als Trophäen der Demonstranten, Mahnmale und Touristenattraktionen gleichermaßen auf dem Platz gestanden hatten. Offensichtlich wurden auch in den Zufahrtstraßen bereits die Barrikaden entfernt. Marc sah mehrere Lastwagen in die Inönü Straße einbiegen. Wie unglaublich fix die Türken in solchen Sachen waren! Eben noch waren hier Molotow-Cocktails und Gasgranaten durch die Gegend geflogen, nun wurden hier schon die Straßen gekehrt. Als wollten die Behörden sagen: Schaut her, wir haben alles unter Kontrolle, Taksim ist kein rechtsfreier Raum mehr, wir kehren wieder zur Normalität zurück.

Obwohl der Taksim-Platz von Polizisten nur so wimmelte und an der Einmündung der İstiklal Straße Dutzende Mannschaftsbusse und gepanzerte Einsatzfahrzeuge der Polizei aufgefahren waren, wurde Marc kein weiteres Mal angehalten. Er passierte das Marmara Hotel und ging weiter Richtung Inönü Straße. Auch vor dem Kulturzentrum am östlichen Ende des Platzes hatte sich ein massives Polizeiaufgebot versammelt, neben Panzerwagen standen allein hier drei Wasserwerfer, aus deren Rohren es noch tropfte. Über der Inönü Straße standen Staubwolken. Auch hier waren die meisten der in den Vortagen noch meterhohen Barrikaden bereits geräumt. Radlader schaufelten Knäuel aus Wellblech, Pflastersteinen, Holzbrettern und Stahlstreben auf Lastwagen, Heerscharen von Arbeitern fegten und kehrten die Reste zusammen.

Plötzlich musste Marc lachen, bekam prompt einen Hustenfall und wusste nicht, ob es am Staub, den Resten von Reizgas oder doch der unfreiwilligen Komik dessen, was er da sah, lag: Ein schnurbärtiger Anzugträger stakste mit glänzend schwarzen Lederschühchen zwischen dem herumliegenden Schutt über den Bürgersteig, zwei Männer in orangefarbenen Arbeitsoveralls und neongelben Leuchtwesten im Schlepptau, die mit großen Eimern und Malerrollen an langen Stielen bewaffnet waren. Wann immer der langsam zustaubende Mann im Anzug ein Graffito der Protestbewegung entdeckte, begann er zu schreien und wild zu gestikulieren, worauf die beiden Glühwürmchen ihre Malerrollen eiligst in die Eimer tunkten und mit hektischen Bewegungen die bunte Sprayerei mit einer dicken Schicht grauer Farbe bedeckten. Da die Demonstranten in den zehn Tagen, in denen die Umgebung des Taksim-Platzes quasi rechtsfreier Raum gewesen war, ihrer Abneigung gegen den Premier, die Regierung und die AKP mal mehr, mal weniger kunstvoll, aber auf quasi jedem freien und erreichbaren Zentimeter Hauswand Luft gemacht hatten und ihnen dank des Geschäftssinns fliegender Händler der Nachschub an Spraydosen nie ausgegangen war, gab es so viel zu übermalenden Frevel, dass das Gesicht des Anzugträgers vor Zorn bald dunkelrot und ganze Häuserzeilen statt kunterbunt nun grau gefleckt waren. Marc konnte sich kaum wieder beruhigen. Hatten die wirklich nichts Besseres zu tun, als diese Graffiti überzumalen? Glaubten die wirklich, dass der angekratzte Ruf der Regierung Erdoğan mit ein bisschen grauer Farbe wiederherzustellen war? Beinahe hätte Marc vor lauter Lachen vergessen, von dieser Szene Fotos zu machen.

Mine

Şebnem war wieder die Schnellste gewesen. Vermutlich, weil sie im Gegensatz zu Mine noch immer fast jede Nacht im Park übernachtete. Ihre SMS riss Mine aus dem Schlaf. Es war 5.38 Uhr. Die Nachricht war kurz und bündig.

»Polizei stürmt Taksim-Platz.«

Mine war sofort hellwach. Der Zorn stieg in ihr auf und schmeckte wie Galle. Dieses Arschloch! Deswegen war Vedat gestern Nachmittag zum Dienst gegangen, obwohl er ihr am Tag zuvor noch erzählt hatte, dass er frei hätte. Er hatte es gewusst und keinen Ton gesagt! Wütend nahm sie sein Kopfkissen und schleuderte es gegen die Wand. Was für ein Riesenarschloch! Sie hatte sich wirklich Mühe gegeben, versucht, nicht über den Gezi-Park zu sprechen. Sie hatte ihn schweigen lassen, ihn nicht gefragt, weder wo er in den Tagen zuvor im Einsatz gewesen war, was er gesehen, gehört, getan hatte, noch warum er nun doch wieder weg müsste. Und er, der Feigling, hatte nur etwas von Lagebesprechung gemurmelt, als er seine Sachen packte.

Sie sprang auf, unterzog sich einer Katzenwäsche, putzte die Zähne, stopfte die Schutzausrüstung in ihren Rucksack und war zehn Minuten später an der Haltestelle Osmanbey. Die Metro Richtung Taksim fuhr nicht. Mine ging wieder hoch zur Straße. Sie hielt ein Taxi an, doch der Fahrer schüttelte den Kopf, als sie ihr Fahrziel nannte, und fuhr einfach davon. Mine entschied, es gar nicht weiter zu versuchen, sondern lief los. Ihr Handy vibrierte. Diesmal war es Vural, der Student, dessen Kopfwunde Şebnem und sie versorgt hatten, an einem der ersten Tage des Aufstandes. Seine Nachricht war wortgleich mit Şebnems.

Zehn Minuten würde sie bis zum nördlichen Ende des Gezi-Parks brauchen, wenn sie stramm ging. Noch waren kaum Menschen unterwegs. Polizeisirenen schrillten, ein Krankenwagen überholte sie. In immer kürzeren Abständen erhielt sie Nachrichten auf ihrem Handy, alle betrafen die Stürmung des Taksim-Platzes. Schon von Weitem sah sie schwarze Rauchsäulen und weißen Nebel, die sich vor dem kräftigen Blau des morgendlichen Himmels zu grauen Wolken vermischten. Auf dieser Seite war allerdings nur wenig Polizei zu sehen. Im Park selbst herrschte indes helle Aufregung. An den von Barrikaden gesicherten Ausgängen hatten sich Menschenketten gebildet. Die Leute pfiffen, buhten und schrien.

»Bullenschweine!«

»Erdoğan, du Lügner.«

Was sollte Mine denn sagen? Sie hatte sich nicht nur von ihrem Premierminister belügen lassen, der vor zwei Tagen noch von Dialog geredet hatte, nun aber doch wieder Schlagknüppel sprechen ließ. Sie war auch noch von ihrem Mann angelogen worden, der das alles hier gewusst und, statt ihr die Wahrheit zu sagen, irgendwas von einer Lagebesprechung gefaselt hatte. Wobei Lüge eigentlich das falsche Wort war. Das, was Vedat getan hatte, war schon eher Verrat. Genau das war es – Vedat hatte sie verraten! Die Wut gab ihr Kraft. Entschlossen bahnte sie sich ihren Weg durch den Park, in dem alle wie aufgescheuchte Hühner herumliefen. Sie kramte das Mobiltelefon aus ihrer Tasche, aber sie konnte keine Verbindung zu Şebnem aufbauen. Entweder war das Netz überlastet und zusammengebrochen oder aber – und das war wahrscheinlicher – die Polizei hatte es abgeschaltet, um zu verhindern, dass die Demonstranten zu schnell Verstärkung bekamen.

Noch bevor sie das trockene »Plock« vom Abschuss der Granaten oder das Zischen, mit dem das Gas austrat, hören konnte, erinnerten sie das Kribbeln in der Nase und die tränenden Augen daran, Schutzmaske und Schnorchelbrille aufzusetzen. Irgendwann war sie am Ausgang zum Taksim-Platz. Was sich dort genau abspielte, konnte sie nicht erkennen. Mehrere Tausend Demonstranten hatten sich wie eine menschliche Mauer hinter den Barrikaden aufgebaut. Viele hatten sich untergehakt, offensichtlich fest entschlossen, nicht zu weichen, sollte die Polizei Anstalten machen, auch den Park zu stürmen.

»Her yer Taksim, her yer direniş.«

Mine stimmte mit ein. Stundenlang standen sie da und sangen und wichen nicht. Auch nicht, als die Polizei gezielt Tränengas Richtung Parkeingang schoss und die Wasserwerfer vor ihnen auffuhren. Wie ein Körper stemmten sie sich den Hundertschaften der Polizei entgegen, die mit erhobenen Schilden und Schlagstöcken versuchten, sie zurückzudrängen. Irgendwann war Şebnem neben ihr aufgetaucht, hatte ihren Arm unter Mines geschoben und ihr aufmunternd zugelächelt.

»Boyun eğme!«

Nicht nachgeben. Mine sang aus vollem Hals mit und dabei auch gegen ein plötzlich aufkommendes Unwohlsein, ein Gefühl von Unsicherheit, ja Angst an. Klar, sie konnten jetzt nicht aufgeben. Dafür hatten schon zu viele mit dem Leben, ihrem Augenlicht oder der Freiheit bezahlt. Trotzdem beschlichen sie Zweifel. Denn die Regierung schien gewillt, den Widerstand mit allen Mitteln zu brechen, und hielt sich nicht an Absprachen. Die Polizei würde den Park nicht betreten, hatte sie versprochen, und nun versuchte sie es doch.

»Hast du keine Angst?«

Mine flüsterte Şebnem ins Ohr. Şebnem drehte ihren Kopf und bog den Oberkörper zurück, um Mine direkt in die Augen zu schauen.

»Angst? Nein. Was haben wir denn zu verlieren? Nichts außer unserem Leben. Und was wäre das wert ohne Freiheit?«

Mine schauderte. Die Stimme ihrer Freundin war ruhig und fest, doch ihre Worte klangen so martialisch. Mine hing an ihrem Leben und sie hatte bislang ein ziemlich gutes gehabt. Es wäre ein verdammt hoher Preis und sie war nun mal kein Mahatma Gandhi, kein Martin Luther King oder Nelson Mandela. Sie war eine zweiundzwanzigjährige Türkin, die noch nie einen Stimmzettel in eine Wahlurne geworfen hatte, gerne Partys feierte, tanzte und Alkohol trank. Aber damit war sie tatsächlich auch schon beim Thema Freiheit angelangt. Die Politik der AKP schränkte sie zunehmend ein, setzte Mine immer stärker unter Druck, das war ihr in den letzten Tagen klar geworden. Die Zahl der Kommilitoninnen, die Kopftuch trugen, nahm zu, die Zahl der Restaurants, die Alkohol ausschenkten, ab, drei, besser fünf Kinder sollte sie bekommen. Wenn ihr das Leben als Preis für die Freiheit zu hoch war, müsste sie damit leben, dass ihre Freiheit eingeschränkt würde, dass die Freiheit also der Preis für ihr Leben wäre. Zumindest, wenn sie es weiter hier – in der Türkei, in ihrer Heimat – verbringen wollte. Wieder wurde sie wütend. Welches Recht hatte die Regierung, hatte Erdoğan, ihr das Leben schwer zu machen und sie vor diese Wahl zu stellen? Begriff dieser Idiot nicht, dass er viel zu tief in die Privatsphäre der Menschen eingriff? Dass er das Volk spaltete? Letztendlich sogar Ehen gefährdete, wie ihre mit Vedat? Oder wollte er sogar genau das? Dass in einer Türkei, wie er sie sich vorstellte, Frauen wie sie nicht mehr mit Männern wie Vedat zusammen sein konnten? Denn das wurde ihr gerade klar: Sie konnte nicht mit Vedat zusammenbleiben. Nicht, wenn Vedat sie hinterging und weiter als Handlanger eines Mannes fungierte, der ihr ihre Freiheit nehmen, ihr ein Leben aufzwingen wollte, mit dem sie nie und nimmer glücklich werden konnte.

Ein Ruck ging durch Mine. Sie würde mit Vedat sprechen, er sich entscheiden müssen. Später. Jetzt, in diesem Moment, hatte sie etwas anderes zu tun. Fest umklammerte sie Şebnems Arm. Sie würde ihn nicht loslassen, koste es, was es wolle.

»Boyun eğme! Boyun eğme!«

Marc

Es war bereits nach Mittag, als Marc zurück auf dem Taksim-Platz war. Gefühlte tausend Mal hatte er seit dem Morgen versucht, Mine zu erreichen, aber entweder gab es kein Netz oder er bekam die Nachricht, dass sein Gesprächspartner vorübergehend nicht zu erreichen sei. Am Eingang zum Gezi-Park standen sich noch immer Hunderte Polizisten und Tausende Demonstranten gegenüber. Es war eine Pattsituation, in der sich nicht viel zu bewegen schien. Auf dem Platz indes waren die Aufräumarbeiten weit fortgeschritten. Ein leichter Wind hatte die letzten Gasschwaden vertrieben. Am Kulturzentrum und auf der gegenüberliegenden Seite, beim Unabhängigkeitsdenkmal, zeigte die Polizei weiter mit einem massiven Aufgebot Präsenz, mit Wasserwerfern und gepanzerten Fahrzeugen. Trotzdem hatten es einige Hundert Demonstranten geschafft, sich an der Straße gegenüber dem Marmara Hotel aufzubauen.

Rechts und links von ihnen waren Polizisten aufmarschiert. Marc versuchte, die Situation einzuschätzen. Die Motoren der Wasserwerfer liefen, die Polizisten aber hatten ihre Gasmasken noch nicht aufgesetzt, sie baumelten locker unter ihrem Kinn, die Schlagstöcke hingen am Gürtel. Es war also relativ unwahrscheinlich, dass die Polizei in den nächsten Minuten erneut losschlagen würde. Zeit genug für ein paar Fotos. Marc zückte seine Kamera für ein weiteres, sehr symbolisches Bild, wie er fand. Eine Frau hatte sich mit einer Friedensfahne direkt vor einem Wasserwerfer auf die Straße gelegt. Marc kniete sich auf das Pflaster, drückte mehrmals auf den Auslöser, wechselte auf das Weitwinkelobjektiv, um auch das Kulturzentrum mit dem riesigen Atatürk-Plakat und die Polizisten im Hintergrund mit aufs Bild zu bekommen.

»Bist du wahnsinnig? Verschwinde hier!«

Es war Steve, der ihn an am Oberarm packte und ihn hoch auf die Füße zog. Marc erkannte seinen Kollegen erst auf den zweiten Blick. Die Gasmaske und der tief sitzende Gefechtshelm mit dem weithin sichtbaren Presseaufdruck verdeckten sein Gesicht, seine Stimme klang durch den Luftfilter verzerrt. Erschrocken schaute Marc an Steve vorbei und sah, dass hinter ihnen Polizisten anmarschiert kamen, die Gasmasken vor das Gesicht gezogen, Schilde und Schlagstöcke erhoben. Steve zog ihn von der Straße auf den Bürgersteig am Hoteleingang, wo sich mehrere Dutzend Kameraleute und Pressefotografen versammelt hatten und ihre Objektive auf die Polizisten richteten. Steve packte seine Schultern und schüttelte ihn:

»Was zum Teufel ist in dich gefahren? Was soll der Leichtsinn, hier ohne Schutzausrüstung herumzurennen? Haben dir die Endorphine das Hirn vernebelt? Komm zu dir, Mann!«

Selbst wenn Marc sein Handeln hätte erklären können, er wäre nicht mehr dazu gekommen. Auf ein unsichtbares Kommando hielten die Polizisten an und drehten sich zu den Demonstranten um. Ohne Vorwarnung prallten schwere Gummiknüppel auf leichte Plastikhelme, die unter dem Aufprall zerbarsten, oder auf gänzlich ungeschützte Köpfe. Der harte Strahl des Wasserwerfers, vor dem noch eine Minute zuvor die Frau gelegen hatte, sprengte Lücken in die Reihen der Demonstranten. Gaskartuschen klöterten über den Asphalt und entluden sich, hüllten alles in Sekundenbruchteilen in beißenden weißen Nebel. Panik brach aus. Marc vernahm ein helles Sirren und verspürte einen Luftzug an seinem rechten Ohr. Etwas klatschte an die Wand hinter ihm, prallte daran ab und fiel vor seine Füße. Es war ein verformter Kunststoffring in leuchtendem Orange – ein Gummigeschoss.

Für einen kurzen Moment war er wie gelähmt. War es ein Querschläger gewesen oder hatten die Sicherheitskräfte gezielt auf ihn geschossen? Dann setzte die Hirntätigkeit wieder ein. Er musste weg, bevor ihn das Gas außer Gefecht setzte. Er schaute sich nach Steve um, konnte ihn aber nirgends entdecken, und so presste er eine Hand vor Mund und Nase und rannte los. Im Zickzack an strauchelnden und zusammenbrechenden Menschen vorbei, nach rechts und dann in die kleine Straße, die hinter dem Hotel den Hang hinunterführte. Er rannte und rannte, hätte mehrmals fast das Gleichgewicht verloren, so sehr beschleunigte ihn das Gefälle bei seiner kopflosen Flucht. Erst am kleinen Gümüşsuyu-Park verlangsamte er seinen Schritt und blieb schließlich ganz stehen.

Schwer atmend lehnte er sich an eine Hauswand. Verdammt noch mal. Das war gerade noch einmal gut gegangen. Um Zentimeter musste ihn das Gummigeschoss verfehlt haben. Steve hatte recht. Was für ein Leichtsinn! Wie konnte er erneut in eine Situation geraten, in der er nichts zu suchen hatte? Warum ging er plötzlich solche Risiken ein? Er hatte in all den Jahren, die er diesen Job schon machte, so viele kritische Momente überstanden, weil er sich auf seine Einschätzung der Lage und auf seine Instinkte verlassen konnte. Stets hatte er sich im richtigen Augenblick zurückgezogen. Nun wäre er beinahe zum zweiten Mal innerhalb weniger Tage außer Gefecht gesetzt worden. Und diesmal war es kein Kollateralschaden. Diesmal war er offensichtlich zum Ziel geworden. Ein paar Zentimeter weiter links, und er hätte wahrscheinlich sein rechtes Auge verloren. War das die Quittung dafür, dass er nicht mehr nur Beobachter war und seine journalistische Objektivität aufgegeben hatte? Hatte Steve auch recht damit, dass er sich aus persönlichen Gründen zu tief in eine Sache hatte hineinziehen lassen, die nicht die seine war, die er aber zu seiner gemacht hatte?

Und wenn schon: Wenn die türkische Polizei nun gezielt auf ausländische Journalisten schoss – und sei es nur mit Gummigeschossen –, dann ging sie endgültig zu weit. Aus seiner Sicht entfernte sich die Türkei in den Tagen von Gezi immer weiter von jenem demokratischen Vorzeigestaat des Orients, als der sie in den letzten Jahren in Europa gefeiert worden war. Wer Journalisten physisch angriff, um sie an ihrer Arbeit zu hindern, leistete einen demokratischen Offenbarungseid. Wer Gewalt gegen die Medien einsetzte, hatte sonst keine Argumente! Entschlossen drehte er um.

Marc verbrachte den Nachmittag am Taksim-Platz, wo die Polizei weiter jeden Versuch der Demonstranten, sich zu versammeln, mit Gewalt unterband. Immer wieder kam es zu Scharmützeln, bis in die Istiklal, die große Einkaufsstraße, hinein. Marc machte Fotos und führte Interviews, achtete dabei aber sehr darauf, nicht in allzu große Nähe zu Polizisten zu geraten. Zwei Warnschüsse an einem Tag – erst die Kontrolle, dann das Gummigeschoss – waren genug. Am frühen Abend ging er zurück ins Hotel. In der Lobby lud er die Bilder auf den Redaktionsserver hoch, die Abschriften der Interviews schickte er per E-Mail an Steve, dazu einen kurzen Text über die Ereignisse des Tages, wie er sie erlebt hatte. Marc hätte das alles auch direkt im Büro des Magazins tun können. Aber dann hätte er sich mit Steve unterhalten müssen. Und eine weitere Moralpre-

digt wollte er sich ersparen. Weil Mine sich nicht meldete und er zu nichts anderem Lust hatte, als sie zu sehen,
trank er drei doppelte Rakı auf Eis und ging früh ins
Bett.

Kathrin

Was sollte das? Warum hatte die Polizei den Taksim-
Platz am Vortag brutal geräumt, wenn sie ihn am nächsten Tag wieder freigab? Wozu all die Gewalt, die Festnahmen, die Verletzten, wenn doch für heute Gespräche
mit Vertretern der Protestbewegung angesetzt waren?
Die Istanbuler Stadtverwaltung hatte den Polizeieinsatz
am Tasksimplatz in einer Presseerklärung zunächst
damit begründet, dass sie lediglich illegale Transparente
am Unabhängigkeitsdenkmal und am Kulturzentrum
entfernen wollte. Istanbuls Gouverneur indes erklärte
später, man habe den Platz von »marginalen Elemen-
ten« befreien wollen. Erdoğan schien die Begründung
für das brutale Vorgehen gleich völlig egal zu sein. Er
lobte den Polizeieinsatz, forderte erneut die sofortige
Beendigung der der »illegalen Revolte gegen die Demokratie« auf öffentlichen Straßen und Plätzen, deren Ziel
es sei, der Wirtschaft des Landes zu schaden. Seinen
Auftritt vor der Presse in Ankara hatte er mit den Worten »Alles ändert sich, aber Tayyip Erdoğan ändert sich
nicht« beendet. Später ließ er durch einen Sprecher
erklären, dass er nur mit Vertretern »legaler Proteste«

verhandeln werde, die Taksim-Plattform sei somit zu den Gesprächen nicht eingeladen.

Kathrin saß in ihrem kleinen Garten, ein Glas Milchkaffee und einen Stapel Zeitungen vor sich, die sie am Morgen gekauft hatte, um zu schauen, was die türkische Presse zu dem gestrigen Polizeieinsatz am Taksim-Platz schrieb. Die drei Katzenjungen strichen um ihre Beine, die Mutter war wie immer in der Nachbarschaft unterwegs. Nachdenklich starrte Kathrin Löcher in den blauen Himmel.

Die Regierung schien keine Ahnung zu haben, wie sie mit den Demonstrationen umgehen sollte. So viel Polizei sie auch einsetzte, so viel Gewalt sie auch anwendete, die Proteste ließen sich nicht stoppen, auch nicht die Berichterstattung darüber. Die Print- und TV-Medien hatte Ankara zwar weitestgehend im Griff, die sozialen Medien aber, die Netzwerke und Kurznachrichtendienste, ließen sich nicht kontrollieren und verbreiteten jene Bilder in der Welt, die die Regierung hatte vermeiden wollen: die Bilder von Tränengas, Wasserwerfern und prügelnden Polizisten. Außerdem entlarvte das Internet propagandistische Lügengeschichten wie die von dem Saufgelage in der Dolmabahçe Moschee. Fotos von Bierdosen, die von regierungstreuen Medien abgedruckt und als Beleg für die Entweihung des Gotteshauses angeführt wurden, entpuppten sich als plumpe Fälschung. Netzaktivisten hatten die Fotos gesammelt und verglichen. Ergebnis: Es handelte sich immer um ein und dieselbe Dose, die an verschiedenen Stellen in der

Moschee positioniert und fotografiert worden war. Dies ließ sich anhand einer Delle in der Dose eindeutig beweisen. Innerhalb weniger Stunden war der Bericht der Aktivisten hunderttausendfach im Internet weiterverbreitet worden, Hohn und Spott ergossen sich ob der allzu simplen Manipulation über Regierung und ihr treu ergebene Medien.

Diese neuen Medien seien ein Fluch, eine große Bedrohung für die Gesellschaft, hatte Erdoğan vor einigen Tagen getobt, Europaminister Bağiş sprach von »Informationsverschmutzung« und der stellvertretende Chef der AKP, Mehmet Ali Şahin wurde mit den Worten zitiert, ein falscher Tweet sei »gefährlicher als eine Bombe«. Deshalb werde sich die Regierung für eine »Regulierung« der sozialen Medien einsetzen. Tatsächlich waren in Izmir bereits einige Aktivisten wegen angeblich staatsgefährdender Kurznachrichten festgenommen worden. Die alten Männer und das böse Internetz! Kathrin hätte darüber gelacht, wäre das alles nicht so bedrohlich.

Die Regierung hatte mit einer Hexenjagd begonnen, keilte wild und in alle Richtungen um sich. So waren gestern auch rund fünfzig Anwälte bei einer improvisierten Pressekonferenz festgenommen worden. Die Juristen hatten über körperliche Übergriffe der Polizei bei den massenhaften Festnahmen berichten wollen und über ihre Schwierigkeiten, Zugang zu inhaftierten Mandanten zu erhalten. Und in Ankara hatte Erdoğan über das Ende seiner Geduld schwadroniert und dass er dem ganzen Spuk nun ein Ende bereiten werde. Der Regierungschef wirkte bei diesen live im Fernsehen übertragenen Reden völlig abgehoben auf Kathrin, als habe er den Bezug zur Realität verloren, als nehme er nicht mehr wahr, was sich in seinem Land abspielte. Er verstand offensichtlich nicht, dass große Teile der Bevölkerung gar nicht seine Leistungen für das Land in Frage stellten, auch seine Politik nicht grundsätzlich ablehnten. Es war der autoritäre Führungsstil, sein paternalistisches Gehabe, die nahezu täglichen Bevormundungen, die sie auf die Straße trieben. Und auch im Fall der verhafteten Juristen schienen Erdoğan und Co. wieder die Rechnung ohne den Durchhaltewillen der Protestbewegung gemacht zu haben. Auf Halk TV hatte Kathrin vorhin Bilder von Hunderten Anwälten gesehen, die in ihren schwarzen Roben vor dem zentralen Gerichtsgebäude in Istanbul gegen die als willkürlich empfundene Verhaftung ihrer Kolleginnen und Kollegen protestierten.

Kathrin glaubte zwar nicht, dass auch nur ein einziger Student zur heutigen Vorlesung kommen würde, pflichtbewusst, wie sie war, machte sie sich aber am späten Vormittag auf den Weg zur Uni. Sie fuhr mit dem Bus die drei Stationen nach Üsküdar und bestieg die Fähre nach Kabataş. Das offene Oberdeck war bereits gut gefüllt mit zumeist jungen Menschen. Viele trugen Guy-Falkes-Masken – das hatten sich die Demonstranten von der Occupy-Bewegung abgeschaut – und türkische Flaggen mit einem Bild von Atatürk. Ihre Gesänge verrieten ihr Ziel:

»Her yer Taksim, her yer direniş!«

Kathrin setzte sich ganz nach hinten ans Heck und starrte gedankenverloren über das in der Sonne glitzernde Wasser des Bosporus auf die in der Hitze des Tages flirrende Silhouette von Sultanahmet mit der mächtigen Kuppel der Hagia Sophia, den Minaretten der Blauen Moschee und den vielen kleinen Türmchen des Topkapı-Palastes. Woher nahmen diese jungen Menschen nur den Mut? Das brutale Vorgehen der Polizei, Tote, Verletzte, Massenverhaftungen, Erdoğans unnachgiebige Haltung, nichts schien sie davon abhalten zu können, weiter zum Taksim-Platz zu marschieren und für ihre Rechte einzustehen. Im Gegenteil, die vielen Opfer der Polizeigewalt und die Pöbeleien des Regierungschefs spornten sie offensichtlich an. Neben Kathrin unterhielt sich eine Gruppe junger Frauen und Männer gerade über das für heute geplante Treffen von Erdogan mit Vertretern der Protestbewegung. Sie hielten es für wenig erfolgversprechend, vor allem, weil die Taksim-Plattform nicht eingeladen war. Ohne dieses Sprachrohr verschiedener Interessengruppen, die den Widerstand von Beginn an getragen hatten, fehlte der Oppositionsseite jede Legitimation zu Verhandlungen mit der Regierung – so zumindest die einhellige Meinung auf der Fähre nach Kabataş. Kathrin blieb sitzen, als die Fähre angelegt hatte, und schaute den jungen Leuten hinterher, die singend und Fahnen schwenkend Richtung Taksim zogen. Viel Glück. Kathrin gab ihnen einen stummen Wunsch mit auf den Weg und verließ die Fähre als Letzte.

Es kam so, wie sie es erwartet hatte. Der kleine Platz vor dem Haupteingang des Universitätsgebäudes, auf dem sich sonst immer Studenten tummelten, war verwaist. Auch die Gänge in dem ehrwürdigen Gemäuer der Universität waren nahezu leer, wie an einem Feiertag. An der Tür zum Hörsaal klebte ein Zettel:

»Sehr geehrte Frau Professorin, wir haben entschieden, geschlossen zum Taksim-Platz zu gehen. Dies ist kein Boykott Ihrer Vorlesung, sondern ein Protest gegen das gewaltsame Vorgehen der Polizei. Bitte haben Sie Verständnis. Ihre Studenten.«

Kathrin überlegte kurz, in ihr Büro zu gehen und Schreibkram zu erledigen, entschied sich dann jedoch anders und machte sich auf den Heimweg. Zuhause angekommen schaltete sie den Fernseher ein und klappte den Laptop auf. Die türkischen Sender zeigten Bilder von Erdoğans Treffen mit ein paar Künstlern, Publizisten und Wissenschaftlern in Ankara. Ein informelles Gespräch mit den führenden Köpfen der Protestbewegung sei das gewesen, so die Nachricht zu den Bildern. Was für ein Scheiß, dachte Kathrin. Die wahren führenden Köpfe der Protestbewegung waren bei diesem Treffen doch gar nicht anwesend gewesen. Schließlich hatte Erdoğan es abgelehnt, sich mit der Taksim-Plattform an einen Tisch zu setzen. Allerdings schien der Premier mittlerweile verstanden zu haben, dass sein harter Kurs im Ausland gar nicht gut ankam. Vor allem nicht vor dem Hintergrund, dass in zwei Wochen eine Beitrittskonferenz mit weiteren Verhandlungen zwischen EU und der Türkei geplant war. Europäische Politiker hatten Erdoğan zu Deeskalation und konstruktivem und friedlichem Dialog mit den Demonstranten aufgefordert. Die Regierung sende mit ihrer bisherigen Reaktion auf die Proteste falsche Signale ins eigene Land und nach Europa, rügte etwa der deutsche Außenminister Westerwelle. Das Recht auf freie Meinungsäußerung und Versammlungsfreiheit seien unveräußerliche demokratische Grundrechte. Seine italienische Amtskollegin Bonino sprach von einer ernsthaften Prüfung für einen EU-Beitritt. Auf jeden Fall sprach Erdoğan im Anschluss an das Treffen in Ankara plötzlich davon, dass man doch die Istanbuler Bürger über die Zukunft des Gezi-Parks entscheiden lassen, also ein Referendum abhalten könnte.

Das waren neue Töne. Vermutlich, weil auch innerparteilich der Druck auf den Regierungschef wuchs. Nachdem die Bilder von gestern, von der massiven Polizeigewalt bei dem achtzehnstündigen Einsatz am Taksim-Platz, um die Welt gegangen waren und für internationale Proteste gesorgt hatten, forderte nun auch Staatspräsident Gül, langjähriger Weggefährte Erdoğans und Mitbegründer der AKP, einen Dialog mit den Demonstranten. Vertiefte der seit zwei Wochen andauernde Konflikt nicht nur die Spaltung der türkischen Gesell-

schaft, sondern spaltete er gleichzeitig auch die Regierungspartei?

Mine

Was für ein magischer Moment! Verstohlen wischte sich
Mine eine Träne aus dem Augenwinkel, Marc sollte nicht
sehen, dass sie wie ein kleines Mädchen heulte. Sie war
froh, dass er es war, der neben ihr stand, denn er
schwieg einfach. Vedat hätte es vermutlich als kitschig
bezeichnet und blöde Sprüche gebracht, dabei war der
Augenblick zum Weinen schön. Die riesige Menschenmenge, die sich auf dem Taksim-Platz versammelt hatte,
war vollkommen still. Viele lagen sich in den Armen
oder hielten sich an den Händen. Alle lauschten sie dem
Spiel eines elektrischen Flügels. In bläuliches Licht
gehüllt saß da mitten auf dem Taksim-Platz ein junger
Mann mit Hut und spielte Klavier!

Am Abend vorher um die gleiche Zeit hatten an diesem
Ort schwere Straßenschlachten getobt. Die Polizei war
gegen 20 Uhr auf den Platz zurückgekehrt, als sich dort
bereits wieder Zehntausende von Menschen versammelt hatten, und räumte ihn erneut unter dem Einsatz
von Wasserwerfern, Gummigeschossen und Unmengen
von Reizgas. Bis runter nach Galata hatte sie die Demonstranten getrieben, bis tief in die Nacht war der
Widerhall von Schreien, Sirenengeheul und Detonationen zwischen den Häusern Beyoğlus zu vernehmen

gewesen. Mine hatte in der Menschenkette am Parkeingang lange ausgeharrt, sich dann irgendwann – es muss gegen vier gewesen sein – todmüde zusammen mit Şebnem ins Zelt verkrochen und doch kein Auge zugetan. Am Morgen war sie total gerädert aufgewacht. Weil die Polizei keine Anstalten mehr machte, den Park zu stürmen, ging sie nach Hause, um zu duschen und ihr Handy aufzuladen.

Als Erstes ging sie die Anruflisten und Kurznachrichten durch. Vedat hatte mehrfach versucht, sie anzurufen. Marc auch. Sie erschrak. Hatte ihr Herz, als sie Marcs Nummer entdeckte, nicht einen kleinen Hüpfer gemacht? War die Freude über seine Anrufe tatsächlich größer als die über Vedats? Sie war nie in ihrem – zugegebenermaßen noch nicht allzu langen – Liebesleben zweigleisig gefahren. Vedat war seit zwei Jahren der einzige Mann für sie, und auch zuvor hatte sie, bevor sie etwas Neues anfing, alte Zöpfe zeitig und meist sauber abgeschnitten. Und nun? Als müsste sie sich von unsauberen Gedanken reinwaschen, streifte sie ihre Klamotten ab und ging ins Bad. Der satte Strahl heißen Wassers aus dem Duschkopf tat gut, minutenlang ließ sie ihn auf sich einprasseln. Reinwaschen konnte er sie nicht. In zwei riesige Badetücher gewickelt, legte Mine sich aufs Bett und musste weiter an Marc denken. Diesen schlaksigen blonden Engländer, nicht wirklich gut aussehend, aber mit unfassbar blauen Augen und einem unverschämt gewinnenden Lächeln ausgestattet. Ein eher ruhiger Typ, aber mit einem ausgeprägten, sehr britischen Humor. Einer, der lieber zuhörte, als selbst zu reden. Sie erinnerte sich an den Moment, als sie ihm in dem Café weinend von ihrer Verhaftung erzählt und er sie ihn den Arm genommen hatte. An die Wärme seines Halses und die Sehnigkeit seiner Arme, den dezent-frischen Duft seines After Shaves – es hatte nach Limone, Bambus und frisch gemähtem Gras gerochen, sie hatte ihn noch nach dem Namen fragen wollen – und das absolut gleichmäßige Heben und Senken seines Brustkorbs. Sie schlief ein.

Es war Marc, der sie weckte. Nach dem sechsten oder siebten Klingeln war sie in der Küche und riss das Telefon vom Ladekabel. Bevor sie auf das Symbol zur Anrufannahme drückte, atmete sie einmal tief durch. Ihre Stimme sollte ganz ruhig klingen.

»Hey Marc, schön, dass du dich meldest. Wo steckst du?«

»Hi Mine. Ich bin noch im Hotel. Einer von den Anisschnäpsen gestern war nicht mehr gut. Und du?«

»Ich bin gerade ...«

Sie schaute auf die Küchenuhr und stellte fest, dass es bereits nach Mittag war.

»... aufgestanden. Ich bin heute Morgen erst aus dem Park zurück, um mal zu duschen, und habe mich dann zwei Stündchen aufs Ohr gehauen. Die Nacht war kurz.«

»Kann ich mir vorstellen. Und? Gehst du wieder hin?«

»»Klar, was denkst du denn? Wir haben vielleicht die Hoheit über den Platz verloren, aber den Park geben wir nicht her! Komm doch mit, es war heute Morgen wieder recht friedlich, nachdem es abends und in der Nacht noch einmal richtig rund ging. Und du kannst ja mal eine Story über Capulcu TV machen. Weißt du? Den Fernsehsender im Park.«

Mine hätte sich just in dem Moment ohrfeigen können. Was für ein durchsichtiges Manöver! Marc mit einer Story zu ködern! Entweder aber hatte Marc den Köder geschluckt oder er ließ sich nicht anmerken, dass er sie durchschaut hatte. Er antwortete in seiner ruhigen, unaufgeregten Art.

»Gute Idee. Wann und wo treffen wir uns?«

»16 Uhr vor dem Divan Hotel? Kennst du das? Es dieser große Klotz am nördlichen Ende des Parks.«

»Ja, kenne ich. 16 Uhr ist gut. Bis dann.«

Diesmal war Mine pünktlich und musste ein paar Minuten auf Marc warten. Sie begrüßten sich mit Küssen auf die Wangen und betraten den Gezi-Park durch den Nordeingang, vor dem von Polizei weit und breit nichts zu sehen war. Marc war schweigsam, als erwarte er eine Erklärung von ihr. War er vielleicht sauer, weil sie sich gestern nicht mehr bei ihm gemeldet hatte? Ihr Herz machte einen kleinen Freudenhüpfer. Es würde bedeuten, dass ihm daran etwas gelegen hätte. Gleichzeitig verfluchte sie ihr Smartphone. Das große Display war schick, verbrauchte aber auch furchtbar viel Strom. Ständig war der Akku leer, so auch gestern. Und weil auch Şebnems Mobiltelefon irgendwann durchgeorgelt war, war sie nicht mehr an seine Nummer rangekommen. Es war einfach dumm gelaufen. Sie entschuldigte sich also kurz und knapp – aber mit einem Augenaufschlag, der bei ihrem Vater immer funktionierte – für den leeren Handyakku und erzählte Marc dann, wie sie mit Şebnem den ganzen Tag und die halbe Nacht in der Menschenkette gestanden hatte, um die Polizei daran zu hindern, auch den Park zu stürmen, was sie mehrmals, aber nur recht halbherzig, versucht hatte und so von den Demonstranten zurückgedrängt werden konnte. Bevor Marc nach Vedat hätte fragen können, beendete sie ihre Erzählung selbst mit einer Frage.

»Und du? Warst du hier, als die Polizei den Platz gestürmt hat? Hast du darüber berichtet?«

Marc erzählte ihr von der Kontrolle durch die Polizisten und von dem Gummigeschoss, das ihn nur um Haaresbreite verpasst hatte.

»Siehst du? Habe ich es dir nicht gesagt? Die Türkei ist ein faschistischer Polizeistaat geworden! Komm!«

Sie hakte sich bei ihm unter und zog ihn durch die Menschenmassen. So voll wie heute war der Park noch nie gewesen. Die brutale Räumung des Platzes schien niemanden abgeschreckt zu haben. Im Gegenteil. Vor dem provisorischen Studio von Çapul TV im Gezi Café blieb sie stehen.

»Wenn du eine Story über die machen willst, gehen wir rein und ich dolmetsche für dich. Wobei ich nicht glaube, dass das nötig ist, die sprechen alle Englisch.«

Marc lächelte. Verdammt, er hatte sie also doch durchschaut.

»Danke, Mine, sehr nett von dir. Aber ich muss weder für heute noch für morgen eine Story liefern. Es sei denn, dass Erdoğan seine Drohung tatsächlich wahrmacht und den Park stürmen lässt. Was wir mal nicht hoffen wollen. Nein, lass uns einfach noch ein bisschen weiter durch die Gegend stromern. Mir gefällt die Stimmung hier, dieses bunte und friedliche Miteinander. Schau, da drüben wird Musik gemacht. Lass uns da mal hingehen!«

Puuh. Entweder war er ein Gentleman durch und durch oder er hatte ihr plumpes Angebot vom Mittag doch nicht durchschaut. In dem Moment wusste Mine allerdings nicht, was ihr lieber war. Sie gingen wenige Meter weiter, wo eine Gruppe junger Leute auf Töpfen, Pfannen und Teegläsern Musik machte. Mine bahnte sich und Marc einen Weg durch die Menschen, die um die Musiker herum standen und rhythmisch in die Hände klatschten.

»Hey, cool! Das sind die Kardeş Türküler mit ihrem Pfannensong. Der ist im Internet der absolute Kult! Schon mal gehört?«

Marc schüttelte den Kopf.

»Okay, dann lass uns einfach zuhören. Ich übersetze dir den Gesang dann später. Ich kann den Text schon fast auswendig.«

Mine begann, mitzuklatschen und sich im Takt der Musik zu wiegen. Sie stieß dabei an Marcs Bein, der ein wenig steif im Gedränge neben ihr stand. Jede dieser kleinen Berührungen erzeugte einen wohligen Schauer.

Sie tanzte weiter. Dann spürte sie, wie er sehr vorsichtig und langsam den Arm um ihre Schultern legte und sie ganz leicht an sich drückte. Sie ließ es geschehen. Es fühlte sich gut an.

Unter tosendem Applaus beendeten die Kardeş Türkü-ler eine extra lange Version ihres Pfannensongs. Marc nahm den Arm von Mines Schulter und klatschte eben-falls in die Hände. Sie gingen weiter, aßen eine Portion Köfte im Brot von einem der mobilen Grills, die an nahezu jeder Ecke im Park standen. Einige boten kalte Getränke aus mit Generatorstrom betriebenen Kühl-schränken. Nur Bier gab es bei keinem von ihnen. Aber genau danach gelüstete es Mine.

»Komm. An der Inönü Straße, direkt hinter dem Tak-sim-Platz, ist ein kleines Büfe, das auch Bier verkauft. Lass uns von dort etwas holen und uns dann wieder in den Park setzen.«

»Gute Idee.«

Marc griff mit einer selbstverständlichen Gesten nach ihrer Hand und ging vor. Er überragte die meisten anderen Menschen um sie herum um Haupteslänge, was sich als ziemlich ideal erwies, wenn man in diesem Gedränge den kürzesten Weg zum Bier finden wollte. Sie mit ihrer Körpergröße von gerade einmal einem Meter zweiundsechzig sah nur Rücken und Köpfe. Er jedoch steuerte mit Mine im Schlepptau zielsicher durch die Massen auf kürzestem Weg auf den Ausgang am südöstlichen Ende des Parks zu. Wie alle anderen war dieser mit Barrikaden gesichert, auch hier hielten

Demonstranten mit einer Menschenkette Wache. Die Straße direkt dahinter war schon seit Beginn der Auseinandersetzungen Aufmarschgebiet der Polizei gewesen. Nun war sie eine Bastion. Vier Wasserwerfer, ein halbes Dutzend gepanzerte Spähwagen mit Videokameras auf den Dächern und fünfzehn, vielleicht sogar zwanzig Mannschaftsbusse nahmen fast die gesamte Straße ein. Unter den skeptischen Blicken Hunderter Polizisten, die rauchend und Tee trinkend um die Fahrzeuge herum saßen oder auf ihre Schilde gestützt standen, gingen Mine und Marc am Kulturzentrum vorbei und ein Stück die Inönü Straße hinab, bis Mine Marc am Arm zog.

»Hier ist es.«

Es war einer dieser kleinen Läden, die von Zigaretten bis zum frischen Schafskäse aus einer kleinen Kühltheke so ziemlich alles verkauften. Dieser auch Bier.

»Hier haben wir uns während des Barrikadenbaus versorgt.«

»Verstehe.«

Marcs Grinsen war so breit und doch so charmant, dass Mine ihm um den Hals hätte fallen können.

»Ich nehme dann gleich mal ein Sixpack, in Ordnung?«

Außerdem schien er ihre Gedanken lesen zu können. Optisch war er ja nicht wirklich ihr Typ. Aber der Rest stimmte! Marc reichte einen Liraschein über den Tresen und verstaute das Sixpack und eine Tüte mit Nüssen in seinem Rucksack. Sie gingen zurück zum Taksim-Platz. Auf der Höhe des Kulturzentrums blieb Mine stehen.

»Hörst du das?«

»Was?«

»Da spielt einer Klavier.«

»Stimmt. Aber das kann doch nicht sein, oder? Ein Klavier? Mitten auf dem Taksim-Platz?«

»Eines musst du noch lernen, Marc.«

Sie guckte ihn in gespieltem Ernst an, weidete sich an seinem leicht erschrockenen Gesichtsausdruck und lachte dann los:

»In der Türkei ist so gut wie nichts unmöglich.«

Tatsächlich saß da mitten auf dem Platz ein junger Typ, Ende zwanzig, Anfang dreißig vielleicht, mit einem schlabberigen T-Shirt, Jeans, Turnschuhen und einem schwarzen Hut bekleidet, an einem Flügel und spielte. Er schien zu improvisieren oder eigene Kompositionen zu spielen, denn Mine – durch ihre Eltern mit einem soliden Grundstock sowohl an Jazz als auch an klassischer Musik ausgestattet – erkannte keines der Lieder. Das Spiel des Pianisten mit dem Hut war vielleicht nicht die ganz große Kunst, aber es ging ans Herz, war voller Gefühl und Melancholie. Selbst Marc, den sie musikalisch eher in die Schublade Old School/Gitarrenrock/Rolling Stones gesteckt hätte, schien eine romantische bis kitschige Ader zu haben.

»Hey, das ist schön. Lass uns näher rangehen!«

Wieder griff er nach ihrer Hand und sie zog sie nicht zurück. Im Schutz seines Rückens ging es durch das Gedränge, bis sie nur noch einige Meter von dem blau erleuchteten Flügel entfernt waren. Weiter ging es nicht. Um das Instrument herum saßen siebzig, achtzig, vielleicht noch mehr Menschen dicht an dicht auf dem Boden, die meisten mit geschlossenen Augen, als habe die Musik sie in Trance versetzt. Auch der junge Klavierspieler hatte die Augen geschlossen, während er spielte. Mine und Marc blieben stehen. Dass er ihre Hand weiter festhielt, störte sie nicht. Auch Mine machte die Augen zu und legte den Kopf in den Nacken. Das intensive Spiel des Pianisten berührte sie, ihr wurde ganz warm. Oder lag das doch eher an Marcs trockener, weicher Hand, die die ihre noch immer festhielt? Es war das erste Mal seit Tagen, dass sie so etwas wie Glück verspürte. Sie merkte, dass ihre Augen feucht wurden. Mit einer heimlichen Handbewegung wischte sie die Träne weg. Irgendwann war das Stück zu Ende. Als der letzte Ton verhallte, war es für einen kurzen Augenblick nahezu vollkommen still auf dem riesigen Platz. Dann brandete Applaus auf. Marc ließ ihre Hand los und applaudierte ebenfalls.

»Klasse Typ, dieser Klavierspieler. Gäbe eine gute Geschichte ab. Wenn es für dich okay ist, mache ich mal ein paar Fotos. Was ich hab, hab ich.«

»Klar, mach nur. Ich warte hier.«

Was hätte sie auch sagen sollen? Aber irgendwie wurmte es sie, dass Marc jetzt seine Kamera aus dem Rucksack kramte und anfing, Fotos zu machen. Es zerstörte den Moment. Hatte er gerade nichts anderes im Kopf, als an potenzielle Stories zu denken? Als Marc mit seinen langen Beinen durch die auf dem Boden hockenden Menschen stakste, um näher an den Klavierspieler heranzukommen, sich zu ihr umdrehte, ihr lächelnd zuwinkte und dabei fast das Gleichgewicht verlor, musste sie lachen. Der Anflug schlechter Laune war so schnell vorbei, wie er gekommen war. Marc, am Flügel angekommen, wartete ein weiteres Lied ab. Dann sprach er den Pianisten an. Sie unterhielten sich für einen Moment. Mine sah, dass Marc sich etwas in sein Notizbuch notierte, dann kam er zurück.

»Er heißt Davide Martello, ist Deutsch-Italiener und war gerade für ein paar Konzerte in Bulgarien, in Sofia, als er von der Stürmung des Taksim-Platzes hörte. Daraufhin hat er den Flügel in seinen Anhänger geladen, sich ins Auto gesetzt und ist hergefahren. Er ist eben erst angekommen und will jetzt für den Frieden spielen. Ein bisschen naiv, der Typ, wenn du mich fragst, aber nett, sehr nett. Könnte eine richtig gute Geschichte werden. Ich habe seine Telefonnummer.«

Er konnte vermutlich nicht anders. Mine lächelte ihn mit dem süßesten Lächeln an, das sie parat hatte.

»Du bist auch sehr nett, aber jetzt halt bitte einfach die Klappe. Ich möchte den Moment genießen und die Musik hören.«

Dann nahm sie seine Hand, schloss die Augen und legte den Kopf zurück. So war es gut.

Mine wusste nachher nicht mehr genau, warum es passiert war. Was es war, das sie das tun ließ, was sie taten. War es die Musik?

Der Pianist begann eine wunderschöne Version von John Lennons »Imagine« zu spielen. Wenn es vorher noch Geraune oder vereinzelte Zwischenrufe gegeben hatte: Nun verstummte die riesige Menge auf dem Platz völlig. Es hatte etwas Andächtiges, ja Feierliches. Wie vorhin im Park legte Marc seinen Arm um Mines Schultern. Statt einfach neben ihm stehen zu bleiben, drehte sie sich zu ihm ein und legte die Arme um seinen Nacken. Er senkte seinen Kopf. Sie hob den ihren, ging auf die Zehenspitzen. Dann küssten sie sich. Und hörten erst auf, als der letzte Akkord in frenetischem Jubel unterging.

Was habe ich getan?, durchfuhr es Mine. Mit beiden Händen stieß sie sich an Marcs Brust ab, der sie erschrocken mit großen Augen anschaute. Sie konnte es nicht kontrollieren, es brach einfach aus ihr heraus.

»Was zum Teufel tun wir hier? Was ist das für eine Scheiße?«

Sie schrie ihn an. Marc stand da wie angewurzelt. Als sie die Traurigkeit in seinem Blick sah, brach ihre Stimme.

»Es tut mir leid, ich weiß nicht, warum ...«

Dann drehte sie sich einfach um und bahnte sich ziemlich rüde einen Weg durch die Menschenmenge, während ihr die Tränen wie Wasserfälle über das Gesicht liefen. Mine war vielleicht zwanzig oder dreißig Meter weit gekommen, als sie stehen blieb. Marc hatte offenbar keine Anstalten gemacht, ihr zu folgen. Sie konnte seinen blonden Schopf nirgendwo entdecken. Sie hatte ihn verloren.

15.–16. Juni

Marc

Marc hatte in den letzten Tagen kaum etwas zu tun gehabt, das Magazin in seiner Online-Ausgabe hatte die Berichterstattung über den Aufstand in der Türkei auf eine kurze Tageszusammenfassung der Ereignisse reduziert. Die Situation war festgefahren. Die Demonstranten beharrten auf ihrer Forderung, dass der Park bleiben, der Premierminister aber gehen müsse. Im Gegenzug hielt die Regierung an ihrem Kurs fest, dass es sich bei den Protesten um das Werk einiger weniger Krawallmacher und Terroristen handele, die mit Unterstützung aus dem Ausland das ganze Land in Geiselhaft zu nehmen versuche. Immerhin hatte sich Erdoğan vor zwei Tagen, am Donnerstagabend, dann doch mit Vertretern der Taksim-Plattform getroffen. Viel herumgekommen war bei den Gesprächen allerdings nicht – vor allem, weil der Premier noch wenige Stunden zuvor mal wieder rhetorisch auf die Pauke gehauen und die Demonstranten aufgefordert hatte, das Zeltlager im Gezi-Park zu räumen, damit – wie er es nannte – die Polizei dort gegen »illegale Organisationen« vorgehen könne. Man werde den Spuk in Bälde beenden, der Park gehöre schließlich der Allgemeinheit und nicht nur ein paar Besetzern. »Ich warne zum letzten Mal: Mütter, Väter, bitte holt eure Kinder ab«, so zitierten ihn die englischsprachigen Ausgaben türkischer Zeitungen. Demonstranten hatte daraufhin eine Menschenkette um den Park herum gebildet. Marc war am Donnerstag auch auf dem Taksim-Platz gewesen, in der Hoffnung, Mine zu treffen. Seit sie am Vortag so plötzlich abgehauen war, hatte sie alle Anrufe und Kurznachrichten von ihm unbeantwortet gelassen. Jedes Mal, wenn er in der Menschenmenge einen dunklen Lockenschopf entdeckte, glaubte, Mine gefunden zu haben, um dann enttäuscht festzustellen, dass sie es doch nicht war, fühlte er einen Stich in der Brust. Hatte er sich tatsächlich verliebt?

Stunde um Stunde irrte er vergeblich durch den Park und über den Taksim-Platz. Es war schon dunkel, als plötzlich Applaus aufbrandete. Mehrere Hundert Frauen waren vor dem Haupteingang zum Park aufgetaucht, hatten sich in die Menschenkette eingereiht, gesungen und dabei türkische Flaggen geschwenkt. Marc ließ sich die Sprechchöre der Frauen von einem jungen Pärchen, das neben ihm stand, übersetzen:

»Erdogan, wo bist du? Hier sind die Mütter der Plünderer!«

Marc bekam eine Gänsehaut. Statt ihre Kinder aus dem Park zu holen, waren die »Mütter der Plünderer« also gekommen, um ihre Kinder zu schützen. Er fühlte ehrliche Bewunderung für diese Frauen. Ihr Aufmarsch war ein weiteres Beispiel für die Zivilcourage, die so viele Türken in den vergangenen zwei Wochen im Angesicht einer immer repressiver handelnden Staatsmacht an den Tag legten und dabei Verletzungen und

Verhaftungen in Kauf nahmen. Und er war erneut ein Beleg dafür, dass der Premierminister sich irrte. Hier protestierten nicht nur ein paar als Umweltschützer getarnte Terroristen, die vom Ausland gelenkt wurden. Etliche der Frauen, die sich untergehakt hatten und unverdrossen und lautstark ihren trotzigen Slogan sangen, trugen Kopftücher. Das autoritäre Gehabe Erdoğans verprellte nicht nur die säkularen städtischen Eliten, sondern auch religiöse und konservativere Teile der Gesellschaft.

Später am Abend hatte Davide Martello erneut seinen Flügel auf den Platz gefahren und zu spielen begonnen. Wieder war diese feierliche Stimmung eingetreten, mit der Zehntausende dem melancholischen Spiel des deutsch-italienischen Pianisten andächtig lauschten. Wenn er eine Pause machte, begann die Menge zu singen:

»Wir haben Noten, ihr Pfefferspray. Wir haben ein Piano, ihr Wasserwerfer!«

Und Marc stand mittendrin, suchte nach Mines Wuschelmähne und dachte sehnsüchtig an den Vorabend, als er sie im Arme gehalten, ihre Wärme, ihre Brüste an seinen Rippen gespürt und er sie – oder sie ihn? – geküsst hatte. Aber sie war nicht da, zumindest nicht zu finden in dem Meer dunkler Köpfe. Mit großer Wucht überkam ihn ein Gefühl, das er nur sehr selten empfand: Marc fühlte sich einsam. So einsam, dass es wehtat.

Er war dann irgendwann zurück ins Hotel gegangen, hatte noch zwei doppelte Rakı getrunken und, als Mine auch am nächsten Morgen nicht ans Telefon ging, in Rücksprache mit Steve und seinem Chef Paul für Montag einen Rückflug nach London gebucht. Das Wochenende möge er noch abwarten, falls Erdoğan seine Drohung wahrmache und den Park mit Gewalt räumen lasse, hatte Paul ihn gebeten. Marc stimmte zu. Er teilte zwar Steves Einschätzung, dass die Regierung kaum so unverantwortlich wäre, den Park an einem Wochenende räumen zu lassen, wenn neben Touristenmassen auch noch Tausende Familien mit Kindern in Taksim unterwegs waren, hatte aber eingewilligt, weil er sich damit die Chance bewahrte, Mine doch noch einmal wiederzusehen. So, wie sie sich an jenem Abend getrennt hatten, konnte und wollte er das nicht enden lassen.

Den Rest des Tages verbrachte er damit, Tourist zu sein. Mit der Tram fuhr er nach Sultanahmet, reihte sich ein in die Schlangen am Topkapı-Palast, ließ sich von den Massen durch Schatz- und Waffenkammern schieben, durch Haremsräume mit juwelenverzierten Springbrunnen und goldene Säle, und hatte doch kein Auge für all die Pracht und den Überfluss, der im ehemaligen Machtzentrum des untergegangenen Reiches der Osmanen herrschte. Selbst die ältesten Koranexemplare der Welt und wertvolle Reliquien wie ein Büschel Barthaare des Propheten Mohammed nahm er kaum zur Kenntnis. Er musste ständig an diese junge Frau denken, deren weiche Lippen er noch immer auf den seinen spürte, die offensichtlich aber nichts mehr mit ihm zu tun haben wollte. Oder warum ging sie nicht an ihr Telefon?

Nun war also Samstag und seine Absprache mit Steve sah vor, dass sein Kollege die Tagschicht übernahm, während Marc dann ab dem Abend die Situation auf dem Taksim-Platz beobachten und sich im Falle einer gewaltsamen Räumung bei Steve melden würde. Marc hatte lange geschlafen, im Hotel noch die Reste vom Frühstücksbuffet gekratzt und war dann durch die Gassen Karaköys zum Istanbul Modern geschlendert, einem Museum für moderne Kunst. Vermutlich aber hatte er länger auf das Display seines Mobiltelefons gestarrt als auf die Kunstobjekte an den Wänden. Doch Mine meldete sich nicht.

Habe ich sie bedrängt, ihr den Kuss aufgezwungen? Düstere Gedanken marterten sein Hirn, als er steile Treppen und Wege nach Taksim hochstieg. War er ein alter Bock geworden, der auf Frischfleisch stand? So wie die fettleibigen Schmierlappen, die in Thailand, Kambodscha oder auf den Philippinen mit minderjährigen Mädchen und Jungen herumzogen? Einer, der vor lauter Geilheit rücksichtslos Ehen ruinierte? Nein. So war er nicht! Er hatte schließlich – trotz häufig monatelanger Abstinenz – noch nie in seinem Leben die Dienste einer Prostituierten in Anspruch genommen, um seine Triebe zu befriedigen! Es war keine fleischliche Lust, die ihn so zu Mine hinzog – zumindest nicht vorrangig. Aber eben auch nichts, was Zukunft hätte. Oder doch? War es nicht sie gewesen, die seinen Kopf zu sich herunter gezogen und ihre Lippen auf seine gepresst hatte? Seine Schritte in den engen Gassen, die schier unaufhörlich bergauf führten, wurden schwer, während er sich einzureden versuchte, dass es ohnehin nichts werden könnte. Mit einem eigenbrötlerischen Reporter, der ständig unterwegs war und in den letzten zehn Jahren keine einzige richtige Beziehung geführt hatte, und einer halb so alten und noch dazu verheirateten Frau aus einem völlig anderen Kulturkreis. Selbst, wenn sie beide es wollten.

Oben am Taksim-Platz herrschte ein Trubel, als habe es die brutale Räumung vor vier Tagen nicht gegeben. Zehn-, vielleicht Hunderttausende Menschen bevölkerten den zentralen Platz zwischen Kulturzentrum und Istiklal Straße. Allerdings zeigte die Polizei sichtbar Präsenz. An den Zufahrtsstraßen waren Wasserwerfer postiert, im Schatten von Mannschaftsbussen hockten Hundertschaften, Helme, Gasmasken und Schlagstöcke in griffbereiter Nähe. Es wirkte auf Marc wie die Ruhe vor dem Sturm. Sein Gespür trog ihn selten.

Mine

Zwei Tage lang hatte sie alle Anrufe und Kurznachrichten ignoriert. Von Marc, von Şebnem und anderen Freunden, von ihren Eltern. Sie hätte vermutlich noch nicht einmal den Anruf von Vedat entgegengenommen – wenn es ihn gegeben hätte. Dieser kurze Moment am Donnerstagabend hatte sie völlig aus der Bahn geworfen: Sie hatte einen Mann geküsst, einen, der nicht ihr Mann, der nicht Vedat war! Was war da passiert? Wie hatte es so weit kommen können? Sie kannte Marc doch kaum! War sie bis vor wenigen Tagen nicht sehr glücklich verheiratet gewesen? Wie war das genau gewesen? Hatte er sie oder sie ihn geküsst? Machte das überhaupt einen Unterschied? Wenn es von ihm ausgegangen war, hatte sie es schließlich zugelassen! Und es sogar genossen! Aber selbst über den Hergang war sie sich noch nicht einmal sicher: Hatte sie nicht die Arme um seinen Nacken gelegt und sein Gesicht zu sich gezogen? Das Einzige, woran sie sich sicher erinnerte, war, dass sie danach einfach weggerannt war. Wie ein kleines Mädchen. Direkt nach Hause. Hatte sich in der leeren Wohnung – Vedat war natürlich nicht da – auf das Sofa geworfen und geheult. Sie, der Ehrlichkeit immer so wichtig gewesen war, hatte ihren Mann hintergangen, ihn um einen Kuss betrogen, mit einem anderen, einem Älteren, einem Ausländer. Stundenlang wälzte sie sich in ihrem Leid. Litt mit Vedat, weil er mit einer Frau verheiratet war, die sich in der ersten schweren Krise ihrer Ehe einem anderen an den Hals warf. Mit Marc, der immer so höflich und zurückhaltend gewesen war, bis sie ihm offensichtlich völlig den Kopf verdreht hatte. Und mit sich selbst, weil ihre heile Welt zusammengebrochen war. Sie litt, trank Wein, litt noch mehr, trank mehr Wein, schlief, wachte auf, litt wieder, aß nichts, trank, litt unendlich, schlief erneut ein und litt im Traum weiter. Bis Samstagmittag. Da hatte sie keine Tränen mehr. Außerdem klingelte ihr Telefon mal wieder. Sie wollte den Anruf wegdrücken, als sie sah, dass es Vedats

Vater war. Sie hatte seine Nummer zwar irgendwann einmal abgespeichert, aber weder hatte sie ihn noch er sie jemals angerufen! Es war, als habe jemand ihr Herz gepackt und hielte es jetzt in seiner Faust fest und vom Schlagen ab.

»Ja? Mine hier.«

»Mine, Kind, hier ist Abdullah. Was ist los bei euch? Vedat war gerade hier und hat erzählt, dass ihr Streit hattet und seit Tagen nicht mehr miteinander redet. Warum? Was ist passiert?«

Vedats Vater klang ehrlich besorgt, in seiner Stimme war keine Spur eines Vorwurfs. Trotzdem wurde Mine von einer Sekunde auf die andere zornig. Sie versuchte, sich zu beherrschen, ihre Stimme ruhig klingen zu lassen.

»Hat Vedat dir das nicht erzählt?

»Nun, er war nur kurz zum Frühstück da, weil er wieder zum Dienst musste. Er sagte nicht, warum ihr euch gestritten habt, nur, dass du sauer seist.«

Hätte Mine noch Tränen gehabt, sie hätte vor Wut geheult.

»Das sieht ihm ähnlich! Ich sage dir, warum wir uns gestritten haben und warum ich sauer bin: Weil dein feiner Herr Sohn sich auf die Seite der Regierung und gegen mich stellt! Weil er zulässt, dass die Polizei Leute wie mich mit Gas beschießt, schlägt und verhaftet! Weil er mitmacht, wenn Erdoğan und die anderen AKP-Faschisten das Recht auf freie Meinungsäußerung aus den Menschen herauszuprügeln versuchen! Weil ...«

Ein Schluchzen, das ganz tief aus ihrer Brust kam, raubte ihr die Luft. Sie hatte doch noch Tränen. Just in diesem Moment schossen sie ihr in die Augen, liefen über die Lider, die Wangen hinunter, verbreiteten einen salzigen Geschmack auf ihren Lippen. Sie war traurig. Und ungerecht. Weil sie auflegte, Vedats Vater einfach wegdrückte, ihm keine Chance ließ zu verstehen, geschweige denn zu antworten.

Sie blieb noch eine ganze Weile trübsinnig auf dem Sofa hocken. Konnte es sein, dass sie gerade alles, aber auch wirklich alles falsch machte? Sie hatte ihren Schwiegervater vor den Kopf gestoßen, ihren Mann hintergangen, einen neuen Freund verloren, alte Freunde im Stich und ihre Eltern in Sorge gelassen – eine ziemlich beschissene Bilanz, die sie da für die vergangenen Tage ausweisen musste. Mine gab sich einen Ruck. Vom Herumjammern wurde die Bilanz nicht besser. Sie nahm sich ihr Telefon und rief ihre Eltern an, erzählte ihrer Mutter, dass es ihr gut ginge, dass sie die letzten Tage im Gezi-Park gewesen wäre, entweder aber ihr Akku leer oder der Empfang gestört war, weswegen sie sich nicht gemeldet hätte. Was am Mittwochabend passiert war, verschwieg sie, ebenso den Anruf von Vedats Vater. Ihre Mutter schien leidlich beruhigt.

»Pass auf dich auf, wenn du in den Park gehst, Schatz. Die Polizei ... na, du weißt schon. Und ob Papa dich noch einmal da herausbekommt, ist auch nicht sicher. Was ist eigentlich mit Vedat, hat er wieder Dienst?«

Mine bejahte, gab vor, dass gerade ein zweiter, dringender Anruf hereinkäme und verabschiedete sich. Sie wollte sich mit einer Diskussion über Vedat und ihre Ehe nicht wieder ins Tal der Tränen stürzen lassen. Dann wählte sie Şebnems Nummer. Auch ihre Freundin zeigte sich zunächst besorgt, dass Mine mehr als zwei Tage lang wie von der Erdoberfläche verschwunden gewesen war.

»Ich erzähle dir alles später, Şeb. Wollen wir uns gleich im Park treffen?«

»Klar, ich bin schon da. Unser Zelt steht noch immer am gleichen Platz. Lass uns dort treffen. Sagen wir um 16 Uhr? Dann kann ich mir vorher noch etwas zu essen besorgen.«

Mine duschte und zog sich an. Sie ging zu Fuß die Cumhurriyet Straße hinunter Richtung Taksim. Die frische Luft, die Sonne taten ihr gut. Sie musste ein bisschen suchen, bis sie in dem Gedränge und in der Masse der Zelte ihr kleines blaues Tunnelzelt gefunden hatte. Der Park war noch voller als am Mittwoch. Klar, es war Wochenende. Zu den Demonstranten gesellten sich also noch mehr Touristen als sonst und vor allem viele Familien mit Kindern. Der Gezi-Park mit seiner festivalartigen Stimmung war zu einer neuen Sehenswürdigkeit der daran wahrlich nicht armen Stadt geworden. Şebnem und ein halbes Dutzend Freunde saßen vor dem Zelt und aßen Böreks mit Schafskäse und Spinat. Irgendjemand hatte einen kleinen Gaskocher mitgebracht, auf dem eine Teekanne stand. Alle sprangen auf, drückten und küssten Mine, Şebnem wartete und kam als Letzte auf sie zu. Mit einem angedeuteten Kopfschütteln signalisierte Mine, dass sie hier, vor all den anderen, nicht sprechen wollte. Ihre Freundin nickte und fragte erst gar nicht. Die Gruppe wurde größer, immer mehr Freunde und Kommilitonen setzten sich zu ihnen. Als zwei Jungs mit einer Gitarre und einer Darbuka Musik zu machen begannen und alle mitsangen und schließlich tanzten, nutzten Mine und Şebnem den Trubel, um sich abzusetzen. Şebnem hakte sich bei Mine unter.

»Erzähl.«

Und während sie durch den Park schlenderten, erzählte Mine. Die ganze Geschichte. Von ihrem Ärger mit Vedat. Dass er sie belogen hatte. Von ihren Treffen mit Marc. Dass sie Händchen gehalten und sich schließlich geküsst hatten. Von den letzten beiden Tagen, in denen sie mit dem Chaos in ihrem Kopf gekämpft hatte. Und mit dem in ihrem Herzen. Dass sie Vedats Vater beleidigt hatte. Von dem Gefühl, alles falsch zu machen. Und dass ihr die Kontrolle über ihr Leben entgleite.

Şebnem hörte einfach nur zu. Als Mine ihren Monolog beendet hatte – es dämmerte bereits –, blieb ihre Freundin stehen und nahm sie in den Arm. Mitten im Gedränge standen sie stumm da, minutenlang. Nie war Mine glücklicher darüber gewesen, eine Freundin wie Şebnem zu haben. Jemanden, der einfach da war, zuhörte und nicht direkt neunmalkluge Ratschläge gab. Dann ertönte der blecherne Klang eines Lautsprechers und es wurde schlagartig mucksmäuschenstill im Park. Es war eine Durchsage der Polizei, die die Menschen aufforderte, den Park sofort zu verlassen. Die illegale Besetzung des Areals werde bald beendet. Der kurze Text wurde mehrmals wiederholt.

Entsetzt schauten sich Mine und Şebnem an. Konnte das sein? Würde die Polizei tatsächlich heute, an einem Samstagabend, den Park räumen? Mit all den Kindern, alten Leuten und Touristen darin? Die Menschen begannen in Richtung der Ausgänge zu drängen. Doch die Menge wogte nur hin und her, ohne wirklich von der Stelle zu kommen. Die Barrikaden hatten die Ausgänge so verengt, dass das Meer aus Menschen nicht abfließen konnte. Der Park war zur Falle geworden.

»Scheiße, wir müssen zum Zelt zurück. Darin sind unsere Schutzklamotten.«

Es war Şebnem, die zuerst reagierte. Aber sie waren noch nicht sonderlich weit gekommen, als das Unfassbare geschah. Plötzlich erfüllte ein Fauchen die Luft. Von allen Seiten, so schien es, flogen Granaten in den Park und detonierten zwischen den Menschen, die ihnen nicht ausweichen konnten. Mit dem zischenden Geräusch der sich entladenden Geschosse brach Panik brach aus. Frauen schrien, Kindern weinten.

»TOMA geldi!«

Die Wasserwerfer sind gekommen! Der Ruf kam aus Richtung Taksim-Platz und pflanzte sich, unzählige Male wiederholt, durch den ganzen Park fort.

»TOMA geldi, TOMA geldi!«

Es war das totale Chaos. In ihrer Panik trampelten die Menschen die Zelte nieder, stolperten, fielen, versuchten sich aufzurappeln, fielen wieder. Eine Gruppe junger Männer versuchte, einen Korridor für Frauen und Kinder zu schaffen, doch der Druck der flüchtenden Menge war zu groß. Dann sah Mine die ersten weißen Helme zwischen den dunklen Köpfen. Die Polizei machte ihre Drohung wahr.

Marc

Marc ließ sich einfach treiben. Es war so voll im Gezi-Park, dass es roher körperlicher Gewalt bedurft hätte, die Richtung zu bestimmen, also schwamm er einfach mit der Menge mit. Er hätte ohnehin nicht gewusst, wo er nach Mine suchen sollte. Also konnte er es getrost dem Zufall überlassen, ob er sie hier finden würde. Schließlich war es ja auch Herr Zufall gewesen, der sie vor zweieinhalb Wochen einander vorgestellt hatte. So abrupt Mine in sein Leben getreten war, so plötzlich war sie allerdings auch wieder verschwunden. Und genauso unvermittelt wurde er aus seiner Melancholie gerissen. Die Stimme eines Mannes, durch Lautsprecher verstärkt, schallte durch den Park. Marc verstand kein Wort. Die Reaktion der Menschen um ihn herum aber war eindeutig. Einem kurzen Moment der absoluten Stille folgten ein schrilles Pfeifkonzert und Buhrufe.

»Was ist passiert, was hat der Mann gesagt?«

Marc sprach den nächstbesten Menschen neben sich an, einen Mann in ungefähr seinem Alter, der ihn zunächst irritiert anschaute, dann aber bereitwillig und in geschliffenem Englisch Auskunft gab:

»Das war die Polizei. Sultan Erdoğan hat entschieden: der Park wird jetzt geräumt. Machen Sie, dass Sie hier wegkommen!«

Um Himmels willen! Waren die jetzt völlig durchgeknallt? Gezi räumen? Jetzt? Mit diesen Zehntausenden von Menschen hier drin? Marc war fassungslos. Der Park war voller Kinder und älterer Menschen, sogar einige Rollstuhlfahrer hatte er gesehen. Er schaute auf die Uhr. Es war kurz nach acht. Er nestelte sein Mobiltelefon aus der Hosentasche und wählte Steves Nummer. Er musste gegen das Pfeifen, die Buhrufe und das aufgeregte Stimmengewirr anschreien.

»Hey Steve, schwing die Hufe, es geht los! Die Polizei hat gerade durchgesagt, dass der Park nun geräumt wird.«

»Ach du Scheiße! Bin schon auf dem Weg und in fünfzehn Minuten da. Pass auf dich auf und zieh den Kopf rechtzeitig ein, hörst du? Geh bitte keine unnötigen Risiken ein! Bis gleich ...«

Steve hatte aufgelegt. Marc schaute sich um. Was sollte er tun? Raus aus dem Park? Oder noch ein wenig warten? Er wühlte sein Halstuch und die Kamera aus seinem Rucksack, was bei dem Gedränge gar nicht so leicht war. Alles, was Beine hatte, versuchte, zu den Ausgängen zu gelangen, doch es ging kaum vor und genauso wenig zurück. Jetzt eine richtige Massenpanik und es würde Tote geben! Doch noch lief alles in einigermaßen geordneten Bahnen. Die Menschen hielten im wahrsten Sinne des Wortes zusammen. Frauen klammerten sich an ihre Männer, die die Kinder auf den Arm genommen oder sie sich gleich hoch auf die Schultern gesetzt hatten. Jüngere Demonstranten, viele von ihnen bereits in der typischen Kluft aus Helmen, Gasmasken oder zumindest Schnorchelbrillen und Mundschutzen, griffen älteren unter die Arme und eskortierten sie zu den Ausgängen, vor allem in nördlicher und westlicher Richtung. Eine gute Entscheidung, dachte Marc. Im Süden und Osten waren die massivsten Polizeiaufgebote, von dort würde der Räumungseinsatz vermutlich ausgehen. Wieder ließ sich Marc mittreiben, schoss dabei Foto um Foto.

Seit der ersten Lautsprecherdurchsage war kaum mehr als eine halbe Stunde vergangen, als es losging. Wieder ertönte die scheppernde Stimme, ging jedoch bereits im Fauchen und Zischen der Gasgranaten unter, die von allen Seiten in den Park regneten. Der geordnete Rückzug ging in völligem Chaos unter. Gerade mal ein Drittel der Leute, schätzte Marc, hatte den Park bislang verlassen. Es gab kaum Möglichkeiten, dem Gas auszuweichen, das sich rasend schnell ausbreitete. Er hatte ja schon so einiges erlebt, diese Polizeiaktion jedoch schien nur ein Ziel zu haben: ein Exempel zu statuieren. Oder wie sollte man es nennen, wenn hier die körperliche Unversehrtheit, gar das Leben Unschuldiger – auch von Frauen und

Kindern – vorsätzlich in Gefahr gebracht wurden? Um ihn herum brachen die ersten zusammen, auch Marc fiel trotz des feuchten Halstuches um Mund und Nase das Atmen immer schwerer, seine Augen tränten, er sah alles nur noch verschwommen.

»TOMA geldi!«

Dank Can wusste er, was das bedeutete: Wasserwerfer! Vor ihm stolperte eine junge Frau und schlug der Länge nach hin. Marc half ihr auf die Beine, legte den Arm um ihre Hüfte und zog sie mit sich. Der Lärm war infernalisch. Das bösartige Zischen der Gaskartuschen mischte sich mit Polizeisirenen und den Schreien von Menschen in Todesangst. Er drehte sich um und sah eine geschlossene Reihe weißer Helme vom Taksim-Platz aus in den Park eindringen und die Menschen vor sich hertreiben. Was für ein Wahnsinn!

Er wusste nicht, wie lange es gedauert hatte, bis er den Ausgang an der Asker Ocağı Straße erreichte, mit der halb bewusstlosen Frau in seinem rechten Arm hängend. Er musste sie irgendwie in Sicherheit bringen. Vor sich sah er das Divan Hotel. Die Türen zum Foyer waren weit geöffnet, Menschen strömten hinein. Er hängte sich die Kamera am Gurt um den Hals, nahm die Frau mit beiden Armen hoch und trug sie über die Straße in die Hotellobby.

»Hilfe! Ich brauche Hilfe.«

»Hier, kommen Sie hierher.«

Ein junger Mann in einem weißen Kittel schrie gegen den Tumult an und winkte ihm zu. Vorsichtig bahnte sich Marc einen Weg an auf dem Boden liegenden oder hockenden Menschen vorbei und setzte die Frau behutsam in einen großen Polstersessel.

»Was ist mit ihr?«

»Sie hat eine volle Ladung Gas abbekommen.«

Der junge Mediziner begann sofort damit, das Gesicht der Frau mit einer Lösung aus einer Plastikflasche zu waschen und schaute kurz zu Marc auf.

»Und übrigens: Danke!«

Marc nickte nur und ging dann zurück Richtung Ausgang, durch den immer mehr Menschen ins Innere drängten, viele von ihnen mit blutenden Kopfverletzungen. Marc bekam Angst. Nicht um sich. Um Mine. Sie war garantiert im Park gewesen. Hatte sie es nach draußen geschafft? Er wählte ihre Nummer, aber es tutete nur in der Leitung. Also schrieb er eine SMS, mit der Bitte, sich zu melden. Er hatte gerade das Telefon wieder in die Hosentasche gesteckt, als – von Kameras umringt – mehrere Männer eine Frau mit rot gefärbten Haaren ins Hotel schleppten. Das Gesicht kam Marc irgendwie bekannt vor. War das nicht eine deutsche Politikerin? Er machte schnell ein paar Fotos und drängte sich dann gegen den Strom nach draußen. Sicherheitsleute des Hotels und Demonstranten hatten auf der Hotelvorfahrt eine Menschenkette gebildet und versuchten, Polizeieinheiten zurückzudrängen, die offensichtlich in das Hotel eindringen wollten. Marc hörte ein Zischen und spürte einen Luftzug am Ohr. Hinter ihm ertönte wütendes Geschrei. Er drehte sich um. In der Lobby stieg Gas auf. Die Polizei schoss ins Hotel hinein!

Wut stieg in ihm auf. Wenn er letzte Zweifel gehabt hatte, waren sie mit dem Angriff auf das Hotel endgültig verschwunden: Die Regierung hatte dem eigenen Volk den Krieg erklärt! Erneut feuchtete er den Mundschutz mit Wasser aus der kleinen Flasche an, zog ihn über Mund und Nase, nahm die Kamera hoch, drängte sich durch die Menschenkette in die vorderste Linie und begann, die Polizeieinheiten zu fotografieren, die sich vor dem Hotel aufgebaut hatten. Immer wieder fauchten Tränengasgranaten über seinen Kopf hinweg Richtung Hoteleingang. Marc vergaß alle Vorsicht und scherte nach rechts aus, um eine Totale von der Szenerie zu schießen, von der Seite, mit den Polizeitruppen und dem Hoteleingang, aus dem das Gas quoll.

Er war noch nicht weit gekommen, als er einen heftigen Schlag auf den rechten Arm erhielt. Die Kamera fiel ihm aus der Hand und nur deshalb nicht auf den Boden, weil er – wie er es in unübersichtlichen Situationen immer tat – den Gurt in einer Schlaufe um sein Handgelenk gelegt hatte. Ein zweiter Schlag traf ihn auf die Schulter und zwang ihn in die Knie. Rasender Schmerz trieb ihm Tränen in die Augen. Er drehte den Kopf. Hinter ihm stand ein Polizist in der gepanzerten Kluft der Bereitschaftspolizei und hatte seinen Schlagstock zu einem weiteren Schlag erhoben. Ein zweiter Polizist fiel ihm in den Arm und sagte etwas, das Marc nicht verstand.

Der erste ließ den Schlagstock los und steckte ihn zurück in eine Halterung am Gürtel seiner Uniform. Dann packte er Marcs Arme an den Handgelenken, riss sie nach hinten und bog sie anschließend nach oben, sodass es in den Schultergelenken knackte. Marc, noch immer auf den Knien, schrie auf, aber der Polizist zog seine Arme noch weiter nach oben. Wieder redete der andere Polizist auf ihn ein. Der Schläger hieß offensichtlich Murat. Murat antwortete, es klang wütend. Das Einzige, was Marc davon verstand, war ein weiterer Name: Vedat. Marcs Verstand, den der Schmerz nur vorübergehend lahmgelegt hatte, begann, fieberhaft zu arbeiten. Vedat? Der etwas freundlichere, weniger brutale Polizist hieß Vedat? Das war vermutlich kein allzu seltener Name in der Türkei. Aber es konnte auch ein unglaublicher Zufall sein. Marc dachte nicht eine Sekunde daran, dass Mine ihrem Mann vielleicht von ihrem kurzen Tête-à-Tête erzählt haben könnte.

»Du bist Vedat? Der Mann von Mine?«

Vedat trat vor ihn, packte ihn mit beiden Händen am Kragen und riss ihn hoch. Der andere Polizist lockerte den Griff um seine Arme. Vedats Gesicht kam seinem sehr nah. Er zischte mehr, als dass er sprach:

»Du kennst Mine? Wer bist du? Woher kennst du meine Frau?«

Sie hatte ihm also nichts erzählt.

»Ich habe sie bei den Demonstranten im Gezi-Park getroffen. Sie ist eine nette und kluge junge Frau. Aber es geht ihr nicht gut, ich glaube, sie ist sehr traurig.

Wegen dir und dem, was du hier machst. Du solltest zu ihr gehen. Sie ist etwas ganz Besonderes.«

Kathrin

Sie hatte sich entschieden. Als Zübeida am Morgen nach der Räumung des Gezi-Parks anrief und sie fragte, ob sie mit ihr und einigen anderen Dozenten und Studenten von der Uni an einer Demo gegen den brutalen Polizeieinsatz vom Vorabend teilnehmen würde, sagte sie ohne Zögern zu. Taksim-Plattform, Studentenverbände, Gewerkschaften, Oppositionsparteien und diverse andere regierungskritische Organisationen hatten zu einer Großkundgebung in Taksim aufgerufen – als Gegendemonstration zu der wohlorganisierten AKP-Veranstaltung im Istanbuler Stadtteil Kazlıçeşme, bei der Erdoğan zu seinen Anhängern sprechen wollte. Von ihrem Balkon aus konnte Kathrin sehen, wie staatliche Fähren, mit AKP-Bannern geschmückt, über den Bosporus schipperten. Auch die Fenster von Linienbussen, die Kuzguncuk Richtung Üsküdar passierten, waren mit Plakaten der Regierungspartei beklebt. Schon das hatte sie wütend gemacht. Was war das für eine Bananenrepublik, in der sich eine Partei öffentlicher Nahverkehrsmittel bediente, um ihre Anhänger zu einer verordneten Jubelveranstaltung zu karren? Das hatte das Niveau von Nordkorea! Dazu passte, dass die Behörden den Platz nach der Stürmung des Parks hermetisch abgeriegelt und angekündigt hatten, jeden, der versuche, dorthin zu gelangen, als Terroristen zu behandeln. Die Bilder, die die türkischen Fernsehsender seit dem frühen Morgen mit Verweis auf das Versammlungsverbot vom Taksim-Platz zeigten, waren gespenstisch. Einer der belebtesten Plätze der Welt war – von einem massiven Polizeiaufgebot an strategischen Ecken abgesehen – gähnend leer. Die Regierung würde an diesem Tag keine größere Demonstration außer der ihren dulden – das war das klare Signal, das von diesen Bildern ausging. Dafür herrschte im Park rege Betriebsamkeit. Gezeigt wurden Bulldozer, die die Spuren der zweiwöchigen Besetzung beseitigten und Reste von Zelten, Infoständen und Barrikaden auf Lastwagen verluden. Arbeiterkolonnen waren damit beschäftigt, große Banner zwischen den Bäumen des Parks aufzuhängen. Kathrin wäre fast an ihrem Sesamkringel erstickt, als sie las, was auf den Plakaten stand: »Die Istanbuler Stadtverwaltung verschönert Ihren Park.«

Fassungslos hatte sie am Vorabend vor dem Fernseher gesessen und auf die Livebilder gestarrt, die unabhängige TV-Kanäle vom Taksim-Platz sendeten. Am Samstagabend, als mehrere Hunderttausend Menschen den Platz und den angrenzenden Park bevölkerten, hatte die Polizei zugeschlagen. Ungeachtet der Tatsache, dass sich dort nicht nur unzählige Touristen, sondern auch viele Familien mit Kindern aufgehalten hatten, waren die Sicherheitskräfte mit Wasserwerfern und unter dem massiven Einsatz von Gasgranaten und Gummigeschossen in den Park eingedrungen, um ihn zu räumen. Den Meldungen zufolge gab es mehrere Hundert Verletzte und Dutzende Festnahmen. Selbst vor dem Divan Hotel, dessen Lobby und Keller als Zufluchtsstätte und Behelfslazarett fungierten, hatte die Polizei nicht Halt gemacht und mehrfach gezielt Tränengas in den Eingangsbereich des Hotels gefeuert, in dem vor allem Eltern mit ihren Kindern Zuflucht suchten und Ärzte sich um Verletzte kümmerten.

Unter denen, die dort von dem Angriff der Polizei im Park und dann von dem auf das Divan Hotel überrascht wurden, war auch die deutsche Politikerin Claudia Roth gewesen. Bilder von ihr, mit geröteten Augen und Sauerstoffmaske auf Mund und Nase, flimmerten über alle Kanäle. Kaum, dass die Spitzenfrau der deutschen Grünen wieder zu Luft gekommen war, hatte sie mit erkennbarem Entsetzen und offener Empörung in zahllose Mikrofone gesprochen:

»Das ist wie im Krieg hier, Krieg gegen die Menschen.«

Damit lag sie ausnahmsweise mal nicht daneben, hatte Kathrin gedacht, die sonst nicht allzu viel von Claudia Roth hielt. Es schien tatsächlich, als ob Erdoğan begonnen hatte, gegen Teile der Gesellschaft einen Krieg zu führen. Wenige Stunden vor dem Sturm des Gezi-Parks durch die Polizei hatte er auf einer AKP-Kundgebung in Ankara – es war eine von diesen organisierten Jubelveranstaltungen, bei der der Premierminister vor einer kleine Partei-Fähnchen schwenkenden Menge auftrat, die jeden seiner Sätze frenetisch bejubelte – vom Ende der Geduld gesprochen und die Demonstranten erneut als Plünderer und Extremisten beschimpft. Natürlich übertrugen alle großen TV-Sender der Türkei die Rede. Kathrin hatte vor dem Fernseher Gänsehaut bekommen. Der Regierungschef der Türkei schien jedes Maß verloren zu haben. Ständig sprach er von »wir« und »die«, von »wahren Türken« und »Terroristen«. Unwillkürlich musste Kathrin an ein Lied aus den »Pippi Langstrumpf«-Filmen ihrer Kindheit denken:

»Zwei mal drei macht vier, widdewiddewitt und drei macht neune! Ich mach mir die Welt, widdewidde wie sie mir gefällt ...«

Jetzt sehe die Welt die Wahrheit, stand auf einem großen Banner auf dem Veranstaltungsgelände zu lesen. Wie perfide. Erneut lief ein Schauer über Kathrins Rücken. Die Wahrheit war, dass am Abend in Istanbul die Polizei auf das eigene Volk losgegangen war und Hunderte Menschen verletzt hatte.

Und so war ihr an diesem Abend endgültig klar geworden, dass sie sich nicht länger heraushalten konnte, dass sie Stellung beziehen musste. Als um 21 Uhr in ganz Kuzguncuk die Töpfe geschlagen wurden, noch lauter und wütender als sonst, weil die Kunde von der Stürmung des Gezi-Parks bereits die Runde machte, hatte auch Kathrin sich einen Topf und einen hölzernen Löffel geschnappt und war hinausgegangen, um sich an der Uferstraße dem lautstarken Protest ihrer Freunde und Nachbarn anzuschließen. Heiser von den »Tayyip istifa!«-Rufen, todmüde, aber auch mit einem Gefühl der

Erleichterung war sie weit nach Mitternacht ins Bett gefallen.

Am frühen Nachmittag klingelte Zübeida, um sie abzuholen. Sie nahmen den Bus nach Üsküdar. Üsküdar war AKP-Land. Am Anleger lagen große Fährschiffe, mit Parteibannern geschmückt, zur Abfahrt bereit. Auf den Decks wedelten Erdoğans Anhänger mit hellblauweißen Papierfähnchen, auf denen eine Glühbirne abgebildet war, dem Symbol der Partei. Busse karrten unablässig weitere »Pro Regierung«-Demonstranten an, darunter viele Familien mit Kindern. Die heutige Veranstaltung des Premierministers war wie immer generalstabsmäßig geplant. Kurz bevor Zübeida sie abholte, hatte Kathrin noch im Internet gelesen, dass in den Außenbezirken Istanbuls der öffentliche Nahverkehr mittlerweile fast vollständig zusammengebrochen war, weil die Linienbusse für den Transport der AKPler eingesetzt wurden, wogegen die staatlichen Fähren nach Kabataş und Beşiktaş, also Richtung Taksim, ihren Betrieb seit dem Mittag eingestellt hatten.

Neben dem städtischen Anleger lagen die kleineren, privaten Fähren, die offensichtlich noch fuhren. Auf ihnen drängten sich nun die Regierungsgegner und warteten auf die Überfahrt auf die europäische Seite. Hier dominierten rote Nationalflaggen mit weißem Halbmond und Stern, viele zusätzlich mit dem Abbild Atatürks verziert. Kathrin und Zübeida bestiegen die Fähre nach Kabataş. Während der Überfahrt sangen die Demonstranten die bekannten Lieder über den Kampf gegen Faschismus und vom Widerstand, der überall herrschte.

Sie kamen erst gar nicht bis zum Taksim-Platz. Die Füniküler war erneut gesperrt. Damit hatten Kathrin und Zübeida gerechnet. Doch auch zu Fuß gab es kein Durchkommen. Auf der Inönü Straße hatte die Polizei Straßensperren errichtet. Kathrin und Zübeida sahen, wie vor ihnen eine Gruppe junger Demonstranten mit Rucksäcken angehalten, durchsucht und etliche von ihnen abgeführt wurden. Zübeida zückte ihr Mobiltelefon. Mit wem sie sprach, konnte Kathrin nicht heraushören. Zübeida hatte in der Anrede das übliche »Canım« benutzt, was so viel wie »Mein Lieber« beziehungsweise »Meine Liebe« bedeutete.

»Die anderen wollen es über die Istiklal Straße probieren. Wir treffen uns vor dem Galatasaray Gymnasium.«

Sie nahmen die Tram bis zur Haltestelle Tophane, stiegen die steile Boğazkesen Straße hoch, die weiter oben in die Yeni Çarşı überging. Und sie waren nicht allein. In kleineren und größeren Gruppen zogen Demonstranten nach Beyoğlu. Noch mehrere Hundert Meter von der Einmündung in die Istiklal Straße entfernt, konnten sie bereits Sprechchöre, Buhrufe, Pfiffe und Sirenengeheul vernehmen. Auch auf dem kleinen Platz vor dem imposanten Eingang des Galatasaray Gymnasiums mit dem riesigen Eisentor war das Polizeiaufgebot massiv. Auf jeden Demonstranten schien ein Polizist zu kommen. Hundertschaften standen an allen Ecken bereit, dazu Wasserwerfer und weitere gepanzerte Fahrzeuge. Direkt vor dem Tor trafen Kathrin und Zübeida wie verabredet auf etwa drei Dutzend Dozenten und Studenten von der Uni. Mundschutze und Schnorchelbrillen wurden verteilt, außerdem kleine Plastikfläschchen mit Talcid-Lösung. Gemeinsam zogen sie die Istiklal Straße hoch Richtung Taksim. Schon nach ein paar Hundert Metern aber war Schluss. Vor ihnen stauten sich mehrere Tausend Demonstranten an einer Absperrung der Polizei. Ein gellendes Pfeifkonzert hallte durch Istanbuls Prachtstraße mit ihren imposanten Jugendstilbauten. In mehreren Reihen hintereinander und über die gesamte Breite der Straße standen mit ihren Rüstungen, Schilden und Schlagstöcken martialisch anmutende Einheiten der Çevik Kuvvet Polis. Dahinter warteten Wasserwerfer mit angelassenen Motoren und husteten schwarze Dieselabgase aus. Zübeida und die anderen setzten ihre Mundschutze und Schutzbrillen auf. Zögernd tat es Kathrin ihnen nach, wohl wissend, dass dies der letzte Schritt war, um sie schon rein äußerlich zur Demonstrantin, zur Gegnerin der Regierung zu machen.

 Sie hatte gerade den Gummizug der Schnorchelbrille festgezurrt, als die Polizisten auf die Reihen der Demonstranten losmarschierten, die sich trotzig unterhakten und Gesänge anstimmten. Zübeida griff nach Kathrins Arm, umklammerte ihn fest und lächelte ihr aufmunternd zu. Trotzdem sank Kathrins Mut gen Nullpunkt. Und verwandelte sich in dem Moment in nackte Angst, als die Polizisten ihre Gasmasken aufsetzten. Im selben Augenblick, ohne jede Vorwarnung, flogen die ersten Kartuschen in die Reihen der Demonstranten. Weißer Nebel breitete sich aus. Dann rückten die Wasserwerfer vor. Der Strahl aus ihren Kanonen war merkwürdig orange gefärbt. In die Schneisen, die die Wasserwerfer in die Reihen der Demonstranten sprengten, stürmten Polizeitrupps mit erhobenen Schlagstöcken. Gesänge, Buhrufe und Pfiffe gingen in Angst- und Schmerzensschreie über. Die Menge wogte orientierungslos hin und her. Kathrin stand wie angewurzelt mittendrin, war wie gelähmt. War es naiv gewesen zu glauben, dass die Polizei einen Tag nach der Stürmung des Parks nicht wieder so gnadenlos zuschlagen würde? Zübeida riss sie aus ihrer Erstarrung.

»Komm, wir müssen weg!«

Sie rannten in eine der kleineren Seitenstraßen, doch auch von dort kamen ihnen Polizisten in voller Montur entgegen. Sie änderten die Richtung, liefen zurück auf die Istiklal, auf der es schon keinen klaren Frontverlauf mehr gab, und dann inmitten panisch herumirrender Menschen nach rechts, hinunter nach Galata. Gasgranaten schlugen um sie herum auf dem Asphalt auf. Hustend hastete Kathrin an Zübeidas Arm über das unebene Pflaster der Istiklal, bis sie keine Luft mehr hatte. Völlig außer Atem blieb sie stehen, zog den Mundschutz herunter und schnappte wie ein Fisch nach Luft. Auch Zübeida hatte keuchend angehalten und sich die Schnorchelbrille auf die Stirn geschoben.

»Oh Kathrin, was passiert in unserem Land? Was tun die uns an?«

Kathrin sah, dass ihre Freundin Tränen in den Augen hatte. Bevor sie antworten konnte, überhaupt wusste, ob sie eine Antwort auf diese Frage hatte, packte sie jemand unsanft am Arm und riss sie herum.

»Ausweis!«

Vor ihr standen drei Polizisten in der vollen Kampfmontur der Çevik Kuvvet Polis. Der, der sie am Arm festhielt, hatte das Visier des weißen Helms hochgeklappt und funkelte sie aus dunklen Augen an. Zum zweiten Mal an diesem Tag war Kathrin wie erstarrt, nicht in der Lage, sich zu rühren. Der Polizist packte noch fester zu und schüttelte sie.

»Ausweis!«

Mit zittrigen Fingern nestelte Kathrin ihre Aufenthaltserlaubnis aus der Tasche. Das Ikamet, so hieß das Papier, hatte sie immer dabei, das war Pflicht für Ausländer in der Türkei. Einer plötzlichen Eingebung folgend übergab sie dem Polizisten zusammen mit dem Ikamet auch die Chipkarte der Universität, die sie als Dozentin auswies. In der Hoffnung, dass ihre Stellung sie vor weiteren Übergriffen und Schikanen schützen möge. Sie erreichte das Gegenteil. Der Griff um ihren Arm wurde noch schmerzhafter.

»So, so. Eine ausländische Professorin! Sie kommen also in unser Land, um unsere Jugend gegen den Premierminister aufzuhetzen?«

Kathrin fand keine Worte, starrte den Polizisten nur verständnislos an. Er riss ihr den Mundschutz vom Hals und wedelte damit vor ihrem Gesicht herum.

»Frau Professorin ist also eine Terroristin! Oder warum hat Frau Professorin Terroristenausrüstung dabei? Rechtschaffene Bürger brauchen so etwas nicht!«

Er reichte Kathrins Ikamet an einen der beiden anderen Polizisten weiter, der dienstbeflissen ein Notizbuch zückte und ihre persönlichen Daten abschrieb. Dann drehte er sich wieder zu Kathrin um und blickte sie aus hasserfüllten Augen an.

»Leute wie Sie sind schlimmer als die ganzen Plünderer hier! Sie sind noch nicht einmal Türkin und mischen sich in Dinge ein, die Sie nichts angehen! Glauben Sie, dass Sie etwas Besseres sind, nur weil Sie aus Deutschland kommen?«

Kathrin antwortete nicht, wich seinem Blick aber auch nicht aus. Aus dem Augenwinkel sah sie, wie Zübeida sich einmischen wollte und von dem dritten Beamten zurückgehalten wurde. Der Polizist, der ihre Daten notiert hatte, gab ihr das Ikamet zurück, der, der sie festgehalten hatte, ließ sie los. Er machte noch eine abschätzige Handbewegung, dann drehte er sich weg und ging. Zübeida zu kontrollieren hatte er in seinem Hass offensichtlich vergessen. Die beiden anderen Polizisten folgten ihm. Noch einmal drehte er sich um:

»Ich gebe Ihnen einen Rat: Verschwinden Sie aus unserem Land!«

Mine

Als am Vorabend Bulldozer in den Park eingedrungen waren und alles niederwälzten, was in ihrem Weg stand, hatte sie in dem Tumult Şebnem aus den Augen verloren und war allein durch das Inferno aus Gewalt, Zerstörung und Angst geirrt. Ihre Wut schlug in Verzweiflung und grenzenlose Trauer um, angesichts völlig verstörter Kinder, weinender Frauen, unzähliger Verletzter und Polizisten, die wie von Sinnen auf Menschen einprügelten und -traten, die bereits auf dem Boden lagen. Sie hatte dieser sinnlosen Gewalt und unfassbaren Brutalität nichts entgegenzusetzen. Sie hatte es versucht, hatte Polizisten angefleht, von einem jungen Mann abzulassen, der mit einer blutenden Kopfwunde zusammengekrümmt vor ihnen lag und sich nicht mehr rührte, während sie ihn mit ihren schweren Stiefeln traktierten. Die Polizisten, junge Burschen allesamt, beschimpften sie als Terroristenhure, traten weiter auf den Mann am Boden ein und lachten Mine aus, als sie über ihre eigene Ohnmacht zu heulen begann. Da war sie losgelaufen. Bloß raus aus dieser Hölle. Sie rannte am Divan Hotel vorbei, sah, dass es von der Polizei umstellt war und mit Tränengas beschossen wurde, rannte weiter, ignorierte, dass ihr Mobiltelefon in einem fort klingelte, rannte die Cumhurriyet Straße entlang, bis nach Hause und ohne einmal anzuhalten. Sie rannte die Treppen hoch, stürzte in die Wohnung, warf sich auf das Sofa und kapitulierte. Sie hatte genug Opfer gebracht in den letzten Wochen.

Dann hatte ihr Telefon wieder geklingelt. Es war ihre Mutter. Sie wollte den Anruf erst wegdrücken, nahm ihn dann aber doch an. Ihre Mutter war völlig außer sich vor Sorge. Als Mine erzählte, was sie erlebt hatte, dass sie jetzt aber zu Hause sei, kam ein tiefer Seufzer vom anderen Ende der Leitung.

»Ach, Kind ...«

Nachdem Mine das Gespräch beendet hatte, sah sie, dass auch Marc mehrmals angerufen hatte. Seit der Stürmung des Parks etwa im Fünf-Minuten-Takt. Sie stellte das Telefon auf stumm, blieb auf dem Sofa liegen und war irgendwann eingeschlafen.

Sie wurde wach, als sich jemand über sie beugte und sie auf die Stirn küsste. Mine schlug die Augen auf. Es war schon hell im Zimmer, also Tag. Neben dem Sofa kniete Vedat auf dem Boden und strich ihr durchs Haar. Das Erste, was ihr auffiel, war, dass er nach Schweiß roch und furchtbar aussah. Die Haare klebten am Kopf, dunkle Ringe umgaben seine Augen. Das Zweite war: Er trug zivile Kleidung – T-Shirt, Jeans, Turnschuhe. Träumte sie? Mine schloss die Augen und öffnete sie erneut. Vedat war noch immer da und schaute sie unverwandt an. Sein Blick war traurig und zärtlich zugleich, seine Stimme nur ein Flüstern.

»Es tut mir leid. Ich habe einen großen Fehler gemacht.«

Mine war völlig verwirrt, außerstande, etwas zu sagen. Sie setzte sich auf, nahm Vedats Kopf in beide Hände und legte ihre Stirn an seine. Die Nasenspitzen berührten sich. Ein Schauer lief ihr über den Rücken.

»Wieso ...? Was ... machst du hier?«

Vedat legte beide Arme um sie und zog sie an sich. Ihr Kopf lag an seiner Brust. Sein Herz schlug schnell und laut. Mine atmete ganz tief ein und aus. Hatte sein Schweiß schon immer so gut gerochen? Er beugte den Kopf zu ihrem herunter. Sie spürte seinen Atem an ihrem Ohr.

»Ich liebe dich!«

Auch das war geflüstert. Und hallte doch wie ein Schrei in ihrem Kopf. Mine konnte nicht anders. Ihr Körper begann zu beben, Tränen flossen über ihr Gesicht, den Hals hinunter, und versickerten im Ausschnitt ihres T-Shirts. Vedat setzte sich neben sie auf das Sofa und drückte sie weiter fest an sich.

»Ich habe gekündigt.«

Mines Herz tat einen Sprung, aber bevor sie etwas sagen konnte, begann Vedat zu erzählen. Dass viele seiner Kollegen und er selbst auch es nicht hatten glauben können, als der Befehl zur Räumung des Gezi-Parks gekommen war. Dass die Menschen keine Chance gehabt hatten, das Gelände rechtzeitig zu verlassen, weil die Vorwarnzeit viel zu kurz gewesen war. Dass sie Befehl gehabt hatten, jeden festzunehmen, der auch nur einen Mundschutz trug und deshalb als Terrorist zu betrachten war. Und dass er vor dem Divan Hotel einen Engländer getroffen hatte, der sie, Mine, kannte. Mine hielt den Atem an. Vedat und Marc hatten sich getroffen? Sie versuchte, ihrer Stimme einen beiläufigen Tonfall zu geben.

»Oh, du hast Marc getroffen? Erzähl!«

Vedat schien den Braten nicht zu riechen und fuhr mit ruhiger Stimme fort. Dass er Marc kontrolliert und ihn gemäß der Anweisungen festgenommen hatte, weil er Fotos von den Polizisten vor dem Divan Hotel machte und außerdem mit einen Mundschutz maskiert war. Dass Marc ihn dabei angesprochen und nach ihr gefragte hatte. Dass er ihn Kollegen übergeben hatte, die ihn in einem Bus für Gefangenentransporte festsetzten. Dass er nicht wisse, was dann mit diesem Marc passiert sei. Mine war wie elektrisiert, traute sich aber nicht nachzufragen. Vedat gab ihr auch keine Möglichkeit dazu. Ihr sonst so schweigsamer Mann redetet und redete.

Der Einsatz hatte bis in die frühen Morgenstunden gedauert, weil Demonstranten immer wieder versuchten, zurück in den Park zu gelangen. Ihre Einheit wurde von einem Brennpunkt zum nächsten gehetzt. Barrikaden brannten, ihm flogen Steine entgegen, er und seine Kollegen wurden wüst beschimpft, auch bespuckt, aber spätestens bei der Stürmung des Divan Hotels hatte es »Klick« gemacht in seinem Kopf. Auf einmal hatte er erkannt, dass er wie ein Weizenkorn zwischen zwei Mühlsteinen war, in diesem Konflikt, den er zunächst nicht als den seinen begriffen hatte. In dem Moment, als er mit seiner Einheit das Divan Hotel umstellte und die Todesangst in den Augen der Menschen sah, die sich in das Hotel geflüchtet hatten und nun keinen Ausweg mehr sahen, als das Gas eindrang, verstand er, was er in den Tagen zuvor noch verdrängt hatte – trotz und wegen seiner Auseinandersetzungen mit Mine in dieser Sache. Dass es nämlich sehr wohl auch sein Konflikt war, weil er sein bisheriges Leben in Frage stellte. Dass er es zugelassen hatte, Täter zu sein und nicht nur Opfer, wie viele friedliche Demonstranten, die für ihre Rechte auf die Straße gegangen und dafür mit Gas beschossen und Schlagstöcken geprügelt worden waren. Oder wie Cem, der sich in seiner Verzweiflung eine Kugel in den Kopf geschossen hatte. Vedat war klar geworden, dass er kein Weizenkorn sein, sich nicht zermahlen lassen wollte.

Morgens um sechs Uhr waren sie abgelöst und mit dem Mannschaftsbus zurück in die Kaserne gebracht worden. Vedat war zu seinem Spind gegangen, hatte die Uniform abgelegt und zivile Kleidung angezogen. Sein Freund Murat versuchte noch, ihn davon abzubringen, aber Vedat ging in das Büro seines Vorgesetzten und quittierte seinen Dienst. Sein Chef beschimpfte ihn als »Verräter« und jagte ihn unter diversen anderen Beleidigungen aus dem Zimmer.

An dieser Stelle angekommen, atmete Vedat tief durch. Mine nutzte die Pause, um sich aus seiner Umarmung zu lösen. Trauer und Ohnmacht, die sie in den letzten Tagen nahezu gelähmt hatten, fielen von ihr ab und machten Platz für ein Gefühl großen Glücks. Sie setzte sich auf Vedats Schoß, legte die Arme um seinen Nacken und küsste ihn auf den Mund. Es war noch nicht alles wieder gut. Aber vieles.

»Ich liebe dich auch! Mehr als alles andere in der Welt!«

Ihre Stimmung war mit einem Mal geradezu euphorisch. Erdoğan mochte den Kampf um den Gezi-Park gewonnen haben, aber er hatte nicht über ihre Liebe gesiegt! Vedat hatte sich am Ende für die richtige Seite entschieden. Für ihre. Sie wollte, sie konnte, sie würde ihm verzeihen. Als Vedat duschen gegangen war, rief sie ihre Mutter an und Şebnem und auch Vedats Vater – bei dem sie sich gleich wortreich dafür entschuldigte, dass sie beim letzten Gespräch einfach aufgelegt hatte –, um die frohe Kunde zu verbreiten, dass Vedat wieder da, wieder bei ihr war. Sie tanzte mit dem Telefon in der Hand durchs Wohnzimmer.

Dabei muss sie aus Versehen auf das Symbol für Kurznachrichten gedrückt haben. »Mine, bitte melde dich. Marc«, stand da im Display. Und die Euphorie war weg. Marc. Was war mit ihm passiert? Mit einem Mal wurde ihr ganz schlecht, als habe sie etwas Verdorbenes gegessen. Schuldgefühle pumpten Magensäure die Speiseröhre hinauf. Ein bitterer Geschmack breitete sich in ihrem Mund aus. Sie führte hier einen Heile-Welt-Tanz auf, während Marc vielleicht in irgendeinem finsteren Knast saß. Weil sie ihn in eine Sache hineingezogen hatte, die nicht die seine war, die er dann aber auch – oder nur? – ihretwegen zu seiner gemacht hatte. Mine schaute wieder auf ihr Telefon. Die Nachricht war vom Vorabend, eine knappe Stunde nach der Stürmung des Gezi-Parks abgeschickt. Sie wählte seine Nummer. Eine Computerstimme ertönte:

»The person you have called is temporarily not available.«

Verdammte Scheiße. Irgendwie musste sie ihm helfen, das war sie ihm schuldig. Einer plötzlichen Eingebung folgend suchte sie im Internet nach der Istanbuler Adresse des Magazins, für das Marc arbeitete. Sie fand auch eine Telefonnummer, die sie ohne weiter nachzudenken sofort wählte.

»Hi, Steve hier.«

Sie kannte den Namen aus Marcs Erzählungen, Steve war der lokale Korrespondent des Magazins. Mine sprach so leise wie möglich. Sie wollte nicht, dass Vedat sie hörte.

»Hallo Steve. Ich heiße Mine, ich bin eine Freundin von Marc. Marc ist gestern Abend vor dem Divan Hotel von der Polizei verhaftet worden. Ich weiß allerdings nicht, ob und wo er weiter festgehalten wird. Sie müssen ihm helfen. Hören Sie? Helfen Sie ihm bitte! Oh, ich muss jetzt Schluss machen.«

Mine legte einfach auf. Im nächsten Moment kam Vedat ins Zimmer, frisch geduscht und mit zwei Gläsern Tee in den Händen.

»So, und jetzt erzähl du mir mal bitte, was es mit diesem Marc auf sich hat.«

Hatte Vedat etwas von dem Gespräch mit Steve mitbekommen? Mine schluckte, aber weil sie den kurz zuvor errungenen Sieg nicht wieder hergeben wollte, erzählte sie so beiläufig wie möglich, wie sie Marc am ersten Tag der Auseinandersetzungen im Gezi-Park durch Zufall kennengelernt, wie sie sich mit ihm danach mehrfach getroffen hatte – natürlich immer im Beisein von Şebnem und anderen Freunden – und wie sie ihm bei Recherchen und mit Übersetzungen geholfen hatte, damit er seine doch so wichtige Aufgabe erfüllen konnte: der Welt zu berichten, was in der Türkei passierte. Dass sie sich zu Marc hingezogen gefühlt, seine Hand gehalten, ihn geküsst hatte, verschwieg sie. Sie war sich schließlich auch nicht mehr sicher, ob das alles nicht nur eine Trotzreaktion auf Vedats Verhalten gewesen war, auf seine Unfähigkeit, sich klar zu ihr zu bekennen. Aber ihr Mann hatte diesen Fehler nun korrigiert. Und das war ein Geschenk, das sie um nichts in der Welt wieder hergeben wollte. In seinem Gesicht ließ sich nicht ablesen, ob er ihr glaubte. Sie hoffte es. Und hatte sich fest vorgenommen, dass es ihre letzte Lüge sein sollte auf dem Weg, sich das zwischen ihr und Vedat verloren gegangene Vertrauen wieder zu erarbeiten.

Den Rest des Tages verbrachten sie kuschelnd auf dem Sofa. Mine hatte Vedat noch nie so anlehnungsbedürftig erlebt, wo er doch sonst immer ein bisschen so wirkte, als ob ihm Zärtlichkeiten irgendwie peinlich waren. Was allerdings nicht für Sex galt. Da war Vedat sehr zärtlich. Und ausdauernd. Heute lagen sie einfach stundenlang auf dem Sofa, sie in seinen Armen, und knutschten wie Teenager. Sie genoss diese Nähe sehr, sie hatte ihr gefehlt. War das der Grund dafür, dass sie sich Marc an den Hals geworfen hatte?

Am frühen Abend schaltete Mine den Fernseher ein. Nahezu alle Sender übertrugen die Rede des Premierministers bei der Veranstaltung in Kazlıçeşme. Erdoğan schien nun völlig durchgedreht zu sein: Mit erhobenen Armen kam er auf die Bühne, während seine aufgepeitschten Anhänger »Türkiye, Türkiye!« skandierten, begrüßte unsichtbare Anhänger auf dem Balkan, im Irak, in Angola, rannte wie ein wahnsinnig gewordenes Duracell-Männchen auf der Bühne hin und her.

»Wo ist Sarajewo? Wo ist Gaza?«

Eines machte Erdoğans Auftritt von Anfang an deutlich: Der Premierminister war ganz offensichtlich nicht gekommen, um Kompromisse einzugehen oder gar einzulenken. Im Gegenteil. Er war auf Krawall gebürstet, stieß wüste Drohungen gegen ausländische Medien aus und stellte sich als Ziel einer internationalen Verschwörung dar. Wer sich gegen die Türkei stelle, müsse vor Angst zittern, tobte er mit sich überschlagender Stimme. Auch im eigenen Land. Er werde Hoteliers – eine klare Kampfansage an die Koç-Gruppe, Großindustrielle, denen auch das Divan Hotel in Istanbul gehörte –, die Terroristen Unterschlupf böten, zur Verantwortung ziehen. Wieder beschimpfte er die Demonstranten als Terroristen und Plünderer, die keine »wahren Türken« seien, wütete über »wir« und »die« – und zementierte mit jedem weiteren Wort die Gräben in der türkischen Gesellschaft.

Wie gebannt verfolgten Mine und Vedat die Live-Übertragung. Von Zeit zu Zeit schlug Vedat die Hände vor sein Gesicht, als schäme er sich. Irgendwann war Erdogan mit seinen Hasstiraden fertig und es war Mine, die als Erste Worte fand.

»Der ist ja völlig irre!«

Sie zappten weiter durch die Programme. Halk TV berichtete von schweren Auseinandersetzungen zwischen Polizei und Demonstranten bei der Beerdigung von Ethem Sarısülük in Ankara. In Istanbul war ein vierzehnjähriger Junge von einer Gaspatrone am Kopf getroffen und lebensgefährlich verletzt worden, mehrere Dutzend Menschen hatten Verbrennungen durch Chemikalien erlitten, die dem Wasser der Wasserwerfer beigemischt waren. Die Gesamtzahl der Verletzten seit Beginn der Revolte wurde mit mittlerweile fast achttausend angegeben. Allein seit der gestrigen Stürmung des Parks waren zudem Hunderte Menschen verhaftet worden. Vedats Stimme war merkwürdig kratzig.

»Bitte, lass uns das ausschalten!«

Er legte seinen Kopf auf ihren Schoß. Am Beben seiner Schultern merkte Mine, dass er weinte.

22. Juni

Kathrin

Eigentlich hatte sie doch nichts mehr zu verlieren, oder? Okay, ihre Freiheit vielleicht noch. Aber sonst? Und wäre es wirklich so schlimm, ein paar Tage im Knast zu verbringen, wenn es darum ging, das zutiefst undemokratische Gebaren einer demokratisch gewählten Regierung anzuprangern? Nein, war es nicht, denn Kathrin war sich sicher – so viel Feigheit stand sie sich zu –, letztendlich im Falle einer Festnahme doch besser behandelt zu werden als türkische Kollegen oder die Studenten, die bereits zu Tausenden verhaftet worden waren und teilweise seit Wochen in Gefängnissen saßen, ohne dass Angehörige erfuhren, wo oder weshalb. Spätestens nach zwei, drei Tagen würde die Deutsche Botschaft sie aus der Misere eines türkischen Untersuchungsgefängnisses herausholen. Zumindest alles dafür tun. Das hatte sie aus dem Gespräch mit dem Mitarbeiter des Deutschen Generalkonsulats in Istanbul mitgenommen, den sie in ihrer Sache konsultiert hatte. In der Sache selbst aber könne man nichts für sie tun.

Die Sache war ihr Job. Der einer Dozentin an der Mimar Sinan Universität. Als sie am Montag, zwei Tage nach dem unerfreulichen Erlebnis mit den Polizisten in Beyoğlu, zu ihrem Büro in einem Nebengebäude der Uni kam, klebte ein Zettel mit dem Briefkopf des Rektors an der Tür: Sie möge sich um 14 Uhr bei ihm einfinden. Sie hatte sich zunächst nichts dabei gedacht. Der Rektor pflegte am Ende eines jeden Semesters seine Dozenten zu sich zu bitten, zu einer Art Mitarbeitergespräch, in dem er sich nach der Zufriedenheit mit dem vergangenen und den Plänen für das kommende Semester erkundigte. Eine angenehme – der Rektor war ein außerordentlich höflicher und hochintelligenter Mann mit viel Humor – und harmlose Plauderei, sie hatte das nun schon oft genug erlebt. Sie räumte ihr Büro auf und war pünktlich im Vorzimmer des Rektors. Seine Sekretärin schaute sie eigentümlich mitleidig an.

»Einen Moment noch bitte, Kathrin Hanım, der Herr Präsident empfängt Sie gleich. Möchten Sie einen Tee, solange Sie warten?«

Kathrin lehnte dankend ab und setzte sich in den abgenutzten Sessel neben der Tür zum Amtszimmer des Universitätspräsidenten. Irritiert überlegte sie, was wohl dieser merkwürdige Blick bedeutet haben mochte. Bevor sie eine Erklärung dafür gefunden hatte, klingelte das Telefon. Die Sekretärin antwortete nur kurz mit »Ja« und »Sofort«, dann legte sie auf.

»Der Herr Präsident bittet Sie herein, Kathrin Hanım.«

Kathrin war, wie sie erstaunt feststellen musste, plötzlich ziemlich nervös. Der Präsident, ein schlanker Mittsechziger mit grauem, ungezügelt in alle Richtungen abstehendem Haar und dicker Hornbrille, saß unter der in öffentlichen Gebäuden üblichen Öl-auf-Leinwand-Replik eines berühmten Atatürk-Gemäldes, das den

Vater der Türken mit stechendem Blick und verschränkten Armen zeigt. Als Kathrin in das großzügige Amtszimmer trat, stand er auf, ging um den wuchtigen Schreibtisch aus dunklem Edelholz herum auf sie zu, streckte die Hand aus, um sie zu begrüßen, und wies dann auf einen mit rotem Samt gepolsterten Stuhl vor dem Tisch.

»Bitte nehmen Sie Platz. Trinken Sie Tee?«

Diesmal nahm Kathrin das Angebot an. Der Rektor bat die Sekretärin, die noch in der Tür stand, um zwei Gläser Tee. Kathrin hörte die schwere Holztür ins Schloss fallen. Der Rektor setzte sich wieder hinter seinen Schreibtisch, legte die gefalteten Hände auf die Tischplatte, beugte sich vor und schaute sie durch die dicken Gläser seiner Brille an.

»Sie wissen, dass ich am Ende jedes Semesters das Gespräch mit den Dozenten dieser ehrwürdigen Einrichtung suche, um mich zu erkundigen, ob sie mit den vorgefundenen Bedingungen und dem Ablauf des Lehrbetriebs zufrieden sind. Außerdem bekommen die Dozenten von mir auch immer ein Feedback – das kennen Sie bereits aus den vergangenen Jahren. Um es vorwegzunehmen: Sie haben gute Arbeit geleistet, Kathrin Hanım, nicht nur in diesem Semester, sondern seit Sie bei uns sind. Mir sind nie Klagen über Sie zu Ohren gekommen und Ihre Vorlesungen den Ansprüchen dieses Hauses mehr als gerecht geworden. Diesmal gibt es aber einen besonderen Anlass für unser Gespräch.«

Er machte eine Pause. Und was kommt jetzt?, dachte Kathrin. Erst einmal kam der Tee. Die Tür öffnete sich und die Sekretärin brachte zwei Gläser dampfenden Tees auf silbernen Untertassen herein und stellte sie auf den Tisch. Der Rektor nahm zwei Stücke Zucker aus einer fein ziselierten Dose und rührte minutenlang, so kam es Kathrin vor. Es dauerte etwas, bis sie verstand. Er wartete nur, bis die Sekretärin den Raum verlassen hatte. Dann fuhr er fort.

»Ich weiß nicht, was konkret vorgefallen ist, aber der Türkische Hochschulrat hat mich angewiesen, Sie für das kommende Semester von Ihren Aufgaben an dieser Universität zu entbinden. In der Begründung des Schreibens, welches mir gestern zuging, heißt es, Sie seien für die Ausbildung junger Menschen ungeeignet. Ich nehme an, dass es etwas mit den Ereignissen der vergangenen Wochen zu tun hat und dass Sie vermutlich wissen, worum es geht. Ich würde Sie bitten, mir zu erzählen, was vorgefallen ist, damit ich Widerspruch gegen die Entscheidung des Rates einlegen kann, denn ich bin in dieser Sache völlig anderer Meinung. Ich weiß nicht, ob das etwas ändert, aber ich würde es gerne versuchen, denn ich halte Sie für ein ausgesprochen wertvolles Mitglied unseres Lehrkörpers, fachlich sowie menschlich, und würde Sie gerne auch in den kommenden Semestern an dieser Universität als Kollegin begrüßen.«

Kathrin fühlte sich wie ein kleines Mädchen, das von ihrem heißgeliebten Großvater dabei erwischt wird, wie es verbotenerweise eine seltene Miniatur eines Oldtimers aus dem Setzkasten nimmt, sie vor Schreck fallen lässt und das wertvolle Stück auf dem Boden in tausend Teile zerbricht. Sie befand sich in einer Art Schockstarre, war völlig sprachlos und außerstande, einen klaren Gedanken zu fassen. Zwei Satzfragmente schwirrten durch ihren Kopf und blockierten alles andere. Von ihren Aufgaben entbinden. Für die Ausbildung junger Menschen ungeeignet. Hatte sie richtig gehört? Sie versuchte die Satzfragmente neu zu ordnen, sich den Rest des Gesagten in Erinnerung zu rufen und mit den Fragmenten wieder in einen Zusammenhang zu bringen, in der Hoffnung, sie möge das alles falsch verstanden haben. Aber so oft sie die Worte im Geiste auch hin und her schob: Es blieb dabei, die Worte des Rektors bedeuteten nichts anderes, als dass sie ihren Job los war!

Der Rektor schaute sie unverwandt an, ernst, aber freundlich. Er war ein angenehmer Mensch. Höflich, kollegial, fair. Und er hatte ihretwegen nun ein Problem. Sie hätte gerne etwas gesagt, zu dem netten Herrn auf der anderen Seite des Tisches, der ihr gerade seine Unterstützung zugesagt und versprochen hatte, sich für sie einzusetzen. Aber sie wusste nicht was. Ein Gefühl der Hoffnungslosigkeit umklammerte ihr Herz und presste es zu einer kleinen Kugel zusammen, die wie in einem Flipperautomaten durch ihren Brustkorb irrte. Ihr Leben zerbrach gerade in Einzelteile und ihr wurde bewusst, dass sie keinen Plan B hatte. Es gab keine Alternative zu ihrem Leben in der Türkei, kein Rückflugticket in ihr voriges oder irgendein anderes. Sie hatte noch nicht einmal einen Partner, an dessen Schulter sie sich nun, in ihrer ganzen Hilflosigkeit, hätte ausweinen können. Sie stand vor den Trümmern ihrer Existenz, und das alles nur, weil sie auf diese bescheuerte Idee gekommen war, unbedingt auf dem Taksim-Platz demonstrieren zu wollen.

Nach einer Weile – der Rektor wartete geduldig mit den vor sich auf dem Tisch gefalteten Händen – fand sie ihre Sprache wieder und erzählte mit stockender Stimme, was vorgefallen war. Er wartete, bis sie fertig war, ohne sie mit Zwischenfragen zu unterbrechen.

»Kathrin Hanım, in dem, was Sie mir nun erzählt haben, sehe ich keinen Grund, Ihnen die Eignung für die Lehrtätigkeit abzusprechen. Die Entscheidung darüber aber treffe letztendlich nicht ich. Ich kann Ihnen nur versprechen, dass ich mich beim Hochschulrat für Sie einsetzen werde. Ich werde also Beschwerde gegen den Bescheid einlegen, bitte Sie aber, so lange Ihr Büro zu räumen, damit man uns nicht vorwerfen kann, wir würden die Zuständigkeit des Rates ignorieren. Ich melde mich bei Ihnen, sobald ich eine Antwort aus Ankara habe.«

Kathrin war noch immer wie betäubt, als sie sich vom Rektor verabschiedete, der sie bis zur Tür begleitet hatte. Dahinter erwartete sie bereits seine Sekretärin. Sie wusste offensichtlich, worum es bei dem Gespräch gegangen war. Ihre Augen hatten einen feuchten Schimmer.

»Es tut mir sehr leid, Kathrin Hanım, das sind schlimme Zeiten gerade. Ich habe hier zwei Pappkartons, die brauchen Sie vielleicht für Ihre Sachen.«

Kathrin hatte einen Kloß im Hals, als sie sich bedankte. Mit weichen Knien ging sie zurück in ihr Büro. Sie stellte die beiden Kartons vor das kleine Regal und ließ sich erst einmal in ihren Drehstuhl fallen. Die kleine Standuhr auf dem Schreibtisch tickte wie ein Metronom. Und mit der Zeit wurde aus ihrer Resignation Wut. Sie stand auf und begann, ihre Bücher aus dem Regal zu reißen und in die Kisten zu werfen. Ungeeignet! Pah! Wenn hier einer ungeeignet war, dann doch wohl der Premierminister! Beruft sich ständig auf seine Siege bei demokratischen Wahlen, um die Türkei nun in eine Diktatur umzuwandeln. Nichts anderes war es doch, wenn sie nun ihren Job verlor, weil sie von ihrem Recht auf freie Meinungsäußerung Gebrauch gemacht und an einer Demonstration teilgenommen hatte.

Ihr fiel ein Zitat ein, das Erdoğan aus seiner Zeit als Oberbürgermeister von Istanbul zugeschrieben wurde:

»Demokratie ist für uns eine Straßenbahn, aus der wir aussteigen, wenn wir unser Ziel erreicht haben.«

Kathrin hatte es lange nicht wahrhaben wollen, ihre Freundin Müjgan aber hatte schon immer vor diesem – wie sie sagte – Wolf im Schafspelz gewarnt. Natürlich hatte sie aufgehorcht, wenn Erdoğan auf Wahlkampfveranstaltungen aus einem religiösen Gedicht von Ziya Gölalp zitierte: »Die Moscheen sind unsere Kasernen, die Minarette unsere Speere, die Gläubigen unsere Soldaten.«

Dafür war er von einem türkischen Staatssicherheitsgericht nicht nur zu zehn Monaten Haft verurteilt, sondern auch mit einem lebenslangen Politikverbot belegt worden. Und deswegen war auch Abdullah Gül, der heutige Staatspräsident, nach dem Sieg der AKP bei den Wahlen im Jahr 2002 Premierministers geworden. Bis die AKP mit ihrer absoluten Mehrheit die Gesetze so weit geändert hatte, dass Erdoğan selbst das Amt übernehmen konnte und Gül ins Außenamt wechselte. All das hätte Warnung genug sein können. Aber dann hatte Erdoğan sich als Reformer inszeniert, die Todesstrafe abgeschafft, Meinungs- und Pressefreiheit gestärkt, sich auf Aussöhnungskurs mit Armeniern und Kurden begeben, sich entgegen früheren Aussagen zu Europa und dem Ziel einer EU-Mitgliedschaft bekannt und dem Land einen ungeahnten wirtschaftlichen Aufschwung beschert, der mit deutlichen Verbesserungen der Lebensbedingungen weiter Teile der türkischen Gesellschaft einherging. Dass er parallel den Alkoholausschank immer stärker reglementierte, sich für ein absolutes Abtreibungsverbot einsetzte oder den Bau religiöser Schulen förderte, wurde – vor allem von westlichen Politikern – gerne übersehen. Jetzt warf er endgültig seine demokratische Maske ab und sie, Kathrin, zahlte den Preis dafür, dass sie den Kurs dieses Mannes lange nicht nur nicht kritisiert, sondern gar verteidigt hatte.

Kathrin kippte den Inhalt der Schreibtischschubladen achtlos in eine der Kisten. Dann rief sie den Hausmeister in seiner Loge an und bat ihn, in ihr Büro zu kommen, um beim Tragen der Kisten zu helfen. Vor dem Haupteingang drückte sie ihm ihren Büroschlüssel in die Hand und winkte ein Taxi heran. Hausmeister und Fahrer packten die Kisten in den Kofferraum. Kathrin bedankte und verabschiedete sich. Als der Wagen anfuhr, drehte sie sich noch einmal um und sah, dass der Hausmeister noch immer wie angewurzelt dastand.

Direkt am nächsten Tag war sie zum Deutschen Generalkonsulat gegangen. Ein Mitarbeiter machte sich Notizen von Kathrins Schilderung des Vorfalls mit der Polizei und des Gesprächs mit dem Rektor. Solange da nicht noch eine Strafanzeige wegen irgendetwas kommen würde, sei ihr Aufenthaltsstatus vermutlich nicht in Gefahr, da Kathrin ja noch eine Anstellung in dem Architekturbüro vorzuweisen hatte, so die einigermaßen beruhigende Auskunft. Er riet Kathrin zwar davon ab, an weiteren Demonstrationen teilzunehmen, sicherte ihr gleichzeitig aber auch die Unterstützung des Konsulats zu. Am Ende des Gesprächs gab er ihr seine Mobilfunknummer und eine weitere des Notdienstes der Deutschen Vertretung in Ankara.

»Mehr können wir leider nicht für Sie tun. Passen Sie auf sich auf.«

Vor drei Tagen war das gewesen. Sonst hatte Kathrin niemanden von ihrem Rauswurf erzählt, weder den Kollegen im Architekturbüro noch Freunden und Nachbarn in Kuzguncuk. Dass sie nun tagsüber öfter als sonst zu Hause war, fiel nicht auf, schließlich war das Semester zu Ende. Außerdem gab es ja noch einen Hoffnungsschimmer. Und so hatte sie stündlich ihre E-Mails kontrolliert und war bei jedem Telefonklingeln aufgeschreckt. Doch noch hatte der Rektor sich nicht gemeldet. Ihr Gemütszustand wechselte, manchmal im Minutentakt, zwischen tiefer Depression und pochendem Zorn. In depressiven Phasen sah sie sich frustriert in einer Dreizimmerwohnung in einer deutschen Kleinstadt hocken und für ein provinzielles Architektenbüro gesichtslose Einfamilienhäuser in gesichtslosen Neubaugebieten entwerfen, weil sie die Türkei Hals über Kopf hatte verlassen müssen. Wenn sie wütend war, war sie kämpferisch. Schrieb im Geiste Protestbriefe an Hochschulrat und Bildungsministerium, prangerte die Willkür der Behörden in Interviews mit türkischen und internationalen Medien an und nahm an Demonstrationen in Taksim und sonst wo teil. Bis Erdoğan aus dem Amt gejagt war, sie ihren Job zurück hatte und die Türkei wieder das Land war, in dem sie bislang so gerne und so gut gelebt hatte.

Sie tat nichts dergleichen. Wenn sie nicht in ihrem Architektenbüro in Levent am Schreibtisch saß und auf den Bosporus hinaus starrte, verbrachte sie die Tage damit, zu Hause entweder vor dem Fernseher oder dem Laptop zu sitzen und die weitere Entwicklungen zu verfolgen, wobei die Berichte von den vielen Verletzten und Verhaftungen im ganzen Land sie erneut mal traurig, mal zornig, vor allem aber fassungslos machten. Sie verstand einfach nicht, was Erdoğan antrieb.

Sah er nicht, dass er mit jedem Tag, an dem Nachrichten und Bilder von prügelnden Polizisten und blutenden Demonstranten die Runde machten, das Land immer tiefer spaltete und selbst durch seine eigene Partei bereits Risse gingen? Dass nicht »ein paar Plünderer«, die »Zinslobby« und »Feinde von außen« die politische und wirtschaftliche Stabilität der Türkei gefährdeten, sondern sein autoritärer Kurs? Dass er seine Vision einer besseren Türkei im Wasser der Wasserwerfer und in Reizgas ertränkte? Erkannte er nicht, dass mit den Bildern vom Gezi-Park und vom Taksim-Platz sein großes Ziel in weite Ferne rückte: im Parlament eine Zweidrittel-Mehrheit für eine Verfassungsänderung zusammenzubekommen und dann bei der Wahl im Sommer des kommenden Jahres der mächtigste Staatspräsident seit Atatürk zu werden? Es auch noch 2023 zu sein, wenn die Türkische Republik den hundertsten Jahrestag ihrer Gründung feiert? Und dann in die Geschichte einzugehen als der Politiker, der in einem Atemzug mit dem »Vater der Türken« genannt wird? Oder noch vor ihm? Hatte er seinen politischen Instinkt verloren, der ihn vom unbedeutenden Lokalpolitiker zu einem Staatsführer gemacht hatte, der auf den wichtigen politischen Bühnen der Welt Gehör fand? Verstand er nicht, dass er im Begriff war, das zu zerstören, was er, der Mann aus einfachsten Verhältnissen, sich so mühsam aufgebaut hatte? Und dass er – ganz nebenbei –

auch sie, Kathrin, damit um ihr schönes, bequemes Leben brachte?

Abends saß sie auf dem Sofa, trank zu viel Wein und tröstete sich, in dem sie mit den drei kleinen Katzen schmuste, die sie entgegen ihrem festen Vorhaben, sie nicht ins Haus zu lassen, zum ersten Mal aus dem Garten hoch ins Wohnzimmer geholt hatte. Die warmen Körper auf ihrem Schoß und das kanonartige Schnurren taten ihr gut.

Am Morgen hatte dann Zübeida angerufen. Kathrin saß gerade wie eigentlich jeden Samstagmorgen in dem kleinen Café um die Ecke und blätterte bei Menemen und Tee durch die Tageszeitungen, als ihr Telefon klingelte. Zübeida hatte sie nicht mehr gesprochen, seit sie nach der unangenehmen und – wie Kathrin nun wusste – folgenreichen Begegnung mit den Polizisten in Beyoğlu sehr schweigsam zusammen nach Hause gefahren waren.

»Hallo Kathrin, wie geht es dir? Hast du den Schreck vom letzten Sonntag verarbeitet?«

Kathrin entschied, ihrer Kollegin nicht zu erzählen, was seitdem passiert war.

»Ja, alles gut. Und bei dir?«

»Auch alles gut. Ich wollte dich fragen, ob du mitkommst. Wir gehen heute Abend zum Taksim-Platz. Da gibt es wieder eine Demo.«

Kathrin brauchte nicht lange für ihre Entscheidung. Sie war gerade wieder in einer zornigen Phase. Mein Leben ist ohnehin aus den Fugen geraten, ich habe also nichts zu verlieren, dachte sie. Und sagte:

»Klar komme ich mit.«

Mine

Am Morgen des 17. Juni, dem Tag nach Vedats Rückkehr, war Mine schon früh wach, obwohl sie kaum geschlafen hatte. Sie hatten sich nimmersatt geliebt. Immer und immer wieder. Nie zuvor war Vedat so leidenschaftlich gewesen und gleichzeitig so zärtlich. Ganz leise schlich sich Mine aus dem Bett, machte in der Küche Kaffee und klappte ihren Laptop auf. Bis tief in die Nacht hatten die Straßenschlachten in Beyoğlu angedauert, die Polizei setzte dabei so viel Gas ein, dass es in benachbarte Stadtviertel zog und sogar noch auf der anderen Seite des Bosporus zu spüren war. Dem Aufruf verschiedener Gewerkschaften zu einem Generalstreik waren allerdings weit weniger Menschen gefolgt als erhofft, in Ankara demonstrierten demnach rund eintausend Regierungsgegner. Mine war bereits bei der dritten Tasse Kaffee und Vedat noch immer nicht aufgewacht, als ein Statement des stellvertretenden Ministerpräsidenten Bülent Arınç von den Nachrichtenportalen als Eilmeldung verbreitet wurde. Darin bezeichnete er die Demonstrationen erneut als »illegal« und stieß eine offene Drohung aus:

»Es gibt die Polizei. Wenn das nicht reicht, gibt es die Jandarma. Wenn das nicht reicht, gibt es die türkischen Streitkräfte.«

In den sozialen Netzwerken kursierten Videos, in denen Männer mit Messern und Stöcken auf Demonstranten losgingen und von der Polizei entweder nicht daran gehindert oder sogar unterstützt wurden. Mine fröstelte in ihrem Nachthemd, mit dem sie noch immer am Küchentisch saß. Es ist so weit, dachte sie, die AKP hat ihre Schlägertrupps losgeschickt. Die wollen uns wirklich umbringen. Dann kam die Nachricht, dass Innenminister Muammar Güler die Einträge in Kurznachrichtendiensten und sozialen Netzwerken auf strafrechtlich relevante Inhalte überprüfen wolle. Das Imperium schlug zurück! Aufgewühlt ging Mine zurück ins Schlafzimmer und kroch zu Vedat ins Bett. Als sie sich an ihn kuschelte, grunzte er kurz und schlief einfach weiter.

Am nächsten Tag war es Vedat, der sie weckte. Er kam mit einem Kaffeebecher ins Schlafzimmer und hatte den Laptop unterm Arm.

»Steh auf, Schlafmütze. Das musst du dir anschauen.«

Mine rieb sich die Augen. Auf dem Display sah sie das Foto eines Mannes, der allein auf dem ansonsten fast menschenleeren Taksim-Platz stand. Bewegungslos, kerzengerade, den Blick auf das Atatürk Kulturzentrum gerichtet, an dessen Fassade die zwei großen, von der Polizei aufgehängten türkischen Flaggen hingen und dazwischen das Konterfei des »Vaters der Türken«. Offensichtlich eine neue Form des Protests. »Duran adam«, Stehender Mann, war die Bildunterschrift. Kurzentschlossen schlug Mine die Bettdecke zurück und setzte sich auf.

»Vedat, mach dich fertig, wir müssen los.«

Er lächelte nur. Eine knappe Stunde später kamen sie am Taksim-Platz an. Die Polizei hatte ihn wieder freigegeben. Montäglicher Verkehr toste, aus den Ausgängen von Füniküler und Metro quollen Pendler, Simit- und Wasserverkäufer hatten ihre fahrbaren Stände davor platziert, die ersten Touristen irrten mit gezückten Kameras staunend über den Platz. Die Räumtrupps der Stadtverwaltung hatten ganze Arbeit geleistet. Nichts deutete mehr darauf hin, dass hier am Wochenende noch bürgerkriegsähnliche Zustände geherrscht hatten. Der Gezi-Park war mit Gittern und einem massiven Polizeiaufgebot abgesperrt. Dahinter bauten Männer in Overalls mit dem Logo der Stadt an einem Potemkin'schen Dorf, legten Rollrasen aus, pflanzten Blumen, Sträucher, Bäume. Erdoğans schöne neue Welt, dachte Mine bitter und zog Vedat an der Hand hinter sich her. Mitten auf dem Platz standen dreißig oder vierzig Menschen – Frauen, Männer, jüngere und ältere, in Freizeitkleidung oder im Anzug, bewegungslos und kerzengerade. Alle schauten unverwandt auf das riesige Atatürk-Banner am Kulturzentrum. Der »Duran adam« von dem Foto war nicht darunter. Die Polizei habe ihn am Morgen abgeführt, erzählte einer der Demonstranten, ein junger Mann, auf Mines Frage. Aber sofort hätten sich andere an seiner Stelle hingestellt. Auch er hätte sich spontan dazugesellt. Mine bekam eine Gänsehaut. Mit welchem Mut sich die Leute der staatlichen Brutalität entgegenstellten. Und sie, die verwöhnte Göre, war einfach weggerannt, als es hart auf hart kam. Passanten gingen an ihr vorbei und stellten Wasserflaschen vor die Füße der stumm Dastehenden. Mine griff nach Vedats Hand.

»Komm, lass uns etwas zu essen und zu trinken kaufen und uns dazustellen.«

Erneut widersprach Vedat nicht. Als sie mit Sesamkringeln und Wasserflaschen bewaffnet von dem kleinen Büfe in der Inönü Straße zurückkamen, war allerdings eine Hundertschaft der Polizei aufmarschiert, hatte die Demonstranten umstellt und führte sie einzeln ab. Die Szene hatte etwas Gespenstisches, denn sie war völlig geräuschlos. Keiner der Festgenommenen sagte auch nur ein Wort oder leistete irgendeine Form von Gegenwehr. Sie gingen einfach mit, jeder von zwei Polizisten flankiert, bis zu einem Bus mit vergitterten Fenstern, der vor dem Kulturzentrum stand. Darin verschwanden sie, so still, wie sie gestanden hatten. Dann schlossen sich die Türen und der Bus setzte sich in Bewegung. Ohne ein Wort zu sagen, ging Vedat zur Mitte des Platzes, legte Wasserflaschen und die Tüte mit den Simits vor seine Füße, machte den Rücken gerade, ließ die Arme sinken und blickte mit erhobenem Kopf auf Atatürk.

Selten war Mine glücklicher gewesen als in diesem Moment. Und noch nie so stolz auf ihren Mann. Vedat ein »Duran adam«! Sie stellte sich neben ihn und lächelte ihm zu. Er schien es bemerkt zu haben. Kurz drehte er seinen Kopf zu ihr und lächelte zurück. Schnell waren sie zehn, dann hundert, am späten Nachmittag mehr als tausend. Immer mehr Menschen blieben einfach stehen. Manche schlossen sich dem stummen Protest nur während ihrer Mittagspause an, andere kamen mit Verpflegung, wieder andere stellten Schuhpaare vor sich auf, eine symbolische Geste in Erinnerung an die Toten, Verletzten, Verhafteten und Verschwundenen. Nie waren Mine Schmerzen süßer vorgekommen als die heutigen, die sie durch das stundenlange Stehen litt. Vedat war an ihrer Seite – und so viele Gleichgesinnte. Dieses Mal würde sie nicht davonlaufen.

Die Polizei war offensichtlich ratlos. Immer wieder gingen kleinere Einheiten durch die Reihen der Stehenden und durchwühlten zu ihren Füßen abgestellte Taschen und Rucksäcke. Ohne den Fund von Mundschutzen, Schnorchelbrillen oder Gasmasken, die mittlerweile als Beleg für terroristische Aktivität galten und als Straftatbestand für eine Festnahme ausreichten, hatten sie eigentlich keine Handhabe gegen diese schweigende Form des Protests. Ganz davon abgesehen, dass man so viele, einfach friedlich dastehende Menschen unter so vielen Zeugen – immer mehr Touristen kamen, um sich das stumme Spektakel anzuschauen und Fotos zu schießen – ja schlecht verhaften konnte. Irgendwann hatte sich eine Gruppe von acht vollbärtigen, grimmig dreinschauenden Männern in einheitlichen weißen T-Shirts den Demonstranten gegenübergestellt. »Stehende Männer, die gegen stehende Männer stehen«, war auf die Shirts gedruckt, daneben das Logo der AKP. Schon nach wenigen Minuten standen vor ihnen zwei Dutzend Demonstranten, die Pappschilder hochhielten:

»Stehende Männer, die gegen stehende Männer stehen, die gegen stehende Männer stehen.«

Mine musste schmunzeln. Das war zwar irgendwie kindisch, aber genau die richtige Antwort. Als dann auch noch immer mehr Pressefotografen und Kamerateams auftauchten, um ihre Bilder von Protest und Gegenprotest zu machen, zogen die AKP-Anhänger nach noch nicht einmal einer Stunde und unter hämischem Applaus wieder ab.

Am Mittwoch und Donnerstag verabredeten sich Mine und Vedat mit Freunden, um an Stehender-Mann-Protesten in Beşiktaş in der Nähe von Erdogans Istanbuler Amtssitz teilzunehmen. Mittlerweile wurde überall in der Stadt und in vielen anderen Städten gestanden oder auch gelegen. Vedat tat es sichtlich gut, dass die Freunde ihn herzlich begrüßten und ihn zu seiner Entscheidung, den Polizeidienst zu quittieren, beglückwünschten. Mine stand dann mit stolzgeschwellter Brust daneben. Ihr war in den vergangenen Tagen klar geworden, dass Vedats Beispiel ein Hoffnungsschimmer war, für die Protestbewegung, die sich immer stärkeren Repressionen ausgesetzt sah. Antiterroreinheiten der Polizei durchsuchten seit Anfang der Woche Wohnungen und Büros, nicht nur in Istanbul, sondern auch in

Ankara und Eskişehir. Mit dem Ziel, die von in- und ausländischen Kräften angezettelte Verschwörung zum Sturz der Regierung aufzudecken, die Erdoğan als Ursache für die anhaltenden Proteste ausgemacht hatte. Hunderte Personen wurden bei den Aktionen festgenommen.

»Ich wusste, dass du ein guter Junge bist.«

Vedat und Mine standen noch in der Tür, als ihr Vater Vedat voll plötzlicher Zuneigung umarmte und gar nicht mehr loslassen wollte. Ihre Eltern hatten sie am Freitag zum Abendessen eingeladen. Mit einem Dutzend Freunden der Eltern saßen sie an dem langen Esstisch. Kleiner hatten es ihre Eltern selten. Außer der festangestellten Haushälterin war noch eine zweite, Mine unbekannte, Bedienstete da, um die Speisen aus der Küche aufzutragen und Getränke nachzuschenken. Wein und Rakı flossen in Strömen und Vedat wurde wie eine Trophäe herumgereicht, musste immer wieder von seinen Einsätzen berichten und davon, wie er schließlich nicht mehr mitmachen wollte und kündigte. Vor allem die Männer in der Runde quittierten Vedats Erzählungen immer wieder mit Ausrufen wie »Bravo Junge« und »Richtig so«. Je später der Abend, umso wüster die Beschimpfungen der Regierung. Irgendwann lallten alle nur noch, Vedat eingeschlossen. Mine saß stumm neben ihrem Mann und musste plötzlich wieder an Marc denken. An seine mit Humor gepaarte Sachlichkeit, seine ruhige Art zu erzählen und zuzuhören, seine Besonnenheit, wenn um ihn herum alles im Chaos versank. Und an seine Arme, die sie so männlich fest und doch zärtlich hielten, als sie in dem Café plötzlich losgeheult hatte, an seine langgliedrigen Finger, die ihre Hand mit sanftem Druck umschlossen gehalten und an seine erstaunlich weichen Lippen, die sich scheu, nicht fordernd, auf die ihren gelegt hatten. Mine stand auf, ging auf die Toilette und verschloss die Tür hinter sich. Sie holte ihr Mobiltelefon aus der Hosentasche, setzte sich auf den geschlossenen Klodeckel, atmete tief durch und schrieb eine SMS an Marc.

Dann kam Samstag, der 22. Juni. Vedat war erst nach Mittag wach geworden und hatte sie um eine Tablette gegen Kopfschmerzen gebeten. Auch Mine fühlte sich noch leicht schwummrig vom vielen Wein. Sie setzten sich aufs Sofa. Das Fernsehen übertrug einen Auftritt Erdoğans in Samsun am Schwarzen Meer. Er geiferte über die »Zinslobby«, die die Wirtschaft des Landes zerstören wolle, über »Feinde der Türkei«, die die Unruhen angestiftet hätten, um Profit zu machen. Dann schwang er die religiöse Keule, bezichtigte die Demonstranten, keinen Respekt vor dem Islam zu haben. Er schrie, seine Stimme überschlug sich.

»Lasst sie ruhig mit Schuhen unsere Moscheen betreten, lasst sie dort Alkohol trinken, lasst sie die Hände gegen Frauen in Kopftüchern erheben. Ein Gebet von uns reicht aus, um ihre Pläne zu durchkreuzen.«

Das Telefon klingelte. Şebnem war dran und fragte, ob sie mit zur Demo auf dem Taksim-Platz kommen würden. Mine schaute Vedat fragend. Er guckte zwar etwas leidend, nickte aber.

»Ja, wir kommen. Bis später.«

Es war ein lauer Sommerabend. Mine und Vedat gingen zu Fuß. Vor dem Eingang des Marmara Hotels trafen sie Şebnem und die anderen. Auf dem Platz hatten sich bereits mehrere Tausend Menschen versammelt. Sie schwenkten Fahnen mit der Aufschrift »Taksim Solidarität« und sangen.

»Faşizme karşı omu omuza.«

Sie stellten sich mitten hinein in den friedlichen Trotz. Vedat legte den Arm um Mines Schultern und beugte seinen Kopf herunter, bis sie seine Lippen an ihrem Ohr fühlte.

»Es tut so gut, auf der richtigen Seite zu stehen. Ist auch viel schöner hier.«

Er grinste. Mine drehte sich zu ihm, nahm seinen Kopf in beide Hände und drückte ihm einen Kuss auf den Mund.

»Willkommen auf der guten Seite der Macht. Aber was sagt eigentlich dein Vater dazu, dass du gekündigt hast?

Vedats Grinsen wurde etwas schief.

»Keine Ahnung, ich habe es ihm noch nicht erzählt.«

Unruhe brach um sie herum aus. Bei den direkt vor dem Kulturzentrum versammelten Polizeieinheiten tat sich etwas. Vedat stellte sich auf die Zehenspitzen und machte einen langen Hals. Seine Augen verengten sich zu schmalen Schlitzen.

»Achtung, es geht gleich los.«

Sekunden später flogen die ersten Gasgranaten in die Menge. Mit dröhnenden Motoren setzten sich die Wasserwerfer in Bewegung und spuckten den Inhalt ihrer Tanks den Menschen entgegen. Ein Meer weißer Helme rückte vor, Schlagstöcke prasselten auf Köpfe und Schultern. Pfiffe, Buhrufe und Angstschreie wurden von einem trotzigen, vieltausendstimmigen Chor übertönt:

»Her yer Taksim, her yer direniş.«

Nur wenige rannten weg, die meisten schienen stehen bleiben zu wollen. So lange wie möglich zumindest. Mine schaute Vedat an. Ihr Mann stand wie angewurzelt und sang lauthals mit.

»Überall ist Taksim, überall ist Widerstand.«

Der Geist der Freiheit war aus der Flasche und ließ sich so einfach nicht wieder hineinprügeln.

Marc

Flug TK 1985 nach London-Heathrow hob pünktlich vom Istanbuler Flughafen Atatürk ab. Marc saß in der Economy-Klasse auf einem Fensterplatz und starrte hinaus auf das Marmarameer, das unter ihm in der Sonne glitzerte. Aus einer Woche Urlaub in Istanbul war ein Monat geworden. Ein Monat, der die Türkei und auch ihn verändert hatte. Ein Land, das er nie zuvor bereist hatte, war ihm ans Herz gewachsen. Nicht nur wegen Mine, dieser jungen, mutigen, intelligenten, hübschen Türkin, mit der er so viel Zeit verbracht, die ihn auf eine ihm bis dato unbekannte Art berührt, die er geküsst, in die er sich wohl sogar verliebt hatte.

Nein, nicht nur ihretwegen. Er war Zeuge geworden, wie eine Zivilgesellschaft erwachte, die, des politischen und wirtschaftlichen Stillstands, wenn nicht gar Niedergangs der achtziger und neunziger Jahre müde, den konservativen Kurs Erdoğans seit 2002 insgeheim mitgetragen oder zumindest jahrelang weitestgehend stillschweigend hingenommen hatte. Bis eine als unpolitisch diskreditierte Jugend zum Motor einer Protestbewegung geworden war, die sich erst der Zerstörung eines kleinen Parks und dann der selbstherrlichen Willkür ihres Premierministers widersetzte. Marc war noch immer tief beeindruckt von dem Mut und der Kreativität, mit der sich vor allem junge Türken ihrer zunehmend autoritärer und brutaler agierenden Regierung entgegengestellt und immer wieder Wege gefunden hatten, ihren Protest zu artikulieren – trotz staatlicher Repression und Zensur der Medien. Kurznachrichtendienste und soziale Netzwerke waren ihre Waffen in diesem ungleichen Kampf gewesen, eine Art Revolution 2.0, auf die der Staat nur eine Antwort wusste: Gewalt. Marc hätte gerne erlebt, wie sich das weiterentwickelt. Ob die Proteste tatsächlich etwas bewegen, etwas verändern in der politischen Landschaft, im politischen Stil dieses Landes, dessen Bürger in den vergangenen Wochen unter Beweis gestellt hatten, was seine Regierung im gleichen Moment vermissen ließ: Demokratiefähigkeit.

Aber nicht zuletzt hatte er auch zum ersten Mal in seiner beruflichen Laufbahn journalistische Prinzipien über Bord geworfen, hatte sich mit einer Sache gemein gemacht. Er war nicht mehr nur Beobachter und Berichterstatter gewesen, sondern hatte Partei ergriffen. Marc war sich im Rückblick – er hatte in den vergangenen Tagen viel Zeit gehabt, genau darüber nachzudenken – nicht sicher, ob sein professionelles Urteil über die Geschehnisse in Istanbul und weiten Teilen der Türkei anders ausgefallen wäre, ob seine Reportagen eine andere Tonalität gehabt hätten, wenn er Mine nicht getroffen hätte. Fakt aber war, dass er sich emotional hatte involvieren lassen. Und nur deswegen am Abend der Stürmung des Gezi-Parks für ein paar Fotos das Risiko eingegangen war, verletzt oder festgenommen zu werden. Letzteres war passiert und dafür wurde er nun, ebenfalls zum ersten Mal in seiner Karriere, aus einem Land ausgewiesen.

Die Polizisten hatten ihn bei seiner Festnahme – wie lange war das jetzt her? Eine Woche? – zwar nicht freundlich, zumindest aber auch nicht über Gebühr grob behandelt, nachdem sich herausgestellt hatte, dass der eine tatsächlich Mines Mann war. Allerdings hatte Mine ihrem Mann offensichtlich nicht nur nichts von ihrem Tête-à-Tête, sondern überhaupt nichts von Marc erzählt, denn sonst hätte Vedat gewusst, dass er kein einfacher Tourist war, sondern ein gerade durchaus aktiver, aber nicht akkreditierter Journalist. Vedat hatte geschwiegen, während er Marcs Kleidung abtastete, und ihn keines

Blickes gewürdigt. Vedat und sein Murat filzten ihn von oben bis unten, auch seinen Rucksack und sein Portemonnaie. Marc versuchte ruhig zu bleiben. Er wusste, dass sie dort nichts finden würden, was auf seine journalistische Tätigkeit hinwies. Wie auch? Marc hatte, nachdem er vor einigen Tagen das erste Mal von Polizisten angehalten worden war, alle verräterischen Papiere wie Presseausweise und Visitenkarten daraus entfernt. Schließlich war er als Tourist eingereist und wusste, dass Verstöße gegen die Visa-Bestimmungen eines Landes nicht gerade Kavaliersdelikte waren. Marc gefiel der Gedanke, dass Mine ihn vor ihrem Mann geheim gehalten hatte, immer mehr. Wenn er ihr nichts bedeuten würde, hätte sie Vedat doch von ihm erzählen können. Das Hochgefühl war von kurzer Dauer. Vedat sprach ihn an, in sehr ruhigem Tonfall, mit einem einzigen kurzen Satz:

»You are arrested.«

Marc protestierte, verwies darauf, ein unbescholtener britischer Staatsbürger zu sein, der als Tourist im Land weilte, und verlangte, mit dem britischen Generalkonsulat zu telefonieren. Die beiden Polizisten ignorierten seinen Protest. Vedat nahm seinen Reisepass, den Rucksack mit dem Laptop und der Kamera und auch sein Mobiltelefon an sich. Dann führten sie ihn ab, verzichteten dabei allerdings darauf, ihm Handschellen anzulegen. Der, der Murat hieß, hielt ihn lediglich fest am Oberarm gepackt. Vedat trug Marcs Rucksack und ging mit finsterer Miene schweigend neben ihnen her.

Er schien in Gedanken vertieft. Mehrmals fragte Marc, wo man ihn hinbringe, erhielt jedoch keine Antwort. Sie kamen an einen Bus mit vergitterten Scheiben, vor dem eine Handvoll Polizisten herumlungerten, die Marc neugierig musterten. Vedat sprach mit ihnen, übergab Marcs Pass und Habseligkeiten und würdigte ihn weiter keines Blickes. Dann öffnete sich die hintere Tür des Busses und Murat bedeutete ihm mit einem Handzeichen einzusteigen. Als Marc auf der Trittstufe stand, drehte er sich noch einmal um. Vedat schaute zu ihm herüber. In seinen Augen war etwas, das Marc überraschte, weil er es nie und nimmer erwartet hätte: Dankbarkeit. Dann schloss sich die Bustür mit einem hydraulischen Zischen.

Mehrere Stunden hatte Marc in dem abgedunkelten, sauerstoffarmen Innenraum mit Dutzenden Mitgefangenen verbracht, bis sich der Bus in Bewegung setzte. Nach einer Fahrt durch die halbe Stadt, so zumindest kam es Marc vor, waren sie auf den Hof einer Art Kaserne gefahren. Dort war Marc von den anderen getrennt und von zwei Männern in Zivil in einen Van mit getönten Scheiben bugsiert worden. Seine Bewacher setzten sich rechts und links neben ihn. Wieder ging es schier endlos durch die Stadt, bis sie ein stählernes Tor passierten. Marc wurde in ein mächtiges Gebäude, das in einem Politthriller über den Kalten Krieg eine gute Kulisse für die Zentrale des sowjetischen Geheimdienstes abgegeben hätte – dass hier tatsächlich der türkische Geheimdienst Verhörräume unterhielt, erfuhr Marc erst später –, und durch endlose Gänge geführt und schließlich in eine fensterlose Zelle gesperrt, mit einer Pritsche und einem Loch im Boden als Toilette.

Drei undefinierbare Mahlzeiten, die durch eine Klappe in der Tür in die Zelle geschoben wurden und zu denen es Tee und Wasser gab, dienten Marc als Berechnungsgrundlage, um festzustellen, dass er vermutlich einen ganzen Tag ohne jeglichen Kontakt zu anderen Menschen im Gewahrsam des türkischen Staates verbracht hatte, bis sich die stählerne Zellentür öffnete. Zwei Männer in Uniform bedeuteten ihm mitzukommen. Wieder ging es durch lange Flure. In einem Zimmer, das bis auf einen Tisch und zwei Stühle leer war, musste er sich hinsetzen. Die beiden Uniformierten stellten sich beiderseits der Tür auf. Er war offensichtlich in einem Verhörraum gelandet. Nach vielleicht zwanzig Minuten erschien ein Mann im Anzug, der sich als Staatsanwalt vorstellte. Der elegant gekleidete Mittvierziger mit dunklem, ordentlich gescheiteltem und geöltem Haar und sorgfältig gestutztem Schnäuzer setzte sich Marc gegenüber und legte einen Stapel Schwarzweißkopien vor ihn auf den Tisch. Marc schaute auf die Papiere. Es waren Ausdrucke seiner Artikel für das Magazin.

»Sie haben ohne ein gültiges Arbeitsvisum und ohne Akkreditierung des Presseamts in der Türkei als Journalist gearbeitet. Das ist ein schwerer Verstoß gegen die Einreise- und Aufenthaltsbestimmungen der Türkischen Republik. Was sagen Sie dazu?«

Marc bat darum, die Britische Botschaft kontaktieren zu dürfen.

»Wir haben bereits das hiesige Generalkonsulat über Ihr Vergehen informiert. Bitte äußern Sie sich zur Sache.«

Marc verweigerte die Aussage und verlangte erneut, mit der Botschaft zu sprechen, wahlweise mit dem örtlichen Korrespondenten des Magazins oder einem Anwalt.

»Wir haben zu allen erforderlichen Stellen Kontakt aufgenommen.«

Es ging hin und her wie bei einem Tennisspiel, mit dem Unterschied, dass keiner den Punkt machte. Marc kam zurück in die Zelle. Eine übel schmeckende Mahlzeit später wurde er wieder in ein, diesmal deutlich größeres Zimmer geführt. Auch der Tisch war größer. Um ihn herum standen sechs Stühle. Fünf Minuten später betrat der geschniegelte Staatsanwalt den Raum, in seinem Gefolge Steve und zwei Männer, die Marc nicht kannte und von denen einer allem Anschein nach kein Türke war.

»Hey Marc, alter Junge, da hast du uns ja was eingebrockt!«

Steves Grinsen wirkte etwas schief. Die beiden anderen stellten sich als Rechtsanwalt und als Vertreter der britischen Botschaft in Ankara vor. Letzterer war zwar »not amused« über die kleine diplomatische Krise, die Marcs Festnahme ausgelöst hatte, sagte Marc aber jede notwendige Unterstützung zu. Der Rechtsanwalt sprach

440

von einer möglichen mehrjährigen Haftstrafe und von Abschiebung. Dann folgte ein Wortwechsel mit dem Staatsanwalt, von dem Marc nichts verstand, weil er auf Türkisch geführt wurde. Schließlich schüttelten ihm die zwei die Hand und verließen den Raum, gefolgt von Steve, der sich noch einmal umdrehte.

»Übrigens war es diese kleine Türkin, Mine, die uns darüber informiert hat, dass du festgenommen worden bist. Sie hat mich angerufen. Und jetzt mach dir mal keine Sorgen, Marc, wir holen dich hier raus.«

Es war das erste Mal, dass Marc seinen Kollegen drei Sätze sagen hörte, in denen kein einziger Witz eingebaut war.

Die folgenden Tage verbrachte Marc in seiner Zelle. Jeweils vormittags und nachmittags wurde er von zwei Bewachern auf einen mit hohem Stacheldraht bewehrten Mauern umgebenen Hof geführt, wo er eine halbe Stunde lang Runden drehen durfte. Kontakt zu anderen Häftlingen hatte er nicht. Auch gab es keine weiteren Verhöre. Vermutlich läuft das längst auf höheren Ebenen ab, dachte Marc. An drei der vier Tage bekam er Besuch von Steve, der ihm Marcs Verdacht bestätigte.

»Das schlägt gerade ziemlich hohe Wellen, nicht nur hier, sondern auch in London. Paul, musste sich in einem formellen Schreiben an die Türkische Botschaft für deinen Einsatz und den Verstoß gegen die Visa-Bestimmungen entschuldigen. Außerdem hatte er einen Termin im Außenministerium. Die sind da natürlich »pissed« über den ganzen Rummel, aber so, wie es aussieht, wirst du um einen Prozess in der Türkei herumkommen. Die Behörden hier haben gerade genug an der Backe und wollen wohl kein allzu großes Fass aufmachen. Die werden dich irgendwann in den nächsten Tagen abschieben und mit einem zehnjährigen Einreiseverbot belegen. Mehr nicht.«

Mehr nicht? Tatsächlich schien Marc mit einem blauen Auge davonzukommen. Andererseits: Das Einreiseverbot verringerte die Wahrscheinlichkeit, Mine wiederzusehen, auf einen Wert, der gen null ging. Marc lag auf der Pritsche, dachte an ihr breites Lachen, das diese perfekte Reihe weißer Zähne entblößte, ihre dunklen Augen, die immerfort leuchteten und blitzten, spürte ihre kleine Hand, die so überraschend fest zudrückte, in seiner, schmeckte ihre vollen Lippen und ihre verspielte Zunge. Er lag mit ihr in einer Hängematte, über der Palmen im Wind raschelten, und schaute auf das türkisblaue Wasser eines tropischen Meeres hinaus, ging mit ihr Hand in Hand über schneeweißen Sand, der sich im Sonnenuntergang orange verfärbte, saß mit ihr barfuß am Strand bei flackerndem Kerzenschein an einfachen Holztischen, wo sie die Schalen von gekochten Krebsen knackten, mit den Fingern das zarte Fleisch herauspulten und dazu frisches Mango-Lassi tranken, streifte ihr das Shirt mit den dünnen Trägern über den Kopf mit der ungebändigten Lockenmähne, wickelte sie aus dem Sarong, den sie um ihre Hüfte gelegt hatte, und hob sie sanft auf das Bett der einfachen, mit Palmwedeln gedeckten Holzhütte. Immerwährendes Meeresrauschen verwischte den Unterschied zwischen Tag und Nacht.

Marc wurde wach, als sich die Zellentür öffnete. Er rieb sich die Augen. Nach seiner Rechnung musste es Samstag, der 22. Juni sein. Steve kam herein, dazu der Rechtsanwalt – der Botschaftsmitarbeiter und der Staatsanwalt waren nicht dabei. Steve hatte Marcs Rucksack in der Hand, den Mines Mann ihm bei der Festnahme abgenommen hatte.

»Aufstehen, Kumpel. Du wirst noch heute Mittag abgeschoben, mit einer Linienmaschine der Turkish Airlines nach London-Heathrow. Wir bringen dich jetzt zum Hotel, da hast du eine halbe Stunde, um deine Sachen zu packen.«

Marc kletterte zusammen mit Steve, dem Rechtsanwalt und dem Vertreter der Botschaft in einen Van mit abgedunkelten Scheiben. Vorne nahmen außer dem Fahrer zwei Männer in schlecht sitzenden Anzügen Platz. Marc versuchte sich zu erinnern, ob es dieselben waren, die ihn hierhergebracht hatten, aber er kam nicht darauf. Nach einer knappen Stunde Fahrtzeit, die sie die meiste Zeit in Staus stehend verbracht hatten, hielt der Wagen vor Marcs Hotel an. Auf dem Weg in sein Zimmer wurde Marc von einem der zwei Bewacher begleitet. Der andere wartete mit Steve und dem Rechtsanwalt in der Lobby. Hastig stopfte Marc seine Sachen in den Koffer. Zurück in der Lobby drückte Steve ihm sein Mobiltelefon und seinen Rucksack in die Hand. Marc öffnete den Reißverschluss. Laptop, Kamera,

443

Speicherkarten, Netzteil, Ladegerät – alles da. In der geöffneten Tür zum Frühstücksraum stand Murat, sein Lieblingskellner, mit einer Teekanne in der Hand und traurigem Gesichtsausdruck.

»Machen Sie es gut, Mr. Marc. Vielleicht beehren Sie uns ja mal wieder.«

Marc wollte zu ihm gehen, um sich zu verabschieden, aber einer seiner Bewacher hielt ihn am Arm zurück. Und auch Steve drängte zur Eile.

»Wir müssen los. Du brauchst dich nicht um die Rechnung zu kümmern, das habe ich bereits erledigt.«

Und so winkte Marc Murat nur kurz zu und rief ihm seinen Dank, schon auf dem Weg hinaus, über die Schulter zu. Dann stieg er in den Van. Der Fahrer nahm einen anderen Weg zum Flughafen als der Taxifahrer, mit dem er vor nun gut einem Monat hergekommen war. Sie fuhren über die Galatabrücke und dann auf der Uferstraße am Marmarameer entlang. Marc schaltete sein Telefon ein. Das Vibrieren zeigte den Eingang einer SMS an. Er schaute auf das Display.

»Ich danke dir! Mine«

ENDE

Glossar

Aussprache türkischer Buchstaben:

C und c: stimmhaftes »dsch« wie in »Dschungel«

Ç und ç: stimmloses »tsch« wie in »Deutsch«

ğ: bewirkt eine Längung des davor stehenden
Vokals wie das »a« in »Hahn«

Ş und ş: wie »sch« in »Schwester«

I und ı: kurz und dumpf ausgesprochen,
ähnlich dem unbetonten »e« in »haben«

İ: großes »i«, in der Regel kurz ausgesprochen wie in
»bin«

Z und z: stimmhaftes »s« wie in »sein«

S und s: stimmloses »s« wie in »muss«

Danksagung

Ich danke Martin Weiss, weil er mich erst auf die Idee gebracht, dieses Buch zu schreiben, Müjgan Arpat und Nevra Yaraç für ihre moralische und fachliche Unterstützung, Tino Hemmann dafür, dass er von Beginn an an das Projekt geglaubt hat, Birgit Rentz, die Fehler gesucht, gefunden und behoben hat, Dörte Dosse und ihrem Team für die Umschlaggestaltung und nicht zuletzt meiner Frau Ute, die mich aus der ein oder anderen brenzligen Situation gerettet hat und ohne die ich nicht zur richtigen Zeit am richtigen Ort gewesen wäre.

Der Autor im Internet:

www.facebook.com/dietagevongezi

und

www.facebook.com/derkleinejapaner